新潮日本古典集成

誹風柳多留

宮田正信　校注

新潮社版

目次

凡　例

『誹風柳多留』は明和二年の初編から百六十七編の終刊まで、紆余曲折があり、その内容も多様であるが、本書はその初編が「誹風柳多留　全」と題して、単行句集として出た最初版本を底本とし、後年「初編」と改称されて、後続諸編のはじめに据えられることになるこの句集の、本来の面目を明らめようと意図して試みた注解である。

〔本　文〕

一、底本には、他に伝本のない架蔵本を用いた。書型は縦一五・五糎、横一一・〇糎。藍表紙。左肩の枠持ち茶色題簽《だいせん》は上部の「誹風」の二字分を破損し、「柳多留　全」の下四文字を残す。奥付は下半分を破損。いずれも架蔵の初編の善本の題簽・奥付を以て補った。

一、底本の版下は美しい書風で、印刷極めて鮮明。かつ現存初編の諸本には見られぬ丁付がある。残念ながら、総四十三丁のうち一・十一・廿四・廿七・四ノ三の五丁分は摺《す》り損じらしく、欠損しているが、丁順に狂いはない。初編の現存最善のテキストである。

一、所収句に通し番号を付して本文とし、頭注の番号と対応させた。

一、原作の判明している句については、原作の前句《まえく》を本文の次に掲げ、その下に出典を注記した。前句を示さぬ句は出典不明の句である。

一、原作と句形に異同のないものは、前句のみを掲げた。この場合は、本文の句を前句の次に置き換えて、原作の前句《まえく》付《づけ》に復元して、原作の付句《つけく》と本文の句との違いを読み比べることができる。

一、本文の句が原作と句形を異にする場合は、原作の句を前句の次に掲げ、原作の姿を再現させて、独立句として読まれる本文の句と、前句付の原作とを読み比べられるようにした。ただし、明らかな誤記による異同の微細は、付録「原作対照誹風柳多留」に譲って不問に付した。411・421その他。

一、本文の句と原作とが句形を異にする箇所のほかは、読みやすいように相互に表記の統一を図った。

一、仮名遣いは歴史的仮名遣いに統一をはかり、漢字・仮名の字体は現行の字体に改めた。

一、表記は読みやすいことを旨とし、原本の漢字を仮名に改め、逆に仮名に漢字を宛てたものもある。また、漢字には適宜振り仮名、送り仮名を施した。

一、適宜濁点を施し、明らかな誤字は訂正した。

一、「かぶり」「かむり」等の相違は、いずれか一方をとり、その旨頭注で断った。

一、原作の前句はすべて「にぎやかな事／＼」の如く、七字句の繰り返しであるが、おどり記号を廃して「にぎやかな事にぎやかな事」の如く現代風に書き変えた。仮名の羅列で、かえって読みづらくなったものもあるがやむをえぬ。

一、前句の下に注した出典の読み方は次の通りである。

1の「宝暦七年八月二五日」は、同年月日開きの川柳評万句合《まんくあわせ》の勝句《かちく》刷《ずり》に載っていることを示す。

2の「宝暦九年・松1」は、宝暦九年の合印《あいじるし》「松」の勝句刷の第一枚目に載っていることを示す。

79の「宝暦九年・桜」の如く数字を欠くものは、勝句刷の何枚目か分明でないことを示す。

一、公開されている川柳評万句合の勝句刷で、本書の出典関係分の刊行表を次に掲げる。該当欄の月日を検し、その興行日付を知ることができる。「宝暦九年・桜」は同年九月二十五日開きである。

月	日	宝暦七年	八年	九年	十年	十一年	十二年	十三年
七月	五	／	／	初会 1	／	／	／	／
	一五	／	／	1	／	／	／	／
	二五	／	／	1	／	／	／	／
八月	五	／	初会 1	1		初会 1		天 初会 2
	一五	／	1	天 2		天 2		満 2
	二五	初会 1	1	満 2	天 2	満 2	満 2	宮 3
九月	五	1	1	宮 2	満 2	宮 2	宮 3	梅 3
	一五	1	1	梅 2	宮 2	梅 2	梅 3	桜 3
	二五	1	1	桜 2	梅 3	桜 3	桜 3	松 4
十月	五	1	天 2	松 2	桜 4	松 3	松 4	仁 5
	一五	1	満 2	仁 3	松 3	仁 3	仁 5	義 5
	二五	1	宮 2	義 3		義 3	義 6	礼 5
十一月	五	1	梅 2	礼 3	義 3	礼 3	礼 5	智 5
	一五	2	桜 3	智 3	礼 3	智 3	智 4	信 4
	二五		松 2	信 2	智 2	信 3	信 3	鶴 納会 3
十二月	五	1	鶴 2	鶴 納会 2	信 2	鶴 2	鶴 納会 2	／
	一五	納会 1	納会 1	／		亀 納会 2	／	／
	二五	／	／	／		／	／	／

右表の数字は勝句刷の枚数。数字のみのものは合印なし。空白欄は不明。斜線は興行なし。宝暦九年七月は閏。

〔頭　注〕

頭注は、(1)句解（色刷り）(2)句移り (3)典拠・語釈・鑑賞等 (4)原作の前句付鑑賞の手引きの順序からなる。

(1) 句　解

前句付の付句は本質的に客観的叙事的性格をもっている。また、前句付の付句は前句なしにはその存在理由がない。従って、付句は前句に対して相対的独立性しかもっていない。それは連歌にしても俳諧にしても前句付にしても同じである。その客観的叙事的性格を特質とし、前句に対して相対的独立性しかもたぬ前句付の付句が、『誹風柳多留』に組み入れられて、付合《つけあい》の世界から解き放たれると同時に、完全な独立句となる。更に、その際編者による原作者の関わり知らぬ意図的添削の手が加わると、すでに半ば編者の独詠句となる。そこに、原作が付句としてもっていた客観的叙事性が薄れて、多くの句は有情の句となる。それが『誹風柳多留』の句の特質である。だから、後世のいわゆる狂句仕立ての句に対するのと同じ物尺《ものさし》を用いて、「謎解き」「仕掛けばらし」風の作業だけに留まっていては、句解とは言いがたい。ここでは句のもつ韻律的表現にこもる一句の情と意が、なるべく活かせるように心がけて句解を試みた。

（2）　句移り

編者は句の配列に、一句一句読み進む句移りの楽しさを読者に提供してくれている。句の並べ方に俳諧風の趣向をこらしている。書名に「誹風」の二字を冠した理由である（「解説」参照）。このような句集の編集は前人未踏の新機軸である。その編者の手の内を覗《のぞ》いてみた。小鳥が花の枝移りするような楽しみを提供できればと希《ねが》って。色刷りの「句解」に続く、すぐあとの数語乃至一行前後の記述がそれである。二三の例について、読み方と説明の補足をしておこう。

2「かみなりを」、3「上がるたび」　以上二句については「解説」（二六〇頁）を参照されたい。

4「古郷へ」の句――「頼もしい女房の句から気弱な男の句へ」

前にある「上がるたび」の句には頼もしく得意気な女房の意気揚々とした姿が見える。それとは対照的な、廻国巡礼に出ていながら国のことが気にかかる風情の、意気沮《そ》喪《そう》した男の句が配してある。人物・場面の変転に対照の妙を見せた配列とみえる。元気な女房の姿が消えると、足取りもおぼつかなげな巡礼男が現れる。

5「ひよひよの」の句――「故郷へ廻る六部から乳児を抱えた女房へ」

「古郷へ」の句の六部には国の女房子供の影がさしている。それを受けるように、幼児に着せる物一つにも、亭主の機嫌をうかがいためらう風情の女房の句を配してある。場面の自然な回転である。

6「番頭は」の句――「亭主にねだる女房に、主家の娘をねらう番頭」

「ひよひよの」の句の女房は、我が子への愛情の発露。番頭は色と欲の二道かけた算盤《そろばん》ずく。同じねだりにも、やさしいねだりと、えげつないねだり。この配列もまたおもしろい。

ここには私解の一つを示したにすぎない。別解の成り立つものも少なくはない。また紙幅の制約もあり、骨組みだけの提示で意を尽し得ぬ恨みがあるが、これを手掛りに読みを深めてもらいたい。

(3) 典拠・語釈・鑑賞等

句の典拠となった古典・江戸の風俗・年中行事・習慣・俗信など、句解の参考とすべき事柄についての説明を補充した。あわせて語釈等のほか、原作との句形の相違点など、表現に関して句の鑑賞上留意すべき点などについて述べた。

(4) 原作の前句付鑑賞の手引き

◆印の一項である。本文の句で出典の明らかなものについて、その句の原作が前句付の付句としてもっていた句境を、理解するための手引きを試みた。それは、『誹風柳多留』の句が、原作の前句付の付句と句境を異にするところを、具体的にそれぞれの句について、読み比べる手がかりになるはずだから。原作の句が前句付の付句として成立した段階で、原作の句の作者が、課題の前句をどのような受けとめ方をしたのか、付句をどう案じたのかを述べてみた。しかし本項も多くは説明不足で、単に付合《つけあい》の骨組みを示すにとどまって、意を尽し得ていないものが多い。ここに若干の例をあげて説明を補っておく。

1「五番目は」の句の◆印――「前句を、常楽院境内の賑わいを称《たた》える嘆声とし」とあるのは、原作者が前句の「にぎやかな事にぎやかな事」を、そのように受けとめたという意で、「それに応じた連れの言葉を付ける」とは、その嘆声を聞いた連れの男が「五番目は同じ作でも江戸産れ」だと、応じたという体《てい》に趣向して、「五番目は」の句を、前句の「にぎやかな事にぎやかな事」に、付句として付けたという意である。「五番目は」の句は『誹風柳多留』では独立句であるが、原作では同じ句が「にぎやかな事にぎやかな事」に対する付句として、二人の人の対話の体をなして、前句と向い合っていたのである。

2「かみなりを」の句の◆印――この場合は『誹風柳多留』の句と原作の句との間に、句形の異同があるので、前句の次に掲げた原作の付句と前句との付合関係である。「前句を、裸で逃げ廻る幼児をすかす母親などの掛声として」とは、「こはい事かなこはい事かな」を、付句の作者がそう解したという意である。「その人の働きを付ける」とは「かみなりをにせて腹掛やっとさせ」が裸の幼児を追う母親などの働きぶりを、描いてみせた付句であるとの意である。

なお、この場合は、原作と『誹風柳多留』の句との間に「にせて」「まねて」の相違があるだけで、句意にはほとんど変動を来たしていない。従って、原作の前句をかりに『誹風柳多留』の句の前句としても、付合の上でも全く異同は生じない。しかし、こんな例ばかりではない。

9「米つきに」の句の◆印――この場合「前句を、仕事の邪魔をされ迷惑がる人の心情とし」とは「じやまな事かなじやまな事かな」を付句の作者がそう解したという意。「道を聞かれ仕方なく手を休めた米搗の挙動を付ける」とは「米つきは道を聞かれて汗をふき」という付句の作意の説明である。しかし、この例では、原作の付句が『誹風柳多留』に収録されたとき、編者が著しく改変を試みて、全く別個の独詠句になってしまっている。この句の場合は、原作の前句はもはや全く無縁の存在になっている。原作の前句を、かりにも、本文の句に番《つが》えてみることは全く意味のないことである。

同様の例はほかにも少なくはない。112・113・163など、いずれも好例である。それぞれの頭注を参照されたい。

なお、前句付のおもしろさは、題の前句を付句の作者がどのように解釈して、どう対応するかにある。それが付合の妙味であり、その出来不出来は、付句の出来具合できまる。付句の作者にとっては、付句をどう描いて見せるかが重要なので、付句に描き出された世界（風俗・事件・人情・風景等）に直《じか》に感動して句が生れるのではない。前句を手がかりに事件を架空に設定して、頭の中で作り出された世界――それが付句である。その素材は平生の体験の蓄積の中から選び出されて来るにしても。そのような句を前句に対して案じ出した手柄を賞《め》で、または仕損じて口惜しがる。己の付句を客観視するところに、付句の心の本領がある。付句の作者は常に自分の句を覚めた目で見ている。それが独詠句との越え難い相違点である。この点については、同一前句につけた原作の事例を読み比べてみると、前句の取り方、付句の案じ方の多様性を具体的に窺《うかが》うことができる。例―402・403・404・405

〔解　説〕

序文の記述を手がかりに、本書の成り立ちと、その環境・歴史的背景を述べ、これが前人未踏の新奇な編集法から成る句集であることを説いた。次に、その成立に関与した人々について考え、編者呉陵軒可有を中心に据えて、前句付点者《てんじゃ》川柳の立机《りつき》から、本書出版に至る経緯を考察し、最後に、本書が武家の町江戸が開府以来はじめてもち得た、自前の士民一体の新興文学であり、ただに川柳風狂句の先導役をはたしたばかりでなく、洒落本《しゃれぼん》・黄表紙など続々開花する後続江戸文学の露払いをつとめた文学史的意義にも説き及んだ。

〔付　録〕

付録として巻末に「原作対照誹風柳多留」と「初句索引」とを収録した。なお「原作対照誹風柳多留」は『誹風柳多留』の句と川柳評万句合の勝句刷所掲の前句付の原形とを対照して、原作の前句付から『誹風柳多留』への跡を子細に検し得るようにした。可能なかぎり原本通りを心がけ、前句付から『誹風柳多留』へ、更に本書の本文へと、改変の跡を辿り、本文の読みの当否をも確かめることができるようにした。「初句索引」は本文の句の検索の便に供した。

〔付　記〕

本書の成るにあたり、御生前に垂れ給うた御薫陶を顧み、恩師穎原退蔵・水木真弓・岡田朝太郎三先生の御霊に謹んで深甚の謝意を捧げ奉る。

現在までに公刊された『誹風柳多留』の注釈書に、沼波瓊音著『柳樽評釈』（大正六年南人社刊）、武笠山椒著『誹風柳樽通釈』（大正十二年有朋堂書店刊）、西原柳雨著『誹風柳多留講義初篇』（昭和五年岩波書店刊）、大村沙華編『柳多留輪講初篇』（昭和四十七年至文堂刊）等がある。そのいずれにも多大の恩恵を蒙ったが、一々断り得なかった。ここにその由を記して謝辞にかえる。

誹風柳多留

序

五月雨《さみだれ》の徒然《つれづれ》に、あそこの隅《すみ》、ここの棚より、ふるとし[一]の前句附《まへくづけ》[二]のすりものをさがし出し、机のうへに詠《ながむ》る折ふし《読んでいると》、書肆《しょし》[三]何某《なにがし》来《きた》りて、此儘《このまま》に反古《ほぐ》になさんも《紙屑にするのも》本意《ほい》なしといへる《残念だと言うので》にまかせ、一句にて《付句だけで》、句意のわかり安きを挙《あげ》て《意味の分りやすい句を抜き出して》一帖《いちでふ》となしぬ《一冊の句集とした》。なかんづく《その中には》、当世誹風[四]の余情《よせい》をむすべる《風趣を詠みこなした》秀吟《すぐれた句》等あれば、いもせ川[五]柳樽《やなぎだる》と題す。于時《ときに》、明和二酉《とりの》[六]仲夏、浅下《せんか》[七]の麓《ふもと》、

呉陵軒可有《ごりようけんあるべし》[八]述。　印

一　去年。ここでは宝暦七年以来の過去数年間の意。

二　前句付の興行（解説参照）の際に勝句《かちく》（入選句）を高点順に印刷して発表した刷物。ここは柄井川柳《からいせんりゆう》が前句付の万句合《まんくあわせ》興行の都度《つど》発行した勝句刷のこと。

三　江戸下谷竹町二丁目の本屋、星運堂花屋《はなや》久治郎《きゆうじろう》をさす。通称久次郎。菅裏《かんり》と号し句も作る。『誹風柳多留』の版元で、二六編から六〇編までの大半は同人の編。江戸座俳書を中心に雑書を出版。『誹風柳多留《みそか》』は創業間もない頃の企画。文化十四年正月晦日没。法名黙翁二旧信士《もくおうにきゆうしんじ》。墓所、浅草南昌山東岳寺。享年不詳。

四　今、江戸で流行している俳諧の作風。いわゆる江戸座の俳風をさす。

五　「ふるとしの前句附のすりもの」が川柳評万句合の勝句刷であることを暗示した修辞。「いもせ川」は妹背（夫婦）の仲を川に喩《たと》えた言い方。ここでは川柳評の前句付と江戸座の俳諧とを妹背の仲になぞらえて、その仲をとりもつめでたさに因《ちな》んで、婚礼の祝儀に用いる柳樽に名を借りて書名とするの意。

六　明和二年（一七六五）酉年の陰暦五月。

七　呉陵軒可有の住所。金龍山浅草寺《せんそうじ》のほとりで、山号「金龍山」の縁で「麓」といった。柳多留四編の序、その他では「浅下境」とも書いている。

八　川柳が前句付の万句合興行をはじめた当初からの作者。号は木綿《もめん》。『誹風柳多留』二二編までを編み、天明八年五月二十九日没。「呉陵軒可有」の号の由来については二〇編の雨譚《うたん》の序に詳しい（解説参照）。

1 五番目は同じ作でも江戸産れ

にぎやかな事にぎやかな事

宝暦七年八月二五日

2 かみなりをまねて腹掛《はらかけ》やっとさせ

こはい事かなこはい事かな

宝暦九年・松1

3 上がるたびいつかどしめて来る女房

1　五番目の阿弥陀様は、よそのとは訳がちがう。同じく行基《ぎょうき》の作でも、こちらは江戸っ子だ。

行基（奈良時代の高僧）の作と伝える阿弥陀像を安置した六つの寺を巡拝することを六阿弥陀詣でと言い、春秋の彼岸には特に賑《にぎ》わった。他の五か寺は江戸の郊外にあったが、五番目の下谷《したや》広小路《ひろこうじ》常楽院《じょうらくいん》だけが江戸府内にあったので「江戸産れ」と言いはやした。一句の眼目は「五番目」「同じ作」「江戸産れ」とヒントを重ねて、常楽院の阿弥陀像を暗示した謎仕掛けの趣向にある。江戸意識の強い「江戸産れ」の語には、この『誹風柳多留』が生粋《きっすい》の江戸の句集であるという、編者の主張がこもる。この句を巻頭に据えた理由である。

◆前句を、常楽院境内の賑わいを称《たた》える嘆声とし、それに応じた連れの言葉を付ける。

2　「雷だ。臍《へそ》をとるぞ」と追い廻し、やっとのことで腹掛をさせ、「やれ手のかかる子だ」。

江戸産れの余意を受けて、幼児の句を配した。夏の日の家庭の瑣事《さじ》を描いてほほえましい。「やっと」に母親の情が活写された。原作の「にせて」は生硬稚拙《ちせつ》。「まねて」とやわらげて、句調が整った。

◆前句を、裸で逃げ廻る幼児をすかす母親などの掛声として、その人の働きを付ける。

3　かつての奉公先へお伺いするたびに、どっさり戴き物をせしめて来る頼もしい女房だ。

幼児の世話から女房の句へ。さるお屋敷へ乳母《うば》奉公に上がっていたと見える。その奥方へご機嫌伺いを怠らぬ如才なさを描き得て妙。亭主満悦。

◆前句を、隣近所の者が羨《うらや》む言葉にとって、抜け目ない女房の噂《うわさ》をする様を付ける。

4　一念発起して出かけた巡礼が廻国の途中、郷里に立ち寄るとは、信心の気力が萎えた証拠だ。頼もしい女房の句から気弱な男の句へ。「六部」は「六十六部」の略。全国六十六か所の霊場に法華経一部ずつを納めて巡拝する廻国修行者。修行に霊場を廻るべき人が「古郷へ廻る」と言い、言葉のずれにおかしみを狙《ねら》って、その心情をうがって見せた。

5　乳呑児《ちのみご》の間は、まだ衣服代もかさまない。気安く亭主にねだることができる。年頃にでもなれば、そうはいかないだろう。故郷へ廻る六部から乳児を抱えた女房へ。「ひよひよ」は、乳呑児の衣服。子にはいい物を着せてやりたい女房の気苦労。

◆前句を、経費がかからぬ意にとり、幼児服代を亭主にねだる女房の心情を付ける。

6　番頭はさすがに丁稚《でっち》小僧とちがって望みも高い。家つきの娘をものにしたがっている。亭主にねだる女房に、主家の娘をねらう番頭。「羽白」は羽に白斑《しらふ》のある鴨《かも》の一種。「歯白」に掛けて娘の意。「しめたがり」は「羽白」の縁語仕立て。娘に忠義立てする番頭の心情のうがち。

◆前句を、主家を欺《あざむ》く番頭とし、その魂胆を付ける。

けっこうな事けっこうな事　　宝暦九年・仁2

4　古《ふる》郷《さと》へ廻《まは》る六《ろく》部《ぶ》は気のよわり

5　ひよひよのうちは亭主にねだりよい

わづかなりけりわづかなりけり　　宝暦九年・信1

6　番頭は内の羽白をしめたがり

だましこそすれだましこそすれ　　宝暦九年・礼2

7　鋳掛屋は仕事のしょっぱなから、煙草をふかしてひと休みだ。気楽な商売だよ、なあ。

商家の番頭から風変りな鋳掛職人の業態へ。「鍋鋳掛《なべいかけ》」は鍋釜《かま》などの修繕を職とする鋳掛屋。路傍に仕事場を張った鋳掛屋は仕事の段取りが整うまで手間がかかる。鞴《ふいご》でおこした炭火の勢いがよくなった時、これでよしと、その火でまず一服吸いつける。それを仕事始めから休憩していると言いたてたうがち。

8　自分同様、人も目が見えぬと思ってか、人目かまわず行水を使うあの瞽女《ごぜ》はまあ。

鋳掛屋の奇異な振舞に瞽女の不用意な体《てい》。「瞽女」は、三味線と唄で銭を乞《こ》う盲女の遊芸人。「人をみなめくらに」のうがちの中に、笑いと同情の涙の交響楽。

◆前句を、不用意さにあきれる意にとり、人目をはばからぬ盲女の行水のさまをうがって見せた。

9　道端で米の賃搗《ちんつき》をする男に道を聞く。男は手を休めて、まず汗を拭く。返事はそれから。

三味線の芸で銭を貰う瞽女から、裸一貫力仕事で小銭を稼ぐ米搗へ。「行水」に「汗」の縁も。「米つき」は、街頭に臼《うす》を据《す》え玄米を賃搗して廻る職人。「汗をふき」で上十二文字の期待をそらして間《ま》をとった軽妙な措辞に、米搗の挙措をうがつ。返事を待つ身のもどかしさ。原作の「聞かれて」を「聞けば」に改めたので、聞き手の主観が加わり、句境が一変した。

◆前句を、仕事の邪魔をされ迷惑がる人の心情とし、道を聞かれ仕方なく手を休めた米搗の挙動を付ける。

7　鍋《なべ》鋳《い》掛《かけ》すてつぺんから煙草《たばこ》にし

8　人をみなめくらに瞽《ご》女《ぜ》の行水し

ぞんざいな事ぞんざいな事　宝暦九年・梅2

9　米つきに所を聞けば汗をふき

じやまな事かなじやまな事かな

米つきは道を聞かれて汗をふき　宝暦一三年・義1

10　すつぽんに拝まれた夜《よ》のあたたかさ

10　料理する時、むごいと思わぬでもないが、すっぽんを食った夜は効果てきめん身内が暖かだ。米搗から夕食へ。「拝まれた」はすっぽんのもがく様。庖丁の手の一瞬のためらいをのぞかせる。

◆前句を、人間の貪欲《どんよく》とし、殺生鼓腹の体《てい》を付ける。

11　連れ立って閻魔《えんま》参りなどの行楽に出かける藪入《やぶいり》の丁稚小僧たち。大抵は銭湯でできた連れだ。身内の暖まりから湯屋へ。銭湯で垢《あか》を落とし、小ざっぱりしたお仕着せ姿で、うきうきとはしゃぎながら出かける奉公人たちの姿をうがつ。「斎日」は精進日。正月と盆の十六日は閻魔の斎日。地獄の釜《かま》の蓋《ふた》が開く亡者の安息日。この日を商家の奉公人の藪入の日とする。ここはその日をいう。この日閻魔堂に礼参りする風習があって「賽日《さいにち》」ともいう。

◆前句を、半年ぶりの公休日に浮き立つ奉公人の様とし、傍観者の観察を付ける。

12　入髪をして、何くわぬ面《つら》つきで吉原の中の町を歩いているやつ。恥知らずにもほどがある。浅草蔵前の閻魔堂などの遊山から近辺の遊里吉原へ。「入髪」は添え髪。ここは吉原遊廓の掟《おきて》を犯して髪を切られた男。「中の町」は江戸吉原遊廓内の目抜通り。

◆前句を、気強さにあきれる様とし、入髪男の鉄面《てつめん》皮《び》な振舞を付ける。

13　百両の包みをほどけば、目を射る山吹色の光。座に居合わす者は思わず息を呑みあとしざる。入髪男から全盛の大尽へ。古今変らぬ黄金の迫力。

　　どうよくな事どうよくな事　　宝暦九年・満2

11　斎《さい》日《にち》の連れは大かた湯屋で出来

　　勇みこそすれ勇みこそすれ　　宝暦一〇年・桜1

12　入《いれ》髪《がみ》でいけしやあしやあと中の町

　　心づよさよ心づよさよ　　宝暦一〇年・松1

13　百両をほどけば人を退《しさ》らせる

14 じれったく師走《しはす》を遊ぶ針とがめ

惜しみこそすれ惜しみこそすれ

宝暦一〇年・礼3

14 暮までに縫い上げねばならぬ春着もあるのに、針の突き疵《きず》が痛んで仕事ができぬ。じれったい。

百両から金が物言う師走へ。「針とがめ」は縫針で突いてできた指先の疵。猫の手も借りたい「師走を遊ぶ」が句の眼目。

◆前句を、年の瀬を控えて寸陰を惜しむ意にとり、手を休めていねばならぬ女のいらだちを付ける。

15 九《く》郎《ろ》介《すけ》へ代句だらけの絵馬《ゑま》を上げ

まんがちな事まんがちな事

宝暦一〇年・智1

15 九郎介《くろすけ》稲荷《いなり》には女郎どもが発句の奉額を上げているが、どれもこれも代作してもらった句だ。

町家の素人女房から吉原の遊女へ。奉額の内幕をうがって「代句だらけ」と知ったふうの暴露。詩歌・俳諧などの奉額も絵馬という。「九郎介」は吉原京町二丁目にあった稲荷社。黒助とも。

◆前句のまんがち（我勝ちの意）を、吉原の遊女の事として、競うて九郎介稲荷に奉額する様を付ける。

16 使者はまず馬からおりて鼻をかみ

そろりそろりとそろりそろりと

使者まず馬からおりて鼻をかみ

宝暦一一年・満1

16 武家屋敷に使者の到着。馬から下りてまず鼻をかみ、衣紋を繕《つくろ》う。

代句奉納の遊女から殿の代理をつとめる使者へ。いかめしい裃《かみしも》姿に不似合な鼻をかむ仕草。口上の前のしばしの無言劇。神妙な振舞の中に見つけた妙なおかしさ。原作の上五文字の欠字を補って句形が整った。

◆前句を、使者が落着き払って威儀を正す様とし、その動作の中に鼻をかむ仕草を拡大して見せた。

17 梅若の地代は宵《よひ》に定まらず

17 木母寺《もくぼじ》の梅若忌に出る露店の場所代は当日にならぬと決らない。その日の天気次第だ。

鼻をかみ（泣く意）から梅若忌へ。俗信の「梅若の涙雨」を踏まえたうがち。「梅若」は梅若忌のこと。陰暦三月十五日。この日隅田河畔向島の木母寺境内の梅若塚では、謡曲『隅田川』にも伝えられる梅若丸（人買にさらわれ非運の死をとげたといわれる）の供養が営まれ、参詣人で賑わった。当日は雨になることが多いので俗に「梅若の涙雨」と称した。

◆前句を、相鎚《あいづち》を打つ体《てい》とし、相手の話柄《わへい》を付ける。

18　間の宿の旅籠《はたご》はこのところ泊り客がないかして床の間に活《い》けた投入の花も干からびたままだ。天気次第の地代から泊り客のあてもない間の宿へ。大駅にはさまれた小駅のさびれをうがち、哀愁が漂う。

◆前句を、通行人などが間の宿のさびれに頷《うなず》きながら行く体とし、そのわびしい光景を付ける。

19　鞠場から帰った男が立派な鞠装束をつけたままひもじがっている。身なりに不似合で滑稽《こっけい》だ。

◆前句を、ひもじがって坐り込んだ様として付ける。

干からびた投入の無慚《むざん》さから鞠場帰りの不様《ぶざま》さへ。公《く》卿《ぎょう》の遊芸の形だけを真似た町人の不甲斐《ふがい》なさのうがち。「鞠場」は蹴鞠《けまり》の競技場。七間半四方の四隅に桜・柳・楓《かえで》・松を植えて「鞠場」の印とする。

20　隣などから畑でとれた初物を貰《もら》うと、仏壇の鈴《りん》が「ちん」と鳴ることだ。

空腹の体に初物の貰い物。飲食の縁。瓜《うり》・茄子《なすび》など季節の初物が穫《と》れると、近隣にも配って収穫の喜びを分つ。貰った方も戴き物はまず仏壇に供え感謝の誠を。敬虔《けいけん》な生活感情を仏壇の鈴の音に捉《とら》えた軽妙なうが

もっともな事もっともな事　宝暦一一年・桜1

18
投《なげ》入《いれ》の干からびてゐる間《あひ》の宿《しゆく》
もっともな事もっともな事　宝暦一一年・桜3

19
鞠《まり》場《ば》からりつぱな形《なり》でひだるがり
坐《すわ》りこそすれ坐りこそすれ　宝暦一一年・礼1

20
初物が来ると持仏がちんと鳴り
極めこそすれ極めこそすれ　宝暦一一年・礼1

ち。原作の「ちゃん」を改めた鈴の音《ね》色《いろ》も快い。
◆前句を、決ったしきたりの意にとり、貰った初物を仏前に供える生活習慣を付ける。

21　鯲を買って帰る女。ぴちぴち跳《は》ねるはずみに、枡の縁《ふち》からこぼれ落ちそうになる。枡を持つ手許がおぼつかなく、いかにもこわそう。
初物を隣へ贈る女から鯲の枡を持ち帰る女へ。気味悪げな様を「こはさうに」と女の情で描く。鯲は一升枡で量《はか》り売りをする。
◆前句を、鯲が跳ねてこぼれ落ちたとし、手許のぬらぬらと冷たい感触を気味悪がる女の姿を付ける。柳多留の句では、この付合の情も失われた。

22　母の意見を尻に聞かして、うしろ手で襖《ふすま》をピシャリと閉めて出て行く。手に負えぬ我儘《わがまま》息子。
鯲におじる女から息子を扱いかねる母親へ。「あんな子ではなかったのに」。後ろ姿へ母のため息。「たてつける」は閉め切って遮断すること。
◆前句を、我儘息子とし、その目に余る振舞を。

23　明暗二つの苦界《くがい》の境涯。身受けされて行く芸者は修業始めの新参芸者に羨ましがられて。
放蕩《ほうとう》息子から芸者稼業へ。「捨てる芸始める芸」は、廃業する芸者と新参芸者。芸で身を立てる芸者の身の上を端的に言う。対照的な二人の感慨の交流を、苦界から足を洗う方に視点を定めて描く。
◆前句を、新参の芸者が、やめて行く古参の芸を欲しがるとして、その羨まれる相手（古参）を付ける。

初物が来ると持仏がちゃんと鳴り

21
こはさうに鯲《どぜう》の枡《ます》を持つ女
こぼれたりけりこぼれたりけり
宝暦一一年・礼3

22
唐《から》紙《かみ》へ母の異《い》見《けん》をたてつける
わがままな事わがままな事
宝暦七年九月一五日

23
捨てる芸始める芸にうらやまれ
ほしい事かなほしい事かな
宝暦七年九月一五日

24 新《しん》発意《ぼち》はたれにも帯をして貰《もら》ひ
むごい事かなむごい事かな
宝暦七年九月二五日

24 まだ帯も自分で結べない幼い新発意。親切な人なら誰にでも甘えて帯をしてもらう。

捨てる芸始める芸から世を捨てて入る仏の道へ。「新発意」は、寺に預けられた新入りの小僧。世が世なら親に甘えていたい頑是ない新発意。その可憐な姿は、己が身の境遇もしかとは呑み込めていそうにないようで、哀れである。

◆前句を、新発意のいたいけなさに寄せる同情の声とし、そのあどけない姿を付ける。

25 内にかと言へばきのふの手を合はせ
つらい事かなつらい事かな
宝暦七年一〇月一五日

25 「お内儀は内にか」と聞かれて、昨日の弔《とむら》いに仏に向って手を合わせたのと同じ仕草で、拝む真似をして見せる。哀れにもおかしい。

新発意（寺）から葬礼へ。葬礼帰りに吉原にくり込んだ連れの来訪。「昨日のことは内証に頼む」の無言劇。「おっと、心得た」と相手。「きのふの手」は昨日も同じ仕草をした手の意で、葬礼を暗示。

◆前句を、悪事の露顕を恐れる意とし、弔い帰りに誘われて吉原に遊んだ男の意気地なさを付ける。

26 美しい上にも欲をたしなみて
匂《にほ》ひこそすれ匂ひこそすれ
宝暦七年一〇月二五日

26 器量が好いばかりか、万事が控え目で奥ゆかしい。ほれぼれとする好い女だ。

内にかを受けて女の評判へ。町内で評判の美人。その上人柄も非の打ち所がない。人妻か。お妾か。

◆前句を、女の美貌を褒める言葉とし、「美しいだけではない。人柄もゆかしい」と、噂する体を付ける。

27 四五人の親とは見えぬ舞の袖《そで》

27 あの袖ひるがえして舞う色っぽさは、四、五人も子があるとはとても見えない。

素人の美女から美貌の踊り子へ。江戸日本橋橘町の界《かい》隈《わい》に多くいたという踊り子、いわゆるころび芸者の艶《あで》姿《すがた》。その色香につい迷わされそうだ。

◆前句を、よくはやる踊り子のこととして、その艶姿を評判する様を付ける。

28　天上を舞う天人も、三保の松原で、漁師白龍《はくりょう》に羽衣を奪《と》られては、下界の素人女同然だ。

舞の袖から謡曲『羽衣《はごろも》』の天人へ。羽衣を奪られたことを「裸にされ」と野卑に言いなし、天上に帰るすべを失った天人を地者に卑俗化。白龍の言いなりになったとのうがち。「地者」は地女。遊里の女に対して素人女をいう。ここでは天人に対して下界の女。天地の対比。

◆前句を、身分の低い意として、地者に転落した三保の松原の天人を付ける。

29　木遣音頭の唄声は、いつ聞いても調子がよく、気がきいていて楽しいことだ。

天人の舞から木遣へ。「木遣」は木遣歌の略。木遣音頭。材木運搬をはじめ、祭礼の山車《だし》を引く時など、広く祝儀・景気付けに歌う。

◆前句を、木遣の拍子がよく揃った意とし、それを聞く人の嘆声を付ける。

30　供に連れて出る下女の髪まで自分で結うてやる。所詮は身のため。見栄っ張り。

如才ない木遣音頭から伊達な内儀へ。

◆前句を、外出姿のこととし、内儀の見栄を付ける。

はやりこそすれはやりこそすれ　宝暦七年一〇月二五日

28
天人も裸《はだか》にされて地《ぢ》者《もの》なり

低い事かな低い事かな　宝暦七年一〇月二五日

29
いつとても木《き》遣《やり》の声は如《じょ》在《さい》なし

揃《そろ》ひこそすれ揃ひこそすれ　宝暦七年一一月五日

30
身の伊《だ》達《て》に下女が髪まで結《ゆ》うてやり

揃ひこそすれ揃ひこそすれ　宝暦七年一一月五日

31 旅の途中の遊興はお定まりの宿場女郎。現《うつつ》ぬかして気が付いた時はもう遅い。
度の過ぎた見栄っ張り女から、はめをはずした遊興男へ。「菅笠」は菅で編んだ笠。旅笠。
◆前句を、我に帰って周章狼狽《しゅうしょうろうばい》する体として、その男の度はずれた遊興ぶりを付ける。

32 めでたい晴着の振袖だが、人の物だ構うものかと、片袖だけ別人が縫い足す。これも浮世か。
遊興の異常さから異例の仕立てぶりへ。着物は一人で縫い上げるのが普通で、二人以上で縫うのは、経帷子《きょうかたびら》を連想させるので不吉とされた。
◆前句を、大勢が寄って忙しく仕事する様とし、仕立物屋の投げやりな仕事ぶりを付ける。

33 「お初に」とただの一言《ひとこと》。姑の脇にかくれるように寄り添っている花嫁。俯《うつむ》いたまま。
振袖から花嫁へ。婚礼が滞りなく済んで、姑に連れられて、婚家の親類筋へ挨拶廻りの体である。「お初に」のあとは口の中。花嫁のはじらい、初々《ういうい》しさ。「楯にとり」は楯として身を守る意。姑に寄りかかる体。

34 銅杓子《かなじゃくし》を貸してやったが、野呂松《のろま》人形のようにして返して来た。いまいましい不作法者めが。
花嫁を受けて新世帯へ。新しく世帯を持った若い二人。世帯道具も無い物だらけ。見かねて貸してやった銅杓子。後日返して来た時には錆《さ》びてしまっている。「野呂松」は野呂松人形。顔が青黒い。緑青《ろくしょう》の吹いた銅杓子の見立て。

31
菅笠《すげがさ》の邪魔になるまで遊び過ぎ

うろたへにけりうろたへにけり

宝暦七年一一月五日

32
片袖を足《た》す振袖《ふりそで》は人のもの

われもわれもとわれもわれもと

宝暦七年一一月一五日

33
お初《はつ》にとばかり姑楯《しうとめたて》にとり

34
銅杓子《かなじやくし》貸して野呂松《のろま》にして返し

35　七草を置いた俎板《まないた》をトンと一つ打っただけで、その場に居たたまらず娘は逃げ出してしまう。

※七草粥《ななくさがゆ》の年中行事へ。「唐土《とうど》の鳥が日本の土地へ渡らぬさきに、なずな七草はやしてほとと」とはやしながら、庖丁・銅杓子・火箸《ひばし》などで俎板を打つ。娘心に恥ずかしいやら、おかしいやら。

36　赤とんぼが澄んだ秋空を流れるように飛ぶ。さながら空を流れる龍田川を見ているようだ。赤い袖を翻して逃げ去る娘から赤とんぼの飛翔《ひしょう》へ。龍田川は大和の紅葉《もみじ》の名所。歌枕。青空を龍田川に、赤とんぼを龍田川に流れる紅葉に見立てる。

37　饅頭に化けて大奥へ潜入するとは。奇抜な趣向が得意の脚本作者でも思いつかぬ手だ。天変地異（龍田川が空を流れる）から稀代の珍事へ。江戸山村座の俳優生島《いくしま》新五郎、大奥の年寄職絵島《えじま》との密通露顕して、正徳四年正月三宅島へ流罪となる。俗説に、饅頭の蒸籠《せいろう》に潜んで大奥へ忍び込んだと伝える。役者に因《ちな》んで「作者も知らぬ」とうがって見せた。

◆前句を、絵島が生島新五郎を蒸籠に隠して引き入れた意とし、絵島の奸計《かんけい》に感心する体を付ける。

38　生れた赤子を抱いて産婆が産所の屏風囲いから出ると、待ちかねた家族に取り囲まれる。蒸籠を出る生島新五郎から屏風を出る産婆へ。ともに人に取り巻かれる。男か女か。無事かと。「屏風を出てまた取り巻かれる取揚婆」という洒落もある。

◆前句を、産婦の容態などを産婆に聞く意で付ける。

35
七種《ななくさ》をむすめは一ツ打つて逃げ

36
赤とんぼ空を流るる龍田川《たつたがは》

37
饅頭《まんぢゆう》になるは作者も知らぬ智恵

隠《かく》しこそすれ隠しこそすれ

宝暦七年一二月五日

38
取揚婆《とりあげばば》屏風《びやうぶ》を出ると取り巻かれ

尋ねこそすれ尋ねこそすれ

宝暦七年一二月五日

39　呵《しか》つてもあつたら禿《かぶろ》炭を喰《く》ひ
　　隠しこそすれ隠しこそすれ
宝暦七年一一月五日

39　何度叱っても炭を食うあどけない禿。惜しいことに可愛い口もとが黒くよごれて台なしだ。

屛風から屛風の陰などで炭をかじる禿へ。禿は遊女に仕える童女で、その可憐な頑是なさ。たしなめられても、疳《かん》の虫のせいでつい隠れ隠れ口に入れてしまう。

◆前句を、口にした炭をかくす意にとって付ける。

40　水茶屋へ来ては輪を吹き日をくらし
　　もしやもしやともしやもしやと
宝暦七年一一月一五日

40　水茶屋へ来ては、ただ茶を飲み煙草の煙を輪に吹いて、日がな一日何もせず時をすごす男。このところ毎日のようだ。

吉原の廓《くるわ》から水茶屋へ。水茶屋は寺社の境内などに床《しょう》几《ぎ》店《たな》を出して客に茶を飲ませる商売。美人の茶汲女を置いて客寄せにした。浅草寺境内の二十軒茶屋が有名で、これはその茶汲女を張りに来る男である。

◆前句を、茶汲女が自分に関心を抱いてくれはしないかと、男が思う意にとって、その男の体を付ける。

41　ふんどしに棒つきのいる佐渡の山
　　もしやもしやともしやもしやと
宝暦七年一一月一五日

41　佐渡の金山では、褌《ふんどし》一つの鉱夫にも、六尺棒を突いた監視役人がきびしい目を光らすことだ。

茶汲女を張る男から鉱夫を見張る棒突へ。裸男に対する見張りの物々しさ。「棒つき」は六尺棒を携えた監視警備の役人。「いる」は必要の意。

◆前句を、もしや褌の中にでも金塊を隠してはいないかと目を光らす意にとり、監視の実状を付ける。

42　主《しゅう》の縁一世へらして相続し

42　主家の娘の聟《むこ》となって、身代《しんたい》をごっそりと相続するとは、何と幸せな男よ。

佐渡の金山から資産相続へ。諺《ことわざ》に主従の縁は三世、夫婦の縁は二世という。「一世へらして」は三世の縁を二世の縁にする意。六参照。
◆前句を、主家の聟養子になった男を羨む意として。

43　我が子を探して迷い出る狂女のためしは多いが、子が亡き親を慕って物狂いになった話は聞かぬ。これがこの世の定めか。

夫婦の縁から親子の縁へ。「子ゆえに迷う親心」などの諺や謡曲『隅田川』『三井寺』などの狂女物を匂わせて、「親の心子知らず」の理をうがつ。
◆前句を、子の俤《おもかげ》を追う親の情とし、裏の理を。

44　己が身のためを思ってこそ苦言を呈してやったのに、あいつ、あれからぱたっと顔を見せなくなってしまった。困ったやつだ。

我が子を思う親から人の意見に耳もかさぬ極道息子へ。身持ちの悪い甥《おい》を見かねて意見した叔父でもあろう。「よい事」は身のためになること。忠告・苦言。
◆前句を、不届きなの意にとり、忠告を素直に受け取らないで、反抗的な気配の男を付ける。

45　約束の遊女がなかなか座敷に現れない。廊下を来る上草履の音に、それかと耳を澄ましていると、途中でふと消えてしまう。初会《しょかい》の夜のお定まり。

意見に耳をかさぬ息子から廓遊びへ。「初会」は遊女と初めて会うこと。客は待たされ、じらされるのが定石。「上草履」は遊女の廊下履《ばき》。上草履の縁で「道草を喰ふ」と言いまわしにおかしみをとった。
◆前句を、遊女の来るのが遅い意として付ける。

仕合はせな事仕合はせな事　宝暦七年一二月一五日

43　親ゆゑに迷うては出ぬ物狂ひ

恋しかりけり恋しかりけり　宝暦八年九月五日

44　よい事を言へば二《ふた》度《たび》寄り付かず

ふとい事かなふとい事かな　宝暦八年九月五日

45　初《しよ》会《くわい》には道草を喰《く》ふ上《うは》草《ざう》履《り》

ゆるりゆるりとゆるりゆるりと　宝暦八年九月一五日

46
喰ひつぶすやつに限つて歯をみがき
　念の入れけり念の入れけり
宝暦八年九月一五日

親譲りの家産を蕩尽《とうじん》して破産の憂き目を見る奴に限って、歯をみがいたりして身の伊達《だて》に気をつかう手あいが多い。廓遊びから見栄っ張りの伊達者《だてしゃ》へ。「喰ひつぶす」「歯をみがき」に縁語仕立ての面白さをねらった。歯みがき用の房楊枝《ふさようじ》は見栄を張る蕩児の必需品。すでに歯みがき粉も広く市販されていたが、なお一般には贅沢《ぜいたく》視した時代である。

◆前句を、丹念に歯を磨く意にとり、その人を。

47
子が出来て川の字形《なり》に寝る夫婦
　離れこそすれ離れこそすれ
宝暦八年九月二五日

はじめての子に恵まれた若夫婦。可愛い子を中に寝かせて親子三人。将来を夢見る安息の夜。遊蕩息子から無垢《むく》の赤子へ。ほほえましい家庭風景。小さな子を中にした三人の寝姿を「川」の字形に見立てて興じた楽しい句。「子が出来て」はそれまでの、夫婦の共寝を匂わせる。

◆前句を、夫婦が離れて寝る意として付ける。

48
取次ぎに出る顔のない煤《すす》払《はら》ひ
　迷惑な事迷惑な事
宝暦八年九月二五日

煤払いの最中に不意の来客。誰も応対に出られる顔ではない。煤にまみれ埃《ほこり》だらけで。「さあ困った、誰が出ようか」。家族安眠の夜から全員活動の昼へ。「煤払ひ」は迎春の用意の大掃除で「煤掃き」とも。この頃江戸では十二月十三日。この句は武家の玄関先の体《てい》である。

◆前句を、不時の客で迷惑する意にとり、煤払いの日に趣向を立てた。

49
煮《に》売屋の柱は馬に喰はれけり

街道筋の煮売屋の柱に繋《つな》がれた馬。所在なさにその柱を大きな口に銜《くわ》えたりしている。

不時の来客から不慮の災難へ。馬子は煮物を肴《さかな》に一杯やっていると見えて、なかなか出て来ない。この句は原作を芭蕉の「道ばたのむくげは馬に喰はれけり」を念頭に置いて改作。原作の「かじられて」は生硬。

◆前句を、煮売屋がめし時で混雑の体として、店先に繋がれた馬を付ける。

50　怪我の療養で長らく湯治場暮しだが、相客の話では近頃おれに化ける奴がいるらしい。

馬に食われるから湯治場へ。「療治場」の原義は医者の治療室とすべきだが、温泉地の湯治場の意に解しておく。「おれに化け」の解釈に「狸が人に」「坊主が医者に」等があるが不明。大怪我でもして湯治中の親分肌の男が、自分が死んだことになっているという噂を耳にした場合か。

◆前句を、湯治場で耳にした人の噂を気に病む男とし、その独り言の体を付ける。

51　長旅を終えて久々の亭主の帰宅。聞きつけて町内の者がどっと集まって来る。一通り挨拶をし終った頃には、女房が用意してくれた洗足の盥《たらい》の湯も冷めてしまっている。

療治場から湯治帰りの人へ。江戸の下町風俗。喜びも悲しみも長屋暮しは裸の付き合い。

◆前句を、旅戻りの喜びに来てくれた連中で門口《かどぐち》がこみ合う意にとって、応対の様子を付ける。

52　女房役よろしくままごと遊びをしていた女児がふっと遊びをやめて、母親の懐《ふところ》へ甘えて来る。

混み合ひにけり混み合ひにけり　宝暦八年九月二五日

煮売屋の柱は馬にかじられて

50　療《れう》治《ぢ》場《ば》でこの頃おれに化《ば》け

迷惑な事迷惑な事　宝暦八年九月二五日

51　足洗ふ湯も水になる旅戻り

混み合ひにけり混み合ひにけり　宝暦八年九月二五日

52　まま事の世《せ》帯《たい》くづしが甘《あま》えて来《き》

旅戻りの亭主から世帯くずしへ。「世帯くづし」は夫婦別れした者、特に女をいう。今まで世帯持ち気取りでいた女児が、一転して幼児の本性に戻るおかしさ。

◆前句を、今まで大人びたことをしていた女児に甘えられて、とまどう母親の心情として付ける。

53　父親のとがめを受けた息子。おずおずと母親の後ろから、朝めしの膳につく。肩を落して。

母に甘える幼女から息子へ。悪い遊びでも覚えた息子。親仁《おやじ》の目は怖いが、甘い母親は救いの神。息子の姿を句の表に出して、子を庇《かば》う母親の本性をにじませる。

◆前句を、弁護させられる母とし、息子の体を。

54　江の島詣での土産物が弁天様の貝とは、これは妙だ。なかなか洒落てるわい。

母から弁天へ。「弁天」は音楽・弁才等を司る女神で、我が国では七福神の一として信仰された。ここは江の島の弁天をさす。江戸から十三里余で三泊前後の行楽地。貝細工を土産物にした。それを「弁天の貝」と洒落た。「貝」は女陰の隠語。「洒落た」は曝貝《しゃれがい》をきかす。

◆前句を、貝の種類の多いことにとって付ける。

55　和歌三神のお姿は「嬲《なぶ》る」の文字そっくりだ。なるほどこれは面白い。神様も隅におけない。

弁天から三神へ。「三神」は和歌三神で、一般には玉津島神（衣通姫《そとおりひめ》）を中央に、左右に人麿と住吉明神を描く。文字に現せば「嬲」の字になる。神様を人間並みに卑俗化して興じた。「よみし」は和歌の縁語。

◆前句を、三神の画像とし、卑俗な見方を加えた。

迷惑な事迷惑な事　宝暦八年九月二五日

53　朝めしを母の後ろへ喰ひに出る

迷惑な事迷惑な事　宝暦八年九月二五日

54　弁天の貝とは洒落《しゃれ》たみやげもの

色々があり色々があり　宝暦八年・天1

55　三神はなぶるとよみし御すがた

立派なりけり立派なりけり　宝暦九年・満1

56　有難くいただいて貰うべき菓子だのに、手品のような手つきで掠《かす》め取るとは不届きな奴だ。

なぶるから手妻へ。将軍家の慶事に催される能に、町人の主《おも》だった者に陪観を許し酒食を供した、いわゆる町入能《まちいりのう》によばれた下戸の不躾《ぶしつけ》な様であろう。「手妻」は手品。「受けべき」は原作の正しい語法を、日常会話の江戸訛《なま》りに変えた。

◆前句を、町人どもの貪欲として、町入能の賜宴の席上の不埒《ふらち》な振舞を付ける。

57　発心して出家したはずだのに、仏道専念の甲斐あって、緋の衣をまとう高僧の身分ともなると、今更のように名利を思う邪念が湧いて、捨てた浮世が惜しくなる。

いただいて受けべきから緋の衣（僧官の高位）へ。大悟徹底の象徴であるべき緋の衣を着るようになると、それに伴う権勢が迷いの種となり、煩悩の火に焼かれることになりかねない人情の機微をうがつ。

◆前句を、出家の貪欲として、緋の衣をまとった高僧の心のひだを付ける。

58　太神楽だけを入れて門を閉めてしまった。閉め出された連中、「見せてくれてもいいのに」。

緋の衣（釈教）から伊勢神宮ゆかりの太神楽（神祇）へ。「太神楽」は獅子舞を主に曲鞠《きょくまり》・皿廻しなどの曲芸を見せる大道芸人。江戸下町の正月風景。

◆前句を、太神楽のあとについて来て閉め出された見物連中の罵《のの》りの声として、その体を付ける。

56
いただいて受けべき菓子を手妻《てづま》にし
どうよくな事どうよくな事
いただいて受くべき菓子を手妻にし
宝暦九年・満1

57
緋《ひ》の衣着れば浮世が惜《を》しくなり
どうよくな事どうよくな事
宝暦九年・満1

58
太神楽《だいかぐら》ばかりを入れて門を閉《し》め
どうよくな事どうよくな事
宝暦九年・満1

59 付《つけ》木《ぎ》突《つき》腰におどけた拍子あり

をかしかりけりをかしかりけり

宝暦九年・満2

60 馬かたがゐぬと子供が芸をさせ

をかしかりけりをかしかりけり

馬かたがゐぬと子供は芸をさせ

宝暦九年・満2

61 水かねで胸のくもりを磨《と》いでおき

どうよくな事どうよくな事

水かねで胸のくもりを磨いでおく

宝暦九年・満2

59 付木突の仕事ぶりを見ていると、腰つきにおどけた拍子があっておかしくなってくる。太神楽から付木突へ。太神楽は終りにおどけた好色な仕草などして笑わせる。付木突の腰つきも、そのような連想を誘う。「付木突」は付木を作る職人。付木は長さ五六寸幅広の薄い木片の端《はし》に硫黄を塗り付けたもの。その硫黄に燧石《ひうちいし》から取った火口《ほくち》の火を移し、炎《ほのお》を立てて、火をおこすのに用いる。付木突は杉などの用材を刃物に突きつけてこれを製す。腰つきにおどけた拍子が伴う。

◆前句を、付木突の腰つきをおかしがる意として、その仕事ぶりを付ける。

60 馬を使う馬方がいない時には、かわりに子供が「馬よ太鼓打て夏豆食わそ」などとはやして、馬に芸をさせて遊ぶ。おどけた腰の拍子から馬の腹太鼓へ。昔はどこでも見られた街頭風景。原作の「は」を「が」とし、句意整う。

◆前句を、馬の芸をおかしがる意とし、子供のいたずらを付ける。

61 水銀剤を飲んで、胸に支えた心配の種を水にして「これでよし」と、身持の悪い女ではある。腹太鼓打つ馬の逸物《いちもつ》から不行跡の跡始末へ。「水かね」は水銀。堕胎剤として飲用された。水銀は本来鏡磨ぎに用いる。「くもり」「磨ぐ」はその縁語。原作の「おく」の重みを去って「おき」と改め、句調軽快。

◆前句を、堕胎女の非道を責める語として付ける。

62　袴着《はかまぎ》にや鼻の下までさつぱりし

たしなみにけりたしなみにけり

宝暦九年・宮1

62　袴着には装束だけでなく、普段垂らしている洟《はな》もきれいに拭いてもらって、見違えるばかりこざっぱりといい子になって。

胸のくもりを磨ぐからさっぱりした鼻の下へ。「袴着」は七五三の一つで、男児に初めて袴を着せる儀式。この頃は五歳の十一月十五日。裃《かみしも》をつけて氏神に参拝する風がある。この句はそれ。

◆前句を、身嗜《みだしな》みのよい意とし、袴着の正装を。

63　習ふよりすてる姿に骨を折り

たしなみにけりたしなみにけり

習ふよりすてる姿に骨が折れ

宝暦九年・宮1

63　芸事に伴う着物の着こなしや立居振舞は、それを修得しようとする時よりも、身を引いてから前歴が分らぬように振舞う方がむつかしい。

袴着の正装から芸者や遊女をやめた女の身嗜みへ。長年にわたって身についた習慣の払拭しがたい道理を、それ者《しゃ》上がりの女にリアルに詠み取る。「骨を折り」は原作の観念的な「骨が折れ」を改めて、その女自身が何かと気をつかう様を描き出し、写実的になった。

◆前句を、挙措に気をつかう意として、それ者上がりの女を付ける。

64　無いやつのくせに供へをでつかくし

飾りこそすれ飾りこそすれ

無いやつがくせに供へをでつかくし

宝暦九年・宮1

64　あいつは銭もないくせに見栄っ張りな野郎だぜ。正月飾りのお供えの鏡餅を、あれあんなにでかくこしらえて。いい気なものだ。

身嗜みに骨を折る女から外聞を張るのに苦労する男へ。お鏡は誰しも精一杯大きいのを飾って一陽来福を願うのは人情だが、分不相応は嘲笑の種。「無いやつの」は原作「が」の粗さを消して、句調まろやか。

◆前句を、正月飾りとし、見栄っ張りの男を付ける。

65 国ばなし尽きれば猫《ねこ》の蚤《のみ》をとり

寄り合ひにけり寄り合ひにけり

宝暦九年・宮1

65 国の話も種が尽きると、二人とも黙ったままで、膝の猫の蚤をとっている。静かな午下《ひる》がり。貧乏男から出稼ぎ女へ。同じ家に奉公する下女であろう。たまたま同じ国の出というわけで、気を許した仲。仕事の手すきや主人の留守などには、国の話に勤めの憂さを忘れる。「猫の蚤をとり」には所在なさと安らぎがある。

◆前句を、人二人とし、同国出の下女の体を付ける。

66 藪《やぶ》入《いり》の綿着る時の手の多さ

寄り合ひにけり寄り合ひにけり

宝暦九年・宮1

66 藪入で戻っている娘が、いざお屋敷へ帰る段になると、家中総出で身支度に世話をやく。国話尽きるから帰り支度へ。この藪入は武家奉公の宿《やど》下がりの意。お屋敷奉公に出ている娘への心遣い。「綿」は綿帽子。真綿を広げて作る。婦人外出の用。身支度の最後にかぶる。ここは帰り支度を「綿着る」で代表させた。

◆前句を、家中で宿下がり娘を取り囲む体とする。

67 武《む》蔵《さし》坊《ばう》とかく支度に手間がとれ

飾りこそすれ飾りこそすれ

宝暦九年・宮2

67 武蔵坊弁慶は大層な七つ道具を背負っているが、いざ出陣という時には、さぞかし手間がかかったことだろうて。藪入娘の帰り支度から弁慶の出陣支度へ。武蔵坊は義経の忠臣、なかば伝説化された強勇無双の武人。後世の図像は熊手・鋸《のこぎり》・斧《おの》などの、いわゆる七つ道具を背負って厳しい。これはそれを揶揄《やゆ》する。

◆前句を、弁慶の七つ道具とし、出陣の体を付ける。

68 勘《かん》当《だう》も初手は手代に送られる

68 勘当された放蕩息子も最初は手代に身の預け先まで送り届けられる。改悛《かいしゅん》を願う切ない親心。

弁慶の出陣から勘当息子の出立《でたち》へ。ともに手間どる。「勘当」は主従・親子・師弟の縁を切って追放すること。江戸時代は町年寄・奉行所などに届け出ると勘当帳に記録され、公的効力をもつ。その他は内証勘当といい、この句はそれ。やがては勘当帳に載ることを暗示。

◆前句を、度重なる事で親も今は諦め顔の意とし、最初の頃を回想する体を付ける。

69　不寝番の若い者が見廻りに来て、廊下の明り行《あん》燈《どん》の燈心を、乱暴にも五六寸もかき立てて行く。

勘当息子から吉原妓楼《ぎろう》深夜の景へ。「寝ずの番」は家毎《ごと》の火の用心の不寝番。「かき立て」は燈心押えの鎮《しずめ》で燃え尽きかけた燈心をかき出して炎を大きくする作業。「五六寸」は乱暴さを言う。不夜城深更唯聞拍子木。

◆前句を、不寝番の燈心をかき出す体として付ける。

70　願いの筋が聞き届けられて、開墾田の所有権を手に入れた百姓が喜色満面で国へ帰って行く。馬喰町ではよく見かける光景である。

かき立てて行く寝ずの番から馬喰町を立つ百姓へ。馬喰町は諸国から来た旅人のための旅籠《はたご》屋が多かった。

◆前句を、訴訟のために江戸に出た人が、念願叶《かな》って喜ぶ体として、馬喰町を立つ百姓を付ける。

71　いつどこで過ちを起しはせぬかとはらはらしていた娘さんだが、昨晩めでたく嫁入りしたわい。

新田を手にした男から娘を嫁にやる親へ。町内で評判の派手娘。「親ごもほっとなさったことだろうよ」と。

◆前句を、娘を嫁にやった人の喜びとして付ける。

たびたびな事たびたびな事　宝暦九年・梅1

69
五六寸かき立てて行く寝ずの番

ぞんざいな事ぞんざいな事　宝暦九年・梅1

70
新《しん》田《でん》を手に入れて立つ馬《ば》喰《くろ》町《ちやう》

喜びにけり喜びにけり　宝暦九年・梅1

71
どこぞではあぶなき娘ゆふべやり

喜びにけり喜びにけり　宝暦九年・梅1

72
仕切場へ暑い寒いの御《ご》挨《あい》拶《さつ》
たびたびな事たびたびな事
宝暦九年・梅1

72 仕切場へ、暑いの寒いのと、毎度御丁寧な挨拶をして、よく来るよ。あの人。

あぶなき娘から芝居好きの男へ。「仕切場」は芝居小屋の会計を取り仕切る所で、帳元の手代などが詰める鼠木戸《ねずみきど》脇の札売場。いつも仕切場の者に愛想のよい挨拶をして、木戸を通してもらう男。「御挨拶」は受ける側で、御丁寧なことだと揶揄《やゆ》する語気。

◆前句を、芝居見に来る意とし、毎度仕切場へ追従の挨拶をして、木戸を通してもらう男の噂を付ける。

73
紅葉《もみぢ》見の鬼にならねば帰られず
重ねこそすれ重ねこそすれ
紅葉見は鬼にならねば帰られぬ
宝暦九年・梅1

73 紅葉狩の帰りには、心を鬼にしないことには、とても無事に帰って来られるものではない。

芝居見物から紅葉見物へ。紅葉の名所としては下谷《したや》の正燈寺《しょうとうじ》と品川の海晏寺《かいあんじ》が有名。いずれも近くに吉原・品川の遊里がある。よって紅葉狩をだしに帰りの廓遊びが目的の遊山が多かったとする。「鬼になる」は誘惑を絶つ決断をする意に、謡曲『紅葉狩』の戸隠山の鬼女を匂わせた修辞。「紅葉見の」の「の」には「や」に近い詠嘆のひびきがある。原作の「は」は散文的。

◆前句を、重ねて連れに誘われる意として付ける。

74
お内儀の手を見覚える縫《ぬひ》箔《はく》屋《や》
たびたびな事たびたびな事
宝暦九年・梅1

74 縫箔屋はほかの職人とちがって、注文主のお内儀の筆跡を、いつしか見覚えてしまうことだ。

紅葉狩から遊山の晴着の縫箔屋へ。「縫箔」は刺繡《ししゅう》と摺箔《すりはく》で衣服に模様を現したもの。また金糸・銀糸の刺繡。図柄の指図を書面で度々受け取るからである。「お内儀」は大店《おおだな》の内儀で、手も達者と見える。

◆前句を、縫箔の注文書が度々だの意として付ける。

75
泣《なき》がけも尊《たか》氏《うぢ》已《い》後《ご》はもうくはず
たびたびな事たびたびな事
宝暦九年・梅2

75　足利尊氏は泣男を使った楠正成の謀略にはまったが、今時泣き落しの古い手などにのるものか。手を見覚えるからもうくわずへ。「泣がけ」は泣いて駆け込むこと。泣男の軍談によせて泣き落しの手の意に用いた。女郎の手管にとりあわぬ客などの体。
◆前句を、いつもの手だと嘲《あざけ》る意とし、その男の心に思うところを付ける。

76
しばらくの声なかりせば非業の死
運のよい事運のよい事
宝暦九年・桜1

76　「しばらく」と制する声がかからなかったら、すんでのことに命のないところだった。
正成戦死の謀略から非業の死へ。歌舞伎十八番の一つ『暫《しばらく》』の舞台をよんだもの。悪逆非道の権力者に虐待され、あわや一命を失おうとする者が、「しばらく」の声をかけて登場する大力の主役に救われる筋の一幕。毎年十一月の顔見世狂言の吉例の出し物で、江戸歌舞伎の典型として、独特の型と扮装が愛好された。句の口調は役者のせりふに似せたうがちである。
◆前句を、主役に救われた者とし、観客の声を。

77
伊《い》勢《せ》縞《しま》のうちは閻《えん》魔《ま》を尊《たふと》がり
長い事かな長い事かな
宝暦九年・桜1

77　伊勢縞のお仕着せを着ている丁稚《でっち》の間は、藪入に閻魔堂に参っては、心から尊いと思っている。
死から閻魔へ。「伊勢縞」は伊勢国松坂産の木綿縞で、商家で丁稚・小僧の仕着せにはもっぱらこれを用いた。よって丁稚の異称ともなった。二参照。
◆前句を、閻魔堂に参った藪入の丁稚が長時間をかけて拝んでいる意とし、丁稚の心情を付ける。

78
役人の子はにぎにぎをよく覚え

78　役人の子は「にぎにぎ」を覚えるのも早く上手だ。さすがに血は争えぬものだ。

閻魔を尊がるから恐《こわ》い役人へ。「にぎにぎ」は乳児が掌を開いたり握ったりする動作。収賄を暗示する。この句は諷刺句としてよく話題になるが、この句の諷刺性は、原作の前句から切り放されて、ここに独立句として収められた時に生れた。前句付の付句には本来諷刺の心の入り込む余地はない。

◆前句を、人の幸運を羨む意とし、役得の多い役人の子に生れた幸せを付ける。

79　女房持ちであるばかりに、病気の直り際《ぎわ》に不養生をして回復が遅れる。いっそ独り者だったら。

乳児から夫婦へ。病中は行き届いた看病で女房の有難さが身にしみるが、そろそろ回復期ともなると、双方ともに長期の緊張が緩《ゆる》み、つい自制心を失い不養生をしでかす仕儀ともなる。「魔をさす」は「魔がさす」に同じで、邪念が起る意。原作の「得手《えて》」は「得手吉《きち》」の略。女陰の隠語。表現があからさまである。

◆前句を、療養期間の長い意として、病人を付ける。

80　鑓（槍）持ちの奴は自分の胸を刺し通した格好で、槍を真直ぐ立てて捧げ持って行くわい。

女房・魔をさすから鑓持・胸をさし通しへ。対句的趣向。「胸のあたりをさし通し」は謡曲『藤戸』の文句取り。漁夫は佐々木三郎盛綱の氷の刃《やいば》に刺されたが、槍持ちは自分でという滑稽。

◆前句を、槍の柄が長いと感心する意として付ける。

81　白魚が子を思う心に引かれて隅田川を上って来る頃だ。我が子をたずねて梅若丸の母が同じ隅

運のよい事運のよい事　宝暦九年・桜1

79　女房があるで魔をさす肥立《ひだち》ぎは

長い事かな長い事かな　宝暦九年・桜

女房が得手は魔をさす肥立ぎは

80　鑓《やり》持《もち》は胸のあたりをさし通し

長い事かな長い事かな　宝暦九年・桜

81　白《しら》魚《うを》の子にまよふ頃角《すみ》田《だ》川《がは》

田川のほとりの梅若塚にたどり着いた三月十五日は。『藤戸』から『隅田川』へ。「角田川」は隅田川。謡曲『隅田川』の意を含めた表現。「白魚の」「まよふ頃」は、原作が「も」「時」と『隅田川』を表にはっきり出したのに比べて、柔らかく余韻がある。

◆前句を、子を思う母の情とし、梅若忌を付ける。

82　女は年とともに厚化粧の機会もふえることだが、帯解はまずその手初めだ。

子に迷う母から帯解の厚化粧へ。女の苦の知りはじめでもある。長い生涯、予測は不可能。場合によっては苦界に身を置くことになるやも知れぬ。「帯解」は女児七歳の七五三の祝い。盛装して氏神に参拝した。

◆前句を、物にあきれる体とし、帯解の厚化粧を。

83　夕べの灯籠の灯の明るさとはうらはらに、朝帰りの言い訳ははなはだしろぐらい。

濃いおしろいから吉原へ。「灯籠」は享保時代の名妓《めいぎ》玉菊《たまぎく》の追善に、毎年七月中吉原中《なか》の町の茶屋が点《とも》した灯籠で、見物で賑わった。これは灯籠の灯にうかれて遊興の一夜を明かした息子か亭主で、親仁《おやじ》か女房にしどろもどろの辻褄《つじつま》のあわぬ言い訳の体である。「くらい」は灯籠の縁語で、明暗の対比におかしみを出す。「灯籠に」は灯籠見物についての意。原作「で」も同義。

◆前句を、言い訳の相手をこわがる意として付ける。

84　客の将棋が埒《らち》が明かない。逆王だ。たまりかねて、「この盤はひとまず預かります」と料理人。

灯籠見物から料理茶屋へ。開宴の前のひまつぶしの将

やさしかりけりやさしかりけり　宝暦九年・松1

白魚も子にまよふ時角田川

82
帯《おび》解《とき》は濃いおしろいの塗《ぬ》り初め

あんまりな事あんまりな事　宝暦九年・松1

83
灯《とう》籠《ろう》に甚《はなは》だくらい言訳し

こはい事かなこはい事かな　宝暦九年・松1

灯籠で甚だくらい言訳し

84
逆《さか》王《わう》を貰《もら》ひに出たる料理人

棋一局。今でもよくある図。馴染の客と見える。「逆王」は原作では「逆馬」で同義。「入王」ともいう。王将が敵陣内に入り込んだ形の布陣で、勝負が長引くとされている。素人のへぼ将棋。

◆前句を、待ち疲れた料理人の体とし、料理茶屋の寸景を付ける。

85　花やいだ女中たちに取り囲まれての明け暮れ。奥家老の前生《ぜんしよう》は花守だったのかしら。

料理人（料理番）から花守へ。役柄の類似。「奥家老」は江戸城大奥や諸大名の奥向きの庶務を掌握《しようあく》する役向きの称。幕府の職制にはないが、あって然るべしとする常識から生れた仮称の職名。貞享《じようきよう》頃からすでに文芸作品に登場し、後世狂句作者が空想を逞《たくま》しくする格好の題材となる。

◆前句を、優雅なお役目だの意として付ける。

86　明け方になって、しばし仮寝の枕にと、手許のかるた箱を引き寄せてみたが、勝手がよくない。

奥家老から奥女中のかるた遊びへ。歌かるたに興じて夜をふかし、気がついた時には東の空が白み始めている、という場面。「春の夜の夢ばかりなる手枕に暁ばかり憂きものはなし」などところ寝を興がる図。忠家の手枕をいなした周防内侍《すおうのないし》の逸話を翻《ひるがえ》した俳諧。

◆前句を、優美風流な遊びの意として付ける。

87　お前のような奴は、今日からは親でも子でもない。もともと捨子を拾って今日まで育ててやったのに。この恩知らずめ。

あんまりな事あんまりな事　宝暦九年・松1

逆馬《さかうま》を貰ひに出たる料理人

85　花《はな》守《もり》の生れかはりか奥家老

やさしかりけりやさしかりけり　宝暦九年・松1

86　あかつきの枕に足らぬかるた箱

やさしかりけりやさしかりけり　宝暦九年・松1

87　出てうせう汝《なんぢ》元来みかん籠《かご》

かるたから博奕《ばくち》遊びの息子へ。親の激怒。秘して来た「捨子」を口外してしまった嘆き。「汝元来」は禅僧の引導の口吻《こうふん》をうつし、大喝の語気を表わす。「みかん籠」は捨子の容器に用いられた。捨子の異称。
◆前句を、親の忿懣《ふんまん》やるかたなき体として付ける。

88　国境の橋の渡り初《ぞ》めだ。待ちかねた人々が両方からどっと渡る。随分用が溜っていたらしい。
捨子から橋へ。人が橋を渡るのを用事が渡ると言い立てた。「二箇国」には両国橋を匂わせる。
◆前句を、渡り人《て》の多い意とし、渡り初めを付ける。

89　あの内儀は鼻紙で手を拭くしたたか者だけあって、なかなか酒もいけるて。
渡り初めから祝儀の酒へ。それ者《しゃ》上がりの素姓が「鼻紙で手を拭く」仕草に現れる。「鼻紙」は懐中紙。閨房の用を匂わせることが多い。「なり」は「なる」で、できる・能力がある等の意で、「酒」と熟してよく用いる。二七六参照。
◆前句を、それ者上がりの素姓丸出しの意として、その人の行状を付ける。

90　病気が直ったばかりの人は、食べ物だと言うと何でも、ついおしいただいてから口にする。
酒もなりからいただく癖《くせ》へ。「いただく」は額《ひたい》のあたりに捧げ持つこと。盃《さかずき》を上げたり、薬湯《やくとう》を飲む時の仕草である。長の患いで薬湯をいただいた習慣がしみついてしまった人の弱々しい姿のうがちである。
◆前句を、食物賞美の意とし、病後の人の体を。

あんまりな事あんまりな事　宝暦九年・松2

88
二箇国にたまつた用の渡りぞめ
めつたやたらにめつたやたらに　宝暦九年・仁1

89
鼻紙で手を拭《ふ》く内儀酒もなり
めつたやたらにめつたやたらに　宝暦九年・仁1

90
病《や》み上がりいただく事が癖《くせ》になり
けつこうな事けつこうな事　宝暦九年・仁1

91　恵《え》方棚《ほうだな》の正面に橙がぶら下がっているが、あれは年神様の疝気所だ。

病み上がりから疝気所へ。「年神」は歳徳神《としとくじん》。この神のいる方角を恵方と言い、その年の恵方に神棚を釣って祭る。「疝気」は下腹・腰部の痛む病気。「疝気所」は疝気の起る所。ここは神棚に張り渡した前垂《まえだれ》注連《しめ》の中央につるした橙を、形状の類似から力士の股間の物に見立て、歳徳神のそれだと興じた。下卑ぬ諧謔。

◆前句を神棚の橙のこととし、見上げる人の観察を。

92　大名行列の最後尾を人足の担《かつ》いだ合羽箱の列が行く。先頭が停止すると、合羽箱も前から次々と行儀よくしゃがみ込む。見た目にも心地よい。

年神さまからかしこまりへ。「合羽箱」は一行の雨具を納めた箱。「どろどろどろ」は動作の順次波及する様で、合羽箱が地に下りる音をもきかせた。

◆前句を、行列の見物人の心とし、行列の様を。

93　宿場の旅籠《はたご》の宿引き女にひどい目にあったが、何屋が定宿だと言ったら、すぐ放してくれて助かった。これはやっぱり道中の心得事だ。

大名行列から宿場の旅人へ。留女《とめおんな》に笠を奪《と》られ、袖を引きちぎられという場面。こんな時定宿があると言って断るのが、最も無難な手であった。「定宿」は、いつも泊りつけの旅宿。常宿。

◆前句を、難を逃れた旅人の心境とし、その場面を。

94　今日は長屋中総出で井戸浚《さら》えだ。中に一人だけ高下駄ばきで手をこまねいているのがいる。あ

91

橙《だいだい》は年神さまの疝《せん》気《き》所《どこ》

目立ちこそすれ目立ちこそすれ

宝暦一〇年・桜2

92

合《かつ》羽《ぱ》箱どろどろどろとかしこまり

気味のよい事気味のよい事

宝暦一〇年・桜2

93

定《ぢやう》宿《やど》を名乗つてひどい場を逃れ

気味のよい事気味のよい事

宝暦一〇年・桜2

94

井戸替へに大《おほ》屋《や》と見えて高《たか》足《あし》駄《だ》

れが大屋らしい。

ひどい場から井戸替えへ。長屋の共同井戸の掻出《かいだ》し清掃。足許《あしもと》は水びたし。みんな裸足の奮闘。その中に唯一人監督然と構えた男。高足駄は足許を濡らさぬ用意である。「大屋」は長屋の差配人。家守《やもり》。
◆前句を、長屋の連中が井戸替えに勇む体とする。

95 立臼を作る用材に、天狗のすみかの大木を伐り倒して鼻を明かしてやった。
高足駄から天狗へ。天狗は鼻高く、翼あり飛行自在。杉の大木をすみかとするとされる。大木や家の突然倒れることを天狗の仕業と恐れて「天狗倒し」という。この句は大木を天狗の家と言い、この諺《ことわざ》を逆にとって、天狗に一矢を報いたとする趣向である。原作の平板説明的なのに比べて、生彩が加わった。
◆前句を、天狗への報復を痛快がる意として付ける。

96 禅寺は他の寺とはちがい、彼岸に上がる賽銭《さいせん》などもの数とも思わない。ほかにあてがある。
天狗の家から禅寺の紅葉へ。「禅寺」は下谷正燈寺《したやしょうとうじ》と品川海晏寺《かいあんじ》を指す（七三参照）。共に紅葉の名所。吉原・品川の遊里を控えて、紅葉見物にかこつけた遊客の参詣が多かったとされる。振り向かぬのはあてがあってのこと。そのうがち。
◆前句を、禅寺の超俗の風格をいう意として付ける。

97 夕暮になってからあたふたと出かける男は、戸も閉め忘れるばかり、気もそぞろだ。
禅寺から廓遊びへ。日の暮れるのを待ちかねた男。夜

勇みこそすれ勇みこそすれ　宝暦一〇年・桜2

95 立臼《たてうす》に天狗《てんぐ》の家をきりたふし

気味のよい事気味のよい事　宝暦一〇年・桜2

立臼は天狗の家をきりたふし

96 禅寺は彼岸の銭《ぜに》にふりむかず

気味のよい事気味のよい事　宝暦一〇年・桜2

97 たそがれに出て行く男尻知らず

の楽しみは言わずと知れた吉原か品川。しめし合せた連れが待っている。「尻知らず」は戸締りをせぬ意。

◆前句を、夜遊びに心はやる男とし、その姿を。

98　新世帯の自堕落者。もう日が高いのに一向に起き出る気配がない。隣の女房が戸口をたたいて、「もう起きな。あんまりだよ」。

夜の廓遊びから新世帯の朝寝へ。「新世帯」は男女が新居を構えることだが、気儘《きまま》な同棲生活をさして言う場合が多い。ここは女郎を引かせた道楽者の同棲。

◆前句を、一軒だけ戸をしめた家がある様として。

99　軒下に木馬が一つ。見ると鼻面《はなづら》に「売物」の貼《はり》紙《がみ》がべったり。思わず吹き出しそうになる。

新世帯から貧乏暮しへ。「木馬」は騎乗稽古の用。家計不如意の武士の侘《わ》び住居である。おかしさと哀愁とを一点に凝集した「面へ張り」がこの句の生命。格好の貼り場所である。逆境にも平然たるあるじの面構えが浮ぶ。

◆前句を、売物の貼紙が目立つ意として付ける。

100　湯殿という所は知恵を働かそうにも裸ではどうにもならぬ所と、昔から相場のきまった所だ。

よい思いつきの貼紙から知恵の出ぬ湯殿へ。「昔から」に故事を暗示。平治の乱に敗れて尾張国まで落ち延びた義朝。伊豆修禅寺に幽せられた頼家。いずれも湯殿の中で殺害されたと伝える。虚を突かれて落命した武将の故事に重ねて、湯煙《ゆけむり》の中の蕩然《とうぜん》の気を言う。

◆前句を、とても出来るものではないの意とする。

勇みこそすれ勇みこそすれ　宝暦一〇年・桜3

98　隣《となり》から戸をたたかれる新世帯《あらぜたい》
目立ちこそすれ目立ちこそすれ　宝暦一〇年・桜3

99　うりものと書いて木馬《もくば》の面《つら》へ張り
目立ちこそすれ目立ちこそすれ　宝暦一〇年・桜3

100　むかしから湯殿は智恵の出ぬ所
めっさうな事めっさうな事　宝暦一〇年・宮2

101　神代にも欺《あざむ》いて計略にはめるには酒が要《い》った。これだけは神代も今も変らない。

昔から出ぬ知恵から神代からの工面へ。素戔嗚尊《すさのおのみこと》の八《や》岐大蛇《またのおろち》退治の神話を思い起させる趣向で、古来変らぬ酒の効用を言いたてた。人を丸めこむには酒の席にかぎると。

◆前句を、酒がたくらみの手助けをする意にとり、大蛇退治の神話を付ける。

102　申し出を承諾しかねる。黙ったままに時が経《た》つ。注がれたままの盃には埃《ほこり》が浮いている。だます工面の酒から不得心の盃へ。不得心は説得される側。甘い話には落し穴がある。ここが大事の思案どころ。うっかりこの盃は貰えない。じっと俯《うつむ》いたままで時が流れる。「盃にほこりのたまる」は話が暗礁に乗り上げたままの緊迫の情景。客と芸者か。

◆前句を、返事に困る女として、その場の情景を。

103　南無三。木戸が閉ってる。大屋を叩《たた》き起すほかに手はない。困った。先月分の家賃はまだだ。盃にたまったほこりからたまった家賃へ。「跡月」は先月の家賃。「やる」は支払う意。「路次をたたく」は長屋の路地の木戸の戸を叩くこと。夜遊びに時を忘れ、木戸の門限の亥《い》の刻(夜十時)を過ぎて戻った男。根っから人はいいが、貧乏と遊び癖《ぐせ》がこの男の疵《きず》。

◆前句を、木戸の門限に遅れた男の困惑として。

104　殊勝気な尼さんの小指が短いのを見付けた。目で笑って見せたら、伏し目で笑い返すだけだ。

101
神代《かみよ》にもだます工面《くめん》は酒が入《い》り
　手伝ひにけり手伝ひにけり
宝暦一〇年・梅1

102
盃《さかづき》にほこりのたまる不得心《ふとくしん》
　こまりこそすれこまりこそすれ
宝暦一〇年・梅1

103
跡月《あとげつ》をやらねば路次《ろじ》もたたかれず
　こまりこそすれこまりこそすれ
宝暦一〇年・梅1

104
指のない尼を笑へば笑ふのみ

金のない男から指のない尼へ。「指のない」は心中立てに切り落した意。法縁にすがって苦界《くがい》の罪障を浄《きよ》めようと行いすます尼が、好奇の目に応える無言の微笑。原作の「なぶれば」には心ない邪心がむき出しであるが、「笑へば」は控え目で、暖かい。

◆前句を、なぶられる尼の心情として、その様子を。

105　鉢巻姿は何でも威勢のよいものだが、頭痛の鉢巻姿だけは哀れで、見られたものではない。

尼の秘密を摑《つか》んで悦に入る男からみじめな頭痛病みへ。同じ鉢巻姿の中にもこれはまた。

◆前句を、頭痛で困っている意とし、その男の体を。

106　ふだんは常《じょう》精進のぼた餅が精進落ちをするのは亥の子の炬燵《こたつ》びらきである。

頭痛鉢巻の男からぼた餅へ。「ぼた餅」はあばた面で、醜女《しこめ》の異称。ここは亥の子に祝うぼた餅をきかす。「ゐのこ」は玄猪《げんちょ》の祝い。十月上《かみ》の亥の日に、万病を除き子孫の繁栄することを願ってぼた餅を祝う。またこの日炬燵を開く。「精進落」は精進を止めて肉食すること。ここは禁欲を解く意で、情事の暗喩。原作が亥の子の習俗を背景にして「ぼた餅も」と露骨なのと比べて、「ぼた餅の」は醜女だけを説いて、やや句の品がよくなった。

◆前句を、年中行事の意とし、亥の子の習俗を。

107　花嫁が何か物を言っているが、声が綿帽子の中に籠《こも》って、穴倉から聞えて来るようで、よく聞きとれない。

こまりこそすれこまりこそすれ

指のない尼をなぶれば笑ふのみ

宝暦一〇年・梅2

105 鉢巻も頭痛の時は哀れなり

こまりこそすれこまりこそすれ

宝暦一〇年・梅2

106 ぼた餅《もち》の精進《しやうじん》落《おち》はゐのこなり

定めこそすれ定めこそすれ

ぼた餅も精進落をゐのこにし

宝暦一〇年・梅2

107 穴ぐらで物いふやうな綿ぼうし

ぼた餅からぼた餅の嫁の婚礼姿へ。「穴ぐらで物いふやうな」は綿帽子を目深《まぶか》にかぶった姿で、醜女の花嫁姿である。六六参照。

◆前句を、花嫁が困っている意とし、綿帽子姿を。

108　遊女がきりっとした白ずくめの衣裳で出る八朔の中の町は、雪が降ったようで見た目に寒い。

綿帽子の花嫁衣裳から八朔の雪へ。「八朔」は旧暦八月一日。この日中の町へ出る遊女はみな、白小袖のほか上着まで白無垢《むく》を着る習わしであった。「急度して」は白無垢の衣裳を着た姿の普段と違った引き緊った感じを言い、雪景色を見る思いだと誇張した。

◆前句を、年中行事の意とし、八朔の中の町の景を。

109　傀儡師が路傍に立った姿は、ものの十里も向うからやって来たような扮装《いでたち》だ。

八朔の遊女の白無垢姿から傀儡師の立ち姿へ。「傀儡師」は子供相手に人形芝居を見せて銭を稼ぐ街頭芸人。首に掛けた箱を舞台に、浄瑠璃などをまねて人形を舞わす。手甲《てっこう》・脚半《きゃはん》・草鞋《わらじ》がけ姿は旅人そっくり。

◆前句を、子供が見て楽しむ意とし、傀儡師の姿を。

110　足許の土を爪にかけて、小きざみに引っ掻いている鶏の足づかいは、いかにも物言いたげだ。

傀儡師の立ち姿から鶏の立ち姿へ。時をつくる気構えで頸《くび》を伸ばし、爪先立った鶏の姿である。傀儡師の立ち姿に似ている。原作の「鶏は」を「鶏の」として、眼前の鶏の動作を捉えた句とした。

◆前句を、鶏が時をつくる意とし、その挙動を。

こまりこそすれこまりこそすれ　宝暦一〇年・梅2

108
急度《きつと》して出る八朔《はつさく》は寒く見え
定めこそすれ定めこそすれ　宝暦一〇年・梅2

109
傀《くわい》儡《らい》師《し》十里ほど来た立ち姿
慰みにけり慰みにけり　宝暦一〇年・満1

110
鶏《にはとり》の何か言ひたい足づかひ
作りこそすれ作りこそすれ　宝暦一〇年・満1

111　片端にきんたまを作った手拭を持って銭湯へ。身嗜《みだしな》みに気をつかう色気盛り。若い時が花だ。

時つくる鶏から若盛りの男へ。手拭の片端に糠《ぬか》を包み込んで丸く縛ったのを肩にして銭湯へ。形状の類似で「きんたま」と洒落た。婦人用の糠袋は気恥ずかしい若者の、照れっ気半分の気負いである。

◆前句を、化粧する意とし、銭湯通いの若者を。

112　杖突が一杯機嫌で水盛りをされたところは信用できない。内々で水盛りをやり直しておく。

一さかりから酒の勢いの杖突へ。「杖突」は幕府の小普請方の役人。建築の際、水盛りは杖突が量ったものといわれる。「水盛り」は敷地・基礎などの測量。請負の振舞酒に酔って危ない手つきで水準器を使ったところなど安心できない。原作は建築落成後、早期に雨漏りが起きた場合で、原因はどうやら基礎測量の際の誤りにあるらしいと、気付く体であるが、「場所は早く漏り」を「所は盛り直し」とし、その場で事故を未然に防ぐ処置を構ずる意に改めた。

◆前句を、杖突のふしだらな仕事ぶりを罵《ののし》る言葉として、新築日も浅いのに雨漏りが起った様を付ける。

113　延期を願う使者を差し向けねばならぬが、こればかりは先方でも笑って諒承《りょうしょう》してくれるだろう。

婚礼の祝儀を目前にして思わぬ支障。早速期日盛り直しから笑って延ばす予定日延期へ。支障は勿論《もちろん》嫁方の止むを得ぬ生理的事情である。「笑つて」は先方での使者接待の場の空気である。これは勿論、仲人

鶏は何か言ひたい足づかひ

111
手《て》拭《ぬぐひ》にきんたま出来る一《ひと》さかり
作りこそすれ作りこそすれ
宝暦一〇年・満2

112
杖《つゑ》突《つき》の酔はれた所《とこ》は盛り直し
じだらくな事じだらくな事
杖突の酔はれた場所は早く漏《も》り
宝暦一〇年・満2

113
婚礼を笑つて延ばす使者を立て

があたふたと先方へ駆け込んで事足る町人の婚礼ではない。既出一六をこの句の次に置くと面白い。

◆前句を、面倒が起る気遣いはないという意とし、婚礼延期の使者の立つ事情を脇で傍観する体を付ける。

114　すっぽんを料理するのはむごくて見ていられない。気弱な母は舞の手よろしく、身もだえしていやがることだ。

娘の婚礼から母の舞へ。「料《れう》れば」は料理すればの意。「いやだいやだ」と両の袖で顔を蔽《おお》う仕草を、舞の所作に見立てて「舞をまひ」と面白く言った。一〇参照。

◆前句を、すっぽんの料理を見る母の気持とし、その仕草を付ける。「気の毒」はつらい、いやだの意。

115　椋鳥が連れ立って何度となくやって来ては、格子の前に立ちふさがり、がやがやと口やかましく暑苦しい思いをさせることだ。金持たずどもが。

すっぽん料理から暑がるへ。「椋鳥」は江戸に出稼ぎの田舎者《いなか》の異称。椋鳥は群をなす習性がある。これは田舎者連れの吉原見物。「格子」は遊女を客が外から物色できるようにした張見世の格子で、「格子をあつがらせ」は格子の中の遊女たちを暑がらせる意。

◆前句を、遊女がいやな思いをする意として、格子先に立ちふさがる田舎者連れを付ける。

116　娘の振袖は意外な事に役に立つ。何か言いそこないをした時に、その口を塞《ふさ》ぐ蓋になるとは。

格子に立ち塞がる椋鳥から蓋になる振袖へ。些細《ささい》なし

自由なりけり自由なりけり

婚礼を笑って延ばす使者が立ち　宝暦一〇年・宮1

114

すっぽんを料《れう》れば母は舞をまひ

気の毒な事気の毒な事　宝暦一〇年・宮1

115

椋《むく》鳥《どり》が来ては格子をあつがらせ

気の毒な事気の毒な事　宝暦一〇年・宮1

116

振《ふり》袖《そで》は言ひそこなひの蓋《ふた》になり

くじりも大げさに恥ずかしがる娘の仕草をうがって、比喩に面白さを見せた。

◆前句を、小娘などが恥じ入る意にとり、言いそこないをした娘の仕草を付ける。

117　とんでもない事を仕出かしてくれたものだ。せめて色事の過ちなら取りなしのしようもあるのだけれど。

言いそこないの蓋から不始末の訴訟へ。「訴訟」は詫《わ》びを入れること、取りなし等の意。勘当された男の叔父、解雇された奉公人の請人《うけにん》などの嘆きである。

◆前句を、取りなしてくれと泣き付かれた人の嘆息として、その人の口吻を付ける。

118　吉原行きと同じように、葭町へ羽織姿で医者の風をして出かけては羽振りがきくものでない。

女色から葭町の男色へ。「葭町」は男色を売る陰間《かげま》茶屋のあった所。坊主客がお得意ということになっている。「羽織」は医者の身なりの象徴。坊主の吉原行きは医者に扮して行くのが常識とされた。従って坊主が「葭町へ羽織」は見当違いである。

◆前句を、決りきってるの意とし、葭町の坊主客を。

119　しんみりと話し込んでいる二人。その指先は側の壁のすさを無意識にむしり取っている。

売色から実の恋へ。「実ばなし」は真実こめたまじめな語らい。「苆」は壁土のつなぎに混ぜた藁《わら》。

◆前句を、誰でもそうするものだの意とし、実ばなしの際の無意識の仕草を付ける。

気の毒な事気の毒な事　宝暦一〇年・宮1

117　せめて色なれば訴訟《そしょう》もしよけれど

気の毒な事気の毒な事　宝暦一〇年・宮2

118　葭《よし》町《ちゃう》へ羽織を着ては派が利《き》かず

定めこそすれ定めこそすれ　宝暦一〇年・梅3

119　壁の苆《すさ》むしりながらの実《じつ》ばなし

定めこそすれ定めこそすれ　宝暦一〇年・梅3

120　出産を報せる娘からの便り。国許の母は嬉しさにじっとしていられない。手紙を懐に、早速近親・知己を訪ねて見せて廻る。

実ばなしから出産の便りへ。江戸で世帯を持った娘からの初孫出産の便りであろう。「文を抱きあるき」は「孫を抱きあるく」思いを描いて軽妙。喜悦満面、雀躍《こおどり》する母の姿である。

◆前句を、出産の報せに喜び勇む母とし、その体を。

121　窓際の肴掛《さかなかけ》には切り残された塩引の鮭《さけ》がぶら下がっている。春光斜に入る厨房《ちゅうぼう》の昼下がり。

出産の慶びから陽春平穏の暮し向きへ。「塩引」は迎春用の塩鮭。台所の肴掛に掛けて置き、下から順次切り取って食する。「切り残されて」は春もやや闌《た》けて、陽脚《ひあし》ものびた趣を表わす。春日遅々俳趣横溢。

◆前句を、台所に塩引が目立つ意とし、その光景を。

122　俺たち江戸者が気前よく投げる銭だけだ。お玉が当てられて痛がるのは。

長閑《のどか》な春日から春の伊勢道中の慰みへ。「お玉」は「お杉」と並称される伊勢相《あい》の山にいた女芸人。三味線を弾き、客に銭を投げつけさせ、巧みにかわして顔に当てさせず、参宮客の慰み者となった。江戸っ子は気前よく一度に多くの銭を投げて打ち当てたという。

◆前句を、お玉の顔に銭を打ちつけて江戸者が気味よがる意にとり、その得意気な体を付ける。

123　気の弱い母親を脅《おど》して我儘《わがまま》を聞いてもらうのには、遠い国を道具に使うにかぎるて。

120
国の母生れた文《ふみ》を抱《だ》きあるき
勇みこそすれ勇みこそすれ
宝暦一〇年・桜1

121
塩引の切り残されて長閑《のどか》なり
目立ちこそすれ目立ちこそすれ
宝暦一〇年・桜1

122
江戸者でなけりやお玉が痛がらず
気味のよい事気味のよい事
宝暦一〇年・桜1

123
お袋をおどす道具は遠い国

江戸者の伊勢参りから遠い国へ。「遠い国」は江戸にいられぬ仕儀となり遠国に逐電《ちくてん》する意。子に甘い母親を見くびった極道息子の言い草である。

◆前句を、札付きの不良息子とし、その言動を。

124 「白よ。留守をしっかり頼むぞ」と飼犬にも声をかけて、心もはずむ旅立ちのひと時。

遠い国から旅立ちへ。「菅笠で」は旅笠を冠ってさあ旅立ちという姿である。人々に見送られる門口《かどぐち》でしばしの名残を惜しむ様で、「犬にも」には隣近所への暇乞いを言外にきかせ、よく下町風の人情を描く。

◆前句を、旅立ちに心勇む意とし、その体を付ける。

125 飯炊き女に婆《ばあ》さんを雇って、つまみ食いのやまぬ亭主を唖然《あぜん》たらしめるとは。これはお見事。女房の勝ち。

暇乞いから飯炊き婆の雇入れへ。「飯焚」は飯炊きで、炊事の雑役に雇われる奉公人。若い女だと見さかいなく手をつける亭主に困った女房の苦肉の策である。「鼻あかせ」は不届きな亭主の期待をはぐらかし、あっと言わせる意。

◆前句を、亭主の思わくの裏をかいて得意気な女房の心情として、その策略を付ける。

126 祭礼の行列で神輿《みこし》の前を行く榊を担《かつ》ぐ人足は、後ろから神輿に追われているように見える。

飯炊きから祭りの人足榊かきへ。原作には「榊持」とあるが「榊かき」がよい。「榊かつぎ」ともいう。

◆前句を、神田祭などの神輿の行列の威勢のよい様

目立ちこそすれ目立ちこそすれ　宝暦一〇年・桜1

124 菅《すげ》笠《がさ》で犬にも旅の暇《いとま》乞《ご》ひ

勇みこそすれ勇みこそすれ　宝暦一〇年・桜2

125 飯《めし》焚《たき》に婆《ばば》ァを置いて鼻あかせ

気味のよい事気味のよい事　宝暦一〇年・桜2

126 後ろから追はれるやうな榊《さかき》かき

勇みこそすれ勇みこそすれ　宝暦一〇年・桜2

として、榊を担《かつ》ぐ人足の歩く姿を付ける。

127　裃姿の正装で上棟式から帰って行く大工の棟梁《とうりよう》は、手下の職人達に取り巻かれて、ほろ酔い機嫌の千鳥足。

祭礼の神輿渡御の榊かきから手下の職人に取り巻かれて帰る裃姿の大工の棟梁へ。ともに行列の先頭を行く。棟上げ式の主賓は大工の棟梁。裃姿で列席、祝い酒に酔って上機嫌の体である。

◆前句を、酒機嫌の威勢よさとして、上棟式帰りの棟梁たちの体を付ける。

128　濡れた手を前垂《まえだれ》で拭いては、てきぱきと機敏に立ち働く下女の甲斐甲斐しさ。はた目にも心地よいことだ。

手下の者に取り巻かれた大工の棟梁から多くの仕事に取り巻かれた台所の下女へ。水仕事で濡れた手を前垂で拭きながら、来客の取次ぎに出たりして、小まめに立ち働く、かいがいしい働きぶりである。「取り廻し」は手際よく仕事を処理する様。

◆前句を、下女の仕事ぶりが気味がよいという意にとり、その立居振舞を付ける。

129　跡乗の馬は、行列が停止して進むに進めず、つまらなさそうに尾だけを振っている。

こまめに立ち働く下女からする事もない跡乗の馬の仕草へ。「跡乗」は大名行列の最後尾をかためる騎馬の武士。先頭が動き出すのをじっと待つだけ。

◆前句を、前に進めぬ跡乗の馬の心情としその体を。

後ろから追はれるやうな榊持《もち》

127
上《かみ》下《しも》で帰る大工は取り巻かれ
勇みこそすれ勇みこそすれ
宝暦一〇年・桜4

128
前だれで手をふく下女の取り廻し
気味のよい事気味のよい事
宝暦一〇年・桜4

129
跡《あと》乗《のり》の馬は尾ばかり振つてゐる
ままならぬ事ままならぬ事
宝暦一〇年・松1

130 疝《せん》気《き》をも風《かぜ》にしておく女《をんな》形《がた》

ままならぬ事ままならぬ事

宝暦一〇年・松1

歌舞伎役者の女形は、持病の疝気で舞台を休んでも、表向きは風邪を引いたことにしておく。尾ばかり振っている馬（舞台の馬）から女形へ。「疝気」は男の病気。睾丸の腫《は》れ痛む症状を伴うことが多い。挙措万端を女らしく振舞う女形に疝気は艶《つや》消し。人気稼業の悲しさをうがつ。◆前句を、女形の嘆きとし、疝気を煩って人気を気遣う体を付ける。

131 塗《ぬり》桶《をけ》はいつち化《ば》けよい姿なり

さまざまな事さまざまな事

宝暦一〇年・松1

塗桶はいろいろな品物の中で、一番化けやすい姿をしている。目鼻をつけるだけでよい。女形から化物へ。当時傘《かさ》・薬罐《やかん》などの日用の器物を擬人化して化物に趣向することが流行した。「塗桶」は真綿を引きのばす器具で、漆塗りの瓦《かわら》または木製、伏せた桶に似た形で底部は丸く、人の頭を思わせ、口をあいたような穴がある。目鼻をつけて、ちょっと細工をすれば、すぐ化物ができる。◆前句を、化物の種類がさまざまであるという意にとり、塗桶の化物の評判を付ける。

132 寒《かん》念《ね》仏《ぶつ》みりりみりりと歩くなり

さまざまな事さまざまな事

寒念仏みりりみりりと歩行《あゆ》みけり

宝暦一〇年・松1

寒念仏が寒中の夜更けの凍《い》てた道を、ひと足ごとにみりりみりりときしませて歩いて行く。化けよい姿から深夜の道を行く寒念仏へ。「寒念仏」は寒中の深夜、念仏を唱えて寺院を巡りなどする修行。化物登場にも格好の舞台である。原作の「歩行みけり」を「歩くなり」と改めて、原作の気まじめさが消え、軽くおどけたおもしろみが加わった。◆前句を、人さまざまの願いの意とし、寒念仏を。

133　衣類までまめでゐるかと母の文《ふみ》

さまざまな事さまざまな事

宝暦一〇年・松1

133　里の母から懐かしい手紙。こまごまと気を遣ってくれた揚句に、衣類まで達者でいるかとある。仏を祈る寒念仏から嫁《とつ》がせた娘の息災を願う母の文へ。上十二文字に幸せを願う母の情を叙して、あますところがない。まめでいるか。亭主の身持ちは。持たせてやった衣類は質屋の蔵に入っていないか、などと。手紙を読む娘の姿情までも言外に漂わせた佳句。

◆前句を、文面が多岐にわたる意とし、母の文を。

134　向うから硯《すずり》を遣《つか》ふ掛《かかり》人《うど》

ままならぬ事ままならぬ事

宝暦一〇年・松2

134　手紙書くにも気兼ねして、主人の机の向うから逆様に硯を使っている。居候の身の哀れさよ。母の文から硯を遣うへ。「掛人」は食客。常住坐臥《ざが》、肩身の狭い思いで、手紙一つ書こうにも主人が硯を使う折を見はからって、机の向うから使わせてもらう卑屈さである。

◆前句を、居候の身の上とし、その生活の断面を。

135　迷《まよ》ひ子のおのが太《たい》鼓《こ》で尋ねられ

ままならぬ事ままならぬ事

宝暦一〇年・松2

135　太鼓を叩いて迷い子を探している。見ればその太鼓はその子の玩具《おもちゃ》の太鼓である。掛人から迷い子へ。どちらも世話がやける。「迷子《まいご》の迷子の太郎やあい」と呼びながら、太鼓を叩いて迷い子探しをするのが当時の風俗。「おのが太鼓」に笑うに笑えぬ矛盾をうがつ。

◆前句を、矛盾の世の中の意とし、迷い子探しに一趣向を構えた。

136　脈《みやく》所《どこ》を見せて立板申すやう

136　脈所を見せて両の手を突き、立板に水を流すような弁舌さわやかな口上は、まことに見事なものである。

太鼓で尋ねる声から弁舌さわやかな口上へ。「脈所」は手首の内側の脈搏が外から見える所。「脈所を見せて」は脈所を相手の方に向けて両手を突いて構えた口上の姿勢。「立板申す」は原作の「立板流す」が正しい。編者の句意の読みが転記の誤りを誘ったのであろう。上手の手からも水が漏れる。

◆前句を、利発を褒める言葉として、年に似ぬ口上の鮮やかさを付ける。

137　裃を着けた礼装の身で、節度を忘れて酔いつぶれ、裃姿も形なしの愚かなざまだ。

立板に水を流す利発から文盲へ。「文盲な酒」は愚かな飲みざまの意で、裃姿に似合わぬ飲み方。大工の棟梁などが祝い酒に酔いしれた様である。三七参照。

◆前句を、裃姿を惜しむ意とし、乱酔の体を付ける。

138　緋毛氈《ひもうせん》を敷いておちよと心中した半兵衛は雛祭の頃から心に決めて計画していたのだ。

裃を着てから浄瑠璃芝居の舞台へ。「半兵衛」は八百屋半兵衛。紀海音『心中二つ腹帯』近松門左衛門『心中宵庚申《よいごうしん》』の主人公。実説の心中事件が享保六年四月五日（雛祭から一月余ある）であったのと、雛段に緋毛氈を敷くことから思いついたうがち。原作と一字の異同があり句調を異にするが、ほとんど差異はない。

◆前句を、用意周到なことという意にとり、おちよ半兵衛夫婦が毛氈を敷物にして心中したことをうがつ。

139　正月の蓬萊飾り《ほうらいかざり》があまりおつに出来たので、吉原の喜《き》の字屋の台の物のようだ。

発明な事発明な事
脈所を見せて立板流すやう
宝暦一〇年・礼1

137
上《かみ》下《しも》を着て文盲《もんまう》な酒をのみ
惜《を》しみこそすれ惜しみこそすれ
宝暦一〇年・礼1

138
半《はん》兵《びやう》衛《ゑ》雛《ひな》の頃から心がけ
ぞんぶんな事ぞんぶんな事
半《はん》兵《べ》衛《ゑ》は雛の頃から心がけ
宝暦一〇年・礼1

139
喰《くひ》積《つみ》がこしやくに出来て壱《いち》分《ぶ》めき

雛の節句から正月の喰積へ。「喰積」は蓬萊飾り。新年の祝儀の飾り物で、三方《さんぼう》に白米（白紙）・裏白・昆布等を敷き、その上に熨斗鮑《のしあわび》・伊勢海老・勝栗・野老《ところ》・馬尾藻《ほんだわら》・橙《だいだい》・串柿などを盛りつけたもの。「壱分」は吉原の仕出し料理屋（喜の字屋）が仕出した洲浜の台の物（台に盛った料理）の値段。

◆前句を、喰積の出来栄《ばえ》を褒める意とし、その体を。

140　禿の芥子《けし》坊主頭を撫《な》でながら「こんな所に捨子が。可哀そうに」と遊客酔余の戯れ。

壱分めきから吉原妓楼の遊客へ。「坊主禿」は前頭と後ろ頭と両耳のあたりにわずかに髪を残して剃り上げた幼少の禿。叱られて片隅でしくしく泣いているのをからかう体で、原作の「笑ひけり」より「なで廻し」の方が「坊主禿」に一層適切。

◆前句を、泣く禿をいとおしむ意にとり、その人を。

141　藪入娘を中途半端の恋知りにしたままで奉公先へ帰すとは。罪なことをするものだ。

なで廻すからかいから藪入の慰みへ。この藪入は屋敷奉公に出ている娘が暇を貰って実家に帰休する宿下がりである。その娘に言い寄ったが、わずか三日足らずでは、やっと恋の手ほどき程度に終った男。女も後ろ髪を引かれて。原作の「宿入」は藪入に同じ。藪入の方が普通。

◆前句を、うまく娘を口説いた男として、その体を。

142　三味線弾きの座頭は花火が序の口の間に、出番の酒宴にそなえて手廻しよく腹ごしらえだ。

発明な事発明な事　　宝暦一〇年・礼2

140　捨子ぢや と坊《ばう》主《ず》禿《かぶろ》をなで廻し

惜しみこそすれ惜しみこそすれ　　宝暦一〇年・礼2

捨子ぢやと坊主禿を笑ひけり

141　藪《やぶ》入《いり》をなま物《もの》知《じ》りにしてかへし

ぞんぶんな事ぞんぶんな事　　宝暦一〇年・礼2

宿《やど》入《いり》をなま物知りにしてかへし

142　流星のうちに座頭はめしにする

なま物知りからよく心得た世馴れた座頭へ。「流星」は流星なりの単発の花火。花火大会の序の口に打ち上げる。「座頭」は酒宴に三味線・唄で座興を添えた盲目の芸人。両国川開きの花火見物の屋形船の中などの景。花火は所詮無用の座頭、皆が空を仰いでいる中でひとりだけ俯《うつむ》いて箸《はし》を使っている。

◆前句を、座頭の段取りよさを褒める言葉として、花火をよそに腹ごしらえの体を付ける。

143　あどけない禿がよくもまあ女郎の隠しごとなどをうっかりと口にしないものだ。

酒席の座頭から廓の禿へ。「あぶない事」は客に知れては面倒な女郎の秘事や、廓の忌み言葉のたぐい。

◆前句を、禿の利発を褒める言葉と見て、わきまえのよさに感心する体を付ける。

144　客分ということになっている女は、婚礼も普段着のままで、隣にも知らせずこっそりと。

廓の秘事から町家の内証事へ。「客分」は客扱いの意で、親戚筋などから預かっていることになっている者。「立のまま」は着のみ着のままの意。

◆前句を、万事内輪に済む意とし、客分娘の祝言《しゅうげん》を。

145　宝引の当り外れを正直に決めれば当り籤《くじ》の橙は乳母のものだったが、坊や「当った当った」。

客分の女から乳母へ。境遇の類似。「橙」は正月の遊戯の宝引（福引）の引き縄の先端に結びつけ当り籤の印とした。幼児の機嫌を取る乳母。

◆前句を、乳母奉公の気遣いとして、宝引の場を。

発明な事発明な事　宝暦一〇年・礼2

143
禿よくあぶない事を言はぬなり
発明な事発明な事　宝暦一〇年・礼2

144
客分といはるる女立《たち》のまま
楽な事かな楽な事かな　宝暦一〇年・礼3

145
正直にすりや橙《だいだい》は乳母《うば》へ行き
ままならぬ事ままならぬ事　宝暦一〇年・松3

146 護国寺を素通りにする風《かざ》車《ぐるま》

心づよさよ心づよさよ

宝暦一〇年・松3

147 雪見とはあまり利口の沙汰でなし

148 寒《かん》念《ね》仏《ぶつ》千《せん》住《じゅ》の文《ふみ》をことづかる

149 松原の茶屋はいぶるが景《けい》になり

146 雑司《ぞうし》ヶ谷の鬼子母神《きしもじん》詣での帰りと見えて、風車を持った男が護国寺の前を振り向きもせず通りすぎて行く。

乳母から風車へ。「風車」は雑司ヶ谷鬼子母神の土産物で、幼児をあやす乳母《うば》の一の道具。鬼子母神堂のある法明寺は日蓮宗。鬼子母神帰りの道筋の音羽の護国寺は真言宗。「素通りにする」はいわゆる「堅法華《かたほつけ》」の気象のうがち。「風車」で鬼子母神詣での帰りを暗示。

◆前句を、日蓮宗信者の他宗を顧みぬ気象の強さを評する言葉として、その人の振舞を付ける。

147 雪見なんて芭蕉も酔狂な。あまり利口な人のすることとはいえないね。

鬼子母神詣でから雪見へ。江戸の町中からは少し離れた雑司ヶ谷の鬼子母神詣では、信心とともにちょっとした遊山気分。句はこの寒空に雪見とは酔狂、炬燵《こたつ》で熱燗《あつかん》の方がましだとの下町江戸気質《かたぎ》。「いざさらば雪見にころぶ所まで」(芭蕉)をきかせた作意。

148 上野・浅草界隈《かいわい》から千住あたりまで遠出した寒念仏。報謝をうけたついでに頼まれた宿場女郎の文をことづかって江戸の客へ。

雪見から千住まで遠出の寒念仏へ。粋《すい》な道者の恋の飛脚。時・所・人、三拍子揃って景有り情有り。

149 煙たいのは困るが、松原の茶屋は茶を煮《に》る煙がいぶっていてこそ絵になる。

宿場千住から街道筋の松原の茶屋へ。「景」は景趣の意。一幅の画致を捉えて俳境・俳趣をうがつ。

150　好物のぼた餅だから、辞儀をしながらも、お替りを頂戴するが、少々きまりが悪そう。松原の茶屋からぼた餅を食うへ。人前の体裁を構って、好物のぼた餅を遠慮するうわべとはらはらの内心の矛盾をうがつ。

151　下女を孕ませた奴の詮議《せんぎ》は、煎《せん》じつめたところで結局「このあたりで止めておこう」、ということになるのが落ちだ。ぼた餅を食うから孕ませたへ。孕まされるのは下女と相場がきまっている。「山」は詮議の山。取り調べの限界。捨て置くわけにも行かず問いただして行くうち意外なことになる場合が多いことのうがち。

152　逃げて行く二人の男女。二人とも腰紐《こしひも》だけで帯をしめていない。これは一体何としたこと。下女の恋から欠落ち者へ。帯は塀越えの用をつとめて見越しの松に残る。「帯がなし」で欠落ち者を暗示した芝居好みの趣向。「落ちる」はひそかに逃亡する。

153　この家の竈《かまど》は総銅壺《どうこ》でぴかぴかの豪勢さだ。親分さんのお宅にちがいなかろう。欠落ち者から親分へ。「親分」は親代りの身許引受人。主として鳶職《とびしょく》などの頭《かしら》で町内の顔役をいう。「へっつひ」は竈。「惣金具」は総体銅《あかがね》造りのことで、竈の煮焚きとともに湯が沸く構造。総銅壺。親分格の威勢を誇示する道具。

154　乳児を抱き日傘をさした乳母《うば》。所用で外出のついでに、ちょっと自宅に立ち寄り様子を見て行く。

150
ぼた餅《もち》を気の毒さうに替へて喰《く》ひ

151
孕《はら》ませた詮《せん》議《ぎ》はこれで山をとめ

152
落ちて行く二人《ふたり》が二人帯がなし

153
親分と見えてへつつひ惣《そう》金《かな》具《ぐ》

154
日傘《ひがらかさ》さして夫の内へ行き

親分から乳母奉公へ。「日傘」で「お乳母日傘」をきかし、「夫の内」で乳母奉公を暗示した巧みな表現。
◆前句を、亭主思いの乳母の真情を褒《ほ》める意にとり、その乳母が家にいる夫を見舞う姿を付ける。

155　乳を呑みながら乳児の可愛い指先が無心に働いて、母親の着物の縫紋をまさぐっている。
乳母から乳児へ。紋服姿の母親に抱かれた乳呑児である。「縫紋」は羽織などの縫取り紋。「むしるなり」は乳児の指頭の感触をうつし、その動きをうがった巧みな表現である。むしるように見える。
◆前句を、乳房を含んだ乳児の思いとして、その無心の仕草を付ける。

156　藪入娘に言い寄ったら、思いがけず靡《なび》いてくれた。ただ一度だけのかりそめの逢瀬《おうせ》ではあったが、俺はついてる。
乳をのむから一《ひと》きれ振舞われへ。「一きれ」は一回の交わり。かりそめの情事の意。飲食の縁語を軸にして乳児から色男の句へ移る。「藪入」は実家に藪入に戻っている娘。慌《あわただ》しくお屋敷へ帰って行った娘の残り香をなつかしむ情さえ漂う。これは原作の付句にはなかった「情」である。一四一と類想の句。
◆前句を、うまい事をしたと喜ぶ意として、藪入娘に言い寄って首尾を遂げた男を付ける。

157　鏡台に向って今ちょうど根ぞろえにかかっている女。片手は髪を摑《つか》み上げたままに、首を横にねじ向けて物を言っている。面白い図だ。

実な事かな実な事かな　　宝暦一〇年・義1

155
縫《ぬひ》紋《もん》を乳をのみのみむしるなり

旨《むま》い事かな旨い事かな　　宝暦一〇年・義1

156
藪入にうすく一《ひと》きれ振舞はれ

旨い事かな旨い事かな　　宝暦一〇年・義1

宿下りにうすく一きれ振舞はれ

157
根ぞろへの横にねぢれて口をきき

藪入娘から髪結う女へ。「根ぞろへ」は結髪の際梳《す》き上げた頭髪の根を揃える工程。ここは特に頭頂の髷《まげ》に結う部分の毛の根を揃えて縛ること。きわどい時に物言いかけられ、無理な姿勢で返事の体。浮世絵の好画材。原作の「根ぞろひ」を「根ぞろへ」に改めた編者の配慮精到。

◆前句を、結髪の最中の急用として、指図する姿を。

158　遠いところを訪ねて来たのに庵主は不在。仕方なく庵の戸へ書き置きを残して帰る。急いで応答する体を受けて訪客へ。俳諧好きの風流人同士。原作の「戸に」は直接戸に書き付けた響きがある。「戸へ」とぼかしてもその感じは消えないが、矢立の筆の置き書きを戸の隙間に挿んで置く意に改めようとしたのであろう。

◆前句を、誠実な交際ぶりを称讃する意とし、空庵を訪うて書き置きする人を付ける。

159　何か気に入らぬことがあると、禿はいつもきまって部屋の隅っこへ来ては腹を立てている。戸口での書き置きから隅っこでの独り言へ。子供の禿にも時にはもって行き場のない腹立ちもある。大人は身勝手。普段はこき使ったり、慰みものにしたりして、都合の悪い時には振り向きもしてくれない。

◆前句を、花魁《おいらん》や遊客が禿をのけ者にして構ってやらぬ意とし、幼い禿のやるせない反抗の姿を付ける。

160　可哀そうに子供のような座頭が商売道具の三味線もろとも邪魔がられておどおどしている。

急ぎこそすれ急ぎこそすれ

根ぞろひの横にねぢれて口をきき　宝暦一〇年・義1

158
庵《いほ》の戸へ尋ねましたと書いて置き　宝暦一〇年・義2

実な事かな実な事かな

庵の戸に尋ねましたと書いて置き

159
隅ッこへ来ては禿《かぶろ》の腹を立て　宝暦一〇年・義2

のけて置きけりのけて置きけり

160
小《こ》座《ざ》頭《とう》の三味線ぐるみ邪魔がられ

禿から小座頭へ。ともに遊興の場の端役。酒宴乱に及んで、もはや小座頭の三味線どころではない。ただうろうろしている目の見えぬ小座頭。
◆前句を、小座頭を座敷の隅へ片寄らせて置く意として、酒興昂《こう》じて邪魔者扱いされる体を付ける。

161　「ああ、うまい」と舌を鳴らす。飲ませてもった水のお礼はこれだけ。言葉はいらぬ。
酒宴から振舞水へ。「振舞水」は、夏日通行人の自由な飲用に供した接待の水。今は昔、古き日本の人情・風俗。
◆前句を振舞水で咽《のど》を潤《うるお》す意にとり、その人の体を。

162　新田義貞の軍勢は稲村ヶ崎の干潟を一気に鎌倉に攻め入ったというが、浅蜊《あさり》貝をずい分踏み潰したろう。勿体《もったい》ないことをしたものだ。
道を急ぐ人から義貞勢の干潟驀進《ばくしん》へ。潮干狩を念頭に軍勢の足許をうがって見せた滑稽。『太平記』巻十「稲村崎干潟となる事」参照。
◆前句を、新田勢が思いのままに干潟を進撃した意にとり、その光景を付ける。

163　関寺ではうらぶれた小町を見なれた犬が、却《かえ》って束帯姿の勅使を怪しんで吠え立てたことだ。
義貞の勢から吠えつく犬へ。「関寺」は逢坂関に近く大津市関寺町の長安寺。小野小町、百歳の姥《うば》となり寺の辺《ほと》りに庵を結び住む。帝憐れみ勅使を遣わされ、歌の贈答のあった故事（謡曲『鸚鵡《おうむ》小町』）による。襤《ぼ》褸《ろ》をまとった小町に馴れて、立派な身なりの勅使に吠

　のけて置きけりのけて置きけり　　宝暦一〇年・義2

161
舌打ちで振舞水の礼はすみ
　旨《むま》い事かな旨い事かな　　宝暦一〇年・義3

162
義貞の勢《せい》はあさりをふみつぶし
　ぞんぶんな事ぞんぶんな事　　宝暦一〇年・礼1

163
関《せき》寺《でら》で勅《ちょく》使《し》を見ると犬がほえ
　意地の悪さよ意地の悪さよ　　宝暦一一年・仁3

えつく矛盾のおかしさ。原作は中七文字「勅使も見るに」で、勅使の見る前で犬に吠えつかれる零落した小町の哀れな姿。編者が意図的に句意句境の転換をはかった。

◆前句を、何と意地の悪い犬だと小町によせる同情の声として、小町に吠えかかる犬を付ける。

164　赤ん坊を抱いて乳を貰いに行く男。その片袖に鰹節が一本突っ張っている。

犬がほえから乳貰いの異様な風体へ。乳児を残して女房に先立たれた男。余り乳を飲ませてもらいに子を抱き歩く悲哀。鰹節は乳のつなぎに赤ん坊に吸わせて空腹まぎらしにする。男の袖の突っ張りを鰹節とうがつ眼に、あたたかい憐愍《れんびん》の情がある。

◆前句を、乳児が乳を呑み足らぬ意として、乳貰いに行く男の気の毒な姿を付ける。

165　これ小判よ。せめて今夜一晩だけでいいから泊って行ってくれ。めったに逢えないのだから。

乳貰いの悲哀から貧者の溜息へ。掌《てのひら》の小判一枚。矯《た》めつ眇《すが》めつひとりごと。

◆前句を、見れども飽かぬ山吹色の意とし、小判を手にした貧者のひとりごとの体を付ける。

166　琴を弾きやめて竈《かまど》にくべ過ぎた薪を引き出し、火勢を弱められた。奥方にもそんな御苦労が。

貧乏から倹約へ。優雅に見える琴を弾く暮しの中にも薪の無駄焚きに気を配る内証のうがち。

◆前句を倹約の意とし、お屋敷の奥方の始末ぶりを。

関寺で勅使も見るに犬がほえ

164
乳《ち》貰《もら》ひの袖につつぱる鰹《かつを》節《ぶし》

あかぬ事かなあかぬ事かな

宝暦一一年・仁3

165
これ小判たつた一《ひと》晩《ばん》居てくれろ

あかぬ事かなあかぬ事かな

宝暦一一年・仁3

166
琴《こと》やめて薪《まき》の大くべ引き給ふ

細《こま》かなりけり細かなりけり

宝暦一一年・仁3

167　状箱が来ればよばれる太夫坊《だいぶばう》
あかぬ事かなあかぬ事かな
宝暦一一年・仁3

168　飯《めし》焚《たき》に百ほど頼む豆《とう》腐《ふ》の湯
意地の悪さよ意地の悪さよ
宝暦一一年・仁3

169　迷惑な顔は祭りで牛ばかり
いそいそとするいそいそとする
迷惑な顔は祭りの牛ばかり
宝暦一一年・義1

167　木曾義仲の所に書状が届くと、その都度書記の大夫坊覚明が呼び出されることだ。
奥方らしくない振舞から大将らしくない義仲の文盲へ。「太夫坊」はもと興福寺の学僧。義仲に仕え手書《てかき》（書記）を勧め、文武の達者と称された（『平家物語』巻七「木曾山門牒状」参照）。一方、義仲は文盲の不作法者視された。これはそのうがち。
◆前句を、大夫坊が来るまでは状箱が開かぬ意にとり、状箱を開ける役の大夫坊の登場の体を付ける。

168　豆腐屋から豆腐の湯を貰って来てくれと飯炊きに口を酸くして頼むが、うんと言ってくれぬ。
義仲に代書・代読を委任される大夫坊から下女に豆腐の湯貰いを頼まれる飯炊きへ。これは飯炊き男。水汲み・薪割りなどの力仕事で男が多い（一云は女）。「百ほど」は何度もの意。「豆腐の湯」は豆腐製造の最終工程の廃液。洗濯・拭掃除に利用された。これはいくら頼んでも生《なま》返事で一向腰を上げてくれぬ飯炊き男にじらされている下女の体である。
◆前句を、下女の恨み言として、飯炊きに頼む姿を付ける。

169　人は皆誰も彼も祭りにうかれていい機嫌であるが、山車《だし》を曳《ひ》かされる牛こそいい迷惑だ。
豆腐の湯を頼まれる飯炊きから祭りの牛へ。ともに迷惑。「祭り」は山王祭・神田祭など。原作の「祭りの」を「祭りで」に改め、句意明晰。
◆前句を、祭りの人の体とし、使役される牛を。

170 桶《をけ》伏《ぶせ》をはじいて通る日《ひ》和《よ》下《げ》駄《た》

いそいそとするいそいそとする

宝暦一一年・義1

170 カラコロと日和下駄の歯音も高く、通りがかりに桶伏の桶を爪弾《つまはじ》きしてからかって行く。繋《つな》がれた牛から桶伏の男へ。「桶伏」は吉原で行われた無銭遊興客への私刑。大門の外に大桶で伏せ、重しに大石を置き、四角な小窓から食物を与えた。ただしこの時代にはすでに廃絶。「日和下駄」は低い歯の下駄。遊び人など用。ここは日和下駄の遊び人の意。

◆前句を、日和下駄の足どりも軽い男とし、その男の通りすがりの軽いいたずらを付ける。

171 親類が来ると赤子の蓋《ふた》を取り

いそいそとするいそいそとする

宝暦一一年・義1

171 出産の慶びに親類が来る。その都度赤子の覆いの綿をとって見てもらう。いかにも嬉しそう。桶伏から赤子の蓋へ。新生児の顔面を保護するための覆いを除《の》けるのを「蓋を取る」と言った見立てのおかしさ。

◆前句を、孫を儲《もう》けた人または亭主の嬉しげな様とし、祝い客を接待する体を付ける。

172 江の島を見て来たむすめ自慢をし

今が盛りぢや今が盛りぢや

江の島を見て来たむすめ旅自慢

宝暦一一年・松3

172 江の島見物をして帰った娘は、近隣の友達に土産の貝細工を配ったりして、あれやこれやと土産ばなしに得意気である。赤子を披露する喜びから得意気な土産話へ。江の島見物は江戸からは三、四泊の旅。さしずめ現代のハワイ旅行ぐらい。原作の「旅自慢」の重みに比べ、「自慢をし」は軽快、句に動きが加わる。

◆前句を、娘盛りの意として、江の島帰りの娘を。

173 明星《みやうじやう》が茶屋を限りの柄《つか》ぶくろ

173 道中差の柄袋も明星が茶屋まで。ここで柄袋も外し服装を整え、さあお伊勢様はもうすぐだ。

江の島見物の娘から伊勢参りの男へ。「明星が茶屋」は伊勢国多気郡明星村（三重県明和《めいわ》町明星）にあった。外宮まで二里ほど。ここで参宮のための装束を整えた。「柄ぶくろ」は旅中脇差の柄に被せる袋。
◆前句を晴れの参宮に勇む意とし、装束改めの体《てい》を。

174　お互い落武者同士で大きな顔はできないが、生き残ってよかった。死んだ奴は馬鹿を見たよ。
柄袋（刀）から落武者へ。「御自分・拙者」は武家の身分を示す第二人称と第一人称。「人数」は軍勢の意。泰平の代に生き延びた敗残兵の懐旧。
◆前句を、生きていてよかったという意にとり、関ヶ原の戦いなどでの落武者同士の懐旧談の体を付ける。

175　坊主は医者になりすましても言動がどことなく神妙で、自然とその素姓がわかるものだ。
落武者から出家へ。僧の吉原通いの風体を「還俗」と言い、「半分殊勝なり」と言いまわしたところが句のねらい。二八参照。
◆前句を、遊興の体とし、吉原に遊ぶ僧を付ける。

176　吉原細見では遣手の名は鬼門が定席である。意地悪の遣手にうってつけの座だ。
吉原遊びから細見へ。「細見」は吉原の案内書で妓楼毎に遊女名を列記、左下隅に遣手の名を小さく書く。暦の吉凶方位図では艮《うしとら》（東北）の方角、鬼門にあたる。「遣手」は妓楼で遊女や禿を取締る憎まれ役。
◆前句を、遣手のこととし、細見でも鬼門から睨《にら》みを利《き》かしている様を付ける。

晴れな事かな晴れな事かな　宝暦一一年・松3

174
御自分も拙《せっ》者《しゃ》も逃げた人《にん》数《ず》なり

損《そん》のない事損のない事　宝暦一一年・松3

175
還《げん》俗《ぞく》をしても半分殊《しゅ》勝《しょう》なり

浮かれこそすれ浮かれこそすれ　宝暦一一年・仁1

176
細《さい》見《けん》の鬼《き》門《もん》へなほる遣《やり》手《て》の名

意地の悪さよ意地の悪さよ　宝暦一一年・仁1

177　嫁の縫い上げた着物。袖口の寸法が僅《わず》かに不揃いだ。早速嫁を呼びつけて姑《しゅうとめ》の小言が始まる。「袖口を二ツならし」は両袖口を強く張って寸を合わせる動作。嫁いびりのうがち。

◆前句を、嫁のあらを細かく探る姑とし、袖口の寸法に一分一厘の狂いを見つけた姑の言動を付ける。

178　甲斐の石和《いさわ》川の鵜使いは禁を犯して死罪となっても、幽霊となってなお鵜を使う面白さを忘れない。よっぽど面白いと見える。

姑の嫁いびりから鵜使いの殺生へ。謡曲『鵜飼《うかい》』に前シテ石和川の鵜使いの亡者が「罪も報も後の世も忘れはてておもしろや」と鵜を使うくだりがある。それを因果なことだと述懐風に噂した。

◆前句を、面白さに飽きることがない意とし、『鵜飼』の前シテを付ける。

179　羽織を着込んだそれ者《しゃ》上がり男まさりのお内儀にみな勝たれて、男ども全く形なしだ。

幽霊になっても鵜を使う鵜使いからお内儀に納まっても羽織姿で博奕《ばくち》の手《て》捌《さば》き鮮やかな芸者上がりへ。「羽織着てゐる」は深川芸者上がりを暗示。深川芸者は男っぽい羽織姿で宴席に出たので「羽織」とも呼ばれた。今は大店《おおだな》のお内儀と呼ばれても流石《さすが》にそれ者上がり。

◆前句を、粋《いき》なお内儀を仲間に加えて手慰みに浮かれる男どもとし、負けてしょげる体を付ける。

180　質種《しちぐさ》の値踏みに業を煮やした男、「これで文句はあるまい」と追加の品を投げ出して行く。

177
袖口を二ツならして娵《よめ》をよび
細かなりけり細かなりけり
宝暦一一年・仁1

178
幽霊になつてもやはり鵜《う》を遣《つか》ひ
あかぬ事かなあかぬ事かな
宝暦一一年・仁1

179
羽織着てゐるお内儀にみな勝たれ
浮かれこそすれ浮かれこそすれ
宝暦一一年・仁2

180
権《けん》柄《ぺい》に投げ出して行く質《しち》の足し

博奕で負けた男から質入れする男へ。「権柄」は人を押えつけるような振舞。「質の足し」は質種の追加。くやしまぎれの捨て鉢の仕草の滑稽。

◆前句を、質屋を恨む意とし、その男の開き直りを。

181　僅《わず》か三度顔を撫《な》でられただけで怒るとは地蔵は気が短かすぎると、賓頭盧《びんずる》様が笑ってござる。

権柄に投げ出して行くから地蔵の短気へ。「おびんづる」は賓頭盧尊者。その坐像の願いの箇所を撫でると疾病が平癒するという俗信があり、賓頭盧像は撫で廻されてピカピカ光っている。「地蔵の顔も三度」の諺を利かせた諧謔。

◆前句を、賓頭盧の気持に理解を示す意とし、地蔵の短気を笑う賓頭盧を付ける。

182　初めて揚代二、三歩の女郎を買って、得意気に同じことをうるさいほど話す奴だ。あいつは。

撫で廻されて堪える賓頭盧から自慢話をうるさがられる男へ。「弐三歩」は散茶・座敷持ち・部屋持ち級の吉原の中級女郎の揚代。「歩」は「分」。四分が金一両。精一杯の散財をした男の見栄をうがつ。

◆前句を、馬鹿な奴と謗《そし》る意とし、遊興自慢の男を。

183　お袋が描いた雁の絵が蚊帳《かや》の四隅につり下げてあるが、お袋らしく不器用に出来ている。

息子の愚行から母親の詮《せん》ない呪《まじな》いへ。九月になっても蚊が出る時は紙に雁を描いて蚊帳の四隅につけて蚊除けの呪いとした。

◆前句を、愚かな呪いだの意とし、蚊帳の雁を。

意地の悪さよ意地の悪さよ　宝暦一一年・仁2

181 おびんづる地蔵の短気笑つてゐ

もつともな事もつともな事　宝暦一一年・桜3

182 弐三歩が買ふとうるさい程はなし

愚痴な事かな愚痴な事かな　宝暦一一年・桜3

183 お袋は不《ぶ》器《き》な姿に雁《かり》を書き

愚痴な事かな愚痴な事かな　宝暦一一年・桜3

184 あんまりな事に一人でふせて見る

愚痴な事かな愚痴な事かな

あんまりの事に一人でふせて見る

宝暦一一年・桜3

184 張っても張っても負け。目の出ぬにもほどがあると、くやしさにひとりで賽《さい》を伏せてみる。

不器用から負け博奕《ばくち》へ。「あんまりな事」は全く目の出ぬ手ひどい負け方。原作の崩れた語法「あんまりの事」を正した。負け博奕のくやしさのうがち。

◆前句を、未練がましいと評する第三者の言葉とし、博奕に負けた男の振舞を付ける。

185 御一門見ぬいたやうな銭《ぜに》遣《づか》ひ

今が盛りぢや今が盛りぢや

宝暦一一年・松1

185 御一門の滅亡を予見したかのような、荒い銭づかいをしたものだ。平重盛は。

博奕から銭遣いへ。「御一門」は平家の一門を言い、「御一門を」の意。「銭遣ひ」は『平家物語』巻三「金《こがね》渡《わた》し」の章に、重盛が船頭に五百両を与え、一千両を浙江省《せっこうしょう》の育王山《いおうさん》の僧に、二千両を宋の帝に献上させて後世《ごせ》を願ったとあるのを指す。それを当世の町人風に「銭遣ひ」と卑俗化した諧謔。

◆前句を、清盛の悪業を見かねた重盛が平家の全盛も今を限りと悟った意とし、「金渡し」の故事を。

186 鰶《このしろ》は初《はつ》午《うま》ぎりの台に乗り

晴れな事かな晴れな事かな

鰶《このしろ》も初午ぎりの台に乗り

宝暦一一年・松1

186 鰶という魚は普段は人から忌み嫌われるが、初午の日だけは供え物の台に乗せられて、お稲荷様の祭壇に供えられる。

平家一門の栄華から鰶の一年一度の栄えへ。「鰶」は炙《あぶ》ると屍臭《ししゅう》を発すると言って忌まれたが、狐の好物とされて、二月の稲荷社の初午祭には祭壇に供えられた。原作の「鰶も」には禁忌の意が強いが、「鰶は」と改めて、その意がうすれた。

◆前句を、鰶の晴れ姿の意とし、初午の供え物を。

187 洗粉袋を片手に小娘の手を引いて銭湯へ。いそいそと足取りも軽い。心浮き立つ祭り前。初午から祭りへ。山王祭などの余興の踊りにでも娘を出す予定の母親である。子の晴れ願う親の情。「洗ひ粉」は市販の浴用洗剤。糠袋《ぬかぶくろ》よりは上等。「洗ひ粉持つて」で小娘と銭湯行きを暗示。

◆前句を、娘の晴れ姿を喜ぶ意にとり、祭りの前の化粧支度の体を付ける。

188 明日は端午の節句。梯子《はしご》を借りた礼に隣の軒にもあやめを葺いておく。祭りの支度から端午の節句の用意へ。ほほえましい人情。わざとらしくない上手な隣付合い。「あやめ」は菖蒲《しょうぶ》の別称。端午の節句に軒に葺き、菖蒲湯の用に供する。

◆前句を、物を貸して損がない意とし、節句に梯子を借りた人の返礼の体を付ける。

189 天人へ羽衣を返してやる代りに天人の舞を舞えと言ったとは、漁師の白龍《はくりよう》も物堅いゆすりかたをしたものだわい。梯子の礼のあやめ葺きから羽衣の礼の舞へ。もっとほかの色めいたゆすりようもあったろうに、白龍は案外きまじめで融通のきかぬ奴だ。原作の「天人に」を「天人へ」と改め、句調は柔らいだが語法の的確さは薄れた。二六参照。

◆前句を、ゆすられた天人に損害がない意にとり、漁師白龍の舞の所望を付ける。

187 祭り前洗ひ粉持つて連れて行き
晴れな事かな晴れな事かな
宝暦一一年・松2

188 隣へも梯子《はしご》の礼にあやめ葺《ふ》き
損のない事損のない事
宝暦一一年・松2

189 天人へ舞とはかたいゆすりやう
損のない事損のない事
天人に舞とはかたいゆすりやう
宝暦一一年・松2

190　お后の秘密の悪巧みを見抜いた陰陽師安倍泰成《あべのやすなり》の占いは見上げたものだ。
天人をゆするから御后のわる尻をいうへ。「御后」は鳥羽院の上童《うえわらわ》玉藻《たまも》の前のこと。「陰陽師」は陰陽寮の役人で卜筮《ぼくぜい》・相地《そうち》などをつかさどる。謡曲『殺生石』のシテ玉藻の前は三国伝来の妖狐の化身で、院の寵姫《ちょうき》となりお命を窺《うかが》ったが泰成に見顕わされ、那須野に逃げ三浦介《みうらのすけ》らに射伏せられて殺生石となるという。
◆前句を、大凶の卦《け》に驚く体とし、泰成の占いを。

191　座頭と目明きが将棋をさしている。見ると座頭の方は歩と香車の駒を付木で代用している。
玉藻の前の調伏《ちょうぶく》から将棋の攻防へ。付木を折って足らぬ駒の間に合せにしている座頭の方が目明きより腕が上である。
◆前句を、見物の笑いとし、目明き劣勢の将棋を。

192　奥座敷の宴はなかなか果てる気配がない。お台所方はみな空腹に堪えかねて、今や餓死しそうだというのに。
勝負事から武家へ。「御勝手」はお台所で立ち働く者の意。殿は客人といい御機嫌だが下々《しもじも》は堪《たま》らぬ。酒食を調える者が空腹をかこつ矛盾と「渇命に及ぶ」と武張った語を用いた滑稽が狙い。
◆前句を、奥座敷の宴席から笑いが聞える意とし、台所方の哀れな体を付ける。

193　黒文字を取りにやったら、禿はそれをかぎかぎ持って来る。可愛いものだ。

190
御后《おきさき》のわる尻をいふ陰《おん》陽《やう》師《じ》
ひどい事なりひどい事なり
宝暦一一年・宮1

191
歩《ふ》と香《きやう》車《しや》座頭の方は付《つけ》木《ぎ》でし
笑ひこそすれ笑ひこそすれ
宝暦一一年・宮2

192
御勝手はみな渇《かつ》命《めい》におよんでゐ
笑ひこそすれ笑ひこそすれ
宝暦一一年・宮2

193
黒《くろ》文《も》字《じ》をかぎかぎ禿持つて来る

渇命に及ぶから黒文字へ（武士は食わねど高楊枝《ようじ》）。「黒文字」はクスノキ科の落葉灌木で材に香気があり小楊枝を製する。また小楊枝を「黒文字」と呼ぶ。◆前句を、禿が持って来た爪《つま》楊枝を渡す意とし、それを持って来る途中の可憐な挙動を付ける。

194　佐野《さの》源左《げんざ》衛門尉常世《えもんのじょうつねよ》が鎌倉の勢揃えに馳せ参じた時、鎧を着ると怪しんで犬が吠えたことだ。

黒文字をかぎかぎから犬がほえへ。謡曲『鉢の木』のシテ常世。「横縫ひのちぎれたる古腹巻に錆長刀《さびなぎなた》」の出立ちで、痩馬《やせうま》に乗って鎌倉の召しに応じた。その怪しげな姿に犬が吠えたといううがち。一六三参照。◆前句を、当然のことと首肯《うなず》く意とし、佐野源左衛門常世の応召の場面を付ける。

195　仲人へ嫁方の使者が、婚礼を四、五日延期してくれるように、ひそひそ声で申し出ている。

犬が吠えから低い声へ。花嫁の生理変調。嫁方の周章の体を「仲人」「四五日のばす」「低い声」と畳《たた》みかけて、暗示的に表現。一二三参照。◆前句を、仲人が申出でを承引する体として、使者の申出での体を付ける。

196　遊女たちも、はやらなくなると源氏名乗りを改名することだ。芸人と同様に。

婚礼期日の変更から傾城の改名へ。「淋しくなる」は暇になる意。原作は「く」脱。また「替へて」を「替へる」に改めて、句調が重くなった。◆前句を、名を変えてもどうにもならぬ愚かなこと

渡しこそすれ渡しこそすれ　宝暦一一年・梅1

194
源左衛門鎧《よろひ》を着ると犬がほえ
もつともな事もつともな事　宝暦一一年・桜1

195
仲《なか》人《うど》へ四五日のばす低い声
もつともな事もつともな事　宝暦一一年・桜1

196
傾《けい》城《せい》も淋《さび》しくなると名を替へる
愚痴な事かな愚痴な事かな　宝暦一一年・桜2

と噂する意とし、傾城の改名を付ける。

197　主人の遊びのお供で深川へ出かけると、草履取は土弓《どきゅう》遊びを覚えこむことだ。

傾城から深川へ。深川の遊里は吉原以外のいわゆる岡場所中最も繁昌の地。「土弓」は楊弓《ようきゅう》とも。射的遊戯用の小弓。その遊戯場を楊弓場《ば》・矢場といい、神社境内などに店を開いていた。ここは深川八幡境内の二軒茶屋あたりで主人の遊興の間、下僕の草履取は矢場女との遊びを覚えるとのうがち。原作の生硬な「深川で」を「深川の」とやわらげた。

◆前句を、場所柄当然のことの意とし、草履取の深川での土弓遊びを付ける。

198　黒木売りは後ろを振りかえる時には、まことに慎重な仕草である。ゆっくりと首を廻して。

足に履く物を預かる草履取から頭にのせて歩く黒木売りへ。「黒木売り」は生木を蒸《む》し焼きにした薪《たきぎ》を頭に載せて京の町へ売りに出る大原女《おはらめ》。「大事に」は注意深く荷物のつりあいを取りながらの、ゆっくりした動作をうがった表現。

◆前句を、頭に荷を戴いているから当然だの意として、黒木売りの後ろを振り向く動作を付ける。

199　吉原から朝帰りの亭主を乗せて来た駕籠舁《かき》に駕籠賃を支払わされた女房。いまいましさの持って行き場もない。

跡をふりかえりからつんとするへ。亭主の顔は見たくもない腹立ち。

傾城も淋しなると名を替へて

197　深川の土《ど》弓《きゅう》射習ふ草《ざう》履《り》取《とり》

もつともな事もつともな事

深川で土弓射習ふ草履取

宝暦一一年・桜2

198　黒木売り大事に跡をふりかへり

もつともな事もつともな事

宝暦一一年・桜3

199　駕《か》籠《ご》賃《ちん》をやつて女房はつんとする

◆前句を、よくも思う存分遊んで来たものだと、女房の忿懣《ふんまん》やるかたない意とし、その女房の体を付ける。

200　吉原の煤掃《すすは》きにはどの家も遣手が田中の局《つぼね》よろしく女どもを指揮し采配《さいはい》を振うことだ。

朝帰りの亭主を迎える女房から女郎を指図する遣手へ。妓楼の煤掃きを女の城の大奥の煤掃きに見立て、遣手を大奥の女中を指揮監督する女官に擬し、遣手には吉原近くの「田中」に住む者が多かったので田中の局と言いはやした諧謔。煤掃きは十二月十三日。

◆前句を、存分に指揮する意とし、煤掃きの遣手を。

201　棟上げに撒《ま》く祝儀の餅を、町内で評判の乳母の大きな尻めがけて投げつける。とんだ笑いだ。

煤掃きの遣手から餅撒きの乳母へ。「棟上を」は「棟上の餅を」の意。餅を拾おうとして屈《かが》んだ時、棟の大工に向けられた乳母の大きな尻が悪戯心《いたずらごころ》を誘って格好の目標になる。大工の悪ふざけ。乳母の尻は大きいのが通り相場。原作の「尻へあて」（結果）よりも、「尻へ投げ」（目標）の方が意図的な動作を描いて、句に働きがある。

◆前句を、思いを込めて投げつける意とし、餅を撒く大工の戯れを付ける。

202　端午の節句の柏餅《かしわもち》づくりを、そしらぬ風で手伝おうともしない。妹の乳母は。

棟上げに撒く餅から端午の節句の柏餅へ。端午は男児の節句。兄の乳母の浮き浮きと弾んだ姿と、日頃から幅の利かない妹の乳母のすねた姿。男尊女卑の僻《ひが》みの

ぞんぶんな事ぞんぶんな事　宝暦一〇年・礼3

200
煤《すす》掃《は》きの下《げ》知《ち》に田中の局《つぼね》が出

ぞんぶんな事ぞんぶんな事　宝暦一〇年・礼3

201
棟《むね》上《あげ》を名《な》代《だい》の乳《う》母《ば》の尻へ投げ

ぞんぶんな事ぞんぶんな事　宝暦一〇年・礼3

棟上を名代の乳母の尻へあて

202
柏《かしは》餅《もち》妹の乳母は手伝はず

うがち。原作の「壱人の」を「妹の」と改めて、句意の曖昧さが救われた。
◆前句を、乳母の気儘《きまま》の意とし、乳母同士の感情のもつれを付ける。

203　箱根の別当坊での箱王は仏道修行どころか、夏は蟬取りの殺生に走り廻っていたことだ。
兄の節句から弟箱王へ。「箱王」は曾我五郎時致《ときむね》の幼名。十一歳で箱根別当坊に預けられた。十三の年の暮、母の文を袂《たもと》に引き入れ、父の文見たしと泣き崩れる姿を反転し、成人後の剛勇の萌芽をうがつ諧謔。
◆前句を、気儘な奴と師の御坊の叱責の語として、箱王のわんぱく姿を付ける。

204　芝浦の浜通りを行くと、どの横町にも一つずつ海があって、ほんとに楽しい眺めだ。
両の袂から横町に一ッ宛へ。「芝の海」は田町辺から見渡す海面一体をいう。「この所より見わたせば海水渺々《べうべう》として安房上総を望み、右に羽田の森幽《かすか》にて、遠く見ゆる白帆のさま常に月雪にます絶景なり」（『絵本江戸土産』二編「芝浦」）。「横町に一ッ宛ある」といったおもしろさが句のねらい。
◆前句を、景色に見とれる様とし、芝の海の景観を付ける。

205　同じ秋の行楽でも、茸狩はどこか世帯じみていることだ。紅葉狩にくらべると。
芝の海（潮干狩）から茸狩・紅葉狩へ。紅葉狩は時には廓遊びの口実になることはあっても、ただ目を楽し

まんがちな事まんがちな事
柏餅壱人《ひとり》の乳母は手伝はず　宝暦一〇年・智1

203　箱王が両の袂《たもと》に蟬《せみ》の声
まんがちな事まんがちな事　宝暦一〇年・智1

204　横町に一ッ宛《づつ》ある芝の海
眺《なが》めこそすれ眺めこそすれ　宝暦一〇年・智1

205　茸《たけ》狩《がり》は紅葉《もみぢ》狩《がり》より世《せ》帯《たい》じみ

ませるだけ。茸狩は食べ物が目的。
◆前句を、獲物を持ち帰る意とし、茸狩を付ける。

206　蚊を焼いたその場の悪戯心《いたずらごころ》から、紙燭《しそく》の明りで女房の寝顔を覗《のぞ》き込んだりして、ちょっと戯れかけてみる。
世帯じみから閨中の夫婦へ。夜半蚊声に目覚め、紙燭点《とも》して蚊帳《かや》の中の蚊を焼く。短夜の寝覚め、寸刻の痴戯。原作のままでは、蚊を焼いたあとの火の明りで、誰が誰をいやがらせるのかが明瞭ではない。「用ひて」を「女房に」と改めただけで、夫が蚊帳に入った蚊を焼き終えたあと、燃え残りの紙燭の火で女房の寝顔を照らして戯れる姿を明瞭に浮び上がらせた。
◆前句を、女の寝姿を眺めている意にとり、蚊帳の中での男のいたずらを付ける。

207　長屋中の嚊《かかあ》衆が寄ってたかって、田舎から来た芋売りの芋を奪い取るようにして、勝手に量って買って行くことだ。
閨中の男の痴戯から長屋の嚊衆の不作法へ。「田舎芋」は田舎から江戸へ荷い売りに出て来た芋売りの芋。長屋の嚊どもの厚顔《あつかま》しさ。多勢に無勢、百姓は握らされた銭を数えてただ呆然《ぼうぜん》。手荒く人のいい下町風俗。「またおいで」「へえ、またおねげえしやす」。
◆前句を、長屋の嚊の我勝ちの振舞とし、田舎芋を買う光景を付ける。

208　同じ女郎でも岡場所の女郎は後朝《きぬぎぬ》の情もあったものではない。「またおいで」と背中を一つど

運びこそすれ運びこそすれ　宝暦一〇年・智1

206
蚊《か》を焼いた跡を女房にいやがらせ

眺めこそすれ眺めこそすれ　宝暦一〇年・智1

蚊を焼いた跡を用ひていやがらせ

207
長屋中手ごみにはかる田舎《ゐなか》芋《いも》

まんがちな事まんがちな事　宝暦一〇年・智1

208
岡場所はくらはせるのが暇《いとま》乞《ご》ひ

やしつけて、はいさよならさ。

長屋の嬶のがさつさから岡場所女郎の下賤さへ。「岡場所」は官許の吉原以外の深川・品川・新宿などの私《し》娼窟《しょうくつ》の称。
◆前句を、岡場所の女郎とし、その風俗を付ける。

209　花嫁が披露宴の席を立つと、箸《はし》をつけなかった平椀《ひらわん》の料理を狙って、競《せ》り合う酔客どものあさましいったら。
岡場所女郎の野卑から酔客のはしたなさへ。「札を入れ」は入札で、籤《くじ》取りなどの比喩。昔の花嫁はほとんど料理に箸をつけなかった。
◆前句を、不躾《ぶしつけ》の意とし、披露宴での酔客の体を。

210　軒先で太神楽を舞わせている家がある。それを取り巻いて見ているのはみな只見《ただみ》の連中だ。
さもしい酔客から油虫へ。「油虫」は人の懐をあてにして甘い汁を吸う輩《やから》を嘲《あざけ》る語。祝儀は人に出させて面白い目だけみる。正月街頭風景。五八参照。
◆前句を、通行人が太神楽に立ち留る意とし、街頭での見物の光景をうがつ。

211　町人の悲しさ。見倒し屋が冠の値を踏み違えて高値で買いかぶってしまったことだ。
ただで見る油虫から見倒し屋へ。「見倒し屋」はただ同然に買いはたく古物商。頭に冠る物を踏み違え、買いはたいたつもりで買いかぶった滑稽。
◆前句を、下賤の身の悲しさよの意とし、町人に無縁の冠の値踏みを間違えた見倒し屋を付ける。

いやしかりけりいやしかりけり　宝暦一一年・満1

209
花娵《はなよめ》のあました平《ひら》へ札《ふだ》を入れ

いやしかりけりいやしかりけり　宝暦一一年・満1

210
太《だい》神《か》楽《ぐら》ぐるりはみんな油虫

立ち止りけり立ち止りけり　宝暦一一年・満1

211
冠《かんむり》を踏《ふ》み違へたる見《み》倒《たふ》し屋《や》

いやしかりけりいやしかりけり　宝暦一一年・満2

212

壱人《ひとり》者飲まぬかはりに弐《に》朱《しゅ》がつき

励みこそすれ励みこそすれ

宝暦一一年・満2

212　酒も飲まずまじめに働く独身男。正月は餅でも腹一杯に祝ってと、二朱分の餅を搗《つ》く。

放埒《ほうらつ》売り食いの貴族から実直な一人者へ。実直に働いた甲斐あって、ゆったりとした迎春である。「弐朱が」は「弐朱が餅」の意。二朱は、小判一両の八分の一。銭五百文に相当。並の酒なら二升は買える。

◆前句を、一人者の働きぶりとし、迎春の体を。

213

降参が済むと一度にひだるがり

ひどい事なりひどい事なり

宝暦一一年・宮1

213　敵に降参したとなると、誰も彼もが一度にひもじがって、その哀れさは目もあてられない。

飲まぬからひだるがりへ。兵糧攻めに苦しんだ揚句の開城降伏の惨状。「済む」は手続完了の意。「一度に」は大勢の軍兵が一斉にの意。軍談からの取材。

◆前句を、兵糧を断たれた敗軍の惨状とし、みじめな軍兵の飢餓の姿を付ける。

214

おさらばを障子の内でたんと言ひ

しわい事かなしわい事かな

宝暦一一年・宮1

214　お暇乞いのあいさつを、奥様のお部屋で何度も丁寧に繰り返し繰り返し言うことだ。お餞別をくれてもよさそうなものだがと。

一度からたんとへ。「おさらば」「たんと」は女用語。出替りの下女を暗示。「障子の内で」は主婦の居間での振舞であることを示す。

◆前句を、奉公人が主人をけちな人だと思う意とし、仕草で餞別催促の謎をかける下女の体を付ける。

215

秋がわき先づ七夕《たなばた》にかわきそめ

215　秋風が立ちそめると、食欲とともに欲情も昂進するが、そのきっかけは七夕だ。

別離のおさらばから七夕の星合いへ。「秋がわき」は、爽涼の秋気到来につれてしきりに色欲の動くをいう。

それが牽牛織女の出会いに触発されて起るとのうがち。「かわき」は本来飲食に飢《かつ》える意。
◆前句を、欲情しきりの意とし、秋がわきをうがつ。

216　中川の船番所では、「通ります」と言えば「通れ」と、いつも同じやりとりをして船の通航を許している。無事泰平。

天の川（星の出会い）から中川（番所役人と船頭の挨拶）へ。「中川」は、小名木《おなぎ》川が中川に合流する地点の北岸にあった中川御番所をさす。秋は真間（市川市）の紅葉見に芸者連れの遊山船の通航で賑わった。
◆前句を、通航しきりの意とし、中川御番所を。

217　踊り子芸者が客の無理強いを断り切れず、可哀そうに隠し芸までして帰って行ったよ。

紅葉見物の遊山船から踊り子の隠し芸へ。踊り子が酒席の余興に恥ずかしい隠し芸までさせられたことへの憐れみ。原作の「踊り子も」を「踊り子の」に改めて、酒席の乱雑の景が消え、哀れな踊り子の姿だけを浮び上がらせた。
◆前句を、隠し芸を強要されて断り切れない踊り子への同情として、その踊り子の姿を付ける。

218　忍び駒で三味線を弾いている姿は愁《うれ》わしげで、何か物言いたげな風に見えることだ。

踊り子から三味線の忍び駒へ。「忍び駒」は、三味線の音を低くおさえて弾くのに用いる特殊な駒で、その駒を使って弾くこと。近頃は旦那の足も跡《と》絶えがちな囲われ女でもあろう。

せつせつな事せつせつな事　宝暦一一年・宮1

216
中川は同じあいさつして通し
せつせつな事せつせつな事　宝暦一一年・宮1

217
踊り子のかくし芸までして帰り
心よわさよ心よわさよ　宝暦一〇年・信1
踊り子もかくし芸までして帰り

218
忍び駒《ごま》なんぞいひたい姿なり

219　三箇日が過ぎて正月も四日からは、年始客が坊主頭になるばかりか年玉までが丸くなるわい。憂愁の女から出家へ。僧侶の年始は四日からで、年玉に納豆を入れた丸い曲げ物を配った。三日までは肩の張った裃姿が目立ち、年玉も四角な扇箱の類で、それとの対比を言いたてた。

220　出来心で若後家に挑《いど》みかかってはみたが思わぬ抵抗にひるんだ男。「御免御免今のは冗談だ」。坊主から若後家へ。未遂に終ったばつの悪さ。「小力」は女には珍しい力。「じゃれになり」は冗談ということにしてその場をつくろうこと。

◆前句を、男の手を逃れる若後家と見て、挑みかかる男の不首尾の体を付ける。

221　唐天竺《からてんじく》の虎は死んで皮を残すが、日本の狸は皮を残すだけでない。死んでから風を捲き起す。小力のある若後家から風起す死んだ狸へ。狸が化けるという俗信と虎の諺を踏まえて、狸の皮が鞴《ふいご》の用に供されることを、伝奇的な芝居風に趣向して見せた。

◆前句を、狸の皮のこととし、鞴の用を謎めかして言いたてた。

222　あの人達は芝居見とよめた。いつもとちがってお女中がいそいそと先に立って行くもの。死んで風を起す日本の狸のさまから芝居見へ。観劇は江戸の女の最大の娯楽。普段男のあとについて万事控え目な女もこの時ばかりは別といううがち。「女中」は、ここでは女性の意。

219
四日から年《とし》玉《だま》ぐるみ丸くなり

220
小力《こぢから》があるで若《わか》後《ご》家《け》じゃれになり

逃《のが》れこそすれ逃れこそすれ

宝暦一一年・天1

221
日《にっ》本《ぽん》の狸《たぬき》は死んで風起し

用に立ちけり用に立ちけり

宝暦一一年・天1

222
芝居見の証拠は女中先に立ち

◆前句を、人の先に立って行く意にとり、芝居見に浮き立つ女の体を付ける。

223　勘定はとなるといつも人に払わせる文なしのくせに、何かというと決って指図がましく立ち振舞う奴だ。先に立つから采をふるへ。物見遊山や寄合いの席では必ずああしろこうしろと差し出る男。どの町内にも一人はいるもの。その上この男、銭なしと来ては始末が悪い。「采をふり」は采配を振る意。指図がましくすること。

◆前句を、出しゃばって立ち振舞う意にとり、町内で札つきの銭なし男を付ける。

224　気儘《きまま》に世帯を持った若い二人。当面何かと足らぬ物ばかり。何をやっても嬉しそうだ。いつでも必ず采を振る男から何をもらっても嬉しがる新世帯へ。鍋釜《なべかま》までも満足に揃っていそうにない様子を見かねて、隣近所で世話を焼く下町人情。新世帯の不如意な生活をうがつ。

◆前句を、貰い物が役立つ意にとり新世帯を付ける。

225　雪の降ったのを好機とばかりに雀罠《すずめわな》を仕掛けるとは恥知らずも甚だしい。不風流者めが。新世帯から初雪へ。初雪は風雅の景物の第一級品。こともあろうに殺生とは、俳諧数寄の江戸っ子の風下にもおけぬ見下げた奴。六九参照。

◆前句を、不風流心をさげすむ意にとり、初雪の庭に雀罠を仕掛ける不風流者を付ける。

進みこそすれ進みこそすれ　宝暦一一年・天2

223　銭《ぜに》なしのくせにいつでも采《ざい》をふり

進みこそすれ進みこそすれ　宝暦一一年・天2

224　新《あら》世《ぜ》帯《たい》何をやっても嬉《うれ》しがり

用に立ちけり用に立ちけり　宝暦一一年・天2

225　初雪に雀《すずめ》罠《わな》とは恥知らず

いやしかりけりいやしかりけり　宝暦一一年・満1

226 雨宿り額の文字《もんじ》をよく覚え

眺めこそすれ眺めこそすれ

俄《には》雨《あめ》額の文字をよく覚え

宝暦一〇年・智2

226 俄雨《にわかあめ》で山門や絵馬堂に雨宿りすると、掲げてある額の字をよく覚えるものだ。

初雪から雨宿りへ。「額の文字」で雨宿りの場所を暗示。覚える文字は山門の額の山号か、絵馬の「奉懸御宝前」の類。雨宿りの所在なさのうがち。上五文字の「俄雨」を「雨宿り」に改め原作の晦渋《かいじゅう》を救った。

◆前句を、山門などに雨宿りして額を見上げている人とし、その人の俄雨に降りこめられた余得をうがつ。

227 荒打ちを遠くへ寄つて目《め》出《で》たがり

まんがちな事まんがちな事

宝暦一〇年・智2

227 みんな泥にまみれて加勢している土蔵の荒打ちをただ遠くから眺めて、口先でめでたがるだけで手伝おうとしない。何と不実な奴だ。

額を見上げる人から荒打ちの見物へ。「遠くへ寄つて」が句の眼目。「近くへ寄る」を翻した言い回しのおかしさで、泥に汚れぬ用心である。新築も土蔵は特にめでたいとあって、親しい者が荒打ちを手伝う風があった。「荒打ち」は荒壁の下塗り作業で、苆《すさ》を混ぜた泥を壁下地に打ちつけて塗る。前句の「まんがち」は身勝手なこと。

◆前句を荒打ちを手伝わぬ意にとり、その男の体を。

228 江戸へ出る日には手《て》作《さく》の髱《たぼ》を出し

眺めこそすれ眺めこそすれ

宝暦一〇年・智2

228 江戸へ出る晴れの日には手作ながら髱《たぼ》を大きく出して髪を結い化粧も念が入る。さすが女だ。

目出たがりから手作の髱を出しへ。「江戸へ出る」は浅草近辺から江戸の中心部神田日本橋辺へ出ることで、たまさかの江戸行きのおめかしである。

◆前句を、鏡に向う女と見て、江戸行きに弾む心で、人手を煩わさず自分で工夫して髪を結う姿を付ける。

229 斎《さい》日《にち》に危なくほめる海おもて

眺めこそすれ眺めこそすれ

斎日にや危なくほめる海おもて

宝暦一〇年・智2

229 斎日には危ない思いをしながら広々とした海の眺望をめでる。それが丁稚下女たちの楽しみだ。手作の髷を出しから斎日の行楽へ。「危なくほめる」「海おもて」両者相補って、芝増上寺や品川東海寺の山門からの芝・品川の海の眺望を暗示。斎日には一般の登楼を許した。「危なくほめる」が句の手柄。原作の上五文字の卑俗調を正して句調整う。二参照。

◆前句を、海上眺望の体とし、斎日の行楽を付ける。

230 屋敷替へ白い狐《きつね》の言ひおくり

改めにけり改めにけり

宝暦一〇年・信1

230 屋敷替えの引継ぎには諸事万端定め通りの申送りの他に白狐の祠《ほこら》のことも念を入れることだ。危なくほめるから白い狐へ。祟《たた》りが恐い。麁相《そそう》があってはならぬ。丁重に祀《まつ》るにしかず。旗本侍などの屋敷替えで先住者から新入居者への申し送り。厳格な格式と俗信の同居するほほえましい武家社会の側面をうかがう。

◆前句を、念を入れる意にとり、屋敷替えの引継ぎの機微を付ける。

231 蟻《あり》ほどに千畳敷の畳さし

分《ぶん》な物なり分な物なり

宝暦一〇年・信1

231 千畳敷の大広間で仕事をする畳さしの姿は蟻が這《は》っているほどに小さく見える。屋敷替えから千畳敷の畳さしへ。常人の感覚ではちょっと理解できぬ千畳敷の広さを誇張して興じた。「畳さし」は畳職人。畳は藁《わら》を針で刺して製する。

◆前句を、分相応なものだと感嘆する意とし、江戸城のいわゆる千畳敷で働く畳職人の見立てを付ける。

232 見知りよい頭は御《ご》所《しょ》の五郎丸

232 芝居の曾我兄弟の敵討《かたきうち》の舞台で、すぐ見分けられる頭は五郎時致《ときむね》を生捕る御所の五郎丸だ。

蟻ほどに小さく目に入らぬ畳さしから大きく目立つ五郎丸の頭へ。歌舞伎の曾我狂言で五郎丸が大唐輪《おおからわ》の稚《ちご》髷《まげ》という大袈裟《おおげさ》な髪形の扮装で登場する。なるほどと納得させるおもしろさが狙い。

◆前句を、よく似合う意とし、五郎丸の扮装を。

233　腰帯を締めると腰まわりの着付けがきまって、とたんに腰つきが好ましくいきいきしてくる。

五郎丸に抱き締められて召し捕られ命を落とす五郎時致から抱《かか》え帯に締められて生きてくる腰へ。女の着付けの仕上げである。惚れ惚れと眺める男の目。「腰帯」は結んだ幅広帯の下縁を抱えて腰まわりを緊縛する帯。女装の専用。抱え帯、しごきとも。原作の、他《ほか》をも言外に含めた散漫な表現「腰も」を、腰に焦点を絞って「腰は」と改めた。

◆前句を、腰帯とは成程《なるほど》の意とし、その効用を。

234　床払《とこばら》いしたばかりの内儀。銭湯に行った帰りにちょっと立ち寄って夜伽の礼を述べて行く。

生きて来るから快気の内儀へ。「糠袋」で婦人の銭湯行きを暗示。「夜伽」は夜通し付添って看護すること。ここは産所の夜伽であろう。気のおけぬ間柄のとりあえずの挨拶である。

◆前句を、気分が爽快になって喜ぶ人の体と見て、銭湯帰りの産後の婦人を付ける。

235　逃走者を追って来て四つ辻に出ると、どちらへ行ったものかと追人《おって》ははたと戸惑ってしまう。

寄り道から四つ辻へ。欠落ち者の追人か。あちらかこ

分な物なり分な物なり

宝暦一〇年・信1

233

腰帯を締めると腰は生きて来る

分な物なり分な物なり

腰帯を締めると腰も生きて来る

宝暦一〇年・信1

234

糠《ぬか》袋《ぶくろ》持つて夜《よ》伽《とぎ》の礼に寄り

さつぱりとするさつぱりとする

宝暦一〇年・信1

235

四《よつ》辻《つじ》へ来ると追人《おって》の気がふえる

ちらかと思い迷うことを「気がふえる」と俗語に言いまわしたおもしろさ。

◆前句を、追いまわる意として、四つ辻に出て当惑する追人の体を付ける。

236　戦勝の軍陣に侍《はべ》る白拍子たち。投降して来た敗軍の武者の打ちひしがれた顔つきを、祝宴の座興に笑いの種にしておもしろがっている。

追人から降参の顔へ。白拍子を宝暦の江戸の踊り子芸者扱いした趣向。虎の威をかる狐の見立て。「白拍子」は、平安末頃から鎌倉時代に起った歌舞の称。特にこれを演じた遊女を称し、軍陣にも召された。

237　精進の山の芋のかわりに、鰻《うなぎ》料理で宴を張る法事を営むことができるとはうれしいことだ。

戦場から法事へ。親の五十年忌とか先祖の百年忌などはめでたいとあって、斎《とき》（法事の際に供する食事）に生臭《なまぐさ》料理を厭わず馳走する。「山の芋が鰻になる」（諺）を利かしたおもしろさが狙い。

238　妊娠して五月を越す頃からは外出もとかく控えるようになり、近所へも不義理がちになる。

死者の仏事から懐妊の慶事へ。五箇月目の戌《いぬ》の日に岩田帯をしてからは身の大事をとって。

239　寒念仏に出たある晩、とある街角で白装束の丑《うし》の刻《とき》参りの女に出会ったがそれっきりだ。

妊婦の出控えから毎夜遠出の寒念仏へ。「白いの」は丑の刻参りの白装束女。人に見られると呪詛《のろい》がきかぬという。女の身の上を思いやる寒夜の哀れ。

宝暦一一年・亀2

廻《めぐ》りこそすれ廻りこそすれ

236
降参の顔をなぐさむ白《しら》拍《びやう》子《し》

237
山の芋《いも》うなぎに化《ば》ける法事をし

238
五ツ月を越すと近所へ義理を欠き

239
白いのにその後《のち》あはぬ寒《かん》念《ね》仏《ぶつ》

240 手紙の文案を練るうちについ攻め込まれて王が危ない。慌てて筆の軸を逆さに駒を外《そ》らす。寒念仏と白装束との出会いから将棋の駒の対決へ。桑原桑原命が危ない。将棋を差しているところへ急ぎの手紙。よんどころなく将棋を差しながら返事を書いているへぼ将棋の体である。写生軽妙。

241 今日は娘の慶《よろこ》び事の日。母は襷《たすき》がけで甲斐甲斐しい。祝い客の応接も襷のままで畏《かしこ》まっている。将棋の差手の応酬から来客との緊張の応対へ。結納の来る日でもあろう。母の心情活写し得て妙。

242 こっそりと裏の勝手口から物を売りに来た男。見ると袂《たもと》から鳥の嘴《くちばし》が覗《のぞ》いている。鴨《かも》らしい。来客を迎える母から売込みの行商人へ。袂にしのばせた払いもの（売物）が鳥であることを嘴で見せ、禁猟の鴨の密猟者を暗示した巧みな表現。

243 閉っている医者の門を敲《たた》いている人がある。ほとほとと静かに敲く様子からは急病人ではない。日常の俗用であろう。町家を訪う密売人から医家を訪う俗用客へ。医者の門を敲くのは病家、特に急病人を抱えた人で、敲き方もはげしく慌《あわただ》しいのが常である。

244 雷鳴を伴って閃《ひらめ》く稲妻が鋭く折れ曲って空を走る。その曲折する姿にも出来のよいのと不出来なのとがある。おもしろいものだ。門を敲く音から雷鳴を伴って走る稲妻へ。雲間を縫う稲妻を「出来不出来」と芸事のように擬人化した。

240 返事書く筆の軸《ぢく》にて王を逃げ

241 嬉しい日母はたすきでかしこまり

242 袂《たもと》から口ばしを出す払ひもの

243 医者の門ほとほと打つはただの用

244 稲妻の崩れやうにも出来不出来

245　洗張屋が張り渡した伸子《しんし》張《ばり》の下を上手に潜《くぐ》り抜けて立ち働いている。しかも高足駄履きで。さすがに職人だ。

出来不出来から上手へ。和服を仕立て直す際、解《ほど》いて洗った布を伸子張りして糊《のり》つけなどして天日で干し乾かす。それが「張物」で、伸子はその際布の裏に弓状に無数に張って布を伸展する用である。長く張り渡した張物は蛇腹形《なり》に風に揺れ、低く垂れる。

246　曾我兄弟が本懐遂げた夜が明けると、狩場のあちこちで手負いの手当に外科医を呼ぶことだ。

上手にくぐるから厳しい警備の網を潜《くぐ》り抜けて討入った曾我兄弟へ。負傷者の手当に、当世風に外科医を登場させた趣向。曾我物語や芝居から空想したうがち。

247　仇敵《きゅうてき》上野介《こうずけのすけ》の首級を亡君の墓前に供えて、本懐成就の喜びを恭《うやうや》しく奉告に及んだ四十七士の忠節の何とあっぱれなことよ。

曾我の仇討から本懐成就の墓前奉告へ。「水と樒」は墓に供える墓参の用。「恐悦を申し上げ」と相俟《あいま》って、吉良上野介を討って泉岳寺の亡君浅野内匠頭《たくみのかみ》の墓前に額《ぬか》ずく大石良雄ら赤穂四十七士を暗示。

◆前句を、ひとりひとり入れ替って同じ事をする意にとり、四十七士の亡君の墓前に額く姿を付ける。

248　連れの見終るのを待ちきれず、腋下《わきのした》をこそぐったりして遠眼鏡を取り上げてはしゃいでいる。

泉岳寺から芝品川の海上眺望へ。芝の増上寺または品川の東海寺の山門上での婦女の嬉戯《きぎ》である。「遠目鏡」

245
張《はり》物《もの》を上手にくぐる高《たか》足《あし》駄《だ》

246
夜が明けて狩場狩場へ外科を呼び

247
恐《きよう》悦《えつ》を水と樒《しきみ》で申し上げ

代り代りに代り代りに

宝暦一二年・満1

248
こそぐつて早く受けとる遠《とほ》目《め》鏡《がね》

は望遠鏡。行楽地の高所からの眺望の用。
◆前句を、遠くまで目が届く意にとり、遠眼鏡を取り上げてはしゃぐ様を付ける。

249　大黒様はあれでなかなか隅におけないお方だ。大根のぶん廻しがお好きとは。

遠目鏡からぶん廻しへ。大黒天の祭日甲子《きのえね》の日には二《ふた》股《また》大根を供える。それを「ぶん廻し」（コンパス）に見立てて興がり、更にこれを召し上がる大黒様はお好き（好色）な方だとおどけたうがち。
◆前句を、袋を背負い、打出の小槌《こづち》を持ち、米俵を踏まえた大黒の頭巾姿とし、一寸《ちよつと》意外な好物を付ける。

250　江の島詣での遊興に海女《あま》を一日雇い切って鮑《あわび》取りとは豪勢な。こいつはまさに大職冠だ。

大黒から江の島弁天へ。鎌足の臣則風《のりかぜ》が志度浦《しどのうら》の海女《あま》満月と契って、海底に沈んだ面向不背の玉を潜《かず》き上げさせて忠節を尽す、近松の『大職冠』の一段に擬した趣向。「大職冠」は大化新政の最高官位で藤原鎌足の称。「織《しよく》」が正しいが、近松以来の浄瑠璃では「職《しよ》」。
◆前句を、豪勢な遊興とし、江の島の鮑取りを。

251　ことしの祭礼には上輿《あげごし》を出すが、それに乗せる稚児の一人に地主の子を勘定に入れておく。

大職冠から高貴な役柄の上輿の稚児へ。「上輿」は轅《ながえ》を肩にのせて舁《か》く輿。貴人の乗用。我が子を上輿に乗せたいのは親心。それを見込んだ祭りの世話人の算段。寄付金もはずんでくれるだろうと。原作は逆で地主の子が自分が乗るものと決めている意。

届きこそすれ届きこそすれ　宝暦一二年・満1

249
大《だい》黒《こく》の好きは大《だい》根《こ》のぶん廻し
だてな事かなだてな事かな　宝暦九年・智1

250
江の島で一日雇ふ大《たい》職《しよ》冠《くわん》
おごりこそすれおごりこそすれ　宝暦一一年・智1

251
上《あげ》輿《こし》の当てにして置く地主の子
すすめこそすれすすめこそすれ　宝暦七年一一月五日

◆前句を、上輿に乗ることを勧める意にとり、そのつもりになっている地主の子を付ける。

252　「よしなあ」と拒む女の声の低いのは、男の言いなりになってもよい気になりかけた証拠だ。

当てにして置くから出来かかりへ。共に見込十分。枕《まくら》草紙《ぞうし》（春本）の序章の図。「出来かかり」は首尾よくゆきそうな気配。原作のままでは独立句として句意明晰を欠く。ために前句の「低い」をもって補い、「一句にて句意のわかり安い」句に整えた。

◆前句を、女の声とし、男女出来心の戯れを付ける。

253　盲目の小さい身を屈《かが》めて関取の足腰を揉《も》んでいる按摩取。大きな図体の後ろに、ほの暗く沈んでしまって影法師のうごめくようだ。

男女の戯れから関取を揉む按摩取へ。「関取」は相撲の大関の称。「按摩取」は按摩を生業とする盲人。時めく人気稼業の大男と、按摩取のとり合せ。「取」の語呂合せ。「暗い」は按摩取の縁語。

◆前句を、按摩取の揉みくたびれる意にとり、大男の関取を揉むはかなげな姿を付ける。

254　廓の大門のかげに佇《たたず》んで、女郎が一人外の世界をそっと覗《のぞ》き見している。いかにも娑婆恋しげであわれである。

按摩取からその稼ぎ場の遊廓へ。嫖客《ひょうかく》の覗きたがる廓の女に外を覗き見させて、遊女の愁いをうがつ。「大門」は遊廓の入口に設けた門。ここは吉原の大門。

◆前句を、大門から覗き見することが精一杯だの意

上輿を当てにして置く地主の子

252
よしなあの低いは少し出来かかり

低い事かな低い事かな　　宝暦七年一〇月二五日

よしなあの声がそろそろ出来かかり

253
関《せき》取《とり》のうしろに暗い按《あん》摩《ま》取《とり》

たいそうな事たいそうな事　　宝暦一一年・鶴2

254
大《おほ》門《もん》をそつと覗《のぞ》いて娑《しゃ》婆《ば》を見る

にとり、その女郎の哀れな姿を付ける。

255　年に一度の煤掃きだと勢い込み、余り身支度が大袈裟だったので、皆の笑い種《ぐさ》にされたことだ。

吉原大門の厳しい固めから装束過ぎてへ。頭巾手甲《てっこう》に縄襷《なわだすき》といったものものしさを、「討入りには一日間《ま》があるぞ」などと揶揄《やゆ》される。「煤掃き」は当時十二月十三日の定め。

◆前句を、ものものしさに驚く意として、煤掃きに勇み立つ男の体を付ける。

256　両替屋の天秤《てんびん》にかけられては、一厘《りん》の目方のごまかしもきかぬわい。

歳末の煤掃きから両替屋の天秤の音へ。「両替屋」は金銀貨幣の交換を主な業務とする金融業者で、天秤で金銀の量目を量って取引する。その時秤目《はかりめ》の正確を期して天秤の針口を小槌で軽く叩いて調整する。その音が「のつぴきのない音」で有無を言わさぬ音である。取引の場の一種の緊張感をうがつ。

◆前句を、天秤の正直さとし、両替取引の場を。

257　この前はようもわちきを寝ごかしにしなんしたね。一体どちらの恥と思いなしゃんすのえ。

のっぴきのない音から馴染女郎の詰問へ。この前は気まずい後朝《きぬぎぬ》の別れをした二人の仲直り。「寝ごかし」は、廓で客が相方の女郎が眠っている間にそっと床を抜けて帰ること。女郎を辱《はずか》しめる仕打ち。

◆前句を、どちらに歩があるか分らぬとの意とし、両方とも不体裁な寝ごかしの痴話を付ける。

たいそうな事たいそうな事　　宝暦一一年・鶴2

255
煤《すす》掃《は》きに装《しやう》束《ぞく》過ぎて笑はれる

たいそうな事たいそうな事　　宝暦一一年・鶴2

256
両替屋のつぴきのない音をさせ

正直な事正直な事　　宝暦一一年・亀1

257
寝ごかしはどちらの恥と思し召す

見えわかぬ事見えわかぬ事　　宝暦一一年・亀1

258
竈《かま》祓《ばらひ》ひたひで鈴をふり納め
正直な事正直な事
宝暦一一年・亀1

259
馬《ま》島《じま》での近づきならばうろ覚え
見えわかぬ事見えわかぬ事
宝暦一一年・亀1

260
乳《ち》の黒み夫《をつと》に見せて旅立たせ
正直な事正直な事
宝暦一一年・亀1

261
盗《ぬす》人《びと》にあへば隣《となり》でけなるがり

258　竈祓の巫女《みこ》の舞は、手に持った鈴を額におしあてて拝むような仕草をするとそれでしまいだ。女郎から竈祓へ。舞の仕草のうがち。「竈祓」は、毎月晦日《みそか》家々を廻りかまどの荒神《こうじん》を祭りお祓いをする巫女。売色を宗《むね》とする者が多かった。
◆前句を、「正直の頭《こうべ》に神宿る」の諺の通りだの意にとり、巫女が鈴を額におしあてて拝む姿を付ける。

259　目医者の馬島に通っていた間に知り合った仲ならば、しかと見覚えのないのも無理はない。額で鈴をふりからうろ覚えへ。仕草の類似。目の悪い者同士のことだからというがち。「馬島」は、尾張海部郡馬島の明眼院から出た著名な眼科医。その始祖は遠く桓武延暦の代に遡《さかのぼ》ると伝える。
◆前句を、互いに相手の見分けがつかぬ意にとり、その人たちを眼科医馬島で知り合った仲とした。

260　旅立つ夫に乳首の黒みを見せて、「これこの通りおなかの赤ん坊も待っていますからね」と。眼科医から乳の黒み見せてへ。妊娠すると乳首が黒ずむ。妊娠の証拠を見せて夫を旅立たせる。夫婦の愛情のこまやかさの表現である反面、留守中に浮気したなどと疑われぬための配慮である。
◆前句を、妊婦の乳の黒むのは生理の必然だの意として、夫を安心させて旅立たせる女を付ける。

261　盗人に入られ物を盗られると、隣人が気の毒がるどころか、かえってそれを羨《うらや》ましがるとは。旅の留守から盗難へ。微妙な人情のあや。「盗られる物がおありとは」と。「けなるがり」は、けなりがり。羨ましがる意。

◆前句を、世渡りは厳しいものだの意とし、隣人の盗難を、豊かな証拠とむしろけなりがる人情を付ける。

262　したり顔に話し出したものの、話の急所に歌が一首あるばっかりに、閊《つか》えてしまって引っ込みがつかぬ。不様なことよ。

聞き手から話し手へ。「けつまづき」は思い出せぬため絶句する体の警抜な表現。原作の話の流れ中心の描写を話し手中心に改めて句に生動が加わる。

◆前句を、人の噂と見て、物知りぶって話し出した男が話の中の歌を忘れて絶句する姿を付ける。

263　日本橋駿河町では畳の上に人通りができているよ。驚いたもんだ。

けつまづきから人通りへ。駿河町は町一円を越後屋（今の三越《みつこし》の前身）が占め、中の通りの両側に同じ暖《の》簾《れん》の店が並んでいた。越後屋の店の間へ上がり込んで買物する客の出入りが頻繁なことを、表通りの人の往来が畳の上にまで及んでいると言いたてて、繁昌ぶりを誇張した。

◆前句を、駿河町の人通りの夥《おびただ》しい意とし、その人波が越後屋の店の間に入り込んでいる様を付ける。

264　八幡様は堪忍袋の緒が切れる時にかぎって祈られる神様だ。えらい神様もあったものだ。

畳のうえの人通りから堪忍ならぬへ。八幡神は武勇の神。武人の誓言や戦勝祈願に「弓矢八幡」「南無八幡

厳《きび》しかりけり厳しかりけり　宝暦一一年・亀2

262
歌一首あるで噺《はなし》にけつまづき

あさましい事あさましい事
歌一首あるで噺がけつまづく　宝暦一一年・鶴1

263
駿《する》河《が》町《ちやう》畳のうへの人通り

たいそうな事たいそうな事　宝暦一一年・鶴1

264
八幡は堪《かん》忍《にん》ならぬ時の神

大菩薩」などと祈る。転じて喧嘩などに怒りをこめて称《とな》えられるのをうがつ。

◆前句を、高が喧嘩ぐらいに神を誓文に立てるとはの意にとり、誓文に立たされる八幡神を付ける。

265　岡場所では女郎屋の遣手と女房は一人二役で一緒くたにやってのける。いい加減なものだ。

八幡（富岡）から岡場所（深川）へ。格式高く規則の整った官許の遊里吉原の華麗に比べ、諸事万端安直卑賤な岡場所の風俗をうがつ。「どんぐるみ」は一つにひっくるめることを賤《いや》しむ語。一五六・二〇八参照。

◆前句を、あきれる様とし、岡場所の卑賤を付ける。

266　娘を買いに来た女衒。まず腰の手拭で穢《きたな》げに埃《ほこり》を一《ひと》はたきしておいて、上り框《かまち》に腰をかける。

岡場所から女衒へ。「女衒」は女を買って遊女に売る周旋業者。貧苦につけこむ冷酷非情の威圧的仕草。恩着せがましく安く買いはたく魂胆。

◆前句を、娘の身売りを勧めに来た女衒が貧家の土間に立った時の思いとして、反射的な行動を付ける。

267　武家の屋敷に奉公に上がっている乳母は、お屋敷の裏門と首っ引きしているわい。

手拭から首っ引きへ。お子様の守《もり》が仕事の乳母。屋敷の中はとかく気が張って息苦しい。お守にかこつけて日に何度となく裏門から外の景色を覗きに来る。「首ッ引き」は頻繁に出入りする状の見立て。

◆前句を、遠慮がちな振舞の意とし、乳母の気兼ねしながら日に何度も裏門に足を運ぶ様を付ける。

たいそうな事たいそうな事　宝暦一一年・鶴1

265
岡場所は遣《やり》手《て》と女房どんぐるみ

あさましい事あさましい事　宝暦一一年・鶴1

266
手《て》拭《ぬぐひ》ではたいて女《ぜ》衒《げん》腰をかけ

むさい事かなむさい事かな　宝暦一一年・鶴1

267
裏門と家《か》中《ちゆう》の乳母は首ッ引《ぴ》き

内《うち》端《ば》なりけり内端なりけり　宝暦一一年・鶴2

268
聞いてくりや命があるといふばかり
あさましい事あさましい事
聞いてくれ命があるといふばかり

宝暦一一年・鶴2

268　まあ聞いて下さいよ。こんなひどい事ってありますか。今やっと命だけはとりとめましたが。

裏門と首っ引きの人待ち顔の体から見舞客への女房の愚痴へ。上五文字「聞いて来りや」と読めば、「報せで駆けつけると虫の息だ」の意。原作の「聞いてくれ」を改めて、話し手を男から女に転換しただけと見ておく。いずれも時・所・人が不明確。

◆前句を、あきれ驚く体として、瀕死《ひんし》の男を囲む身寄りの人を付ける。

269
清《きよ》盛《もり》の医者は裸《はだか》で脈をとり
発明な事発明な事

宝暦一〇年・礼1

269　平清盛が死んだ時、病気治療にあたった医者はなんと裸で脈をとったんだよ。

命があるというばかりから医者へ。水風呂に入ると水はたちまち沸騰し、筧《かけひ》の水を注ぐとしぶきが火となって燃える始末で、熱くてそばへも寄れなかったという清盛の熱病のうがち。知った風に鼻おごめかす作り話（『平家物語』巻六「入道死去」参照）。

◆前句を、人の行為を賢明なことだと褒める体とし、清盛の熱病と取り組む医者の虚像を付ける。

270
才蔵は呑《の》みかねまじき面《つら》つつき
たいそうな事たいそうな事

宝暦一一年・鶴2

270　口を大きくあいてふざける三河万歳の才蔵は、人を一呑みにしてしまいそうな面《つら》がまえだ。

裸で脈をとる医者の滑稽から才蔵へ。才蔵がふざけちらして女子供を追い廻す。「才蔵」は三河万歳の大夫《たゆう》の相手役。大黒頭巾・裁着《たつつけ》姿で、阿呆口をたたき滑稽な仕草で笑いをとる役。三四参照。

◆前句を、仰々《ぎょうぎょう》しいことと興がる意にとり、ふざけちらす才蔵の大口あいた面っつきを付ける。

271 金の番とろとろとしてうなされる
馬鹿な事かな馬鹿な事かな
金の番とろとろとしてうなさるる
宝暦一一年・智1

271 金の番はいやなものだ。居眠りでもしようものなら、奪《と》られた夢にうなされるんだもの。

呑みかねまじき面っつきからうなされるへ。大金に縁のない小心者。金の魔力のうがち。原作の下五文字の文語調を口語調に改めて、句調がやすらかに整った。

◆前句を、愚かなことと笑う意とし、金の番人がうとうととしてうなされる様を付ける。

272 お歯《は》黒《ぐろ》を俄《にはか》につけて科《とが》が知れ
情け深さよ情け深さよ
宝暦一一年・智1

272 急に女がお歯黒をつけたので、秘し隠していた密事《みそかごと》が世間に知れ渡ってしまったことだ。

金の番の居眠りから科《とが》へ。女の腹が人目につくようになり、捨てて置けず慌しい祝言となった。息子の嫁に予定した客分の女か。後妻に直った下女か。「お歯黒」は、鉄片を茶の汁・酢などに浸して酸化させた液（鉄《か》漿《ね》）に五倍子《ふし》の粉をつけて歯に塗り黒く染めること。江戸時代はすべての既婚婦人の風俗。

◆前句を、男女の仲とし、その成り行きを付ける。

273 よみの場へ筆添へて出す奉《ほう》加《が》帳《ちやう》
狙《ねら》ひこそすれ狙ひこそすれ
宝暦一一年・智1

273 よみ博奕《ばくち》の最中へ「どうぞ一口」と筆を添えて奉加帳とは。此奴《こやつ》なかなかしたたか者よ。

科《とが》からよみへ。「よみ」はよみかるた。めくりかるた四十八枚のうち赤絵札十一枚を除いた残りの三十七枚で、四人で手合せする博奕。奉加の主旨は不明。

◆前句を、好機を狙う意にとり、博奕の場へ奉加帳を廻して寄進を募る男を付ける。

274 小間物屋箱と一《いつ》所《しよ》に年が寄り

274 永い馴染《なじみ》の小間物屋。いつの間にか白髪になったが、背負っている箱も大分くたびれたなあ。

筆添えて出すから小間物屋へ。「小間物屋」は、女の化粧用品を中心に華奢《きゃしゃ》な日用小道具類を、段々重ねの箱に入れ背負い歩く行商人。華奢商《あきな》いの小間物屋に老いを見出した哀感。身につまされる愁い。

◆前句を、高価な買物として、小間物屋を付ける。

275　太神楽の曲芸を始めから終りまで一心に見入っている。赤ずくめの着物を着た子が。

行商の小間物屋から大道芸の太神楽へ。「赤い姿」は疱瘡《ほうそう》に罹《かか》っている小児。赤い着物は治癒をはやめるとされた。小児暫時病苦を忘れるの図。五八参照。

◆前句を、病児を慰めるための親の散財として、太神楽を喜ぶ小児の姿を付ける。

276　鼻紙をちょっと口にくわえて手を洗うところなど、何と粋《いき》ないい女ではないか。

太神楽から芸者上がりの妾《めかけ》風情へ。美人画の構図。やにさがった旦那の目が後ろにある妾宅《しょうたく》寸景。素人女に真似のできぬ艶冶《えんや》な姿態。八九参照。

◆前句を、贅沢《ぜいたく》の意にとり、それ者《しゃ》上がりの仕草を。

277　「きついお見限りで。今日はまたどうした風の吹き廻しで」とちょっと拗《す》ねて見せる。

それ者上がりから廓の女へ。船宿の女房・茶屋の女将《おかみ》・馴染の女郎などの、ちょっといやみに見せかけた追従《ついしょう》である。やがて洒落本の典型的一齣《ひとこま》となる。「すねた道具」は拗ねて見せる手。

◆前句を、客の心を引く思案の意にとり、廓女の常套的手管を付ける。

おごりこそすれおごりこそすれ　　宝暦一一年・智1

275
太神楽《だいかぐら》赤い姿に見つくされ
おごりこそすれおごりこそすれ　　宝暦一一年・智1

276
鼻紙を口に預けて手を洗ひ
おごりこそすれおごりこそすれ　　宝暦一一年・智1

277
どつち風少しはすねた道具なり
狙ひこそすれ狙ひこそすれ　　宝暦一一年・智2

278 惣《そう》領《りやう》は尺八をふく面《つら》に出来

馬鹿な事かな馬鹿な事かな

宝暦一一年・智2

278 惣領息子という奴はもともと尺八を吹く時の、あの間抜け面に生れついているのだ。

すねて見せる女から間抜け面の惣領へ。のほほんと育って人はいいが、気が利かぬ。自然顔つきまで間のびしている。伏目で顎をしゃくり上げる尺八吹く顔も「面《つら》」と言ってみたくなるほど、はた目には愚かしく不様にも映るもの。

◆前句を、惣領のこととし、その間抜け面をうがつ。

279 翌日は店を追はるる年忘れ

馬鹿な事かな馬鹿な事かな

宝暦一一年・智2

279 一夜明けて借家を追われようとは、あいつも思わなかったろう。えらい年忘れになったものだ。

尺八を吹く面から吠え面へ。飲んだ勢いの乱暴狼藉。不行跡な店子《たなこ》(借家人)の追放は大家の権限。七四〇参照。

◆前句を、ちょっと慎めばよかったのにの意にとり、年忘れの酒の勢いが過ぎた男の泣きっ面を付ける。

280 今暮れる日を傾《けい》城《せい》におちつかれ

坐《すわ》りこそすれ坐りこそすれ

宝暦一一年・礼3

280 日が暮れて来たので早く切り上げようと思うのに、傾城に悠長に構えられて気が気でない。

年の暮れから日の暮れへ。女郎にあしらわれている昼遊びの田舎侍。屋敷の門限は暮六ツ。

◆前句を、ゆっくり構えて引き留める腹の女郎とし、いらだつ客の体を付ける。

281 梓《あづさ》弓《ゆみ》下女の泪《なみだ》は土間へ落ち

281 梓巫女《みこ》の口寄せに、亡者の哀訴を聞いている下女も思わず貰い泣き。流す涙は土間に浸み込んでゆく。

傾城から梓巫女へ。梓巫女は生霊《いきりょう》・死霊の口寄せをする霊媒者で時に売色をも兼ねた。神妙に居間に坐った家人の涙は膝に落ちる意を言外にこめて、台所の土間にしゃがんで聞く下女の姿をうがつ。「梓弓」は梓の丸木作りの弓。梓巫女がその弦を打って口寄せする。ここは梓巫女の祈禱の姿を言い表わす。
◆前句を、口寄せにこぼす涙とし、下女の泣く姿を。

282　何事も客人次第と御機嫌取りに憂き身をやつす幇間も、事《こと》宗旨論となっては一歩も引かぬ。
梓巫女の祈禱から宗旨論へ。信仰は人間ぎりぎりの命の支え、生活の方便の埒外《らちがい》。政治と宗教は酒席の禁句。
◆前句を、客と幇間の対坐する意にとり、幇間が正面切って客と宗旨論を戦わす体を付ける。

283　若後家がいっそ髪をおろして尼になりたいなどと思わせぶりをして、男どもに気をもませる。
宗旨論から後家の剃髪へ。本気なら茶筅《ちゃせん》髪（未亡人の髪の結い方）に結う時、すでにおろしているはず。艶やかな残り香は誰の目にも本気と映らぬ。後家の下心のうがち。「むごがらせ」は、むごいことと思わせる。そんな事はさせられぬと思わせるように仕向ける。
◆前句を、嘘と見え透く意とし、若後家の痴態を。

284　能の笛方は思い出したように不意に吹き出す。それまでは吹くのを忘れているみたいだ。
若後家の突然の告白から能笛の不意の働きへ。能の笛方はほかの囃子《はやし》方に比べると、笛を膝の上に立てたり、扇にのせて板の間に置いたり、休んでいる時が多い。それを笛を吹く勤めを忘れているようだと穿《うが》つ。
◆前句を、能楽の観客が笛方を噂する意にとり、舞

こぼれたりけりこぼれたりけり　宝暦一一年・礼3

282
幇間《たいこもち》宗旨ばかりはまけてゐず

坐りこそすれ坐りこそすれ　宝暦一一年・礼3

283
若後家の剃《そ》りたいなどとむごがらせ

うそな事かなうそな事かな　宝暦一一年・礼3

284
能《のう》笛《ぶえ》は忘れたやうな勤めかた

馬鹿な事かな馬鹿な事かな　宝暦一一年・智1

台での笛の勤めぶりを付ける。

285　一門はどぶりどぶりと供奉《ぐぶ》しますからと、二位《にい》尼《あま》が恐がる幼帝に龍宮行幸を願い出たことだ。
能笛から壇の浦の二位尼へ。「どぶりどぶり」は帝に尼が入水のことを説明する様をうがつ。謡曲『碇潜《いかりかずき》』に知盛《とももり》が二位尼に「今はこれまで候。御痛《おんいた》はしながら行幸を浪の底になしまゐらせ。一門供奉し申すべし」と宣えば、二位尼が帝に「いかに奏聞申すべし」と泣く泣く入水の覚悟を願い出るくだりがある。
◆前句を、平家の驕《おご》りとし、安徳帝身投げの場を。

286　よい色模様の小紋を着て出たばかりに、紺屋まで引きずって行かれるとは、とんだお笑い草だ。
平家一門から奢侈《しゃし》軽佻の風俗へ。注文の見本にされる。無用の紺屋行きを強いられるおかしさ。「小紋」は、こまかい模様の染物。「紺屋」は、染物屋。
◆前句を、人の愚行を笑う意とし、よい小紋染の着物を着て紺屋までむりやり同行させられる人を付ける。

287　長患いからやっと蘇生したような思いがすることだ。四十三の春がめでたく明けると。
引きずられる災難から厄年へ。四十二は男の厄年。不慮の災難を恐れ慎んで万事に気が重い年。「病みぬいたやう」はその一年を振り返った体。
◆前句を、四十二の厄明けの祝いとし、その席での述懐の体を付ける。

288　旨《うま》い事をした色話を聞かされると、祭事を勤める年男は身の役目柄をふと淋しく思うことだ。

285
一門はどぶりどぶりと奏聞《そうもん》し
おごりこそすれおごりこそすれ
宝暦一一年・智1

286
よい小紋《こもん》着て紺屋《こんや》まで引きずられ
馬鹿な事かな馬鹿な事かな
宝暦一一年・智1

287
病《や》みぬいたやうに覚える四十三
おごりこそすれおごりこそすれ
宝暦一一年・智1

288
年《とし》男《をとこ》うまい咄《はなし》を淋《さび》しがり

厄年から年男へ。「年男」は、年末年始の神事の諸儀式をつとめる者。民間では特に節分の豆まき男を言い、その年の干支《えと》に当る人または厄年の男がつとめる。

◆前句を、愚かなことと嘲《あざけ》る意とし、うまい話を淋しく聞く年男を付ける。

289　道を尋ねようと田植の人に声をかけると、早乙女たちの笠が一斉にこちら向きに翻《ひるがえ》る。

年男の分別から道問う人へ。早乙女の振り向く姿を、田植笠が裏を見せて翻る動きに言い取る。初夏田園の寸描、景あり情あり、二つながら佳《よ》し。

◆前句を、早乙女たちの応対ぶりとし、道問う人の声に反射的に反応する姿を付ける。

290　小娘が羽子板を茶盆代りにして、酔客にこわごわ茶を出しながら半ば逃げ腰に構えている。

早乙女の旅人への応対から小娘の酔客接待へ。羽根突きに興じている所へ来かかった年始の酔っぱらい。番茶を一杯所望された小娘のこわそうなそぶり。

◆前句を、小娘の酔客の扱い方を褒《ほ》める意にとり、その用心深い接待ぶりを付ける。

291　判官義経は鵯越《ひよどりごえ》の逆落しの勝軍《かちいくさ》までは寸分のすきもなかったんだが。それからがよくない。

逃げ支度から逆艪《さかろ》の論へ。「逆落しまでは」は余意に、摂津の渡辺福島を舟出の際、梶原景時《かじわらのかげとき》の逆艪の提言を斥けたことが、讒言《ざんげん》にあう端となった意を含める。

◆前句を、義経の軍略を褒める意にとり、一の谷の

馬鹿な事かな馬鹿な事かな　宝暦一一年・智1

289
道問へば一度にうごく田《た》植《うゑ》笠《がさ》

ていねいな事ていねいな事　宝暦一一年・信1

290
羽《は》子《ご》板《いた》で茶を出しながら逃げ支《じ》度《たく》

賢《かしこ》かりけり賢かりけり　宝暦一一年・信1

291
逆《さか》落《おと》しまでは判《はう》官《ぐわん》ぬけ目なし

賢かりけり賢かりけり　宝暦一一年・信1

戦までの戦功を称える言葉を付ける。

292　髪結い床も百に三つの上得意の客の髪は、客の気に入るように特に入念に結い上げることだ。ぬけ目なしから骨を折りへ。原作の下五文字を髪結いがうまく結おうと積極的に苦心する意に改めた。金払いのよい客を丁寧に扱う職人心理のうがち。「百に三ツ」は百文で三人分。百文は九十六文勘定で三十二文の結い賃。二十八文が公定だから上客である。

◆前句を、職人の仕事ぶりとし、髪結いが得意客を扱う様子を付ける。

293　言いたいこともよう言わず遠慮気兼ねの食客の身の悲しさ。本音を吐《は》くのは寝言だけ。骨を折りから掛人《かかりうど》へ。四六時中周囲の人の気をはかって暮さねばならぬ、掛人のやるせない心情のうがち。「本の事」は本当の事。真実。一三四参照。

◆前句を、掛人の日常の言葉づかい物腰などの意にとり、本心の出る寝言を付ける。

294　鳥羽院に奉仕する女官たちが、院の御寵愛《ごちようあい》の玉藻の前の挙動に不可解なふしがあると、寄り寄り声をひそめては噂しあっていたことだ。寝言からひそひそ話へ。「ひそひそと」の上五文字が句の眼目。院の寵姫《ちようき》のことゆえ、迂闊《うかつ》なことは言えないと気を配る女官たちの私語。三国伝来の妖狐のこと、何か尻尾を出していたろうとのうがち。一九〇参照。

◆前句を、さすがに女官たちは賢明だったという意にとり、玉藻の前の素姓を怪しむ体を付ける。

292
髪ゆひも百に三ツは骨を折り
ていねいな事ていねいな事
髪ゆひも百に三ツは骨が折れ
宝暦一一年・信2

293
掛《かかり》人《うど》寝言にいふが本の事
ていねいな事ていねいな事
宝暦一一年・信2

294
ひそひそと玉《たま》藻《も》の前を不《ふ》審《しん》がり
賢かりけり賢かりけり
宝暦一一年・信3

295　母の気に入った友達が一人いる。なるほど身なりもおとなしい地味な小紋を着ているわい。
疑われる玉藻の前から信用される友達へ。派手好みは母の眼鏡《めがね》に適《かな》わぬ。息子大事の母心のうがち。
◆前句を、母にお気に入りの、息子の友達の行儀正しい意とし、その身なりを付ける。

296　大勢が火鉢にあたっているその手の下をかいくぐって上手に火にあたる。禿の小さな手が。
選ばれた一人の友達から大勢の中に割り込む禿へ。大人の間に小さな身体を上手に割り込んで火鉢に手をかざす禿の可愛いしぐさ。妓楼冬夜の寸景。
◆前句を、禿の利口さを褒《ほ》める言葉とし、その可憐な挙動を付ける。

297　常日頃とはこと変り胴上げの時ばかりは、お局《つぼね》様が女中方にそっとそっとと哀願されることになる十三日だ。
大勢の手をくぐる禿の手から大勢の手に捉《つか》まるお局へ。煤掃《すすは》きのあと大奥では、女中たちが老女を胴上げして笑い興じる。平生は女中たちの行儀作法にやかましい老女も哀訴の立場になると、見て来たかのような穿ち。「十三日」は十二月十三日の煤掃き。年中行事。
◆前句を、控え目にする意とし、煤掃きのあとの胴上げで女中たちに手加減を頼むお局を付ける。

298　平知盛が大物《だいもつ》の浦で薙刀《なぎなた》振りまわしての一騒ぎは、文字通り喧嘩すぎての棒ちぎり木だ。
お局の胴上げから知盛の奮戦へ。謡曲『船弁慶』の平

295
母の気に入る友だちは小紋を着
ていねいな事ていねいな事
宝暦一一年・信3

296
大勢の火鉢をくぐる禿《かぶろ》の手
賢かりけり賢かりけり
宝暦一一年・信3

297
御《お》局《つぼね》はそつとそつとの十三日
内端《うちば》なりけり内端なりけり
宝暦一一年・鶴1

298
知《とも》盛《もり》は喧《けん》嘩《くわ》過ぎての棒をふり

知盛の評判。義経が西国に逃れんため大物の浦を船出の時、平家の亡霊が船路を遮《さえぎ》り、知盛が長刀で義経を襲い、弁慶に調伏《ちょうぶく》される。「喧嘩過ぎての棒ちぎり木」（諺）を利かせて知盛の詮ない意趣返しを揶揄《やゆ》。

◆前句を、義経を狙う知盛とし、その狼藉を付ける。

299　吉原の大門《おおもん》の番人四郎兵衛を恐がる女郎は、その女郎の方がかえって物騒じゃ。

棒をふりから遊女の逃亡をも監視していた四郎兵衛へ。「恐ろしがるが恐ろしい」と反復逆説のおもしろさと、逃亡の下心が思いやられるとのうがち。

◆前句を、逃亡の機を窺《うかが》う女郎とし、その噂を。

300　仲間の寝静まるのを待ってこっそり起き出して、男に頼まれた衣類を絎けてやる。

四郎兵衛を恐がる女郎から人目を恐れる下女へ。大店《おおだな》の下女が番頭または手代に尽す体。切ない真情をうがつ。男帯の仕立てでも頼まれたのであろうか。「傍輩」の二字に人物の身分・境遇を活写。

◆前句を、恋情とし、男に貢《みつ》ぐ商家の下女を付ける。

301　これは驚いた。おれが買ったのはあの女郎が身受けされる四、五日前のことだったわい。

下女の情《なさけ》から普賢菩薩の慈悲へ。江口《えぐち》の君の幽霊が普賢と現じて去るという謡曲『江口』によって、身受けされた遊女を普賢に見立てた趣向。

◆前句を、身受けされるだけあって情の深い女だったと懐かしむ意とし、その男を付ける。

狙ひこそすれ狙ひこそすれ　宝暦一一年・智2

299　四郎兵衛を恐ろしがるが恐ろしい

狙ひこそすれ狙ひこそすれ　宝暦一一年・智2

300　傍《はう》輩《ばい》を寝静まらせて絎《く》けてやり

情け深さよ情け深さよ　宝暦一一年・智2

301　普《ふ》賢《げん》ともならう四五日前に買ひ

情け深さよ情け深さよ　宝暦一一年・智3

302 江戸へ乳母奉公に出てみると、今までは何一つ不足には思わなかった夫だが、いろいろ物足りないところが出て来る。

身受けされた女郎から奉公に出た乳母へ。奉公先では何もかもが別世界のようで、男を見る目も自然と肥えて、いつしか夫が不甲斐なく思われ出す女心の悲しさ。「歪んで見る」は欠点が目につく意。

◆前句を、分不相応なおごり心の意とし、乳母奉公にお屋敷へ上がった女房の心の迷いを付ける。

303 あの男、畠で働いている農夫に道を教えられてるわい。事もあろうに今引き抜いた泥大根で。

乳母の夫から大根畠の農夫へ。当時乳母・農夫は無知文盲とされた。その農夫に道を教えられる。しかも大根でぞんざいに。それを不甲斐なしとおかしがる。

◆前句を、人の愚かさを笑う意とし、無知なはずの農夫に道をきく男を付ける。

304 花嫁の粋《いき》なこと。うぶな世間の花嫁とは桁《けた》違い。何もかもが垢《あか》ぬけして、全く憎いよ。

大根で道を教える不作法から粋な花嫁へ。婚礼披露に呼ばれた花婿の遊び仲間などの不遠慮な評判。うまいことしよったと羨ましがる風情。「不粋でないの」は不粋でないどころかと粋を強調した言いぐさ。

◆前句を、人の言動を愚かしいと嘲笑する意とし、人の花嫁を羨ましがる男を付ける。

305 惚れさせるには黒焼きなどでは効かない。一番よく効く薬の中身は山吹色の小判に限る。

302 乳《う》母《ば》に出て少し夫《をつと》を歪《ひづ》んで見

おごりこそすれおごりこそすれ

宝暦一一年・智3

303 ひん抜いた大《だい》根《こ》で道を教へられ

馬鹿な事かな馬鹿な事かな

宝暦一一年・智3

304 花《はな》娵《よめ》の不《ぶ》粋《すい》でないの憎らしさ

馬鹿な事かな馬鹿な事かな

宝暦一一年・智3

305 妙薬を開ければ中は小判なり

粋な花嫁から金ずくの恋へ。積《しやく》をおさえる女郎に「この薬でも煎じて飲みな」と一包の妙薬。あけて見るなり「もうようなりんした。わちきはほんに、ぬしにほの字でありんす」。

◆前句を、女郎がありがたがる意とし、惚れ薬の小判を貰う体を付ける。

306 口では言えぬ留守中の秘事《ひめごと》。そこは啞者の得意のパントマイム。並べて見せた枕二つ。

惚れ薬から密通へ。ふだんから不審なふしのある女房の監視役を啞者に頼んでおいた亭主の帰宅。やっぱりそうだったかと、くやしさ憎らしさ。

◆前句を、啞者の無言劇をほめる意にとり、帰宅の亭主に女房の密通を告げる場面を付ける。

307 器量がよいばかりにあの娘、年貢の完済に我が身を売っての旅立ちとは。何と可哀そうに。

旅戻りから旅立ちへ。女衒《ぜげん》に連れられて村を出て行く貧農の孝行娘。哀れさしばらくやまざる風情。

◆前句を、世間には娘もいろいろあるものだの意とし、親の貧苦を救うために身売りする娘を付ける。

308 子供が達者で薬の心配をせずにすむ親仁《おやじ》は喧嘩の跡始末だ。どの道親仁は息子で苦労する。

親のために苦界《くがい》に身を沈める娘から親に苦労させる息子へ。病身でなければ腕白者の喧嘩沙汰。女児とはちがった男児を育てる苦労のうがち。

◆前句を、子育ての苦労もいろいろの意にとり、男児を持つ親の苦労を付ける。

ありがたい事ありがたい事　宝暦一一年・信1

306 留守の事啞《おし》は枕を二ツ出し

賢《かしこ》かりけり賢かりけり　宝暦一一年・信1

307 よい娘年《ねん》貢《ぐ》すまして旅へ立ち

色々があり色々があり　宝暦八年・天1

308 薬の苦《く》せない親《おや》仁《ぢ》は喧《けん》嘩《くわ》の苦

色々があり色々があり　宝暦八年・天

309　連れの目をくらませてこっそりと屋形船から猪牙舟へ。とんだ恋路のはしけものだい。

親に苦労させる男児から廓遊びの息子へ。隅田川行楽の屋形船からこっそり猪牙に乗り移って、山谷堀を吉原へと洒落《しゃれ》込む男。「猪牙」は吉原通いの客をのせた舳先《へさき》の尖った軽舟。「はしけもの」は艀《はしけ》で運ぶ舟荷の意で、吉原行きの男を恋荷と洒落た。原作の「恋路を」を「の」に改めて、句意やや平明化。

◆前句を、恋心切なる意とし、遊山の屋形船を抜け出して、猪牙で吉原へ急ぐ男を付ける。

310　この岩茸を採るのは命がけなんだそうな。むざとは食えぬ。よく味わっていただかねば。

遊山の屋形船から珍味の岩茸へ。屋形船とか宴席で膳の珍味を前にした客のひとりごと。「岩茸」は、深山の岩場に木耳《きくらげ》状に生じる地衣類の一種。食用美味。山人、畚《ふご》に乗り、断崖に宙吊《づ》りになって採るという。

◆前句を、岩茸採りの状を話して聞かせる人の言葉とし、それを聞く相手の人の思いを付ける。

311　「紺屋《こんや》の明後日《あさって》」は誰知らぬ者はないが、紫屋もどうして、負けず劣らずの嘘っつきだぜ。

深山断崖の岩茸から野草の紫草《むらさきそう》へ。「紫屋」は紫草を染料とする紫染屋。江戸の染物屋の汎称《はんしょう》。紺屋。諺「紺屋の明後日」を踏まえ、当時流行の声色《こわいろ》の前口上「これも同じく役者にて……」の文句を利かせ、「紫屋」を歌舞伎役者の屋号に見立てたおかしさ。

◆前句を、紫屋の言い訳とし、違約を罵《のの》る体を。

309
屋形から猪牙《ちょき》へ恋路のはしけもの
思ひこそすれ思ひこそすれ
屋形から猪牙へ恋路をはしけもの
宝暦八年・満1

310
岩《いは》茸《たけ》はぞんざいに喰ふものでなし
おそろしい事おそろしい事
宝暦八年・満2

311
紫屋これも同じく嘘《うそ》つつき
忙《いそが》しいこと忙しいこと
宝暦八年・宮1

312　年の瀬の忙しさ。化粧する間も惜しい。女らしい装いもお化粧も、春まで当分はお預け。
紫屋から女の身嗜みへ。猫の手も借りたい年の暮、家事を取りしきる主婦の甲斐甲斐しさ。「ふみこんで置く」は物置などに押し込んでおく。構わずにおく意。
◆前句を、年の暮の忙しさとし、身なり構わず立ち働くたのもしい内儀を付ける。

313　馬の背から取り下ろすと、砂金の詰った吉次の荷を、いぶかしげに馬は嗅いでみる。
大節季から吉次の荷へ。嵩低《かさひく》い荷だのにむやみに重いと、運んで来た馬は不審に思ったとのうがち。「吉治」は原作の吉次がよい。陸奥《みちのく》の金売吉次。鞍馬山《くらまやま》の牛若丸を奥州の藤原秀衡《ひでひら》の館へ伴ったという人物。これは上洛の途次。原作の「馬が」を「馬は」に改め、誰も無関心だが馬は不審がるとの意を強調した。
◆前句を、吉次の荷馬の心のうちとして、そのいぶかしがる仕草を付ける。

314　万歳の鼓は口の達者なのに比べると、時々合の手に堅い音を出すだけで一向に働きがない。
吉次の荷を嗅ぐ馬の滑稽から万歳へ（陸奥の吉次から三河万歳へ）。目は口ほどにものを言うが、才蔵の鼓は口ほどは働かずと洒落た。原作は万歳を他の芸能と区別して、特に取り立てて評判する意をもつのを、単に万歳の口と鼓の不釣合を興ずる句とした。
◆前句を、万歳の才蔵の鼓が拍子にのらぬ堅い音として、そのぎこちなさを付ける。

312
春まではふみこんで置く女ぶり
忙しいこと忙しいこと
宝暦八年・宮2

313
吉治《きちぢ》が荷おろせば馬は嗅《か》いでみる
重い事かな重い事かな
吉次が荷おろせば馬が嗅いでみる
宝暦八年・宮2

314
万歳《まんざい》の口ほど鼓《つづみ》はたらかず
かたい事かなかたい事かな
万歳は口ほど鼓はたらかず
宝暦八年・梅1

315 ごとくなる刀を抜いてせめる恋
　　無理な事かな無理な事かな
宝暦八年・梅1

315 氷のように冷たく光る刀を抜いて女に無理強いの恋を迫るとは、何と野暮な野郎だ。
働かぬ鼓から刀で迫る恋へ（ともに不器用）。「ごとくなる刀」は謡曲『藤戸』の「氷の如くなる刃を抜いて胸のあたりを刺し通し」によった省略語法の慣用句。芝居好みに趣向した理不尽なくどき。
◆前句を、舞台で女に迫る男に向けての観客の評と見て、役者の舞台演技を付ける。

316 小便に起きて夜《よ》鍋《なべ》をねめ廻し
　　無理な事かな無理な事かな
宝暦八年・梅1

316 小便に起きて、夜鍋に精出す嫁をねめ廻している姑。その目つきの何と憎さげなこと。
せめる恋からねめ廻しへ。嫁・姑の文字を用いず両者を対照的に克明に描いて見せた叙法精妙。針持つ手許から身の廻りに姑の視線を感じてすくむ思いの嫁。「夜鍋」は家庭の夜業。主婦は縫物、商人は帳簿改め、農夫は土間で藁《わら》打ち・縄綯《なわな》い。年寄りは小用が近い。
◆前句を、嫁の恨み心とし、姑の意地悪さを付ける。

317 姑《しうとめ》と違ひ舅《しうと》のいぢりやう
　　無理な事かな無理な事かな
宝暦八年・梅1

317 同じ嫁いじりでも舅のいじりようは姑とは一味違っていて、嫁の気は休まる時がない。
姑の嫁いじりから舅のそれへ。嫁に手を出す不倫な舅もいる世の中。息子の不在を見はからっては足をさすれ、腰を揉《も》めのと。気が気でない。
◆前句を、舅の要求を無理なことと嘆く嫁として、息子の嫁をいじる舅を付ける。

318 相《あひ》惚《ぼ》れは顔へ格子の跡が付き

318 妓楼の見世先で格子越しに思いのたけを私語《ささや》きあう相思の女郎と情夫《いろ》。格子に押しつけた顔に格子の跡がついている。

嫁と舅から女郎と情夫《いろ》へ。見世の内と外から格子にへばりついて喃々《なんなん》と話す姿のうがち。男は今宵の不首尾の言い訳。「格子」は妓楼の見世先の格子。この二字が人物と場面を明示する。句意原作とほとんど変らず。

◆前句を、仲睦まじさを愛《め》でる意にとり、廓の見世先で格子越しに話す相惚れの二人を付ける。

319　辻地蔵が山師の仲間に引き込まれて、悪企みの片棒を担がせられていらっしゃる。お気の毒に。

相惚れから抱き込まれる辻地蔵へ。盗み出した地蔵を担ぎ廻り、出開帳《でかいちょう》よろしくもっともらしい御利益を吹聴して、一儲《もう》けを企む山師。「山師」は鉱山師、転じて詐欺師《さぎし》。詐欺もこの程度なら笑って済ませられる。

◆前句を、紛失した辻地蔵を村人が探し廻る意にとり、その地蔵を尋ね当てた体を付ける。

320　人目をはばかってそっと小声で気を惹《ひ》いてみると、かえって一層声高にうけ答えをする。何と悪堅い情知らずの女だろう。

抱き込まれる辻地蔵から拒絶する女へ。物堅い若後家などに言い寄って、引っ込みのつかぬ男の間の悪さ。「目合見て」はよい頃合を見はからっての意。

◆前句を、若後家などの悪堅さを嘆く意にとり、口説きかけた男の二の句が継げぬばつの悪さを付ける。

321　お玉程度の三味線弾きの女どもは、大勢の芸者の中から間引かれて、屋形船から供船へ乗り移らされるとは、何と豪勢な船遊山だ。

声高に応答する悪堅い女から安っぽいお玉の類へ。

うつくしい事うつくしい事

相惚れは顔に格子の跡が付き　宝暦八年・梅2

319 辻地蔵山師仲間へ抱《だ》きこまれ　宝暦八年・梅2

尋ねこそすれ尋ねこそすれ

320 目《ま》合《あひ》見てそつといふほど高く請《う》け　宝暦八年・梅2

かたい事かなかたい事かな

321 供《とも》船《ぶね》へお玉の類はえり出されれ

「お玉の類」は伊勢相《あい》の山のお玉の類で安芸者の意（一三参照）。「供船」は料理人・幇間《ほうかん》・供の者などを乗せて屋形船の用を弁ずる船。原作を改めた「類は」は「高級芸者は残して」の意をはっきりさせた。
◆前句を、遊山に連れ出した芸者が多過ぎた意にとって、安芸者を間引く豪奢《ごうしゃ》な船遊びを付ける。

322　男で苦労は女の業《ごう》だが、物心ついて恥ずかしさを知り初《そ》めるのがそもそも苦労のはじめだ。
お玉の類から女の苦へ。とかく色恋沙汰に翻弄《ほんろう》されて憂き目を見させられる女の性《さが》。忍従を強いられる江戸の女をいとおしむ目。勿論付句にはなかった情。
◆前句を、女の苦労ととり、物心ついた女を付ける。

323　男の中の男だと褒めそやされたあの時の古疵が、いまだに冬になると、雪の来るのを敏感に感じとってうずき出すのだ。
女の苦から男の苦へ。寒くなると古疵が痛み出す。それを「雪を知り」と擬人化した措辞の妙。古疵を撫《な》でさすりつつ人知れぬ痛みに老いを嚙みしめる老侠客の青春悔恨。侠名空《シ》一時之功、人不レ知《レ》撫《ツ》二古疵《ノ》痛《ミヲ》一。
◆前句を、若かった昔を思い出す意にとり、侠気に逸《はや》った昔の名残の古疵の痛みにこらえる男を付ける。

324　川止めで動きがとれず、なすすべもない退屈しのぎに、太夫も麦搗《つ》きをしてみたりしている。
男じゃといわれから太夫へ。旅役者の一行。雨は上がったが当分川は渡れない。折から麦秋。軒先で麦搗く農家もある。面白半分女形の太夫も唐臼《からうす》を踏んでみ

余りこそすれ余りこそすれ　宝暦八年・桜1
供船へお玉の類がえり出され

322 恥かしさ知って女の苦の初め

増える事かな増える事かな　宝暦八年・桜1

323 男ぢやといはれた疵《きず》が雪を知り

思ひ出しけり思ひ出しけり　宝暦八年・松1

324 川《かは》止《ど》めの間《あひだ》太《た》夫《ゆう》も麦をつき

る。原作の中七の字余りを添削、句調を整えた。
◆前句を、案外に軽いと興ずる意にとり、川止めの退屈しのぎに麦を搗く旅役者の太夫を付ける。

325　清水寺の舞台から跳ぶなんて、例えてみれば銭の無駄遣いと変りはせぬわい。

川止めから費えな銭へ。うまく跳べても恋が叶えられることやら。下手をすれば大怪我が落ちだ。女郎に無駄金注ぎ込むのと同じ。「清水」は舞台跳びの意。清水の舞台から跳べば恋が叶うとされた。
◆前句を、清水の舞台から見下ろす見物の体とし、それに連れの応じた言葉を付ける。

326　ほんの僅《わず》かずつ、小皿に醬油でも注ぐように、女郎がひとりひとり鉄漿《かね》を配給されている。

費えな銭から費えな鉄漿へ。吉原遊女の日常の一齣《ひとこま》。遊女の必需の化粧料の一つに焦点を定めて描き出した妓楼の朝景色。人目につきにくい内証のうがち。「醬油のやう」とは鉄漿の色と量を言い得て妙。
◆前句を、お歯黒代も多人数では高くつく意にとって、妓楼の風俗を描いて見せる。

327　町の境界の木戸を通るたびに、祭りの屋台は出《で》張《ば》ったところがだんだんもぎとられてゆく。

大事に扱われる少量のお歯黒から乱暴な扱いの図体の大きい屋台へ。町々でそれぞれに趣向を凝らした祭りの屋台を牛に牽《ひ》かせて威勢よく引き廻す。木戸にぶつかっては飾り物の出張りが破損するのを、牛の縁で「角をもがれて」と戯れた。

軽い事かな軽い事かな
川止めの間は太夫も麦をつき　　宝暦八年・松1

325
清《きよ》水《みづ》は費《つひ》えな銭《ぜに》に譬《たと》へられ
高い事かな高い事かな　　宝暦八年・鶴1

326
お歯《は》黒《ぐろ》を醬油《しやうゆ》のやうにあてがはれ
高い事かな高い事かな　　宝暦八年・鶴1

327
木戸木戸で角《つの》をもがれて行《ゆ》く屋《や》台《たい》

◆前句を、祭屋台のこととし、引き廻す様を付ける。

328　「わしがまだ小さい子供の頃じゃった。今から五十年も昔じゃ。富士のお山が火を噴いて、空から砂が降って来よっての」と、新造相手に寝物語。乱暴な屋台曳きから砂の降る天変地異へ。「新造」は禿上《かぶろあ》がりの若い見習女郎。一件に及ばず、ただムードを楽しむ老人客の相手に好んで趣向される。宝暦八年（一七五八）から五十一年前の宝永四年十一月二十日、富士山噴火。江戸に連日降灰。二十五、六両日、天曇り砂降る。話し手の年齢を巧みに暗示。原作の上五文字を改めて助辞の用法適切。句調引き緊《し》まる。

◆前句を、精力の意とし、新造買いの年寄りを。

329　角兵衛獅子はみな鳥か獣のような形《なり》をしている。まともに人の姿をしているのは笛吹だけだ。天より砂降るから逆立ちして曲芸をする角兵衛獅子へ。「角兵衛獅子」は越後獅子とも。「角兵衛」は略称。鶏の尾羽を飾った獅子頭《がしら》を被《かず》き、胸に羯鼓《かっこ》、裁着《たっつけ》をつけ、高足駄履きの小童数人が、親方の笛・太鼓の拍子に乗り逆立《さかだち》芸を演じる。原作は角兵衛獅子の一行が道行く体《てい》。それを演技中の体に変えた。

◆前句を、扮装で顔が隠れて見えぬ意にとり、角兵衛獅子の一行が道行く体を付ける。

330　いくさに勝ってめでたく凱旋した日には、祝い酒をたらふく頂戴して、五百余騎も酔払いが出たそうな。

角兵衛獅子の笛吹から鼓笛ににぎにぎしい凱陣へ。「凱

嵩張《かさば》りにけり嵩張りにけり　宝暦八年・鶴

328
新《しん》造《ざう》に砂の降つたる物語

弱い事かな弱い事かな　宝暦八年・鶴

新造へ砂の降つたる物語

329
角《かく》兵《べ》衛《ゑ》獅《じ》子《し》笛《ふえ》吹《ふき》ばかり人らしい

隠《かく》れこそすれ隠れこそすれ　宝暦八年一二月一五日

角兵衛は笛吹ばかり人で行き

330
凱《がい》陣《ぢん》の日には生《なま》酔《ゑひ》五百余騎

陣」はここでは凱旋の意。「生酔五百余騎」は兜《かぶと》の緒を締めぬ滑稽。架空の趣向。前句付の付句の典型。

◆前句を、凱陣祝いとし、戦士泥酔の体を付ける。

331　大の男が五、六人も寄って、がたつく擂鉢《すりばち》の縁《ふち》を押え合って、いかにも楽しそうだ。

生酔《なまえい》五百余騎から五、六人の飲み仲間へ。長屋の連中が初鰹《はつがつお》で一杯やりたさに、割勘で買ってきたと見える。辛子味噌を作りにかかっている図。味噌摺りの擂鉢はころがるので押え役が必要。「五六人」はてんでに手出しする体。「擂鉢」で江戸っ子の好物初鰹の刺身を暗示。

◆前句を、初鰹を買ってはしゃぐ意にとり、辛子味噌の支度の場を付ける。

332　客の引っ張った茶台だけはその手に持たせてやって、さっと身を退いた女。これは上出来だ。

擂鉢を押える男から茶台を引っ張る客へ。「茶台」は茶を運ぶ台で茶盆。水茶屋（茶を飲ませる普通の茶店。茶汲女に美女を置いた）の店先に腰掛けた客と茶汲女との寸劇。「アレおよしなさいよ」と身を翻す女。「なんとすばやい娘《こ》だ」と、手でも握ろうとした客の照れかくし。浅草二十軒茶屋の八ツ下がり。原作の下五文字を改め、句に独立性が加わり、余韻が生れた。

◆前句を、水茶屋の茶汲女のこととして、客のいたずらから巧みに逃れたきわどい場面を付ける。

333　「お姉ちゃんにあやかって、この子ももうすぐお嫁さんだよ」と幼い妹はこそぐられる。

祝ひこそすれ祝ひこそすれ　宝暦九年閏七月五日

331
擂《すり》鉢《ばち》を押へる者が五六人

にぎやかな事にぎやかな事　宝暦九年閏七月五日

332
引つ張つた茶台は客に持たせけり

逃げて行きけり逃げて行きけり　宝暦九年閏七月一五日

引つ張つた茶台は客に持たせ置き

333
吉日《きちにち》がここにも居るところそぐられ

からかわれる茶屋女からこそぐられる幼女へ。良縁の整った日、嬉しさに花やぐ家族。喜悦の情がひとりでに膝の幼女をこそぐらせる。嬉嬉《タル》 嬌声慶《ビツ》満《ニ》レ堂。「吉日がここにも」の表現斬新。一句の眼目。

◆前句を、こそぐられた幼女と見て、縁談の整った慶びに花やぐ家庭の寸景を付ける。

334　好かぬ客でも客は客。眠ったふりして一度だけは、望み通りにさせてやる。ほんにいやだよ。

こそぐられから好かぬ客と寝る女郎へ。「埒を明ける」はきまりをつける意。傾城《けいせい》の客あしらいの秘事をうがつ。あじきなき紅閨《こうけい》、客は一分の費え。

◆前句を、客の思いが叶う意にとり、相方の女郎のそっけない客あつかいを付ける。

335　随分借金があるらしい。やがて除夜の鐘が鳴るのに、あの家は宵から挑灯がひっきりなしだ。

埒を明けるから売掛金の取立てへ。掛乞いは家紋入りの挑灯をとぼして行く。「紋尽し」は色々な紋を付けた挑灯が来る意。大晦日《おおみそか》の夜、掛乞いの数の多さ。原作の「掛け」は売掛け・買掛り《かいがか》の両義に通じるが、売掛けの意に用いたと解される。「借り」と改めて買掛りまたは買掛金の意に限定し、原作の掛乞いを主体にした句を、買掛りのある家を主体にした句とする。

◆前句を、売掛金を請求する意にとり、それの取立てに掛乞いが押しかける体を付ける。

336　盆の精霊棚《しょうりょうだな》に供えた茄子《なす》の牛は、ひん曲った形《なり》の、畠でとれたひねくれものだ。

逃げて行きけり逃げて行きけり　宝暦九年閏七月一五日

334
寝たふりで一度は埒《らち》を明けてやり

運びこそすれ運びこそすれ　宝暦九年閏七月一五日

335
借りのある家へ挑《てう》灯《ちん》紋《もん》尽《づく》し

どうぞどうぞとどうぞどうぞと　宝暦九年閏七月二五日

掛けのある家へ挑灯紋尽し

336
霊《たま》棚《だな》の牛ははたけの鼻まがり

挑灯から盂蘭盆《うらぼん》へ。精霊棚には茄子に麻幹《おがら》の脚をつけて精霊が乗って来る牛に見立てて供える。「牛」に「鼻」は付合語。縁語仕立てにおかしみを狙う。
◆前句を、よい思い付きだと褒める意にとり、形の悪い茄子を牛にして供えた霊棚《たまだな》を付ける。

337　子に飲ませる人参の分量をつい欲目に量って。秤の棹《さお》が跳ね上がるのも親の情。
畠の鼻まがりから人参へ。「人参」は朝鮮人参。強壮剤。重病人用の高貴薬とされた。「親の秤」は親が量る秤。愛《いと》し子の命をとりとめたいと願う親の真情をうがつ。「欲がはね」の表現の新奇が一句の眼目。
◆前句を、薬効を期待する親心とし、重病の子に飲ませる人参を計量する親の姿を付ける。

338　一人で食って行ける程度の世渡りのすべぐらいは身につけてやって、天狗は我が子を追っ払ってしまうのだ。
子に甘い人の親から子にきびしい天狗の親へ。「獅子は生れて三日にして虎を食う気あり」「獅子は子を谷へ落してその勢を見る」などの諺の換骨奪胎。原作の腕ずくの表現「つつぱなし」を観念的な穏やかな表現に改めた。
◆前句を、天狗の子が親の手を離れて一人立ちに励む意にとり、親天狗のきびしい躾《しつけ》を付ける。

339　山寺の和尚さんは、一日中頭巾を脱ぐことがない。朝晩の勤行にお祖師様に手を合わせる外《ほか》は。
天狗から山寺へ。頭巾を脱がぬのは人に挨拶する機会

働きにけり働きにけり　宝暦九年閏七月二五日

337
人《にん》参《じん》に親の秤《はかり》の欲がはね

どうぞどうぞとどうぞどうぞと　宝暦九年閏七月二五日

338
喰《く》ふほどは教へて天《てん》狗《ぐ》おつぱなし

精を出しけり精を出しけり　宝暦九年八月五日

喰ふほどは教へて天狗つつぱなし

339
山寺は祖師に頭《づ》巾《きん》を脱ぐばかり

のないこと。訪う人のない山寺の淋《さび》しさをうがつ。「祖師」は宗派の開祖。

◆前句を、訪う人もない意にとり、山寺の和尚の日常の暮しぶりを付ける。

340　裸の大関を贔屓《ひいき》筋が大勢で取り囲んでいるが、だれもかれも背丈は乳のあたりまでしかない。

訪う人のない山寺から人だかりへ。「関取」は大関。勝ち名乗りを受けて土俵を引き揚げて来たところ。今に変らぬ相撲場風景。「乳のあたり」で背丈の相違、「人だかり」で関取の身体の巨大さ、取り巻く人数の多さを巧みに言い取り、関取の巨漢ぶりをうがつ。

◆前句を、贔屓筋の熱狂ぶりとして、勝ち力士の関取を取り囲んだ様を付ける。

341　前帯姿でやって来ては、朝っぱらから暮の相手になってくれる。全く和尚もひま坊主だぜ。

相撲の関取から碁敵《ごがたき》へ。勝負事。「前帯」は帯を前で結ぶこと。老女・遊女の風俗のほか僧も前帯が常態。「前帯で来て」で僧を暗示した。馬の合った閑寺の和尚と門前の楽隠居。おかげで隠居も助かっている。

◆前句を、暇坊主の意とし、暇つぶしの体を付ける。

342　紙雛は何かのはずみでころがり易いものだが、ころぶ時でも仲よく夫婦つれてころぶことだ。

脱俗の僧から浮世の花の紙雛へ。「紙雛」は紙製の立雛。その立ち姿は仲睦まじげで好もしいが、倒れやすい。それを擬人化して「夫婦連れ」と興じた。

◆前句を、雛の仲睦まじさとし、倒れる姿を付ける。

ひまな事かなひまな事かな　宝暦九年・天1

340
関取の乳のあたりに人だかり

すさまじい事すさまじい事　宝暦九年・天1

341
前《まへ》帯《おび》で来ては朝から敵になり

ひまな事かなひまな事かな　宝暦九年・天1

342
紙《かみ》雛《びな》はころぶ時にも夫《ふう》婦《ふ》連《づ》れ

真実な事真実な事　宝暦九年・天2

343　あの男、狐に化かされたような頭をして、いや応なしに床屋の奉加帳につかされよった。

紙雛のころぶから化かされた頭へ。ともに失態。「化かされた頭」は婆娑羅《ばさら》髪の形《なり》で、髪結床で髷《まげ》を解きばらされた頭の見立て。狐に化かされた者の放心の姿に似る。のっぴきならぬ際で床屋の言いなりになる客。床屋の仕事着の軽衫《かるさん》と呼ぶ袴《はかま》は客の協力で新調した。

◆前句を、これ幸いと奉加（寄付）を頼む床屋と見て、よんどころなく一口乗る客を付ける。

344　今、吉原の大門を病気の女郎が運び出されるが、まず百に一つも助かる見込みはなかろう。

化かされた（狐）から大門を出る病人（女郎）へ。「百一ツ」は一パーセントの平癒の確率。吉原の遊女は一般に苛酷な条件で就労させられた。廓外で療養となるとすでに瀕死の重病。哀れな廓の女への同情の目。

◆前句を、見送る人がいとおしく思う様とし、大門を担ぎ出される重病の女郎の身を噂する体を付ける。

345　煤払いに出る供応の餡《あん》ころ餅は、汚れた指ではつまみもならず、手の甲にのせて貰うことだ。

芥《ごみ》でも捨てるように担ぎ出される重病人から、元気に働く煤払いの人へ。掌《てのひら》よりは手の甲の方が汚れが少ないという理窟。煤払いの日のおやつの場のうがち。

◆前句を、給仕委せで思い通りに食えぬとかこつ意にとり、煤払いの供応の餅を受け取る様を付ける。

346　新店の開店売出しと聞くと、買わずともよい物を、つい欲が出て買ってしまうことだ。

343
化かされた頭で直《すぐ》に奉加帳
幸ひな事幸ひな事
宝暦九年・義3

344
大《おほ》門《もん》を出る病人は百一ツ
愛《いと》しかりけり愛しかりけり
宝暦九年・礼1

345
手の甲《かふ》へ餅《もち》をうけ取る煤《すす》払《はら》ひ
損な事かな損な事かな
宝暦九年・礼1

346
新見世といへばわづかな欲を買ひ

繁《はん》昌《じやう》な事繁昌な事

宝暦九年・礼1

新見世といへばわづかの欲を買ひ

手の甲へ餅からわずかな欲へ。今に変らぬ開店風景。僅《わず》かな景品・割引に雲集する人情。「欲を買ひ」の措辞、俗語所を得て生彩あり。中七文字改めてよろし。

◆前句を、開店風景とし、買物客の心理を付ける。

347 樽《たる》買《かひ》に無駄足させぬやうに明け

繁昌な事繁昌な事

宝暦九年・礼1

樽買に無駄足させぬやうに明き

347 樽買に無駄足させぬように、廻って来る日には必ず酒樽は空《から》にしてある。よいお得意だ。

新見世から酒屋へ。「樽買」は「樽拾い」とも。得意先の空樽を集めて廻る酒屋の丁稚《でっち》。原作の「明き」は樽買の来た時たまたま樽が空になっていた意。「明け」と直して酒樽を空にして樽買の来るのを待っている意に変えた。普段の飲みっぷりのよさをうがつ。一字の効用に編者細心。

◆前句を、酒屋の繁昌する意とし、上得意を付ける。

348 銅《かな》仏《ぶつ》は拝んだあとで叩《たた》かれる

損な事かな損な事かな

宝暦九年・礼3

348 銅仏は分が悪いよ。拝んで願い事を聞かされたあとで叩かれなさるんだもの。お気の毒に。

叩いてみる空樽から叩かれる銅仏へ。「銅仏」は銅・青銅・金銅などの金属製の仏像。つややかな銅仏のお肌は、つい叩いてみたくなるのが人情。叩かれる銅仏に衝動的な人情の機微をうがって、「叩かれる」と大袈裟に言いたて、「拝む」と「叩く」の矛盾に笑う。

◆前句を、お気の毒にと同情する意にとり、参詣者に叩かれる銅仏を付ける。

349 立《たて》臼《うす》に芽の出たやうな松飾り

349 この松飾りはなんと見事じゃ。立臼に芽が生えたようじゃないか。

銅仏から立臼へ。ともに坐りがよい。立臼を台にして若松を飾り立てた、どっしりした松飾り。立てた若松はその立臼から生えた若芽のようでめでたいと興じた。見立てのおかしさが狙い。原本には「芽の出だ」とあるが、濁点は誤記。

◆前句を、見栄っ張りの豪勢な門松を近所で評判するさまと見て、そのでかい門松を付ける。

350　縁遠いあの娘は、所在なさに琴の弟子もとったりして気を紛らしている。可哀そうに。

芽の出た立臼から薹《とう》の立った昼過ぎの娘へ。「昼過の娘」は嫁入り盛りを過ぎて行きそびれた娘。お茶もお花も一通りの嫁入り修行は身につけてもらったが、このままでは宝の持ち腐れ。いい話があるまで琴の弟子でもとってみる。落着かぬ日暮し。原作の「弟子を」は琴に限定。「も」に改めて琴のほかにもやってみる余意をもたせた。

◆前句を、芸を活かす意とし、琴の弟子をとる昼過ぎの娘を付ける。

351　今日は髪置の祝いだというので、乳母も髱を思いきり大きく出して、派手な髪でめかしている。

昼過ぎの娘から髪置の幼児へ。「髪置」は男女三歳、髪の結い初めの祝い。七五三の最初。(六三・八三・三八参照)お子様の晴れは乳母の晴れ。男女児の区別は不要ながら句移りからは女児の匂い。原作の上五文字は粗雑。

◆前句を、着飾った晴れ姿を褒められた乳母とし、髪置の祝いに派手に結い上げた髪姿を付ける。

352　どうだい、あの子だけは棟上の餅を争って拾ったりはしないじゃないか。よく躾《しつ》けたものだ。

だてな事かなだてな事かな　宝暦九年・智1

350
昼《ひる》過《すぎ》の娘は琴の弟子も取り
丁《ちやう》度《ど》よい事丁度よい事　宝暦九年・智1
昼過の娘は琴の弟子を取り

351
髪《かみ》置《おき》に乳《う》母《ば》も強《がう》気《き》な髱《たぼ》を出し
誉《ほ》められにけり誉められにけり　宝暦九年・智1
髪置で乳母も強気な髱を出し

352
棟《むね》上《あげ》の餅《もち》に汚《よご》れぬ育てやう

乳母から育ちのよい子へ。高い所から大工の撒《ま》く祝儀《しゅうぎ》の餅を這《は》いずり廻って拾うのが当時の風俗。二〇一参照。
◆前句を、小児のこととし、大人の褒詞《ほめことば》を付ける。

353　霞棚引く春の日にちらと見初めた藪入娘。霧立つ盆の藪入に、思い叶うて深い仲。
汚れぬ育ちから和歌優美の霞・霧へ。「霞」は春、正月の藪入を、「霧」は秋、七月盆の藪入を、それぞれに暗示。「霞に」「霧に」と歌語を畳み重ねた措辞は、能因の歌「都をば霞とともに立ちしかど秋風ぞ吹く白河の関」の換骨奪胎。「出来」は恋の成就。一四一参照。
◆前句を、よい手順の意として、順調な恋の進捗《しんちょく》ぶりを付ける。

354　年が若すぎるなんて贅沢言ってないで貰っておきなさい。女ってものは後に老けるんだから。
順調な恋の進展、見そめ・出来から縁談へ。仲人役の口吻《こうふん》を活写。「あの娘はお前に打ってつけの似合いだぜ。今は若過ぎても、子の一人二人も出来てみな。たちまち婆さんだわな」。
◆前句を、似合いだと勧める言葉とし、更に畳みかけて説得する体を付ける。

355　自慢の昆布巻。客に甘《うま》いと褒められると、待ってましたと得意気に自家製法の秘伝の伝授へ。
慫慂《しょうよう》説得から秘伝伝授へ。昆布巻は正月の煮染《にしめ》料理。食積《くいつみ》を前に年始客をもてなす主婦。正月のどか。
◆前句を、昆布巻を甘《うま》いと褒められる意とし、その製法の伝授に及ぶ主婦を付ける。

誉められにけり誉められにけり　宝暦九年・智1

353 藪《やぶ》入《いり》を霞《かすみ》に見そめ霧《きり》に出来　宝暦九年・智2
丁《ちやう》度《ど》よい事丁度よい事

354 持ちなさい女は後《のち》に老《ふ》けるもの　宝暦九年・智2
丁度よい事丁度よい事

355 昆《こ》布《ぶ》巻《まき》を喰はせておいて伝《でん》授《じゅ》をし　宝暦九年・智2
誉められにけり誉められにけり

356
米《こめ》刺《さし》は舟宿にでも置けばよい
　だてな事かなだてな事かな
宝暦九年・智3

「こう、腰の米刺はとんと冴えねえ。舟宿に預けて行かっしゃい」と一かどの通人気取り。昆布巻の伝授から遊里の手引きへ。「米刺」は俵の中の米の検査用具。竹筒の先を鋭く殺《そ》いだもの。または鉄製。この相手は米屋の手代風情。主人の目を窃《ぬす》んでの悪遊び。「舟宿」は吉原通いの猪牙《ちよき》等の世話を業とする。山谷堀などに多かった。うぶな若者と半可通。後年の洒落本『遊子方言《ゆうしほうげん》』「発端・友の出会」の粉本《ふんぽん》。
◆前句を、見栄っ張りを嘲笑する意にとり、いわゆる通り者のきざな言動を付ける。

357
堪《かん》忍《にん》のいつちしまひに肌を入れ
　誉められにけり誉められにけり
宝暦九年・智3

あわや大喧嘩という時、宥《なだ》められてしぶしぶ納得した男。脱いだもろ肌を収めてやっとけり。廓遊びの若い者から喧嘩へ。「いっち」は一番の意。江戸に限らず東西共通の俗語。平静復帰の体をうがち、興奮鎮静の推移をも叙し得て佳し。
◆前句を、堪忍を誉められた男とし、喧嘩を思いとどまった男の仕草を付ける。

358
初《はつ》午《うま》は世《せ》帯《たい》の鍵《かぎ》の下げ初め
　楽しみな事楽しみな事
宝暦九年・信1

初午の日の女の子らのままごと遊びは、将来鍵を腰に下げて世帯を切り廻す手はじめだ。喧嘩早い男から台所をとりしきる女房へ。初午の日は老若男女遊宴を楽しみ、男児は凧《たこ》や太鼓に、女児はままごと遊びに興じた。鍵を腰に下げる真似は主婦役。
◆前句を、初午の日の遊びのさまとし、ままごと遊びの女児が主婦役を演ずる体を付ける。

359
庖《はう》丁《ちやう》を淋《さび》しく遣ふ薬《くすり》喰《く》ひ

滋養食に猪《いのしし》の肉を料理する男。人目をはばかりこっそりと、庖丁の音まで心なし淋しげだ。

楽しみな事楽しみな事　宝暦九年・信1

360 言ひなづけ互ひ違ひに風を引き
楽しみな事楽しみな事　宝暦九年・信1

361 珍しい神の名を売る宮《みや》雀《すずめ》
めつたやたらにめつたやたらに　宝暦九年・仁1

362 御亭主の留《る》守《す》で鰹《かつを》を手《て》負《おひ》にし
めつたやたらにめつたやたらに　宝暦九年・仁2

ままごと遊びから肉料理へ。当時、猪・鹿などの獣肉は普段に食するを忌み、寒中の滋養食にひそかにこれを摂り「薬喰ひ」と称した。

◆前句を、薬食いのたのしみとし、隣に遠慮するように庖丁を遣う人を付ける。

360　許婚《いいなずけ》の二人。交互に風邪を引いている。女が直ると今度は男が。ほんにまあ仲のよい。

薬食いから風邪へ。見舞い見舞われ嬉しい二人。いい口実が出来て会う機会も多くなる。年頃になった許婚同士の寄り合う心をうがつ。

◆前句を、許婚の二人が会う楽しさの意にとり、病気見舞にかこつけて訪ねあう体を付ける。

361　伊勢の御師《おし》の口巧者なこと。聞いたこともない神の名を売り物に、賽銭《さいせん》稼ぎに抜け目がない。

風から珍しい神の名へ。神宮百二十末社の中に内宮外宮ともに伊弉諾尊《いざなぎのみこと》の息から生れた風の神を祀《まつ》る風ノ宮がある。「宮雀」は神職の卑称。ここは神宮の御師。

◆前句を、口上手に喋《しゃべ》りまくる意にとり、伊勢参りの客を案内して廻る御師を付ける。

362　留守事に鰹の叩きを思い立った女房。所詮女の手に負えず、哀れ鰹は手負い者。

神宮案内の宮雀から亭主の留守へ。亭主の留守は伊勢参り。孤閨《こけい》を守る留守居の女房。「どこかで亭主は今頃は」と思わず企てた謀反の不首尾。原作の「御亭主が留守で」はたまたま亭主が不在の意。

◆前句を、女房の庖丁つかいと見て、折角の鰹を俎《まな》板《いた》の上で持て余している体を付ける。

363 調理師という奴は客になって人の作った物を頂く段になるとつい口が過ぎる。悲しい性《さが》だ。

素人料理から料理人へ。「料理人」は専門の調理師。職業柄こまかい事が気になる。つい批評がましい事を口にしてしまう。場所柄も忘れて。甘すぎるの辛すぎるのと。切身が厚いの薄いのと。

◆前句を、文句を並べ立てる意にとり、客となって膳についた料理人の場所柄も弁《わきま》えぬ言動を付ける。

364 奉公先に請状を納めて前借金を手にすると、急にあれこれ買いたくなってくる。

客になる料理人から雇われる奉公人へ。「請状」は周旋した請人が認《したた》めた奉公人の身許保証証文。住込み奉公の契約が出来て請状を雇主に差し出すと、引換えに請状記載の一年分の給金の一部が前借金として支払われた。持ち慣れぬまとまった金が手に入ると、急に気が大きくなり、何やかやが買いたくなる悲しい貧乏人の心情をうがつ。三九八参照。

◆前句を、無性に物が欲しくなる意にとり、前借金を手にした奉公人を付ける。

365 荒打ちに大勢がてんでに加勢しているが、誰も彼も泥まみれ。汚れぬ顔は本職の左官だけだ。

奉公人（弟子入り）から左官へ。「荒打ち」は、三七参照。「さすがに本職」と、素人との違いをうがつ。原作の「左官ばかりが」を「左官ばかりは」と改めて、手伝いの素人との対比の意を強調。

御亭主が留守で鰹を手負にし

363
料理人客になる日は口が過ぎ

めったやたらにめったやたらに

宝暦九年・仁2

364
請《うけ》状《じやう》が済むと買ひたいものばかり

めったやたらにめったやたらに

宝暦九年・仁2

365
荒打ちに左官ばかりは本《ほん》の顔

めったやたらにめったやたらに

宝暦九年・仁

荒打ちに左官ばかりが本の顔

◆前句を、荒打ちで泥を投げつけるさまとし、立ち働く加勢の面々の泥まみれの姿を付ける。

366 掛《か》暇《ひま》は暇《いとま》もくれず目もかけず
　あはれなりけりあはれなりけり

宝暦九年・仁3

366　掛暇《かけひま》を出すなんて殺生な。暇もくれなきゃ、面倒も見てくれない。掛の寄らぬのは俺のせいじゃないのに。

泥まみれの顔から掛暇を出された男の泣面へ。「掛暇」は売掛金取立ての成績不良のため、掛が寄るまで一時解雇扱いされること。

◆前句を、掛暇を出された男に同情する意にとり、その気の毒な男の嘆きの体を付ける。

367 大屋をば尻にはさみし論語読み
　めつたやたらにめつたやたらに

宝暦九年・仁3

367　長屋中が畏敬する大屋を、儒者先生だけは小人の俗物のと嘯《うそぶ》いて、気位高くとまっている。

目もかけられぬ雇人から尻にはさまれた大屋へ。「尻にはさむ」は侮蔑《ぶべつ》する意。「論語読み」は陋巷《ろうこう》に跼蹐《きょくせき》し、漢籍の素読指南などして口に糊する浪人学者の蔑称。素寒貧《すかんぴん》だが気概だけは天下を睥睨《へいげい》。その悲しい虚勢の生きざまをうがつ。

◆前句を、むやみに見識ぶって人を見下す意にとり、長屋住まいの論語読みを付ける。

368 大名は一年置《おき》に角《つの》をもぎ
　沢《たく》山《さん》な事沢山な事

宝暦九年・義1

368　お大名はご苦労さまなことだ。一年置きに出府しては、奥方の角をもぎなさるんだって。

論語読みに侮蔑される大屋から正妻の嫉妬に苦労する大名へ。参覲《さんきん》交代制で大名は正妻と世子《せいし》を江戸屋敷に置いた。「角をもぐ」は国許の妾《めかけ》への嫉妬を宥《なだ》める意。

◆前句を、角が数多くたまることとして、一年置きに角をもぎ取る大名を付けて、奇抜な趣向に興じた。

369 別当寺では茶を沸かすのにちょっと風変りなことをする。馬や狐を使って沸かすのだ。

鬼畜の角から馬・狐へ。「別当」は神社所属の神宮寺の一、別当寺の略称。本社の絵馬堂に奉納された古い絵馬を薪《まき》代りに茶を沸かすとうがつ。絵馬を「馬や狐」といって奇を衒《てら》った趣向。

◆前句を、神社に奉納される絵馬の廃物が多い意にとり、絵馬を茶沸かしの薪代りにする体を付ける。

370 初生《はつな》りの柿は熟《う》れるのが待ち遠しい。初物をどこへ配ろうかと梢《こずえ》の実を数えて毎日が楽しい。

茶を沸かしから茶菓子の柿へ。柿八年。裏の畑に植えた柿の初生り。嬉しい山の幸。近親・知己に分かたずにはいられないのが人情の常。心豊かな稔《みの》りの秋。

◆前句を、梢の柿を数える意にとり、初生りの柿を仰いで配り先を考えている人を付ける。

371 僅《わず》か三日の藪入だのに、二日は余所に出歩いていて、娘が家にゆっくりいたのはただの一日。

柿を配るから顔を余所に置くへ。「顔を余所に置き」は親戚・知人への挨拶廻りなど人の家を訪問する意。折角半年ぶりでお屋敷からお暇をいただいて帰って来た娘が、家に落着かずほとんど出歩いている。待ちわびていた母親は拍子抜け。

◆前句を、日数を数える意にとり、藪入娘がまる一日しか家にいてくれなかったと、かこつ母親を付ける。

372 気の毒に、大部屋へ来ているあの百姓。年貢の未進分を御奉公でなし崩しに納めているのだ。

369 別当は馬や狐《きつね》で茶をわかし

沢山な事沢山な事

宝暦九年・義1

370 生《な》り初《そ》めの柿は木にあるうち配り

数へこそすれ数へこそすれ

宝暦九年・義1

371 藪《やぶ》入《いり》の二日は顔を余所《よそ》に置き

数へこそすれ数へこそすれ

宝暦九年・義1

372 御《お》年《ねん》貢《ぐ》を大部屋へ来てなし崩し

数へこそすれ数へこそすれ

御年貢を御台所でなし崩し

宝暦九年・義1

373 歌かるたにも美しい意地があり

欲張りにけり欲張りにけり

宝暦九年・義1

374 匙《さじ》で盛るものとは見えぬ薬《やく》種《しゅ》船《ぶね》

375 初《はつ》鰹《がつを》家内残らず見たばかり

幸《さいは》ひな事幸ひな事

宝暦九年・義2

お屋敷奉公の娘から年貢代りに大部屋奉公の百姓へ。「大部屋」は合宿部屋。ここは旗本屋敷の中間《ちゅうげん》どもの雑居部屋。年貢代償の労力提供のために入り込んで来た知行所の百姓。娘を売るよりはと。原作の「御台所」では女房か娘。いずれにしても遣る瀬ない身の上。

◆前句を、日数を数える意とし、お台所で年貢代りに働く女が、あと何日と指折る姿を付ける。

373 優しい遊びの歌加留多《うたかるた》も勝負事に変りはない。美しく装うた上べには見えぬ女の意地がある。百姓の意地からお女中方の意地へ。歌加留多遊びの女の意地を「美しい意地」と、美女の内面をうがつ。

◆前句を、一枚でも多く歌加留多の札を取ろうとする意とし、勝負に熱中する美女の体を付ける。

374 薬種船の積荷の何と仰山な。これが小さな匙《さじ》に盛って量ってくれる、あの高い医者の薬になろうとはとても思えぬ。優美な歌加留多には不似合な美女の意地から、少量の飲み薬とはかけ離れた巨大な薬種船へ。「薬種船」は薬の原料の運送船。微小と巨大の対比が狙い。

375 初鰹。呼んではみたがさて高いこと。やっと亭主一人分。女房子供の膳まではとてもとても。匙で盛る薬から初鰹へ。「初鰹」は江戸っ子にはたまらぬ初夏の珍味。食わぬは恥、せめて亭主一人分だけでもと。女房子供は指を銜《くわ》えて見たばかり。四三参照。

◆前句を、初鰹を食える身は幸せだと喜ぶ意にとり、やっと一人分でも買って満足する男を付ける。

376
弁天を除《の》けると跡はかたはなり
沢《たく》山《さん》な事沢山な事
宝暦九年・義2

376 弁天様だけは申し分のない美人だけれど、他の皆さんはどなたも少しずつ変っておいでだ。
鎌倉の海でとれる初鰹から江の島の弁天へ。「弁天」は弁財天。七福神中の紅一点の美形。他の六人は大黒天・蛭子《えびす》・毘沙門天《びしゃもんてん》・福禄寿《ふくろくじゅ》・寿老人・布袋《ほてい》。その体つきや風貌にはすべて特徴がある。
◆前句を、人数の多い意にとり、七福神のお姿をあれこれと評判する体を付ける。

377
大は小兼《か》ねると笑ふ長《なが》局《つぼね》
欲張りにけり欲張りにけり
大は小兼ねると笑ふ局たち
宝暦九年・義2

377 お城の大奥のお女中たちは何かよっぽどおかしいと見えて、「大は小を兼ねる」といって笑いこけている。
福神たちの異様な風体から巨陽を象《かたど》った淫具へ。「長局」は江戸城大奥の御殿女中の総称。窺《うかが》い知れぬ後宮に空想を逞《たくま》しくし、諺の「大は小を兼ねる」を利かせ、暗示的に猥雑《わいざつ》な笑いを狙う。原作の「局たち」は語調生硬。
◆前句を、大奥の御殿女中のこととし、卑猥な方向に趣向をもとめ、空想の嬌態を付ける。

378
神奈川の文《ふみ》は鰹《かつを》の片《かた》便《だよ》り
幸ひな事幸ひな事
宝暦九年・義

378 神奈川宿の女郎たちが客との間に交わす文は、吉原などとは一風変っている。鰹の片便りだ。
長局から宿場女郎へ。神奈川の宿場女郎の常連客は漁師・船頭の類であることを暗示。客は鰹の一本も届けてやるのが惚れた証《あかし》。女郎はただ貰っておくだけ。以心伝心文盲同士。
◆前句を、大漁を喜ぶ神奈川の漁師として、馴染の女郎にも一本くれてやる体を付ける。

379
枕絵を持つて炬燵《こたつ》を追ひ出され
押し合ひにけり押し合ひにけり
枕本持つて炬燵を追ひ出され
宝暦一二年・義6

379　「いやっ。いやらしい。出てお行き」と炬燵を追い出された男。枕絵片手に「何もそんなに」。宿場女郎の恋から露骨な口説きの場へ。枕絵を炬燵に持ち込む不届者。見込違いのばつの悪さ。人物像は不鮮明。「枕絵」は春画。原作「枕本」も同義。
◆前句を、人が押し合う意にとり、炬燵の中でのとんだ一騒動を付ける。

380
母の手を握《にぎ》つて炬燵しまはれる
とんだ事かなとんだ事かな
宝暦一二年・信1

380　愛《いと》し娘の手と思い、こともあろうに母の手を握りしめたが百年目。炬燵まで取り払われて、ぐうの音も出ぬ。枕絵を持つから手を握るへ。気づいた時はもう遅い。炬燵の中のとんだ間違い。しょげた息子の気の毒さ。
◆前句を、取りかえしのつかぬ間違いをしでかした意にとり、炬燵の中での息子のしくじりを付ける。

381
祐《すけ》経《つね》は椿《つばき》の花のさかりなり
あきらかな事あきらかな事
宝暦一二年・礼1

381　咲き切った椿の花とそっくりだ。富士の裾野《すその》の巻狩に、祐成《すけなり》・時致《ときむね》兄弟に討たれた工藤祐経は。炬燵をしまわれる散々な目の息子から寝所で刺し殺された祐経へ。頼朝の寵臣工藤左衛門尉《さえもんのじよう》祐経。建久四年五月二十八日夜、富士の裾野の狩場の館で、曾我兄弟の復讐の刃に討ち取られた。時に狩場の総奉行を勤め権勢の絶頂にあった。藪椿の花は、咲き切っては首が抜け落ちるようにぽとりと落ちる。祐経最期の比喩。
◆前句を、誰知らぬ者はない意にとり、有名な曾我兄弟の仇討を噂する体を付ける。

382
岡場所で禿《かぶろ》といへば逃げて行き

382　深川などの岡場所で、小間使《こまづかい》の小職《こしよく》を禿と呼ぶと、「あら、いやだ」と逃げて行く。

討たれた祐経から逃げて行く小職へ。吉原の禿に相当する岡場所の小間使の女児を一般に小職と呼ぶ。品も格も低い。柄にもなく禿と呼ばれてとまどう体。

◆前句を、下賤な岡場所のうす汚れた小職のこととして、客に禿などと呼ばれたとまどいの体を付ける。

383　鴛鴦《えんおう》夢なお醒めず。妓楼の暁。禿、屛風に寄り「もしえ、初雪が降りいす。ゆるりと居なんし」。

岡場所の小職から吉原の禿へ。年に似ぬ心得顔。「注進」は武家火急の報。花魁《おいらん》への忠義立てのうがち。吉原雪の朝は居続《いつづけ》が定石。「雀形」は屛風の裏貼《うらばり》の模様。原作に付随した反復の余意は消失。

◆前句を、度々報《しら》せる意とし、雪の朝の禿を付ける。

384　日本の軍勢の中に一人だけは、香木伽羅の鑑定もできる者がいたので、都合が好かったろう。

吉原の紅閨から伽羅へ。「伽羅」は香木の至宝沈香《じんこう》。「日本勢」で文禄・慶長の役を暗示、「伽羅」で堺の薬種商の子小西行長を判じさせる趣向。戦利品の鑑別。

◆前句を、よく役に立つ人の意とし、秀吉の武将小西行長の出自をうがった噂話を付ける。

385　遊んだ帰りに脇差を茶屋に返すと、引換えにあれを出してくれる。なかなかうまくできてる。

日本勢から脇差へ。「茶屋」は遊興の世話をする。「彼の」は彼の物で、法衣《ほうえ》を暗示。法衣を預け、脇差・羽織を借りて遊んで来た僧。吉原遊びのからくり。

◆前句を、茶屋のサービスを調法がる意とし、医者風を装い遊んだ帰り、僧が変装を解く体を付ける。

きたなかりけりきたなかりけり　宝暦一二年・礼1

383　雀《すずめ》形《がた》たたいて雪の注《ちゅう》進《しん》し

しげしげな事しげしげな事　宝暦一二年・礼1

384　日《に》本《ほん》勢《ぜい》一人は伽《きゃ》羅《ら》の目《め》利《きき》もし

調法な事調法な事　宝暦一二年・礼1

385　脇《わき》差《ざし》をもどせば茶屋は彼《か》のを出し

調法な事調法な事　宝暦一二年・礼1

386 寒《かん》念《ね》仏《ぶつ》鬼で目を突く切《きり》回《ゑ》向《かう》

しげしげな事しげしげな事

宝暦一二年・礼1

386 寒念仏の道者は、豆撒《ま》きで戸外に追い出された鬼どもで目を突くばかりだ。切回向の夜は。

廓遊びの僧から寒念仏へ。「寒念仏」は寒中三十日の念仏修行（一三参照）。「切回向」はその最後の夜の修行で、節分の夜にあたる。「鬼で目を突く」は豆に追われた沢山の鬼とぶつかる意。「突く」は鬼の角の縁。

◆前句を、頻繁《ひんぱん》に出会う意とし、やたらと鬼に出会う切回向の寒念仏の道者を付ける。

387 大《おほ》つづみ茶《ちゃ》食《めし》の胴をぶつ潰《つぶ》し

調法な事調法な事

宝暦一二年・礼1

387 薪能《たきぎのう》の大鼓方は御苦労なことだ。さぞ腹が空くだろう。奈良茶飯ではとても腹はもつまいて。

寒念仏から薪能へ。南都興福寺の修二月会《しゅにがつえ》の薪能の大鼓方。「茶食」は奈良茶飯。興福寺より広まる。「胴」は胴腹の意。「胴をぶつ潰し」は腹を空かす意を、激しく大鼓の胴を打ち鳴らす動作に掛けた。

◆前句を、奈良茶飯で鼓腹の後の腹ごなしに丁度よいという意とし、薪能の囃子《はやし》方《かた》の大鼓の働きを付ける。

388 町内の仏とらへて猿《さる》田《だ》彦《ひこ》

調法な事調法な事

宝暦一二年・礼1

388 町内でお人よしで通った男に祭りの猿田彦の役をおしつける。世間はおもしろくできている。

薪能（神事能）の大鼓方から祭りの猿田彦へ。ともに御苦労な役柄。「猿田彦」は山王祭などで、天狗鼻の赤塗面を冠り行列の先頭に立つ役。映えぬ役で誰もなりたがらない。「仏」を神事の先導役にするおかしさ。

◆前句を、素直に何でも引受けてくれる人だと喜ぶ意にとり、好人物に猿田彦役を押しつける体を付ける。

389 はねむしる鴨《かも》に手の込む長《なが》局《つぼね》

389 たかが鴨一羽を潰《つぶ》すのでさえ、羽をむしるのに手間のかかることだ。大奥の御殿女中たちは。

仏とらえるから鴨の羽むしるへ。奥女中の日常を悠長で物見高いものとしたうがち。「手の込む」は手間暇のかかる意に、手出しの多い意を利かす。

◆前句を、手透きを見て奥女中に鴨の羽むしりを頼む意にとり、手出しが多くて捗《はかど》らぬ体を付ける。

390　誰の仕業か、気は心とでも言うわけか、指先でつまんだほどの金箔が道陸神においてある。

羽むしるからつまむほどの箔へ。「道陸神」は道祖神。路傍に祠《まつ》る行旅の守護神。石像が常である。申し訳ばかりに金箔をおく仕業に、素朴な土俗の信仰をうがつ。

◆前句を、いつも世話になる意とし、道陸神へのお礼のしるしに、仏像荘厳のまねごとの体を付ける。

391　お歯黒をつけている最中、禿の悪戯《いたずら》を見咎《みとが》めた花魁《おいらん》。ただ怖い目で睨《にら》みつけている。

箔を置くからお歯黒をつけるへ。廓の朝の化粧時、花魁部屋の寸景。覗《のぞ》き込む鏡に映った頑是ない禿のいたずら。叱ろうにも口がきけぬ。三九参照。

◆前句を、禿の悪戯を制する意とし、お歯黒をつける手を動かしながら花魁が禿を目で叱る体を付ける。

392　どう考えてみても、先日根津で箸《はし》をとった焼肴《やきざかな》は、いまだに何か合点が行かず気味が悪い。

禿（吉原）から根津（岡場所）へ。「すめかねる」は不可解の意。根津は本郷根津門前町近辺の私娼窟。酒の肴までえたいの知れぬ物が出るとのうがち。

◆前句を、岡場所の不潔さにあきれる意とし、根津に遊んだ男の回想の体を付ける。

調法な事調法な事　宝暦一二年・礼1

390　つまむ程道《だう》陸《ろく》神《じん》に箔《はく》を置き

調法な事調法な事　宝暦一二年・礼2

391　お歯《は》黒《ぐろ》をつけつけ禿《かぶろ》にらみつけ

きたなかりけりきたなかりけり　宝暦一二年・礼2

392　今以《もつ》て根津の焼物すめかねる

きたなかりけりきたなかりけり　宝暦一二年・礼2

393

四郎兵衛もひやうひやくまじり暇乞《いとまご》ひ

あきらかな事あきらかな事

宝暦一二年・礼2

日頃はむつかしい顔の四郎兵衛も、今日ばかりは愛想よく、冗談まじりのお別れの挨拶だ。

不審な根津の肴から晴れて吉原の大門を出る女郎へ。大尽客に身受けされた女郎。門番の四郎兵衛までが「これは花魁、おっといけねえ奥方様、二度とここは通しませんよ」と屈託がない。

◆前句を、事情が明瞭である意とし、人々に見送られ、祝福されて大門を出る吉原の遊女を付ける。

394

なんの手か知れぬ夜《よ》更《ふけ》の硯《すずり》蓋《ぶた》

きたなかりけりきたなかりけり

宝暦一二年・礼2

夜更の空き腹に、枕許に膳を引き寄せてのつまみ食い。その手は一体何した手やら。

四郎兵衛から吉原妓楼の客座敷へ。「硯蓋」は祝儀の膳に口取り肴を盛る器物で、それに盛りつけた肴をもいう。ここはその意で、宵に敵娼《あいかた》と酌み交わした酒肴の食い残し。妓楼の紅閨《こうけい》更けての体をうがつ。

◆前句を、不潔なことと眉をしかめる意にとり、妓楼の深更《しんこう》、客の不様《ぶざま》な振舞を付ける。

395

佐渡の山検《けん》使《し》の前でぶらつかせ

あきらかな事あきらかな事

宝暦一二年・礼2

佐渡の金山の採鉱夫たちは検視の役人の前で、股間のものをぶらつかせて見せるんだって。

何の手か知れぬ不審から採鉱夫の身体検査へ。素裸になって、どこにも隠し持っていない証《あかし》をたてる。正視に堪えぬ図である。金鉱の着服を防ぐために行われた厳重な監視を、滑稽に誇張したうがち。

◆前句を、疑う余地が全くないという意にとり、佐渡金山の鉱夫に対する徹底した身体検査を付ける。

396

紙《かみ》花《ばな》もしばしのうちの金《かね》まはし

紙花とはうまいことを考えたものだ。確かにこれも、暫《しば》くの間の金の融通手段には違いない。

佐渡の山から金まわしへ。「紙花」は遊里で芸人などに与える当座の祝儀に、小菊紙を与えておき、後日現金化したもの。遊びの知恵が生んだ遊里の慣行。日常の両替預け・振手形などの慎重な扱いに比べ、遊びの場にふさわしい、あからさまならぬ手軽さの妙趣。
◆前句を、便利なものをよく考えついたものだという意にとり、遊里独自の紙花の慣行を付ける。

397　喜の字屋はえらいもんだ。階段の上り口で人払いして台の物を二階座敷に運び上げよる。
紙花から喜の字屋へ。大きな台に盛りつけた料理を慎重に運び上げる体を、貴人のお成りよろしく人払いしてと言い立てた。江戸っ子の吉原贔屓《びいき》である。原作が眼前の喜の字屋の動静を叙しているのを、日常の事に改めた。三三九参照。
◆前句を、人の押し合う意とし、喜の字屋が階段の上り口の人を押しのけて通路をあける様を付ける。

398　み仏の御慈悲は奉公人の請状にまでも行き届いて広大無辺だ。有難いことだ。
人払いの掛声から法の声へ。「法の声」は本来読経の声の意だが、ここは奉公人の請状の文言《もんごん》には、吉利支丹信者でないことの証として、宗旨と檀那寺を明記保証する条のあることを指し、仏の慈悲の意。
◆前句を、信心のあつい奉公人のこととし、その当人が仏徒たることを保証する請状を付ける。

399　能勢《のせ》稲荷社へ黒札の御利益《ごりやく》のお礼参りに来る人は、みな馬鹿面でやって来る。

調法な事調法な事　宝暦一二年・礼2

397
喜《き》の字屋は梯子《はしご》の口で人ばらひ
押し合ひにけり押し合ひにけり
喜の字屋が梯子の口を人ばらひ　宝暦一二年・義2

398
法《のり》の声請《うけ》状《じやう》までに行きとどき
敬《うやま》ひにけり敬ひにけり　宝暦一二年・義2

399
黒札の礼には馬鹿な顔で来る

仏信心から黒札のお礼参りへ。「黒札」は神田和泉橋近辺の旗本能勢家邸内の稲荷社から出した、黒色の狐憑《つき》の呪符《まじないふだ》。「馬鹿な顔」は狐の落ちたあとも放心の表情。
◆前句を、能勢稲荷信仰とし、礼参りの人を付ける。

400　娘が半年ぶりに暇をもらって帰って来る。母親はもう花魁《おいらん》に付き添う遣手みたいだ。
黒札（能勢邸）から娘の藪入へ。この藪入はお屋敷奉公に上がっている娘の宿下がり。細かく身の廻りの世話を焼く母親を、遣手のようだとうがった遊里趣味。
◆前句を、娘にかしずくように大事に扱う事とし、宿下り娘に気を遣って世話を焼く母親の体を付ける。

401　床柱を背に最上席が家持ちの旦那。さてその次が論語読み。先生さすがに御機嫌の御様子。
大事にされる藪入娘から町内で立てられる論語読みへ。「家持ち」は町内に屋敷を構える地主。町内の最高実力者。学あるを以て次席に就く儒者先生。三六七参照。
◆前句を、町内で立てられる論語読みの幸せを揶揄《やゆ》する意にとり、寄合の席次を付ける。

402　あの女はしたたか者で、朔日丸を欠かしたことがない。霜月の朔日は芝居茶屋で飲んでいる。
町内随一の学者から札付の役者狂いへ。十一月一日は三座の顔見世狂言の初日。「朔日丸」は毎月一日に飲む避妊薬。未明から観客群集《くんじゅ》。飲んで出る暇なし。原作の「を」を「は」に改め常習の意とす。
◆前句を、顔見世に見物の群集する体とし、役者狂いの不身持な後家のしたたかぶりを付ける。

　　敬ひにけり敬ひにけり　　宝暦一二年・義2

400　藪《やぶ》入《いり》が来て母親は遣《やり》手《て》めき
　　敬ひにけり敬ひにけり　　宝暦一二年・義2

401　家持ちの次に並ぶが論語読み
　　果報なりけり果報なりけり　　宝暦一二年・義2

402　霜月の朔《つい》日《たち》丸《ぐわん》は茶屋でのみ
　　押し合ひにけり押し合ひにけり　　宝暦一二年・義2
霜月の朔日丸を茶屋でのみ

403 新造のやつかいにする鼠《ねずみ》の子
押し合ひにけり押し合ひにけり
宝暦一二年・義2

403 勤めの憂さの慰みに鼠を飼っている新造だが、殖《ふ》える子には困りはてている。

朔日丸を飲む女から鼠の子に手を焼く新造へ。吉原では見習い女郎の新造が二十日鼠をペットにして飼うことが流行したらしい。遊女の私生活をうがつ。

◆前句を、飼鼠の子が箱の中で押し合ってうごめく様とし、飼主の困惑の体を付ける。

404 桟《さ》敷《じき》から人をきたないものに見る
押し合ひにけり押し合ひにけり
宝暦一二年・義3

404 芝居小屋の桟敷から眺めると、切落しの見物客は何ともうす汚ないものに見える。

箱の中でうごめく鼠の子から切落しにひしめき合う見物客へ。「桟敷」は舞台に向って左右の一段高い緋《ひ》毛《もう》氈《せん》敷きの上等見物席。舞台にかぶり付きの蓆敷《むしろじ》きの土間が切落しで、追込みの大衆席。富裕な観客の優越感。

◆前句を、切落しでひしめく見物の体として、それを見下す桟敷の見物客を付ける。

405 藪入のうち母親は盆で喰ひ
押し合ひにけり押し合ひにけり
宝暦一二年・義3

405 藪入で娘が帰って来ている三日間は、母親は三度の食事もお盆が膳代りだ。

汚ないものに見られる切落しの観客から貧家の母娘へ。江戸奉公の娘の藪入。普段の自分の膳を娘にあてがって、己《おのれ》は盆で間に合わす母。娘の分の膳すらない貧しい母の精一杯の労《ねぎら》い。慰め合う親子に三日の光陰は矢よりも速い。貧故に親愛の情一層切。四〇〇参照。

◆前句を、母娘が膳を譲り合って押し合う体とし、藪入娘を囲む貧家の食事の体を付ける。

406 厄《やく》払《はら》ひ出しなに壱ツやつて見る

406 厄払いは「さて今夜はうまくいくかな」と、出掛けに一わたり口拍子を試してみることだ。

藪入（盆・正月）から厄払い（節分）へ。「厄払ひ」は節分の夜、めでた尽しの文句を早口にわめいて厄を払い、銭を乞うた門付《かどづけ》。一晩で勝負。不出来は致命的。

◆前句を、上手下手でもらいが違うとの意とし、うまくやろうと意気込む出掛けの厄払いを付ける。

407　座頭が掌《てのひら》に丸薬を受けている。普段から前屈《まえかが》みの肩を一層堅くちぢめて。

門付芸人の厄払いから座敷芸人の座頭へ。お座敷での思わぬ麁相《そそう》に恐縮しつつ、大尽の印籠の薬を頂戴する。小粒の丸薬を零《こぼ》すまいと、掌に全神経を集めて。

◆前句を、人の恵みを有難くいただく意にとり、急病の座頭が大尽客から丸薬を貰う姿を付ける。

408　あいつ霍乱だって。そのはずだ。ああ飲み食いしては腹ももつまい。どうやら祭りの罰当りだ。

丸薬から霍乱へ。「霍乱」は暑気あたり。ここは吐瀉《としや》下痢を伴う夏の胃腸障害。「祭り」は六月十五日の山王祭。神罰と言わず「祭りの罰」と洒落た。

◆前句を、祭りの人出の雑踏と見て、神輿《みこし》や山車《だし》の余勢に暴飲暴食した揚句に霍乱を患う男の噂を付ける。

409　伊豆武士も八代目までは伊豆節同様よくだしが利いて申し分なかったが、九代目がいけない。

祭りの罰あたりから北条氏九代目高時の失政の罰へ。「伊豆ぶし」は伊豆産鰹節に武士を言い掛けた洒落。北条高時失政の末、新田義貞らに攻められて自刃。

◆前句を、お上の威令が行われたことを回想する意とし、北条氏八代の鎌倉政権の懐古を付ける。

手《て》柄《がら》次第に手柄次第に　　宝暦一二年・義3

407
丸《ぐわん》薬《やく》を貰ふ座《ざ》頭《とう》はちぢこまり
敬ひにけり敬ひにけり　　宝暦一二年・義3

408
霍《くわく》乱《らん》もどうか祭りの罰《ばち》あたり
押し合ひにけり押し合ひにけり　　宝暦一二年・義4

409
伊《い》豆《づ》ぶしも八《はち》代《だい》まではだしがきき
敬ひにけり敬ひにけり　　宝暦一二年・義5

410　閻魔堂は沢山のお参りだが、よく見ると、その半分は仕着せ姿の丁稚《でっち》や下女たちだ。

だしがきく（威令が行われる）から丁稚下女の言いつけ通りの閻魔詣でへ。盆・正月の藪入は閻魔の斎日。奉公人たちのお礼参りで賑わう。二参照。

◆前句を、多人数が押し合うこととし、斎日の閻魔堂の参詣人を付ける。

411　盆山もなかなかの賑わいだが、時節柄、どれもみな債鬼のがれの逃亡者に見えるわい。

閻魔参りから盆山へ。「盆山」は盆の七月十四日から十七日の朝までの間に、相模国大山《おおやま》の石尊《せきそん》（神奈川県、阿夫利神社）に参詣すること。参詣者は中流以下の庶民が多かった。盆の節季（大晦日に次ぐ商家の決算期）を利かせ、貧乏面《づら》が多いとのうがち。

◆前句を、多人数が押し合うこととし、盆山の参詣人を付ける。

412　江の島へ湯の香を持ち込む湯治客。箱根の湯からの帰り道、ついでながらの弁天詣で。

盆山から江の島詣でへ。「江の島へ硫黄の匂ふ」で箱根の湯からの湯治帰りを暗示。「はけついで」はことのついで。江戸から湯治に出たついでの意。

◆前句を、神仏を敬い参詣する意にとり、箱根へ湯治に出かけたついでの、江の島詣でを付ける。

413　桟敷では身を乗り出して、舞台に夢中だった女も、帰り道には男のあとについてしおらしい。

湯治遊山から芝居見物へ。「男」は夫の意。夫婦連れ

410
半分は仕着せで拝む閻《えん》魔《ま》堂《だう》
押し合ひにけり押し合ひにけり
宝暦一二年・義5

411
盆山は欠《かけ》落《おち》らしい人ばかり
押し合ひにけり押し合ひにけり
宝暦一二年・義5

412
江の島へ硫《い》黄《わう》の匂ふはけついで
敬ひにけり敬ひにけり
宝暦一二年・義5

413
桟《さ》敷《じき》から出ると男を先へたて

押し合ひにけり押し合ひにけり　宝暦一二年・義6

414
人の物ただ遣《や》るにさへ上手《じやうず》下手《へた》

手柄次第に手柄次第に

人に物ただ遣るにさへ上手下手　宝暦一二年・義6

415
下《げ》駄《た》さげて通る大屋の枕元

睦《むつ》まじい事睦まじい事　宝暦一二年・仁2

416
その手代その下女昼は物言はず

の芝居見。富裕な商家の内儀。朝からの緊張が解けてほっとした女の表情。三三・四四参照。
◆前句を、芝居見物の雑踏として、芝居がはてて、帰りがけの内儀の体を付ける。

414　物をただ遣るのでさえ、上手な人もあり、下手な人もある。人の気持を掬《く》むのはむつかしい。
桟敷から纏頭《はな》（役者に与える祝儀の金品）へ。句意はそれとは限らぬが、句の配列に、編者は役者に与える纏頭を念頭においていた。「人の」は「人が」、「物」は「物を」の意。句意に変更は来たしていないが、原作の平板な表現を改めて、かえって晦渋《かいじゅう》な表現になった。人情の機微。
◆前句を、手柄に相応の論功行賞をする意として、賞の与え方のむつかしさを付ける。

415　四ツ過ぎた頃、大屋の軒先。裸足になって下駄提げて、足音忍ばせ店子《たなこ》が通る。
上手に物を遣るから大屋に心服する長屋の住人へ。日頃世話になって、深く恩に着ている店子。「下駄さげて通る」は眠りを妨げまいとの心づかい（もし、この句だけなら、木戸の門限に遅れた男の大屋を怖れる意にも解される）。因業大屋なら、わざと下駄音高くという手もある。幸いに大屋有徳にしてこの店子あり。
◆前句を、大屋と店子の親密なる意とし、親切な大屋を敬愛している店子の振舞を付ける。

416　手代と下女。誰もが知ってる仲だけど、当の二人は昼の間は、そっぽを向いて物も言わない。

仲のよい大屋と店子から恋仲の手代と下女へ。商家の奉公人同士の恋の機微。昼間の体を叙して夜を暗示。「その」の含蓄が一句のいのち。

◆前句を、恋人同士の仲のよさとし、商家の奉公人同士の恋を付ける。

417　巫女《みこ》が竈を清めるお祓《はら》いの祈禱をしている間、飯炊きはその脇で神妙な顔付で控えている。

下女から飯炊きへ。「竈標」は竈祓（三五八参照）。竈は飯炊きの大事な仕事場。おろそかにはできない。膝がしびれてもじもじしている。この飯炊きは女と見るのがふさわしかろう。三五・一六八参照。

◆前句を、祈禱の終るのを待ちくたびれる意とし、竈の脇に神妙に控える飯炊きを付ける。

418　藪入で家に帰る奉公人。いざお暇《いとま》という時になって、何かを人に隠されて困っている。

飯炊きから藪入の奉公人へ。大店《おおだな》の下女か。お屋敷奉公の娘か。身廻り品か土産物か。はずんだ心の出鼻を挫《くじ》かれ当惑の体。いずれ居残り組の傍輩《ほうばい》の悪ふざけ。恨みなどがあっての仕業《しわざ》ではない。原作は、そんなことが世間一般の風習として描いている。原作の「藪入は」を「藪入の」に改めて、眼前の出来事となる。

◆前句を、大騒ぎして物を探す体とし、藪入の奉公人が出がけに持物を傍輩に隠される風習を付ける。

419　願い通りに心中を遂げおおせた二人。その死顔はやすらかで、いかにも嬉しそうだ。

藪入から嬉しそうな顔へ。「死に切つて」は見事に死

睦まじい事睦まじい事　宝暦一二年・仁2

417
竈《かま》標《じめ》のうちは飯《めし》焚《たき》かしこまり

くたびれにけりくたびれにけり　宝暦一二年・仁2

418
藪入の出がけに物をかくされる

上を下へと上を下へと　宝暦一二年・仁2

藪入は出がけに物をかくされる

419
死に切つて嬉《うれ》しさうなる顔二ッ

睦まじい事睦まじい事　宝暦一二年・仁2

420 土こねは手水《てうづ》を遣ひ幣《へい》を立て
くたびれにけりくたびれにけり　宝暦一二年・仁2

421 三囲《みめぐり》のあたりからもうぶちのめし
くたびれにけりくたびれにけり　宝暦一二年・仁3

422 大《おほ》磯《いそ》は欠《かけ》落《おち》するにわるい所《とこ》
くたびれにけりくたびれにけり　宝暦一二年・仁3

におおせて。心中は法度《はつと》。悲願成就の意。「顔二ツ」は死顔二つ。横たわる心中者の無惨な亡骸《なきがら》を、これほど簡潔に清らかに描写した手腕は凡でない。五二〇参照。

◆前句を、恋人同士の意にとり、心中を遂げた二人の満ち足りた死顔を付ける。

420 土こねは他の土仕事とは変ってる。終ると汚れた手を洗い清め、注連《しめ》を張り幣串《へいぐし》を立てる。心中完遂から土こね完了へ。「土こね」は粗壁用の荒土に水を加え、莇《すさ》を混ぜながら熊手と足でこね上げる壁土作り。左官職の神職めいた敬虔な振舞をうがつ。

◆前句を、土こねでくたびれる意にとり、終って仕事の仕上げの体を付ける。

421 梅若丸は木母寺《もくぼじ》辺で事切れたそうだが、人買いは三囲《みめぐり》のあたりから打ち据えていたのだろう。土こねからぶちのめしへ。「三囲」は木母寺の下流の三囲稲荷社。謡曲『隅田川』や木母寺縁起等の口碑《こうひ》によったうがち。一七参照。

◆前句を、伝説の悲劇の主人公梅若丸の旅疲れの体にとり、それを責める人買いの非情の業を付ける。

422 大磯という所は、どうも欠落ちするには縁起のよくない土地だわい。

京から勾引《かどわか》されて来た梅若丸から江戸からの欠落ちへ。「欠落」はここは男女の逃避行。大磯は曾我物語や曾我狂言で有名な土地。兄弟が殺された後、二人の愛妾虎御前・少将が尼になり菩提を弔ったと伝える所。

◆前句を、欠落ちの恋人として、その述懐を付ける。

423
田《でん》楽《がく》を面白く喰ふ座頭の坊

上を下へと上を下へと

宝暦一二年・仁3

423　座頭の坊の田楽を食うのを見ていると、口あんぐりと、その食い方のなんと面白いこと。

大磯（昔の遊里）から座頭の坊へ。「座頭」は盲目の遊芸人。遊里の酒宴の座興をつとめる。盲目ゆえに所作がどこか常人とちがう。とりわけ味噌の垂れ落ちやすい田楽を食う段には一工夫が必要。それを脇から眺めている目明きが、うまいものだと感心の体。

◆前句を、余興に湧く酒宴の席の賑わいの体とし、田楽の串を上手に操って食う座頭の坊を付ける。

424
二階から落ちた最期の賑《にぎ》やかさ

くたびれにけりくたびれにけり

二階から落ちた最期は賑やかさ

宝暦一二年・仁3

424　あの男可哀そうに二階から落ちて死んだ。それにしてもどたばたと賑やかな死に方だったよ。

盲目の座頭から二階から落ちるへ。遊里の二階座敷からの転落であろう。人の死を「賑やかさ」とはいささか不謹慎の誹《そし》りを免れぬが、そこが遊里、遊客酔余の噂話。原作の「最期は」は観念的、一般的叙法。「最期の」と改めて特定の事件とする。

◆前句を、二階での仕事に疲れはてた人のこととして、階段を誤って踏み外しての転落死を付ける。

425
百《ゆ》合《り》若《わか》の弓はつぶしに踏《ふ》んで買ひ

くたびれにけりくたびれにけり

宝暦一二年・仁3

425　百合若大臣の遺品の弓は、古鉄買いが潰《つぶ》しにして、鉄の値踏みで買い取ったことだ。

人の最期から鉄弓の末路へ。百合若は伝説上の英雄。蒙古軍を鉄の弓で射立てて大勝。幸若舞『百合若大臣』近松『百合若大臣野守鏡』参照。昔の英雄の剛弓も錆び朽ちては古鉄買いに目方で買い取られるとの穿ち。

◆前句を、時代を経てくたびれた品物のこととし、錆び朽ちた百合若の鉄弓を付ける。

426 人の命を救わっしゃる筈《はず》の地蔵様が、辻斬に斬られて死ぬ人を黙って見ていらっしゃるとは。

百合若の弓から刀で人をあやめる辻斬へ。「辻斬」は武士が刀の切れ味を試すなどと称して、往来の人を斬る非道の所業。目前で人が殺されるのを、ただ合掌して立ち尽すとは、そりゃ聞えませぬとのおどけ。

◆前句を、長く立ち尽してくたびれる意にとり、斬られる人を救う気力のない地蔵を付ける。

427 旅なれぬ初心《うぶ》な連れに、いかにも旅巧者《たびこうしゃ》ぶって「今晩はこれだ」と指二本。

辻斬から晩へ。辻斬は夜陰にまぎれて。二本指は銭二百文の身振り。宿場の飯盛り女の枕金（売春の対価）。「二本出し」は飯盛り女に戯れる意のしぐさ。旅なれた風の男が、連れに旅巧者風を吹かす得意の体。

◆前句を、旅つかれの意にとり、早く宿をとって今夜はと、指図がましく旅巧者ぶる男を付ける。

428 雪の降る夜は寒いので、二人はぴったり肌を寄せ合って寝ることだ。まるで糊で付けたように。

飯盛り女から共寝の男女へ。「顔二ッ」は二人の男女を示すだけ。同じ表現ながら、四一九の生彩には遠く及ばない。「糊で付けたる」に新奇を狙う。原作はある雪の夜のこと。それを普遍化し一般の風俗とする。

◆前句を、夫婦・恋人同士などの事とし、雪の夜の寒さ凌《しの》ぎに、抱き合って寝る二人を付ける。

429 国と江戸とは何もかも雲泥の違いだ。商売にしても雪の白さと炭の黒さほど違うんだ。

426
辻《つじ》斬《ぎり》を見ておはします地蔵尊
くたびれにけりくたびれにけり
宝暦一二年・仁3

427
初旅へ晩はこれぢやと二本出し
くたびれにけりくたびれにけり
宝暦一二年・仁4

428
雪の夜《よ》は糊《のり》で付けたる顔二ッ
睦まじい事睦まじい事
雪の夜《よる》糊で付けたる顔二ッ
宝暦一二年・仁4

429
商売も国と江戸とは雪と炭

上を下へと上を下へと　宝暦一二年・仁4

430 地《ぢ》紙《がみ》売り目につくまでは指をなめ
上を下へと上を下へと　宝暦一二年・仁4

431 そろばんを控《ひか》へたやうな団《だん》子《ご》茶屋
くたびれにけりくたびれにけり　宝暦一二年・仁4

432 そこ掻《か》いてとはいやらしい夫婦仲
睦まじい事睦まじい事　宝暦一二年・仁4

雪から雪国からの出稼ぎへ。「雪と炭」は信濃から来る冬季出稼人（信濃者）の炭売りを暗示。諺を利かす。炭の売れ行きも桁《けた》違い。流石《さすが》にお江戸。六六二参照。

◆前句を、江戸の賑わいとし、信濃者の述懐を。

430　地紙売りは気に入った図柄が客の目にとまるまで、一枚一枚、指先を舐《な》め舐めめくってゆく。

信濃者の炭売りから地紙売りへ。「地紙売り」は扇の地紙を売る行商。扇形の箱に入れて担ぎ歩き、即座に扇に折って売りもした。伊達《だて》な優男《やさおとこ》が多い。呼ばれた家の縁先。一枚毎に指先を舐める仕草のうがち。

◆前句を、順番に上のを取って下へ置く意として、地紙売りが商品を客に見せる仕草を付ける。

431　団子茶屋の店先は、何のことはない。茶屋の主人が算盤《そろばん》を脇に置いて坐っているみたい。

指を舐める地紙売りから団子茶屋へ。串団子を並べた茶屋の店先。見たところ主人が算盤を脇に置いた格好。串団子を並べた様を算盤に見立てる。

◆前句を、旅人が街道筋の団子茶屋に休息する体とし、その茶屋の店つきを付ける。

432　「そこ掻いて」と女が男に頼むなんて、人前で何て不躾《ぶしつけ》ないやらしい夫婦なんだろう。

団子茶屋から客の夫婦者へ。（「旅の恥はかき捨て」を利かせる）人前も憚《はばか》らぬ狎《な》れ狎れしい振舞。はた目には下卑ていやらしく、目をそむけたくなる。

◆前句を、夫婦仲のこととし、日中人前も憚らぬ、目に余る狎れ狎れしさを付ける。

433
下《げ》戸《こ》の礼《れい》者《しゃ》に消《けし》炭《ずみ》をぶんまける
力《りき》みこそすれ力みこそすれ
宝暦一二年・信2

433 年始客が見えたが、この人は下戸。ではと早速火鉢に消炭をぶちまけて、もてなしの支度だ。

無遠慮な夫婦から粗雑な接待ぶりへ。「消炭」は燃え残りの炭火を消して蓄えた軟い炭。火がつき易い。餅を焼く用意。舞い上がる灰も気にせぬ気楽な付き合い。

◆前句を、気のおけぬ年始客の接待に浮き立った体とし、威勢よく消壺の消炭をぶちまける様を付ける。

434
樽《たる》拾《ひろ》ひ目《ま》合《あひ》を見ては凧《たこ》を上げ
春めきにけり春めきにけり
宝暦一二年・信2

434 樽拾いが仕事の手隙を見はからっては、凧を上げて遊んでいる。遊びたい盛り。無理もない。

年始客から凧上げへ。凧上げは正月の男児の遊び。同年輩の子が凧上げに興じている正月も、使い走りにこき使われる樽拾い（三四七参照）。暇をうかがっては凧上げの仲間入り。物怖じせぬ屈託のない小僧。無邪気で少しも暗さがない。

◆前句を、男児が凧上げに興じる正月風景とし、樽拾いが僅かの暇を偸《ぬす》んでは仲間入りする体を付ける。

435
あの中で意地のわるいが遺《やり》手《て》の子
力みこそすれ力みこそすれ
宝暦一二年・信2

435 あの中に一人だけ意地の悪い子がいるだろう。あれが遺手の子だ。

子供の凧上げから意地の悪い子へ。女郎や禿《かむろ》の監視役の遺手。意地の悪いのが相場。その子の意地悪は母親譲りとのうがち。一七六参照。

◆前句を、悪童の力みかえる体とし、その子を指して脇から大人が噂する体を付ける。

436
御《お》伝《てん》馬《ま》で行けばやたらに腹を立て

436 御伝馬に乗って道中するとなると、些細《ささい》な事にも、とかくやたらに腹を立てたがるて。

意地の悪い子からやたらに腹を立てる男へ。「御伝馬」

は幕府公認の逓送馬。利用者は公用の公家・武家その他特定民間人。お上《かみ》を笠に着て威丈高の体。威張り散らして始末が悪い。原作の「腹が立ち」はその当人だが、「腹を立て」はそれを傍観する体。

◆前句を、威張る体とし、伝馬道中の男を付ける。

437　しきりに琴をけなしていた酔払い。くたびれてとうとう寝込んでしまったよ。

腹を立てから琴をけなすへ。「けなす」はけちをつける意。酒宴の余興の琴。「琴なんてやめろい。しずんでいけねえ。ペンペンと陽気にやりなよ」と管《くだ》巻いていた男。原作の「生酔は」を「生酔の」に改めて、生酔男の眼前の姿に焦点を絞る。

◆前句を、あきれた振舞として、雑言《ぞうごん》の揚句に寝込んでしまった酔払い男を付ける。

438　乗せて来た客を勢い込んでおろしたあとは、駕《か》籠舁《ごかき》の肌から湯気が立ってる。

生酔から湯気の立つ肌へ。「ぶちまける」は放り出すように威勢よく客をおろす体。四手《よつで》駕籠から転がり出る遊客。息杖突いて息はずませる駕籠舁の肌に、どっと吹き出す玉の汗。吉原大門口、夏の宵景色。

◆前句を、宙を飛んで来た意とし、吉原大門口に駆けつけて、客をおろした駕籠舁を付ける。

439　中宿に溜った女郎からの文。「あいつもよく書くよ。全く。また無心かな。最初の分から読んでみるか」と、おつに気取って。

吉原通いの四手駕籠から中宿の遊客へ。「中宿」は吉

力みこそすれ力みこそすれ

御伝馬で行けばやたらに腹が立ち　宝暦一二年・信2

437
生《なま》酔《ゑひ》の琴《こと》をけなしてたうとう寝　宝暦一二年・信2

とんだ事かなとんだ事かな

生酔は琴をけなしてたうとう寝

438
ぶちまけた跡は駕《か》籠《ご》舁《かき》湯気が立ち　宝暦一二年・信3

とんだ事かなとんだ事かな

439
中《なか》宿《やど》で先づ初《しよ》手《て》のから封を切り

原通いの遊客の中次宿。着替え・女郎からの手紙の取次ぎなどの用を弁じた。遊治郎《ゆうやろう》得意満面の体。
◆前句を、女郎の文が沢山溜ったものだと得意がる体とし、中宿でそれを読む男を付ける。

440　新茶の行商から戻った男。江戸の噂をあれこれと、四里四方見尽して来たような話しぶり。
封を切りから新茶売りへ。「四里四方」は江戸府内のおおよその広さで江戸の異称。田舎から新茶を売りに出て、江戸の町々でホットニュースの数々を仕入れて帰った男。得意気な話しぶりのうがち。
◆前句を、得意気に話す体とし、江戸から戻った新茶の行商人の土産話の体を付ける。

441　労咳でふさぎこんでいる娘に母はおどけて見せて、かえって機嫌を損ね、娘に叱られている。
得意気な話からおどけ話へ。「労咳」は肺結核。娘を気遣う母。母の気持はわかりつつも笑えぬ病苦の娘。叱られる母、叱る娘、立場の逆。母の愛、娘の甘え。
◆前句を、親の苦労が尽きぬ意にとり、娘の病気を気遣う母の気苦労を付ける。

442　鋳掛の仕事は、汚れた手を洗って仕舞だが、その手桶の何とちっぽけなこと。
おどけた仕草からちっぽけな桶で手を洗うへ。鋳掛の桶は焼鏝《やきごて》の先をさます水を入れた小桶。手を洗うには小さすぎる桶。指先を洗って済ます鋳掛職。七参照。
◆前句を、仕事仕舞の意にとり、鋳掛の仕事仕舞の特異な風俗を付ける。

とんだ事かなとんだ事かな　宝暦一二年・信3

440　四《よ》里《り》四《し》方《はう》見て来たやうな新茶売り
力《りき》みこそすれ力みこそすれ　宝暦一二年・信3

441　労《らう》咳《がい》に母はおどけて叱《しか》られる
尽きぬ事かな尽きぬ事かな　宝暦一二年・鶴1

442　ちつぽけな桶《をけ》で鋳《い》掛《かけ》は手を洗ひ
片付けにけり片付けにけり　宝暦一二年・鶴1

443 縫《ぬひ》物《もの》を少しよせるも礼儀なり
片付けにけり片付けにけり
宝暦一二年・鶴2

443 不意の来客に、取り広げた縫物を少し脇に片寄せる。これもまあ礼儀というもの。
手を洗う些細な身嗜《みだしな》みから接客の礼儀へ。心安い婦人客を迎え入れる主婦。「取り散らかしておりまして。さあ、どうぞ」と、広げた反物を膝許に引き寄せる。女同士、日常の近所付き合い。
◆前句を、仕事の場を片付ける意にとり、縫物中の主婦が客を招じ入れる体を付ける。

444 樽《たる》拾《ひろ》ひとある小《こ》陰《かげ》ではごをしよひ
習ひこそすれ習ひこそすれ
宝暦一二年・鶴2

444 とある物陰で、樽拾いが、はごにかかった小鳥のように、羽《は》交《がい》締《じ》めにされてもがいている。
縫物の場へ来る客からはごにかかる小鳥へ。「はご」は囮《おとり》を使って小鳥を捕る黐《もち》の仕掛罠《わな》。黐《は》筷《が》。「しよひ」は背負い。はごにかかる意。男色受難の比喩。
◆前句を、よくある習いの意とし、樽拾いの受難の体を付ける。

445 双《さう》盤《ばん》のひしげた所《とこ》で御《お》十念
始めこそすれ始めこそすれ
宝暦一三年・天1

445 双盤がひしげるような音がすると、それを合図に、お坊さんの御十念称《しよう》名《みよう》がはじまる。
はごを背負う（絶体絶命）から御十念へ。「御十念」は十念称名。南無阿弥陀仏を十声唱える念仏の形式。「双盤」は寺院の金属製盤状の打楽器。読経の終りに一際《ひときわ》強く打ち鳴らすので、双盤がひしげるとの洒落。
◆前句を、僧が十念称名をはじめる意にとり、双盤の音を合図にはじまる体を付ける。

446 草市はひだるい腹の人だかり

446 草市は賑やかに人だかりがしているが、誰もみな空き腹抱えた人ばかり。
御十念から草市へ。「草市」は盆の精霊棚に供える物を売る市で、当時は七月十三日早朝に立った。朝食前の買物で、みな空き腹だとのうがち。
◆前句を、草市の賑わいとして、草市に出ている人の空腹をうがつ。

447 浅草の祭りは賑やかなものだ。拝殿の御神鏡には千人もの姿が映るんだ。
草市から浅草三社祭の人出へ。観音の縁日は毎月十八日。観音堂東の三社権現の祭礼は三月十八日。祭礼当日の社頭の賑わいをうがつ。「千の姿」は観音の縁。
◆前句を、祭りが盛り上がる意にとり、浅草三社権現社頭の群集の体を付ける。

448 鶴御飼場の鶴はよくしたものだ。袴を着けている人のそばへ寄って行く。
千の姿から千年の齢《よわい》の鶴へ。「飼鶴」は将軍の鷹狩に備えて、亀有・小松川などにあった猟場の鶴御飼場で、餌付けして馴らした鶴。「袴着てゐる人」は、飼場の役人の鳥見役。
◆前句を、野鳥が人に馴れて遊ぶ意にとり、餌をくれる鳥見役に馴れた鶴を付ける。

449 約束の日限を違えず、注文の染物を仕上げて来る紺屋は、かえって哀れに思われる。
袴から紺屋へ（諺に「紺屋《こんや》の白袴《しろばかま》」）。約束を違えぬのは仕事がなくて暇なのだとのうがち。諺「紺屋の明後《あさっ》日《て》」を利かす。三一・六三参照。
◆前句を、暇で遊んでいる紺屋とし、注文通り早速染め上げて来た紺屋に同情する体を付ける。

にぎやかな事にぎやかな事　宝暦一三年・天2

447 浅草の鏡に千の姿あり

いやが上にもいやが上にも　宝暦一三年・満1

448 飼《かひ》鶴《づる》は袴《はかま》着てゐる人へ行き

遊びこそすれ遊びこそすれ　宝暦一三年・満1

449 約束をちがへぬ紺《こん》屋《や》哀れなり

遊びこそすれ遊びこそすれ　宝暦一三年・満1

450 「一家仁あり」と近松は言うが、和藤内は明朝《みんちょう》
には忠臣だが、一家への義理は欠き通しだ。

約束から義理へ。「和藤内」は近松『国性爺《こくせんや》合戦』の主人公。明忠臣鄭芝龍《ていしりゅう》の子、鄭成功。寛永元年平戸に生れ、大陸に渡り父と共に明朝復興に尽して成らず。寛文二年台湾に没。史実・芝居の裏をうがつ。「一家」は同族。原作の自然の成行きを意図的行為に改む。
◆前句を、和藤内の望郷の思いとし、やむを得ず日本の親類縁者に不義理を重ねたことを付ける。

451 日の暮れにはどこでも、急いで戸を閉めるが、
高輪では未練な思いで戸を閉める。

和藤内の心残りから戸を惜しく立てへ。高輪は東方に海を控えた片側町で、房総の山々を見はるかし、眺望がよかった。暮れ残る海上の眺望に未練をのこす状。原作は日が暮れてしまって眺望のきかなくなったのを惜しみつつ戸を閉める意。二〇四参照。
◆前句を、その通りだと相鎚を打つ意にとり、高輪の海沿いの家々の日没閉戸の状を付ける。

452 大山石尊の大滝は怖いところだ。有無を言わさ
ず懺悔《ざんげ》させられる。

高輪の海から大山石尊の大滝へ。大滝は大山詣での者が滝垢離《たきごり》をとる懺悔の行場。懺悔をせぬ者は頂上の本社の参詣を許されない。「一言もない」は弁解無用、いや応なしに服従させられる意。四二一参照。
◆前句を、罪障懺悔の体にとり、大山石尊の滝垢離の噂を付ける。

450 和《わ》藤《とう》内《ない》一《いっ》家《け》の義理はかきどほし　宝暦一三年・満1

遠い事かな遠い事かな

和藤内一家の義理はかけどほし

451 日の暮れに高輪《たかなわ》の戸はをしく立て　宝暦一二年・礼5

あきらかな事あきらかな事

日が暮れて高輪の戸はをしく立て

452 大滝は一《いち》言《ごん》もないところなり　宝暦一二年・智1

次第次第に次第次第に

453　そこら中《ぢゆう》蓋《ふた》を明け明け亭主ぶり

忙《せは》しない事忙しない事

宝暦一二年・智1

453　台所の器を片っ端《ぱし》から蓋取って、酒の肴《さかな》をさがしては、亭主ぶってる女房の留守。

一言もない所からのっぴきならぬ客の接待へ。「亭主ぶり」は一かどの亭主風を吹かす意。「あいつがおらんので」と体裁を繕いつつ、客の接待につとめる体。日頃調子のよいことを言っている手前、どうしても一杯飲まさねば済まされぬ場。

◆前句を、忙しく動きまわる意として、女房不在の台所でうろうろとする男を付ける。

454　行燈《あんどん》で喰《く》ふは大工も仕《し》舞《まひ》の日

忙しない事忙しない事

宝暦一二年・智1

454　大工も今日は仕舞の日だ。行燈の明りで夕飯を食っている。仕上げに遅くまで精出して。

酒食の接待から大工の夕飯へ。「大工も仕舞」は家普請で大工の仕事が完了すること。仕上げに念を入れているうちに、日がとっぷりと暮れてしまって。

◆前句を、忙しく立ち働く大工の体として、今日で仕事が完了という日のおそい夕飯を付ける。

455　京町《まち》へ来る鬼灯《ほほづき》は選《え》りのこり

次第次第に次第次第に

宝暦一二年・智1

455　鬼灯売りが京町へ廻って来る頃には、江戸町・揚屋町と順々に選り残された屑物《くずもの》ばかりだ。

行燈から鬼灯へ。「鬼灯」は酸漿《ほおずき》。ナス科多年草。夏赤い実を結ぶ。種子を除き中空にして口中に含んで鳴らす。女子の玩弄物。特に禿《かむろ》・新造に愛玩された。

◆前句を、鬼灯売りの小童が大門口から次第に廓の奥へ売り歩く体とし、一番奥の京町へ来た状を付ける。

456　張《は》物《もの》に娵《よめ》は結ばぬほほかぶり

456　嫁が日向《ひなた》に出て張物をしている。手拭《てぬぐい》の片端を口に銜《くわ》えた頬被り姿の色っぽさ。

鬼灯（婦女の玩弄物）から嫁へ。「張物」は伸子張《しんしばり》（三四五参照）と板張がある。これは嫁の手業《てわざ》。紺絣《こんがすり》に茜襷《あかねだすき》、白手拭の嫁のすがしさ。「ほほかぶり」は原作は「ほほかむり」。

◆前句を、張物する嫁の体とし、手拭被《かず》きで立ち働くすがすがしく色っぽい姿を付ける。

457　昼買った螢。夜までは待ち切れず、部屋の隅の薄暗がりに持って行って光らせてみる。

張物から夏の昼間へ。螢を売って商いになるところ。時は昼間。その螢を買ってもらって喜ぶ子供は吉原の禿《かむろ》である。可憐な禿の童心を的確に描く。

◆前句を、夜が待ち遠しく気がせく意にとり、昼間薄暗がりで螢を光らせようとする禿を付ける。

458　「あい」「あい」と息はずませて返事する、声に合わせて抱え帯、締める手許に力がこもる。

夜を待ち兼ねる禿からせき立てられる女へ。身支度最中の女房。せわしなく呼び立てる亭主。外出の身支度に手間取るのにいらだっている男が言外に。

◆前句を、男に呼び立てられる女の心情とし、急いで着付けを終ろうとする体を付ける。

459　髪を結うて貰《もら》っている女。髻《もとどり》を縛《しば》る芯の小枕の締り加減を、目をとじて肌に感じ取っている。

着付けから結髪へ。「小枕」は女性結髪用具。髢《かもじ》の根に入れ髻を締める用。当時は付木などを輪にして用いたという。神経を頭頂に集めた表情。

◆前句を、結い手の手際を結うて貰っている女が褒める心とし、髻を締める時の表情を付ける。

忙しない事忙しない事　宝暦一二年・智1

457　昼買つた螢《ほたる》を隅へ持つて行き

忙しない事忙しない事　宝暦一二年・智1

458　あいあいといふたび締める抱《かか》へ帯

忙しない事忙しない事　宝暦一二年・智1

459　小枕《こまくら》のしまり加減に目をふさぎ

上手《じやうず》なりけり上手なりけり　宝暦一二年・智1

460 仲人を地者とおもや太鼓《たいこ》持《もち》
　　上手なりけり上手なりけり
宝暦一二年・智2

461 半人で仕《し》舞《ま》ふ大工に菰《こも》をやり
　　次第次第に次第次第に
宝暦一二年・智2

462 車引き女を見るといきみ出し
　　次第次第に次第次第に
宝暦一二年・智2

463 扇《あふぎ》箱鳴らして見ては熨斗《のし》を付け

460　仲人を素人とばかり思っていたが、太鼓持だったとは。道理でなかなか口上手だ。

手先の器用から口上手へ。「地者」は素人男（三八参照）。「太鼓持」は幇間《ほうかん》。酒席の興を助ける遊芸人。仲人の素姓が幇間とあっては、この縁談は眉唾もの。うかつに乗れぬと警戒する親。息子と気脈を通じてかと。

◆前句を、仲人の口上手とし、仲人を買って出た幇間の正体露顕を付ける。

461　半人の手間で仕事を中止して帰って行く大工に、これでも被《かず》いておいでと菰をやる。

軽薄な太鼓持から律義な職人の大工へ。「半人」は半人分の仕事量で、半日分の手間賃仕事。午後から降り出して止みそうにない雨に、諦めて帰る大工。半日分の日当をふいにして濡れて帰る大工への思いやり。

◆前句を、雨脚が次第に強くなる意にとり、仕事を切り上げて帰る大工をいたわる体を付ける。

462　車引きが路上で女に行き会うと、急に威勢がよくなって、悪ふざけをする。厄介な奴よ。

大工から車引きへ。「車引き」は荷車を引く日傭取《ひようとり》。なりふり構わぬ下司《げす》の根性。欲求不満が虚勢となって、からかい、ふざけ、罵詈《ばり》雑言《ぞうごん》のいやがらせ。

◆前句を、次第にはずみがつく意とし、段々調子に乗って悪ふざけの昂じる車引きを付ける。

463　年玉に配る扇箱。一つ一つ振ってみて、音のするのを確かめてから、熨斗《のし》を付けている。

車引きの心の逸《はや》りから心浮き立つ年玉の用意へ。「扇箱」は元朝に来る扇箱売りから買った、年玉用の扇の箱。振ってみて音がすればよい程度のもので、玄関先に積み上げて年始客の多いことを誇る風があった。原作の「扇子箱」を改めて口調を柔らかくした。

◆前句を、正月気分の晴れやかなこととし、年玉の扇箱を用意する体を付ける。

464　いろは茶屋の女はほかの岡場所の女とは違う。客をねだって買う物は富籤《とみくじ》の札だ。

熨斗を付けから富を付けへ。「いろは茶屋」は谷中《やなか》感応寺（後、天王寺）門前の岡場所。感応寺は富籤興行で有名で、毎年正・五・九月の十八日興行。「富を付け」は富札を買うこと。いろは茶屋の場所柄をうがつ。

◆前句を、富籤を買い当てるのが上手だの意とし、いろは茶屋の風俗を付ける。

465　宿下がりの娘を送り届けてくれた供の男に対しては、母親が盃《さかずき》をすすめて労をねぎらう。

いろは茶屋から飲んでさす盃へ。供の中間《ちゅうげん》に送られての藪入は武家屋敷奉公の娘の宿下がり。親の気がかりは奉公ぶり。奥方の御思召《おぼしめし》・傍輩の評判などをそれとなく探るには、父親より母親の柔な酒の相手が好都合。

◆前句を、宿下がり娘を送り届けてすぐ帰りかける供の男と見て、引き留めてもてなす体を付ける。

466　手代たちがみな根太《ねぶと》を出来《でか》す年頃の奴ばかり。主人たるもの、気の休まる時がない。

娘を気遣う母親から手代どもを気遣う主人へ。「根太」は背・太股・臀《しり》などに出来る腫物《はれもの》。「根太盛り」は血

気の晴れた事気の晴れた事

扇子《せんす》箱鳴らして見ては熨斗を付け

宝暦一二年・智2

464

いろは茶屋客をねだつて富を付け

上手なりけり上手なりけり

宝暦一二年・智2

465

藪《やぶ》入《いり》の供《とも》へは母が飲んでさし

忙《せは》しない事忙しない事

宝暦一二年・智2

466

手代ども根《ね》太《ぶと》盛りであんじられ

気盛んな年頃。喧嘩・博奕・女出入り、何を出来すか油断がならぬ。

◆前句を、気苦労が絶えぬ意にとり、使用人を多く抱えた大店《おおだな》のあるじの心労を付ける。

467　「飯だよ」と呼ぶと、今まで見えなかった塗師屋は、にょっと出て来る。紙帳《しちょう》の中から。

根太盛りからにょっと出るへ。「塗師屋」は塗物師とも。漆器職人。漆塗りには適度の湿気が必要で、紙帳の中で仕事をした。仕事中は見えない職人の姿が、突然現れるさまに興じた。

◆前句を、仕事の手を休めて紙帳から出た塗師屋の気持とし、飯だと呼ばれて出て来る姿を付ける。

468　親類中から持てあまされた極道者は、結局麦飯を食うことになるんだ。

飯時から麦を食いへ。「持ちあまされ」は持ち余された者。手に負えぬ不行跡者。「麦を喰ひ」は田舎《いなか》に追放されて、みじめな暮しをする意。豊かな江戸の生活に比べて、田舎の暮しの貧しさを言う象徴的表現。不身持のこらしめに田舎の乳母の里などにお預け。原作は特定の不行跡男のこと。それを一般の風俗をいう句に改める。

◆前句を、不行跡を重ねる意にとり、揚句の果てに田舎へ流謫《るたく》の身になった男を評判する体を付ける。

469　夜蕎麦切りの屋台は大繁昌。誰も彼もみな同音に「おお寒い」と震えた声で駆け込んで来る。

麦を食いから夜蕎麦切りへ。「夜蕎麦切り」は夜分街

忙しない事忙しない事　宝暦一二年・智2

467 めし時といへば塗師屋《ぬしや》はによつと出る

気の晴れた事気の晴れた事　宝暦一二年・智3

468 親類の持ちあまされは麦を喰ひ

次第次第に次第次第に　宝暦一二年・智3

親類の持ちあまされが麦を喰ひ

469 夜《よ》蕎《そ》麦《ば》切りふるへた声の人だかり

頭に屋台を曳《ひ》いて蕎麦を食わせる商い。蕎麦は粉を練り線状に切って製するゆえに「蕎麦切り」と言う。「ふるへた声の人だかり」は類型的表現。四六参照。

◆前句を、客が入り代って出入りする意にとり、寒夜の夜蕎麦切りの屋台の繁昌を付ける。

470　終りの方にくだくだと悪筆の言い訳を書いたりして、女の手紙は全く思い入れたっぷりだ。

ふるえた声から痴話へ。痴話は男女の痴情の喃語《なんご》。手紙の末の詫言《わびごと》の比喩。「お見苦しき悪筆お目に入れまゐらせお恥かしきかぎり、消え入る思ひに候べく候、あらあらかしく」など。

◆前句を、手紙着到の意とし、女文《おんなぶみ》の噂を付ける。

471　花見で賑わった飛鳥山も、葉桜となり毛虫が枝に群がり出しては、もはや杖を曳く人もない。

悪筆から飛鳥山（手習の歌の浅香山と混同か）へ。飛鳥山は東京、王子の丘陵。元文二年将軍吉宗の植樹以後桜の名所となる。「毛虫に成」るは奇を衒《てら》う表現。

◆前句を、賑やかな人出の減るのを惜しむ意とし、さびれゆく葉桜の飛鳥山を付ける。

472　棺桶の片棒を担いでいるあの男達。昨夜《ゆうべ》仏と一緒に鰒を食った奴らよ。

見限られから鰒中毒で死んだ男の葬礼へ。ただ一人毒に中《あた》って死んだ、運に見限られた男。その棺を肩を替えて担いで行く食道楽仲間。生死の境、紙一重。

◆前句を、交替で棺を担ぐ意とし、鰒中毒で死んだ男の野辺送りの体を付ける。

代り代りに代り代りに　宝暦一二年・満1

470
悪筆と仕舞の方へ痴話《ちわ》を書き

届きこそすれ届きこそすれ　宝暦一二年・満1

471
飛鳥《あすか》山毛虫に成つて見限られ

ほしい事かなほしい事かな　宝暦一二年・満2

472
片棒をかつぐゆふべの鰒《ふぐ》仲間

代り代りに代り代りに　宝暦一二年・満2

473
初《はつ》鰹《がつを》薬のやうにもりさばき
届きこそすれ届きこそすれ
宝暦一二年・満2

473　小判を食うような初鰹だ。銘々に少しずつ均等に、丁寧に盛り分ける。薬でも盛るように。
鰒《ふぐ》から初鰹へ。芥子《からし》味噌で食う初鰹の刺身は、江戸自慢の初夏の珍味。たとえ一切れでも、初鰹は初鰹。口にしないとあっては江戸っ子がすたる。
◆前句を、初鰹が江戸に届いた意にとり、食べずには済まされぬ、江戸っ子の張りを付ける。

474
連れに礼言ひ言ひ生《なま》な封を切り
届きこそすれ届きこそすれ
宝暦一二年・満2

474　礼を言いつつも、急いで生々しい封を切って読む。連れが届けてくれた女郎の文。
薬から礼を言うへ。「連れ」はよく連れ立って行く廓遊びの仲間。「生な封」は封じて間もない意で、廓帰りにことづかって来てくれた文。封じ目の糊もまだ乾き切ってはいない。
◆前句を、手紙が届いた意とし、遊び友達がことづかって来てくれた女郎の文を受取る男の体を付ける。

475
口近い化《ばけ》物《もの》で先《ま》づ一ツ消し
代り代りに代り代りに
宝暦一二年・満2

475　ごくありふれた化物が出て、先ず燈心の火を一つ消す。さあ始まった百物語。
封を切りから先ず一ツ消しへ。暗夜の怪談遊び。燈心百筋を点《とも》し、一人の話が終る毎に一つずつ消す。消し終って闇となると化物が出るという百物語。「口近い」は手近な意。先ずは誰でも知っている話から始まり、だんだん怖い話になって佳境に入るという寸法。
◆前句を、交替で話す意とし、百物語の場を付ける。

476
線香が消えてしまへば壱人酒

476　線香が消えてしまうと、女はさっさと帰ってしまった。歓楽尽きてひとり飲む酒のわびしさ。
一ツ消しから線香消えるへ。線香は遊興時間測定の用。

売女を料理茶屋などに呼び、時間制で遊興させた岡場所。深川・本所・音羽などの隠微を穿《うが》って哀愁切々。

◆前句を、情のない奴と憤る意とし、事務的な岡場所の女に置き去られた男のわびしい姿を付ける。

477　仲間の付き合いで誘われて行く深川の遊びは、言わば箸休めだ。

呼び出して時間を切って遊ぶ岡場所から深川へ。「箸休め」は膳料理に添えたつまみ物の菜《さい》。普段は吉原に遊ぶ男の深川行きは、膳のつまみ物に手を出すようなもの。付き合いだからこそのお愛嬌《あいきょう》だ、との気取り。

◆前句を、浮世の付き合いで止むを得ぬと嘆く意にとり、深川行きを箸休めと嘯《うそぶ》く男を付ける。

478　背伸びして伸ばした手で、入口の軒先に吊した削掛を、摑《つか》んでみてはそっと手を放す。

箸休めから摑んで放す何気ない慰み業《わざ》へ。「削掛」は柳の枝などの表皮を、ぐるりから薄く細く削りかけて花形にしたもの。正月十四日の夕、門口《かどぐち》などに吊し招福を祈る。戸口に立って夕べ吊した削掛に、何気なく触ってみる。祈るでもなく屈託のない小正月の朝。原作の「手に」は手が偶然触れた体。「手で」と改めて削掛に手を伸ばした意となる。

◆前句を、触った拍子に吊した削掛がくるりと回った意とし、背伸びした手に触れた人の仕草を付ける。

479　座敷の客の将棋は入王と聞いた料理人。当分埒《らち》が明かぬと見て、先ずは竈《かまど》の下の火を引く。

伸びの手から将棋の手入王へ。「入王」は逆王《さかおう》また逆《さか》

けんどんな事けんどんな事　宝暦一二年・宮1

477　付き合ひで行く深川は箸《はし》休め

うき世なりけりうき世なりけり　宝暦一二年・宮1

478　のびの手でつかんではなす削掛《けづりかけ》

回《まは》りこそすれ回りこそすれ　宝暦一二年・宮1

のびの手につかんではなす削掛

479　入《いり》王《わう》と聞いて火を引く料理人

馬《うま》ともいう（四参照）。この料理人は気が長い。竈にくべた薪《まき》を減らして火勢を弱め、暫く様子を窺《うかが》う体。

◆前句を、毎度の事とにがにがしく思う体とし、手順の狂った料理人の応急の処置を付ける。

480　ならず者で通った男。博奕《ばくち》に負けては、質屋の店先に羽織を投げ出すのが癖になっている。

へぼ将棋から負け博奕へ。「通り者」は世間に知れ渡っている男。道楽者、博徒の類。博奕に負けて羽織の質入れ、入れては出し、出しては入れ、毎度の事。質屋の番頭も「またおいでなすった」と心得たもの。

◆前句を、博奕に負けてままならぬ事と嘆く体とし、羽織を質入れする通り者を付ける。

481　油揚を片手に提げていたばっかりに、夜通し迷い歩いて夜明かしとは、さてさて気の毒な。

◆前句を、歩き回る体とし、油揚を提げて狐にたぶらかされた男の体を付ける。

「提げたばかりで」の「で」は理由。

よく博奕に負けるうつけから狐に化かされる男へ。油揚は狐の好物。狐に化かされた男の不様な呆《ほう》け姿。

482　塗桶へ息吹きかけて、何か書いて口説きかける男。綿摘女はそれを黙って指で消してしまう。

◆前句を、女を欲深い奴と蔑《さげす》む意にとり、綿摘女を口説く男が拒絶される体を付ける。

狐に嬲《なぶ》られた男から綿摘女を口説く男へ。綿摘女は裏で売色の例が多い。これは仕事場での直接交渉不調の図。塗桶へ書く字は数字。「塗桶」は一三参照。

あきはてにけりあきはてにけり

宝暦一二年・宮1

480　通り者羽織はふるが癖《くせ》になり

うき世なりけりうき世なりけり

宝暦一二年・宮1

481　油揚《あぶらげ》を提《さ》げたばかりで夜を明かし

回りこそすれ回りこそすれ

宝暦一二年・宮1

482　塗《ぬり》桶《をけ》へ書いてくどけば指で消し

けんどんな事けんどんな事

宝暦一二年・宮2

483 座頭の坊急《せ》くと浅《あさ》黄《ぎ》に目をひらき

けんどんな事けんどんな事

宝暦一二年・宮2

483 座頭の坊ははげしく勢い込むと、浅黄色の目を見ひらいて怖い顔つきになる。

口説くから急くへ。「急く」は性急に振舞うこと。ここは座頭が貸金の返済を急き立てる意。いわゆる座頭金《がね》の取り立ての場のうがち。「浅黄に」は印象鮮烈。

◆前句を、座頭金の取り立てを貪欲だと恨む意として、返済を迫る座頭の顔つきを付ける。

484 医《い》心《ごころ》のあるで女房事にせず

けんどんな事けんどんな事

医心のある女房で事にせず

宝暦一二年・宮2

484 女房の奴、多少は医療の心得もあるので、頭が重いぐらいでは大事ないと取り合ってくれぬ。

急く座頭の坊から事にせぬ女房へ。何年も連れ添って来た夫婦。その上医心があっては、亭主の身体の加減は見当がつく。たまに病気にかこつけて甘えかけて見ても、そうはまいらぬ。原作の中七字を改めた。句意に変りはないが、下五字の主語が明確になる。

◆前句を、女房のそっけなさをかこつ男とし、その述懐を付ける。

485 桶《をけ》伏《ぶせ》のあるで家内が洗《せん》足《ぞく》し

あきはてにけりあきはてにけり

桶伏があるで家内が洗足し

宝暦一二年・宮2

485 桶伏に風呂桶を使ってしまったので、今日は家の者はみな洗足で済ますことだ。

女房事にせずから桶伏（亭主不始末）へ。吉原妓楼のある日の内証。一挙両損。不届き者を風呂に入れたばかりに、家中が風呂に入れぬにが笑い。盥《たらい》で洗足。仮想の句（一七〇参照）。上五字を「桶伏の」と改め、原作の「が」を重ねた堅い句調を柔らげた。

◆前句を、あきれた奴と罵《ののし》る体とし、不届きな遊客を桶伏にした妓楼の裏をうがって付ける。

486　金谷の宿から鄙《ひな》びた臼ひき唄を聞き覚えて帰って来た男、歌ってみせては得意気だ。

洗足から旅帰りへ。金谷は大井川西岸の宿場。東岸の島田と相対し、出水川止めにあえば長逗留《とうりゅう》を余儀なくされた東海道筋の難所。江戸への帰途川止めにあったことを暗示するのが狙い。川止めの余徳。

◆前句を、金谷で里人の臼ひき唄を聞きあきた意とし、聞き覚えにそれを歌ってみせる旅戻りを付ける。

487　夜蕎麦切り売りは立ち聞きして、人の起きている気配を窺《うかが》っては、三声続けて呼び声をあげる。

臼ひき唄から立ち聞きへ。聞き耳立てて、札切る音でも聞えはせぬかと。博奕《ばくち》開帳の家にでも行き当ればまとめて売れる。四六九参照。

◆前句を、蕎麦切り売りの呼び声がしきりにする意にとり、その呼び売りの姿を付ける。

488　草履取は「名残の裏」という語だけ聞き覚え、その声が聞えるのを待ちうけている。

立ち聞きから聞きかじりへ。俳諧数寄の主人の供をする草履取。毎晩おそくまで待ちくたびれる。「名残の裏」は俳諧用語。一巻の末、最後の懐紙の裏。俳諧が何やら分らぬが、度々供をするうちに、この声を聞くと間もなく会が終ることだけは覚えた草履取。原作の「裏を」は意義曖昧。「裏と」で句意明晰。

◆前句を、これはよい符丁だと喜ぶ意にとり、俳席に供して「名残の裏」とだけ覚えた草履取を付ける。

486
金谷《かなや》から臼《うす》ひき唄《うた》を覚えて来
あきはてにけりあきはてにけり
宝暦一二年・宮2

487
夜《よ》蕎《そ》麦《ば》切り立ち聞きをして三声よび
しげしげな事しげしげな事
宝暦一二年・礼2

488
草履《ざうり》取《とり》名残《なごり》の裏と聞きかじり
調法な事調法な事
草履取名残の裏を聞きかじり
宝暦一二年・礼2

489
両《りやう》介《すけ》は第一飯《めし》がうまく喰へ
しげしげな事しげしげな事
宝暦一二年・礼2

489　三浦介《みうらのすけ》・上総介《かずさのすけ》の両人は、犬追物《いぬおうもの》の百日稽古で騎射もうまくなったが、先ず飯が甘《うま》く食えた。
名残の裏（俳諧百韻）から犬追物の百日稽古へ。金毛九尾の妖狐《ようこ》退治の勅命を受けた三浦介・上総介の両人が、犬を百日射習って妖狐退治の稽古を積んだのが犬追物の始めという。謡曲『殺生石』・一九〇・二六四参照。さぞ毎日腹が減ったろうと、その故事をうがつ。
◆前句を、頻繁な稽古の意にとり、三浦介らの妖狐退治の騎射百日の稽古を付ける。

490
仲《ちゆう》条《でう》は手ばかり出して水を打ち
きたなかりけりきたなかりけり
宝暦一二年・礼2

490　仲条はその軒先に水を打つにも、顔を見せずに、暖簾《のれん》の陰から手だけを出して。
犬を射るから水を打つへ。「仲条」は中条流の婦人科医。一般に正業の医者というよりは、堕胎専門扱いされる。後ろ暗さに世間を憚《はばか》るさまをうがつ。
◆前句を、中条流の悪業の意とし、世間を憚って生きる姿を付ける。

491
壱軒の口上で済む配り餅《もち》
調法な事調法な事
宝暦一二年・礼3

491　配り餅は楽なもの。一軒ずつ挨拶の言葉に気遣いはいらぬ。同じ事を言って回ればよい。
中条流の医者の門口《かど》から戸別の配り餅へ。「配り餅」は慶事や仏事に、親類や隣近所に印《しるし》の餅を配ること。
◆前句を、一つで間にあって有難いと喜ぶ意とし、配り餅の挨拶を付ける。

492
景《かげ》清《きよ》はお尋ね者によい男

492　芝居に出て来る悪七兵衛《あくしちびょうえ》景清は、お尋ね者にはもってこいの、よい目印のある顔だ。
口上（舞台の役者の口上）から景清へ。景清は平景清。平家没落後、頼朝を狙って果さず、捕えられる。顔に大きな痣《あざ》があったとすることのうがち。
◆前句を、一目で分る意とし、顔に目立つ痣のある景清を付ける。

493　習慣というものは面白い。綿摘女は蜜柑の袋の筋を取っても、ついそれを肩へかけたりする。
よい男から綿摘女へ。「綿摘」は塗桶で屑繭《くずまゆ》を引き延ばして真綿をつくる綿摘女。付着物や汚れ糸は取り除いて肩にかける。その習慣をうがつ。原作の「付け」は肩へなすりつける意。それを軽く乗せる動作に改む。
◆前句を、頻繁《ひんぱん》に肩へ手をやる意とし、綿摘女独得の動作を付ける。

494　酔払いはいやなものだ。グエッと人をびっくりさせるような噯気《おくび》を出したりして。
綿摘女の習慣から生酔の習性へ。酔払いの傍若無人な振舞は今に変らぬ不作法。しかも不潔の至り。はた迷惑も甚だしい。その典型的な行為の一つが噯気。うがち得て妙。四三七参照。
◆前句を、生酔の振舞の不潔さとし、不遠慮に噯気をする体を付ける。

495　百姓の荷車を曳いてやって来る田舎馬。たて髪ももさもさとして、首回りが鬱陶《うっとう》しいこと。
不潔不作法な生酔からうす汚ない田舎馬へ。「襟元」は襟回り。馬のたて髪から首回りにかけての擬人化表現。人の襟足・首筋のむさくるしさに譬《たと》える。「田舎馬」は農耕や荷車曳きの馬。馬までが江戸の武家の乗用馬などに比べてむさくるしいとのうがち。間接的な

あきらかな事あきらかな事　宝暦一二年・礼3

493
綿《わた》摘《つみ》はみかんの筋も肩へかけ

しげしげな事しげしげな事　宝暦一二年・礼3

綿摘はみかんの筋も肩へ付け

494
生《なま》酔《ゑひ》はおどかすやうなおくびをし

きたなかりけりきたなかりけり　宝暦一二年・礼3

495
襟《えり》元《もと》のうつとしさうな田《ゐ》舎《なか》馬《うま》

江戸自慢。原作の欠字を補い「在郷馬」を田舎馬と改む。意は同じ。語調が原作より澄んで軽い。
◆前句を、在郷馬のうす汚れたさまとし、特に目立つ首回りのむさくるしさを付ける。

496　湯治場での湯治客の暇乞いは褌を締めること。言わずともそれで分る。
田舎馬から湯治場の男へ。湯治場は草津か箱根の温泉保養所。病気保養の長期逗留。湯治中は頻繁に入浴。下帯も締めずに浴衣《ゆかた》一枚の気楽さ。下帯をすれば帰り支度のしるしとのうがち。
◆前句を、頻繁に入浴する意にとり、湯治客の寛《くつろ》いだ風俗を付ける。

497　山家から野老《ところ》を売りに来た男。切り売りに使う小刀も、なんと汚れて真黒だ。
湯治場から山地自生の野老へ。「野老」は山芋に似た蔓草《つるくさ》。地中を横に延びる根茎には鬚《ひげ》が多く、老人の鬚になぞらえ野老の名あり。またあくが強いが苦《にが》みを抜いて食用にする。鬚根だらけの野老。それを売る山家男。あくで汚れた小刀。三拍子揃った汚なさ。
◆前句を、見た目に汚なく見える意とし、あくに汚れた小刀を使う野老売りを付ける。

498　蠟燭の火を消しかねた女。男に頼んで、男の強い息で吹き消してもらう。
真黒なから蠟燭を消す（暗がり）へ。この蠟燭は燭台《しょくだい》の裸の大蠟燭ならん。女の息では消えにくい。居合せた男衆に頼んで吹き消してもらう。宴果てた座敷の始

きたなかりけりきたなかりけり
襟元のうつとしさう在郷馬《ざいごうま》　宝暦一二年・礼3

496
褌《ふんどし》をするが湯治の暇乞《いとまご》ひ　宝暦一二年・礼4
しげしげな事しげしげな事

497
真黒な小刀遣ふ野老《ところ》売り　宝暦一二年・礼4
きたなかりけりきたなかりけり

498
蠟《らふ》燭《そく》を消すに男の息を借り

末の体か。「男の息を借り」に恋の匂いもあれど不詳。◆前句を、役に立つ男だと興ずる意とし、男に頼んで蠟燭の火を消してもらう女を付ける。

499 めでたく太鼓の商談成立。売手も買手もほっと一息。どうぞ一服と、主人が差し出す火打箱。蠟燭を消す男の息から煙草の火を打ち出す火打箱へ。「火打箱」は燧石《ひうちいし》・燧金・火口《ほくち》などの火打道具を入れた箱。燧石と鋼鉄の燧金とを打ち合せて火花を出し、それを火口にうつして、煙草の火種にした。◆前句を、皮革を扱う太鼓商の客への遠慮の心持として、煙草盆の代りに火打箱を出す風習を付ける。

500 快晴無風の日本晴れ。船ぐらしの船頭の女房も、今日はのんびり洗濯だ。太鼓の値が出来るからよい日へ。「よい日」はよい日《ひ》和《より》の意。よい日和に洗濯は当然ながら、特にそれを言うのは、帆も垂れて微動もせぬ好天は、船頭の骨休めの日という穿《うが》ちか。女房には願ってもない洗濯日和。◆前句を、水が手近で好都合だの意とし、船頭の女房の船上の洗濯を付ける。

501 猿田彦はおかしな奴だ。坂際へ来ると、しきりに足もとを長い鼻で嗅ぎまわす。よい日から祭りの猿田彦へ。天狗鼻の赤塗面に高足駄の猿田彦（三八八参照）が俯《うつむ》いて足もとを気遣う仕草を、臭いものを嗅ぎまわっているようだとうがつ。◆前句を、路傍の牛馬糞を嗅いで、猿田彦が汚ながる意にとり、坂際での猿田彦の用心深い挙動を付ける。

調法な事調法な事　宝暦一二年・礼4

499 太鼓《たいこ》の値出来てから出す火打箱

きたなかりけりきたなかりけり　宝暦一二年・礼5

500 船頭の女房よい日に洗《せん》濯《たく》し

調法な事調法な事　宝暦一二年・礼5

501 猿《さる》田《だ》彦《ひこ》坂《さか》際《ぎは》へ来て嗅《か》ぎ廻し

きたなかりけりきたなかりけり　宝暦一二年・礼5

502 追ひ出されましたと母へそつと言ひ

しげしげな事しげしげな事

宝暦一二年・礼5

502　実家に帰って来た娘。あたりに気を配りつつ、「母さん、わたし追い出されて」とそっと一言。嗅ぎ廻しからそっと言いへ。用心深い仕草。婚家に居着かぬ娘。親たちはうすうす気づいているらしいが、まず母にこっそりと。娘の甘え、母の甘さのうがち。
◆前句を、たびたび帰される娘として、今更涙も見せられず、きまり悪げに母に告白する体を付ける。

503 夕立の戸はいろいろに立ててみる

調法な事調法な事

宝暦一二年・礼5

503　夕立の吹き降りを防ぐための雨戸は、あちらに立てたり、こちらに立てたり。大あわて。
追い出されて来るから降り込むへ。街道沿いの店先などの体。昼間は間口一杯に取り外《はず》してある雨戸を、夕立の降り込む方へ持ち廻って雨を防ぐ。夜の戸締りとは趣がちがう。それを「夕立の戸」と言った。
◆前句を、臨機応変に使える意にとり、夕立を防ぐための雨戸の効用を付ける。

504 金持ちのくせに小粒に事を欠き

しげしげな事しげしげな事

宝暦一二年・礼5

504　金はふんだんに持っているくせに、いざ勘定という時は、いつも小粒がないと出し渋る奴だ。
いろいろに立ててみる困惑から事を欠く不自由さへ。「小粒」は一分判金。四分の一両、千文。金持ちにかぎってけち。今に変らぬ人情の機微。中途半端の奴はかえって金離れがよい。そしてあとで小言《こごと》。
◆前句を、毎度の事だの意とし、支払いの段になるときまって小銭の持合せがないという金持ちを付ける。

505 鰒《ふぐ》買つて余所《よそ》のながしへ持つて行き

505　折角買った鰒をよその流しへ持って行くとは、鰒好き男も因果なことよ。
小粒に事を欠く男から自宅の流しの使えぬ男へ。鰒嫌いの女房に気兼ねして、飲み仲間の台所に持ち込んで調理する。それほどにしてまで食いたいとは。
◆前句を、鰒で一杯飲もうとたくらむ男を評する語とし、その男の体を付ける。

506　慈悲深い女房も蚊屋の中でだけは別だ。残酷に蚊を焼き殺すこともする。
亭主の鰒料理から女房の蚊焼きへ。「殺生」は蚊屋に侵入した蚊を紙燭《しそく》の炎で焼殺すること。「蚊屋を限りの」は例外を強調して、女房の本意でないとする。原作の付合では、蚊を焼く女房の姿態に満足顔の亭主の影が漂っていた。二〇六参照。
◆前句を、夫婦共寝の楽しみとし、それを妨げる蚊を焼きに起き上がった女房を付ける。

507　物を縫い疲れた手許も心なし軽くなったようだ。夜更けの空を鳴き過ぎる時鳥《ほととぎす》の一声に。
女房から針仕事へ。時鳥の声を聞きつけた未明に及んで物縫う女。日切りの縫物、夜なべの風情。今一息と心機一転、手許も弾む。情あり景あり、初夏の短夜《みじかよ》。
◆前句を、あとわずかと意気込む意とし、夜なべの女が未明に時鳥の一声を聞きつけた体を付ける。

508　念願叶って「物申」と案内を請われる身分になったよ、あの人は。えらいもんだ。
夜なべ仕事の苦労から初志貫徹した成功者へ。「物申」は「物申す」の略で、玄関先に案内を請う語。玄関・門構えの屋敷に住む身分に成り上がった人物の評判。一念発起遂に検校《けんぎょう》の位を射止めた盲人か。原作の破調を

楽しみな事楽しみな事　宝暦九年・信1

506
女房は蚊《か》屋《や》を限りの殺生し

楽しみな事楽しみな事　宝暦九年・信1

507
針仕事手の軽くなるほととぎす

わづかなりけりわづかなりけり　宝暦九年・信

508
物《もの》申《まう》といはるるまでに成りおほせ

手《て》柄《がら》なりけり手柄なりけり　宝暦一二年・信2

訂し、軽侮の響きを伴う「成りあがり」を「成りおほせ」に改め、仲間の成功者を賞賛する意とする。◆前句を、よくやったと褒める詞《ことば》とし、立派な身分に出世した人物を付ける。

509　樽拾いはどうかすると男女の出会いの場に行き合せて、忍ぶ恋路の邪魔をする罪な奴だ。

出世者から酒屋の丁稚《でっち》へ。「危ふい恋」は露顕しては困る忍び会い。間男の現場を見出した場合など。路地裏や勝手口など無遠慮に入り込む樽拾いの習性をうがつ。三四七・四三四参照。

◆前句を、密会の楽しみとし、その場に行き合せた樽拾いを付ける。

510　奥方は嫉妬《しっと》のあまり、殿のあとを追って、あわや今一歩で玄関まで飛び出しかねぬ勢いだ。

危うい恋からはげしい悋気へ。嫉妬のほむらを燃やす奥方を振り切って外出する男。危ういところで踏み止まる奥方は辛《かろ》うじて武家の体面を保つ。「御悋気」と「玄関」が身分標識。旗本侍。

◆前句を、人を押し分けて出る意とし、殿のあとを追って玄関に追いすがる奥方を付ける。

511　若後家を深く帰依信仰させ、随喜渇仰《かつごう》の涙を流させるとは。これはいやちこの御上人様。

悋気の奥方から堕落の若後家へ。若後家を有難ごかしに落す生臭坊主。「随喜の泪」で坊主を暗示。

◆前句を、若後家を口説く体とし、堅いことを言わぬのが仏への功徳と口説き落す坊主を付ける。

物中といはれるまでに成りあがり

509　樽《たる》拾《ひろ》ひ危ふい恋の邪魔をする　　宝暦九年・信2

楽しみな事楽しみな事

510　御悋《りん》気《き》のもう一《ひと》足で玄関まで　　宝暦九年・鶴1

押し分けにけり押し分けにけり

511　若後家に随《ずい》喜《き》の泪《なみだ》こぼさせる　　宝暦九年・鶴1

かたい事かなかたい事かな

512 きめ所《どこ》をきめた弐百はしやちこばり

かたい事かなかたい事かな

きめ所をきめて弐百はしやちこばり　宝暦九年・鶴

512　型通りの応対をすましたあとのけころは、全く無愛想で、情緒も何もあったものでない。

随喜の涙の情緒纏綿《てんめん》からしゃちこばりの殺風景な恋《ひと》へ。「弐百」は上野山下辺にいた私娼けころの枕金。一切《きり》二百文。「きめ所をきめ」は勤めの要を果すこと。原作は「勤めを果すと」の意。賤娼のそっけなさを穿《うが》つ。

◆前句を、ごつごつした粗野な応対にあきれる意とし、けころの客あしらいの風情無さを付ける。

513 言ひ出して大事の娘寄りつかず

かたい事かなかたい事かな　宝暦九年・鶴2

513　恋の取り持ちを切り出した時から、大事な娘がふっつりと来なくなってしまったよ。

無愛想なけころから寄りつかぬ娘へ。恋の仲介を買って出た三味線か綿摘の師匠の困惑。大事な弟子も一人減る。虻蜂《あぶはち》捕らずの見込み外れ。

◆前句を、身持ちの堅さに驚く意とし、恋の手引きを試みて失敗した体を付ける。

514 家老とは火を摩《す》る顔の美しさ

514　家老とは折れ合わず睨《にら》み合っている殿の愛妾だが、さすがにその顔の美しさったら。

寄りつかぬ娘から家老と睨み合う殿の愛妾へ。「火を摩る」は火を摩り出す意。ひどく仲が悪く火花を散らして争う仲。あの美しさでは家老がどんなに気を揉《も》んでも、殿の浮気は収まるまいて。

515 見世さきへきつかけのある唄《うた》が来る

515　籬《まがき》に見世を張っていると、つい恋心をそそられる節廻しの唄声が、表通りをやって来る。

顔の美しさから見世を張る吉原の女郎へ。つくねんと客を待つ女の胸の中。恋を想い、夜毎の浮草づとめの身の成り行きを観じたり。歓楽と背中合せの哀愁。

516 藪《やぶ》入《いり》はたつた三日が口につき

516 藪入娘は何かといえば、つい「たった三日しかない」というのが口癖だ。きっかけのある歌から引く手あまたで気の多い藪入娘へ。武家屋敷奉公の娘の宿下がりか（三七一参照）。三日の休暇を貰っての帰宅に、あれもこれも思うにまかせず、つい愚痴が。気儘《きまま》娘の甘えをうがつ。

517 かみさまと取《とり》揚《あげ》婆《ばば》が言ひはじめ

517 今となっては立派なかみさまぶりだが、そもそもかみさまと言いはじめたのは取揚婆だった。口につきから言いはじめへ。「かみさま」は、ここでは町家の主婦の称。かみさまと呼ぶには初々《ういうい》しすぎた若嫁も、長子を産んでからは「かみさまぶりも板についてきた」と噂する家の者。子無ければ去るの御時勢、取揚婆は主婦の座の保証人とのうがち。

518 奥さまの加勢立《たて》臼《うす》鍋《なべ》の蓋《ふた》

518 奥様の味方をするのは立臼か鍋の蓋みたいな連中ばかり。これではお妾《めかけ》に太刀打ちはとても。かみさまから奥様（武家の内室）へ。「立臼・鍋の蓋」は太い腰・三平二満《おたふく》の比喩。奥様付きの女中方で、殿の愛妾の美形を暗示。殿のお妾狂いに奥様の嫉妬。角生やした奥様に立臼・鍋蓋の加勢。後《のち》の黄表紙好みの趣向。

519 腰《こし》縄《なは》の気で母親は苧《を》を預け

519 母親は娘に腰縄をつけたつもりで、苧《お》を績《う》む仕事をあてがっておくことだ。奥様の嫉妬から母親の用心へ。「腰縄」は罪人を繫縛《けいばく》した姿。娘を足止めする心。「苧」は麻の繊維をよった糸。ここはその仕事。素行の心配な娘をもつ母の苦肉の策。娘は自縄自縛の柵《しがらみ》で動きがとれぬ。

520　思いあまった心中だろうに。し損じて番人つきの晒《さら》し者とは。意気地なしだよ。この二人。腰縄から晒刑へ。「魂二ッ」は死んだのも同然の二人の意。心中未遂者は日本橋南詰の高札場に、番人つきで三日間晒され、非人に落される。「一体何とした事だ。可哀相に」と。何人亦不堪正視《メモアテラレヌコノムゴタラシサ》、日本橋畔悲風寒《ツクバオロシノカゼノサムサヨ》。

521　更けゆく良夜、月冴《さ》えて、酒興まさに酣《たけなわ》なるも、下戸の哀れはひもじいばっかり。晒刑の悲哀からひだるがる下戸の哀れへ。酔客坐しては吟じ、立っては舞う。下戸一人片隅にあり。笊《ざる》の枝豆喰《くら》い尽して、天を仰いで空腹をかこつ。嗚呼《ああ》月無情。付合亦不楽《ツキアイモマタラクジャナイ》。下戸の哀れに酒興をうがつ。

522　座頭の妻は気苦労なものだ。笑うことさえうっかりとはできぬ。月見の宴から座興をつとめる座頭へ。「向きを見て」は情勢を判断すること、様子を窺《うかが》って事をする意。盲目の夫に無用の気を遣わせまいと気を遣う。

523　背伸びした手をぐっと伸ばす。とたんに枕許にいた腰元がすっと身を退く。用心をして。向きを見てからついと逃げへ。「腰元」は御殿に奉公する小間使い女。主人のいたずらの手をさりげなくかわす。そこは馴れたもの。
◆前句を、主人の弁解の辞として、用心深い腰元の挙動を付ける。

524　囲われ女が八卦《はっけ》見の前に坐って神妙に聞き入っている。一体何を見てもらっているのやら。

520　不《ふ》甲《が》斐《ひ》ない魂二ッ番がつき

521　月ふけて下《げ》戸《こ》の哀れはひだるがり

522　笑ふにも座頭の妻は向きを見て

523　伸《の》びをする手に腰元はついと逃げ
うそな事かなうそな事かな

宝暦一一年・礼1

524　囲はれの何を聞くやら陰《おん》陽《やう》師《じ》

腰元から囲われへ。「囲はれ」は囲い者。妾。「陰陽師」は街頭に行燈《あんどん》を掲げて店を張る売卜《ばいぼく》先生。ともに日の当らぬ身の上。日陰に息づく庶民の哀愁。

◆前句を、占者《うらないしゃ》の前に坐る意とし、囲われ者が占ってもらっている体を付ける。

525 うそで固めた苦界の身。指切るもまた見せかけの恋。はめんがための痛いたくらみ。

囲われから女郎へ。「指切る」は女郎の心中立て。「苦肉のはかりごと」は兵法用語。我が身を苦しめて敵を欺《あざむ》く秘策。「文字通り、諺通り」とのうがち。

◆前句を、女郎の不実の意とし、指切る心中立てを付ける。

526 いやあ驚いた。口達者な奴だ。さすがに十分一の礼金をせしめるだけのことはあるわい。

苦肉のはかりごとから仲人口へ。「十分一」は周旋料の相場。これは仲人料。持参金の十分の一。好いことずくめの仲人口は礼金が目当。

◆前句を、仲人の礼金は十分一がきまりの意とし、持参金つきの縁談の仲人口を付ける。

527 ぶらつく客を急《せ》き立てて、棹で招いた渡し守。これは絵になる。墨堤の春。

口達者な仲人口から棹で客を呼ぶ渡し守へ。「早く来ないと出してしまうよ」と。船頭待《ツ》レ客《ヲ》竹町《ノ》渡 堤上漫歩《ス》三又五 将《ニ》漕出《サント》一 振《ツテ》レ棹《ヲ》招《ク》レ客《ヲ》 墨田河畔春色酣《ナリ》。

◆前句を、渡し舟に人の乗った体とし、漫歩の遊山客に乗船を急き立てる渡し守を付ける。

坐《すわ》りこそすれ坐りこそすれ

宝暦一一年・礼1

525 指切るも実は苦肉のはかりごと

うそな事かなうそな事かな

宝暦一一年・礼1

526 十《じ》分《ぶ》一《いち》取るにおろかな舌はなし

極めこそすれ極めこそすれ

宝暦一一年・礼1

527 ぶらつくを棹《さを》で招いた渡し守

坐りこそすれ坐りこそすれ

宝暦一一年・礼1

528
棒の中めんぼくもなく酔《ゑ》ひは醒《さ》め
　　坐りこそすれ坐りこそすれ
棒の中めんぼくもない酔ひが醒め
宝暦一一年・礼1

528　酔っ払って前後不覚。気が付いたら番所の土間。顔向けがならぬ恥ずかしさ。

渡し守の棹から辻番の棒へ。「棒」は辻番などの携える警杖《けいじょう》。泥酔乱暴の揚句取り押えられて番所に引き据えられた酒癖《さけぐせ》の悪い男。醒めたら善人、意気銷沈の平身低頭。原作はまたやったかと己が酒癖を悔むが主。

◆前句を、土下座の意にとり、番所に曳かれた酔漢の酔醒めの体を付ける。

529
手《て》付《つけ》にてもう神木と敬はれ
　　極めこそすれ極めこそすれ
宝暦一一年・礼1

529　神社の建築用材に選ばれた材木に、手付金が支払われただけで、もう神木扱いだ。

棒から建築用材へ。「神木」は神霊の宿る神域の特定の立木を言うのが一般。ここは材木商の用材置場で、取引が成立すると早速注連《しめ》を張り、神社の御用材として清浄の心を表し、丁重な扱いになるしきたりと人情をうがつ。深川木場《きば》の風俗。

◆前句を、商談成立の意とし、神社お買上げに決った用材の取扱いぶりを付ける。

530
上《かみ》下《しも》は我《わが》儘《まま》に着るものでなし
　　坐りこそすれ坐りこそすれ
宝暦一一年・礼2

530　裃というやつは窮屈なものだ。着たが最後、堅苦しくて、膝も崩すわけにいかない。

神木と敬われから神事など儀式の際に着用する裃へ。「我儘に着る」は裃を着て気儘に居ずまいを崩すこと。「裃なんて着たらたまったものではない。あんな窮屈なものはおいらの性には合わねえよ」とたった一度で懲りた男の述懐。

◆前句を、人が正座する意にとり、裃を着けてかしこまっている人の体を付ける。

531 勘当を許すと菜《さい》を喰《く》ひたがり

坐りこそすれ坐りこそすれ

宝暦一一年・礼2

勘当を解いて息子を家に呼び戻してやると、早速付け上がって飯の菜の注文だ。

我儘に着るから勘当を許された息子の気儘へ。「菜を喰ひたがり」は飯の菜に、何が食いたいあれが欲しいと贅沢を言うこと。ちょっと甘い顔を見せると増長、性懲りもなく、すぐ地金を出す道楽息子、親の嘆き。

◆前句を、食膳につく意にとり、勘当を許され、田舎から呼び戻された息子の気儘ぶりを付ける。

532 奥家老顔をしかめるものを踏《ふ》み

こぼれたりけりこぼれたりけり

宝暦一一年・礼2

奥家老が何かを踏みつけて、あまりのことに顔をしかめて、いまいましげだ。

息子に手を焼く親から女中の躾《しつけ》に困惑する奥家老へ。大奥の廊下、あるまじきむさい物を踏みつけて不快気な奥家老。奥女中愛玩の狆《ちん》の糞尿《ふんにょう》のたぐいででもあろうか。空想虚構の吟。

◆前句を、汚物のこぼれた意とし、大奥の廊下などでの奥家老のとんだ災難を付ける。

533 寝てゐても団扇《うちは》のうごく親心

坐りこそすれ坐りこそすれ

宝暦一一年・礼2

子を思う母心の有難さよ。寝入ってしまってからも、子の寝姿の上に団扇がゆれている。

奥女中の面倒を見る奥家老から子を慈《いつく》しむ母親へ。夏の午後。乳児の昼寝に付き添う母。乳児の汗ばむ肌は汗疹《あせも》を生じやすく、乳臭は蠅《はえ》を誘う。団扇は涼風を送り、蠅や蚊を払う用。

◆前句を、寝ている子の脇に付き添うて坐る母とし、寝顔を窺《うかが》い団扇で扇いでやる様を付ける。

534 煤《すす》掃《は》きの孔明《こうめい》は子を抱《だ》いてゐる

煤掃きの忙しさの中で、ただ一人片寄って、子を抱いて涼しい顔。此奴《こやつ》天晴《あっぱれ》、煤掃きの孔明。

寝ている子から抱かれた子へ。「孔明」は諸葛亮《しょかつりょう》。蜀漢の皇帝劉備《りゅうび》が三顧の礼を以って迎えた軍師。歳末の煤掃きに子守役を買って出て、皆が埃《ほこり》まみれで働くのを涼しい顔で傍観とは、孔明も及ばぬ知略とのうがち。原作の一字を改めて句意平明。

◆前句を、正にその通りだと相鎚《あいづち》を打つ意とし、煤掃きの子守役を評判する体を付ける。

535　普段はゆっくり暦を見ることもないが、松の内はひとりでに七曜の吉凶をよく覚えることだ。

煤掃きから松の内へ。「松の内」は注連《しめ》飾りをつけた年頭七日(上方は十五日)。「七ツの星」は幕府の天文方から諸家に頒布《はんぷ》した七曜暦の七曜（日月木火土金水）。松の内はのんびりとして新しい暦を見る人情を穿《うが》つ。

◆前句を、誰もがそうだという意とし、新暦に興味をもつ松の内ののどかな生活の体を付ける。

536　お城の見附の前を通るのはおっかないよ。何かというと番士が出て来て叱りつけよるわい。

武家に頒布した七曜暦から江戸城見附へ。「見附」は城内の見張場。赤坂見附などの地名はその名残。「山葵おろし」は足軽や中間《ちゅうげん》の異称で、ここは城門の番士。着用した革袴《かわばかま》の菖蒲《しょうぶ》の染模様の見立てから起った称。威丈高な態度に対する軽侮の語気がある。

◆前句を、丁稚小僧が担いだ担桶《たご》の糞尿でも道にこぼした意とし、番士の叱る体を付ける。

537　鎌倉侍は大磯で落馬しようものなら、得たりかしこしと早速その場で煙草にしたものだ。

極めこそすれ極めこそすれ

煤掃きに孔明は子を抱いてゐる

宝暦一一年・礼2

535 松の内七ツの星をよく覚え

極めこそすれ極めこそすれ

宝暦一一年・礼2

536 見附《みつけ》から山葵《わさび》おろしが出て呵《しか》り

こぼれたりけりこぼれたりけり

宝暦一一年・礼2

537 大磯の落馬はすぐに煙草《たばこ》にし

江戸城の山葵おろしから鎌倉侍へ。大磯は曾我物語の舞台。十郎の愛人虎御前は大磯の遊女。宝暦頃は五郎の愛妾化粧坂《けわいざか》の少将も大磯の遊女とされていたらしい。鎌倉侍は落馬を口実にしけ込みを企《たくら》んだとのうがち。

◆前句を、煙草を吹かして休息する意とし、大磯で落馬の鎌倉侍の思案の体を付ける。

538　どの地獄の絵を見ても、唐人が入り交っているのはない。これは一体どうしたことだ。

落馬から堕地獄へ。「唐人」は中国人また広く外国人のこと。「入り込」は入り交った状態。日本人ばかりを描いてあるが、地獄に堕《お》ちるのは唐人も同じだろうとのうがち。原作「入れ込にせぬ」は画家の筆意。

◆前句を、地獄絵はうそだの意とし、絵描きが唐人を描かぬことを、その証《あかし》だとする主張を付ける。

539　天気占いの得意な男が、これ見よがしに傘を提げて出かけるよ。降りそうな空じゃないが。

地獄の想像図から天気の予測へ。「日和見」は天気の予測。ここはその得意な男。「味噌気」は得意気な振舞。今日はきっと降ると、鼻おごめかした体。

◆前句を、きっと雨になるという言葉とし、その男の自信ありげに傘提げて出かける体をつける。

540　めったにないことだそうだが、長崎の丸山では、遊女が踵《かかと》の無い子を産んだって。

日和見から港町長崎へ。船出は日和を見定めて。「丸山」は長崎の遊里。和蘭《オランダ》人には踵が無いという俗信があった。それを踏まえた空想吟。謎の趣向が眼目。

坐りこそすれ坐りこそすれ　宝暦一一年・礼2

538 唐《とう》人《じん》を入り込《ごみ》にせぬ地獄の絵

うそな事かなうそな事かな　宝暦一一年・礼2

唐人を入れ込にせぬ地獄の絵

539 日和見《ひよりみ》の味噌気《みそけ》で傘《かさ》を下げて出る

極めこそすれ極めこそすれ　宝暦一一年・礼2

540 丸山でかかとの無いもまれに産み

こぼれたりけりこぼれたりけり　　宝暦一一年・礼2

541 松右衛門二言《にごん》といはず酒をうけ
　　十分な事十分な事　　宝暦一一年・義2

542 抱いた子に叩《たた》かせてみる惚《ほ》れた人
　　よい工面なりよい工面なり　　宝暦一一年・義2

543 これきりの小袖着て寝る太鼓《たい》持《こもち》
　　いそいそとするいそいそとする　　宝暦一一年・義2

◆前句を、落胤の意にとり、土地柄丸山の遊女がまれに和蘭人の子を産むことを付ける。

541　松右衛門は横柄なことだ。祝儀の酒を振舞っても、当り前という顔で、全く辞退などしない。

出産から松右衛門の祝儀要求へ。「松右衛門」は江戸時代の非人頭《がしら》の一人。新橋以南、六郷川以北を支配。その手下をもいった。刑務に携わり、代償に受持区域内の勧進を公許された。ために慶弔の家に推参して、金品を要求した。その権柄《けんぺい》ぶりをうがつ。

◆前句を、慶弔のある家で十分の接待をする意にとり、推参した松右衛門の横柄な態度を付ける。

542　抱いている幼児に相手の男の頬などを叩かせてみる女。これはおやすくない仲だ。

酒をうけから抱いた子へ。両手で大事に。「惚れた人」は「惚れた人を」の意。子にかこつけた婉曲《えんきょく》な好意の表出。姉の子でも抱いた、浴衣《ゆかた》がけ夕涼みの風情。

◆前句を、上手なやり方だと褒める意とし、愛情の間接表出の戯れを付ける。

543　たった一枚の晴着の小袖を着たままで、ごろ寝の太鼓持。何かいいことがあると見える。

叩かせてみるから太鼓持へ。「これきり」はこれ一枚だけの意。「小袖」は絹布《けんぷ》の綿入れ。夜更けの座敷に仮寝の体。大尽から祝儀でもたんまり頂戴して、気が大きくなった太鼓持。

◆前句を、太鼓持の嬉しげなそぶりとし、日頃大事にしている晴着のままで寝る体を付ける。

544 網の目を潜《くぐ》つてあるく娵《よめ》の礼

晴れ晴れとする晴れ晴れとする

宝暦一一年・義3

544 挨拶回りの花嫁の初々《ういうい》しいこと。張り回《めぐ》らした人の目の網の隙間を潜るように歩いている。
晴着の小袖から嫁の礼へ。「網の目を潜る」は網の目を魚が潜り逃げるように、待ち受ける人目を逃れる意。
◆前句を、嫁の礼の花やいだ気分として、好奇の目に射すくめられた、花嫁の恥ずかしげな体を付ける。

545 籤《くじ》取《ど》りで遣手《やりて》が灸《きう》を据《す》ゑてやり

よい工面なりよい工面なり

宝暦一一年・義3

545 籤運の悪い者が仕方なく遣手の灸を据えてやる。遣手もこんな時はみじめだ。
網の目を潜るから逃れる手段の籤取りへ。皆が譲りあって引受け手がない。よんどころなく籤引き。遣手の意地悪さを裏返しにしたうがち。吉原妓楼の朝の間の寸景。
◆前句を、籤取りとはよい工夫だとの意とし、籤引きで遣手の灸を据える役を決める体を付ける。

546 剃《そ》つた夜は昨夜《ゆふべ》の枕きたながり

晴れ晴れとする晴れ晴れとする

宝暦一一年・義3

546 頭を剃った夜は妙なものだ。昨夜まで使っていた枕をきたながるのだもの。
いまいましい遣手から気味悪い汚れた枕へ。床屋で坊主頭に剃ってもらった男。首から上がさっぱりして、枕の汚れが気になる。垢染《あかじ》みた同じ枕で寝る男は、隠居か俳諧師、医者のたぐいであろう。
◆前句を、床屋で頭を剃ってもらった心地よさとし、その夜の垢染みた枕の感触を付ける。

547 行燈《あんどん》は百と百との結び玉

547 切見世の二軒を照らす行燈は、これは何と、銭百文緡《さし》二つを結んだ結び目の結び玉だ。
夜の枕から行燈へ。「百」は百文。吉原の切見世女郎の枕金。東西河岸の切見世は小部屋二軒に、行燈一つを共用した。それを二百文緡の結び目に見立てる。
◆前句を、よい工夫だと興がる意とし、切見世の二軒共用の行燈の見立てを付ける。

548　鹿島の事触《ことふれ》は所作が忙しくなると、手の幣束《へいそく》をちょいと襟に差す。あれが得意のポーズだ。
河岸見世の行燈から鹿島の幣《ぬさ》へ。共に象徴的道具立て。「鹿島」は鹿島明神の神託と称して、当年の吉凶を触れ歩いた物乞い、鹿島の事触。幣を振り終って襟に差してからが本番。「忙しくなる」に揶揄《やゆ》の響きがある。
◆前句を、うまい手だとからかう意にとり、鹿島の事触の独得の仕草を付ける。

549　上野浅草は花盛り。一番よく咲いた桜の花かげに、幕張り回《まわ》し、「さあこれでよし」と。
幣を襟へ差す鹿島から花見の幕打ちへ。準備完了。享保十八年、浅草の奥山に吉原の遊女が、各自短冊を付けて「千本桜」を寄付した時、遊女かしくの吟と伝える「いつちよく咲いたおいらの桜かな」の文句取り。
◆前句を、花見の席を選定する意にとり、一番よく咲いた木の下を選んで幕を張る人情を付ける。

550　長患いの習慣が抜けず、些細《ささい》な事にも、つい母親を使い立てる病み上がり。勿体ないことよ。
我勝ちの花見の席取りから病み上がり者の横着へ。母親の世話に甘える子の情。済まぬこととは思いつつも、つい出る甘え。労を厭わぬ母の姿の裏をうがつ。
◆前句を、我が子の快気を喜ぶ母親の姿とし、その母を病中同様に使い立てる病み上がりを付ける。

よい工面なりよい工面なり　宝暦一一年・義3

548
忙《いそが》しくなると鹿《か》島《しま》は襟《えり》へさし
よい工面なりよい工面なり　宝暦一一年・義3

549
いつちよく咲いた所へ幕を打ち
極めこそすれ極めこそすれ　宝暦一一年・礼1

550
病《や》み上がり母を遣ふが癖《くせ》になり
いそいそとするいそいそとする　宝暦一一年・義1

551 五六町銭屋を叩く戻り駕籠《かご》

よい工面なりよい工面なり

宝暦一一年・義1

551 五、六町もの間、銭屋の戸口を叩いて行く戻り駕籠の六尺。たんまり酒手を貰ったと見える。

母に甘える病み上がりから酒手をねだった駕籠舁《かき》へ。「銭屋」は銭見世。金銀を銭に替える細元手の両替屋。貰った一分は一杯酒には却《かえ》って困る。銭に替えて相棒と山分けしようにも銭屋も寝込んだ夜更けの街筋。

◆前句を、金回りがよい意にとり、酒手に一分金を貰って、夜更けに銭屋を起して回る駕籠舁を付ける。

552 これからは行くばかりぢやと櫛払《くしはら》ひ

いそいそとするいそいそとする

宝暦一一年・義1

552 櫛払いで櫛の汚れを払いながら、「さあ、これであとは行くだけだ」とひとりごと。

戻り駕籠から行くへ。行く先は知れた吉原。「櫛払ひ」は櫛の汚れを払う刷毛《はけ》。髪に櫛を入れるのは身支度の最後。それも終って人待ち顔の落着かぬ体。

◆前句を、廓《くるわ》遊びに行く男が浮き立つ意にとり、身支度を整え終って勢い込む体を付ける。

553 三人で三分なくなる智恵を出し

いそいそとするいそいそとする

宝暦一一年・義1

553 三人寄って相談した揚句に出たのが、三分なくなる知恵だとは、これはとんだ文殊《もんじゅ》の知恵だ。

行くばかりから三人で三分の女郎買いへ。「一分」は金一分。吉原の座敷持ちまたは部屋持ち程度の中級遊女の揚代。三人寄って吉原行きの悪企み。諺「三人寄れば文殊の知恵」を利かせた揶揄。

◆前句を、楽しげに浮き立つ男たちの意にとり、廓遊びをもくろむ三人の遊び仲間を付ける。

554 逃げたときや男の中で夜を明かし

554 廓を逃げ出したあの夜は、とうとう一晩中、男たちの中で明かしてしまったよ。

三人で三分なくなる廓遊びから逃亡した遊女へ。間夫《まぶ》の仲間の男達の手引きや協力で、無事逃げおおせた女の回想。あの時はほんとにどうなることかと思ったと。◆前句を、今は心が晴れやかだの意にとり、廓を逃げ出した女の懐旧を付ける。

555 腰元は自分の寝間へ下がる前に、殿にお茶の給仕をする。一日の最後のつとめで気も軽い。夜を明かした女から寝に行く腰元へ。「寝に行く」は自分の寝所へ退き下がること。これで気骨の折れる一日の勤めも終りだとのうがち。◆前句を、腰元の嬉しげな勤めぶりとして、一日の最後の仕事の茶の給仕を付ける。

556 隅田の遊山船の船頭は心得たもので、三囲を客の放尿場にする。稲荷の罰が当らねばよいが。就寝前の喫茶から溜め小便へ。夜の喫茶は尿意を誘う。「三囲」は向島三囲稲荷社。隅田河畔の船着場。社域之周辺放尿之適地、当今車嬢皆倣船頭故智。◆前句を、尿意をこらえた急ぎ足の遊山客のそぶりとし、心得顔に三囲に船を着ける船頭を付ける。

557 猿廻し、家に戻れば、先ず猿を肩からおろし、上り框《かまち》に腰かけて、顎を突き出しほっと一息。三囲の境内から猿廻しへ。三囲は参詣人目当ての稼ぎ場。「顎を出し」は疲労して溜息を吐く体。頬被りして肩に猿、手に鉦太鼓《かねたいこ》、小道具の類。随分くたびれたが、家に戻ってほっとする。◆前句を、我が家に帰りついて気が晴れる意とし、猿廻しの帰宅の体を付ける。

晴れ晴れとする晴れ晴れとする　宝暦一一年・義1

555 腰元は寝に行く前に茶を運び
いそいそとするいそいそとする　宝暦一一年・義1

556 三《み》囲《めぐり》を溜め小便の揚《あげ》場《ば》にし
いそいそとするいそいそとする　宝暦一一年・義2

557 猿廻し内へ戻《もど》って顎《あご》を出し
晴れ晴れとする晴れ晴れとする　宝暦一一年・義2

558　これは妙だ。雪隠の屋根はどこも大かた屁の字の形《なり》をしている。そうだろうが。

内から雪隠の屋根へ。「雪隠」は便所。「屁の字形」は視覚で惑わす文字の謎。雪隠の縁で「屁の字形」と書き、「への字形」を判じさせる趣向。

◆前句を、うまく工夫したものだとの意とし、雪隠（当時は一般に屋外別棟）の片庇《かたひさし》造りの理《ことわり》を付ける。

559　大屋の内儀はよく世話が行き届くことだ。虫除けの歌の呪《まじな》い札《ふだ》を長屋に配って回っている。

雪隠から除けの歌へ。「除けの歌」は虫除けの呪い歌「千早振《ちはやふる》卯月八日は吉日よかみさげ虫を成敗ぞする」。四月八日、灌仏の甘茶で墨を磨り、この歌を書いた札を家の柱や厠《かわや》に逆さに張って、虫除けの呪いにした。

◆前句を、虫除け歌の用意を整える意にとり、長屋中に貼札を配って歩く大屋の内儀を付ける。

560　乳児を抱いていると、それだけで、好いた男にも気楽に話が出来る。妙なものだよ。

大屋の内儀から子を抱く女へ。子を抱くのは乳児の守りをする娘。直《じか》に向いあってはろくに受け答えも出来ぬが、抱いた子を間に置くと緊張がほどけて話しやすい。子に話しかける体の間接話法の効用をうがつ。

◆前句を、応対の態勢を整える意にとり、抱いた子を間に置いて、気楽に男と話し合う女を付ける。

561　草津の湯では、遊山気分で見栄を張る湯治客は見かけない。みな真剣な療養客ばかりだ。

ものが言い安しから名聞らしい人はなしへ。「名聞ら

558
雪隠《せっちん》の屋根は大かた屁《へ》の字形《なり》
よい工面《くめん》なりよい工面なり
宝暦一一年・義2

559
除《よ》けの歌大屋の内儀持ち歩行《ある》き
ととのへにけりととのへにけり
宝暦一二年・松1

560
子を抱けば男にものが言ひ安し
ととのへにけりととのへにけり
宝暦一二年・松1

561
草津の湯名聞《みやうもん》らしい人はなし

しい人」は見栄で遊山に来ている風な人。原作の「草津には」を「草津の湯」とし、湯治客に焦点を絞る。
◆前句を、全くその通りと相鎚《あいづち》を打つ意とし、草津の湯治客の噂を付ける。

562　背中をゆすって笑いがとまらない。灸がすえられないので、笑いやむまで待っている。

草津の湯治から灸治へ。「灸点」はここでは灸をすえる意。背中が揺れ動くので艾《もぐさ》も転げ落ちそうで、線香持つ手を控えた体。若い女同士、笑いながらの灸は、保健のための二日灸《ふつかきゅう》であろう。一句の焦点を、原作の「灸の点」から灸のすえ手に移す。
◆前句を、至極もっともなことの意にとり、灸をすえるのに笑いやむのを待っている体を付ける。

563　桜の花も、弟はよく咲いたのを取るが、兄は莟のある枝を選ぶ。さすがに年の功だ。

摘んだ艾《もぐさ》の形から桜の莟へ。この句は、独立句となって、弟にまさる兄の知を言い立てただけで、理詰めで含蓄に乏しいが、原作の、付句としての段階では、それなりに評価に値する句であった。
◆前句を、おとなびていると褒める意とし、桜の枝を取る際に見せる、兄の思慮を付ける。

564　昔の鎌倉武士も江の島へ遊山に行ったろうが、俺たちとはちがって、片泊りで済んだろう。

兄弟（曾我）から鎌倉武士へ。「片旅籠」は朝食または夕食を摂《と》らずに泊ること。片泊り。鎌倉から江の島へは三時間位の道程《みちのり》。宝暦の江戸市民並みに、鎌倉武

ほんの事なりほんの事なり
宝暦一二年・松1
草津には名聞らしい人はなし

562
笑ひ止むまで灸点《きうてん》を待つてゐる

わけのよい事わけのよい事
宝暦一二年・松1
笑ひ止むまで待つてゐる灸の点

563
桜《さくら》花《ばな》兄は莟《つぼみ》のあるを取り

おとなしい事おとなしい事
宝暦一二年・松1

564
江の島で鎌倉武士は片《かた》旅《はた》籠《ご》

士に江の島詣でをさせてみた趣向。

◆前句を、至極もっともなことの意にとり、鎌倉武士の片旅籠の江の島詣でを付ける。

565　敵の首をとった日は、きまって精進潔斎して、
　死者の冥福を祈る。殊勝なことだ。

鎌倉武士から戦《いくさ》の追懐へ。戦場での武功もやがては悔恨の種。人間の性は是善。元和偃武《げんなえんぶ》は百四十七年の昔、島原の乱からも既に百二十五年。勿論架空の吟。

◆前句を、道理に叶ったことの意にとり、戦に生き残った武士が敵の命日を弔う体を付ける。

566　龍宮へ玉を取りに行った志度浦の海女《あま》満月は、
　鎌足公への暇乞いを、なんと素裸《すっぱだか》で。

首取った日から志度浦の海女の決死の暇乞いへ。近松の『大職冠』（三五〇参照）による。『大職冠』には鎌足への暇乞いの場面はないが、裸身の海女の潜《かず》き姿を「真裸」と思わせぶりにうがって見せる。

◆前句を、至極もっともなことの意にとり、志度浦の海女の暇乞いの体を付ける。

567　若後家がわが子への恩愛の情に引かれて、不本
　意ながらも、後家を立てている。

わが子を鎌足の孫養子にと願った志度浦の海女から、子に迷う若後家へ。「不承不承」はいやいやながら、やむを得ず後家を立てる意。若い身空で二度の縁につきたい気持はやまやまながら、とのうがち。原作は「若後家は誰でも」の意。それを特定の若後家とする。

◆前句を、全くその通りだと相鎚を打つ意とし、若

わけのよい事わけのよい事　　宝暦一二年・松1

565
首取つたその日を急度《きつと》精進し
　わけのよい事わけのよい事　　宝暦一二年・松1

566
鎌《かま》足《たり》へ真《まつ》裸《ぱだか》での暇《いとま》乞《ご》ひ
　わけのよい事わけのよい事　　宝暦一二年・松1

567
若後家の不《ふ》承《しよう》不《ぶ》承《しよう》に子に迷ひ
　ほんの事なりほんの事なり　　宝暦一二年・松1

後家の子ゆえに迷う複雑な女心を付ける。

568　羽子板をちょっと人に預けて、緩んだ帯を締め直している。人目も気にしないで。

前帯を締めた若後家から帯を締め直す女へ。追羽根ではしゃぎ回って、着崩れた帯を締め直す。無邪気な小娘。ほほえましい正月の戸外風景。原作は年配の人ずれのした女の不様な体として描かれたが、独立句となるとその心象は消滅。少女の可憐さに変る。

◆前句を、みだりがわしく厭《いと》わしい意にとり、人前憚《はばか》らず帯を締め直す追羽根の女を付ける。

569　祭り前ともなると、あちこちで「御身様」「御身様」と、開き直った談判が多くなることだ。

追羽根の正月から祭り前へ。「御身様」は「御身」に「様」をつけた、改まった二人称敬語。祭り前には役配りや余興の計画など、町の顔役連の談合頻繁。祭りは神田祭らしいが特定出来ぬ。祭りの舞台裏を穿《うが》つ。

◆前句を、互いに主張して譲らぬ意にとり、祭り前の町内の談合の動静を付ける。

570　外科医を迎えに使いの者が駆け出して行く。派手な衣裳に足袋《たび》はだしの祭り姿のままで。

祭り前の詰開《つめひらき》から祭り当日の怪我人へ。威勢を競う祭りには怪我人はつきもの。「外料」は外療。外科治療で外科医のこと。火急の場合で、医者の門を叩くにふさわしく着換えている暇がない。原作は喧嘩の怪我。

◆前句を、祭りの喧嘩の張り合いの意にとり、怪我人が出て慌《あわ》てふためく体を付ける。

若後家は不承不承に子に迷ひ

568
羽子板を預けて帯を締《し》めなほし　宝暦一二年・桜2

いやらしい事いやらしい事

569
御《お》身《み》様《さま》の聞きあきをする祭り前　宝暦一二年・桜2

張り合ひにけり張り合ひにけり

570
外《ぐわい》料《れう》を祭りの形《なり》で呼びに行き　宝暦一二年・桜2

張り合ひにけり張り合ひにけり

571　あの地紙売りは和尚を尻持に持っているのだって。こいつはおかしい。笑わせるぜ。

医者から和尚へ。「尻持」はうしろだて。後援者。和尚と地紙売りとの男色関係を暗示。陰間《かげま》上がりの地紙売り。両者は葭町以来の仲であろう。地紙の「地」は陰間に縁の痔《じ》にも通う。縁語仕立て。二八・四三〇参照。

◆前句を、心丈夫なことと噂する意にとり、和尚を後援者に持つ地紙売りを付ける。

572　瘡毒を患う男に、長屋中で法衣を作ってやって、廻国巡礼の旅に送り出してやる。

和尚から衣へ。「瘡毒」は梅毒。当時は不治の病。重患は神仏の加護にすがるほかはなかった。「衣を着せる」は巡礼の支度万端整えてやること。長屋中のせめてもの心づかい。暖かい人情のうがち。

◆前句を、暖かい人情を称える意とし、長屋中で廻国巡礼に出る瘡毒患者の世話をする体を付ける。

573　隙入りと断って来た手紙は、何だいまいましい。あいつの手でなく、女房の手だ。

長屋中から長屋の遊び仲間へ。「隙入り」は多忙の意。仕事が忙しくて行けぬとの断り状は女房の代筆。誘いの状をやった悪友の慨嘆。女房の尻に敷かれて甲斐性なしめが、と。

◆前句を、仲間の女房の賢《さか》しらをいまいましがる意とし、代筆の断り状を受け取った体を付ける。

574　さすがに女だ。男ならすぐに水を汲むところだが、しばらく水鏡とはね。

571
尻《しり》持《もち》に和尚を持つて地《ぢ》紙《がみ》売り
頼もしい事頼もしい事
宝暦一二年・桜3

572
瘡《さう》毒《どく》に衣を着せる長屋中
頼もしい事頼もしい事
宝暦一二年・桜3

573
隙《ひま》入《い》りと書いて来たのは女房の手
いやらしい事いやらしい事
宝暦一二年・桜3

574
男ならすぐに汲《くま》うに水《みづ》鏡《かがみ》

女房から水鏡へ。「水鏡」は水面に姿を映して見ること。井戸端などでの女の仕草のうがち。
◆前句を、姿を気にする女の性《さが》を厭わしく思う意とし、水辺に立った女の水鏡の体を付ける。

575　無常門を犬蓼がおし包んで、思う存分に茂っている。お屋敷の無事のしるし。めでたいことだ。
水汲み女から井戸脇の門へ。「無常門」は大名屋敷にある葬儀専用の門。不浄門。雑草の茂り鎖《とざ》すは吉相とのうがち。「犬」「這ふ」「門」の縁語仕立て。
◆前句を、お屋敷の安泰を寿ぐ意にとり、鎖されたままの無常門に、犬蓼が生い茂る体を付ける。

576　真先で吉原へ誘われて、「さあ」ぐらいの生《なま》返事をしている奴は、まんまと狐に化かされる。
無常から恋へ。「真先」は真先（真崎《まつさき》）稲荷。隅田川西岸で吉原に近い行楽地。稲荷の使者の狐にたぶらかされて、つい吉原に連れ込まれる、とうがった洒落。
◆前句を、その通りだと相鎚を打つ意にとり、真先稲荷から吉原遊びに誘い込まれる男を付ける。

577　路上に武家の立ち話。長話に時が移る。奴《やっこ》が突き立てた鑓の先には、蜻蛉《とんぼ》が羽を休めて動かぬ。
吉原行きの相談から路上での武家の長話へ。蜻蛉には必ず尖った物の先に止る種類がある。時の移りを鑓先に止って目玉だけ動かす蜻蛉に捉えた確かな目。供の奴の退屈の余情をも叙し得て妙。七四三参照。
◆前句を、人が待ちくたびれる意にとり、鑓持奴が鑓を立てて主人の立ち話の終るのを待つ体を付ける。

いやらしい事いやらしい事　宝暦一二年・桜3

575
犬《いぬ》蓼《たで》の心よく這《は》ふ無常門
頼もしい事頼もしい事　宝暦一二年・桜3

576
真《まつ》先《さき》でされればぐらゐは化かされる
ほんの事なりほんの事なり　宝暦一二年・松1

577
長《なが》噺《ばなし》とんぼの止まる鑓《やり》の先
くたびれにけりくたびれにけり　宝暦一二年・仁5

578　糠味噌だけになった漬物桶を掻き廻している。もしかして、かも瓜でも出て来るかとでも。

鐺先に止る蜻蛉から指先で探るかも瓜へ。「百一ッ」は百に一つも見込みのないこと。冬瓜《とうがん》の花はあだ花が多く、実を結ぶものが少ないことを言う諺「冬瓜の花の百一《ひゃくいち》」を利かした趣向。冬瓜は和名、加毛宇利。中身のなくなった糠味噌桶を掻き廻す滑稽。

◆前句を、上下に掻き廻す意にとり、中身を食べ尽した漬物桶の糠味噌の中を探る体を付ける。

579　連れの一人は舟で行くが、一人は舟嫌いで、川べりの道を歩いている。おかしな道連れだ。

百一つから二人連れの一人へ。「壱人」は二人連れを暗示。川は隅田、舟は猪牙《ちょき》。相手は舟脚の速い猪牙で隅田川を遡《さかのぼ》り、山谷堀に折れて吉原へ。それに遅れまいと川沿いの道を急ぐ。舟に弱い男の哀れさ。

◆前句を、道を急いでくたびれる意にとり、猪牙で行く連れに遅れまいと、川沿いの道を急ぐ男を付ける。

580　恋路に明るい太夫職だが、百に四文の質屋の利息にも暗くないとは、恐れ入りました。

吉原へ行く二人の遊客から太夫職へ。「太夫職」は吉原遊女の最上位。質の利息は百文に付、月四文。太夫とは名ばかりの当世の太夫職の凋落《ちょうらく》ぶりのうがち。

◆前句を、内証のやりくりは火の車だの意とし、吉原太夫職の見かけとは裏腹の苦労を付ける。

581　佐野の瘦馬《やせうま》は、いざ鎌倉という時、腹に力なく首うなだれて、すかし屁をひるみじめさだ。

578
糠《ぬか》味《み》噌《そ》にもしかも瓜《うり》の百一ッ
上を下へと上を下へと
宝暦一二年・仁5

579
舟嫌ひ壱人《ひとり》は川のへりを行き
くたびれにけりくたびれにけり
宝暦一二年・仁5

580
太《たい》夫《ふ》職《しょく》百で四文も暗からず
上を下へと上を下へと
宝暦一二年・仁5

581
佐野の馬さて首を垂れ屁《へ》をすかし

内証窮乏の太夫職から貧乏暮しの源左衛門の痩馬へ。「心ばかりは勇めども、勇みかねたる痩馬」。謡曲『鉢の木』の「さて松はさしもげに。枝をため葉をすかして」の地口を利かす。一四参照。

◆前句を、行軍にくたびれる意にとり、佐野源左衛門常世《つねよ》の乗った痩馬の哀れな体を付ける。

582　さすが女神の明神様だ。玉津島では、打ち寄せる浪も男浪ばかり。一つも徒《あだ》な浪がない。

鞭《むち》打たれる佐野の痩馬から片男波の打つ玉津島へ。「玉津島」は和歌の浦の歌枕。玉津島明神に言いかける。赤人の「若の浦に潮満ちくればかたをなみ」の歌から和歌の浦には片男波だけが立つという。徒《あだ》な女波の立たぬのは明神が女神（衣通姫《そとおりひめ》）だからとのうがち。

◆前句を、神を敬う意にとり、玉津島には男波の片男波だけが打ち寄せるとする俗信を付ける。

583　十五日にはなんと、社頭に向い合う狛犬が、互いに顔を見合わせることがない。

玉津島明神から神田明神へ。出典の宝暦十二年・義は、同年十月二十五日開《ひらき》の神田社奉納興行の選句集で、これは明らかに神田祭（当年九月十五日執行の予定が翌年に延期）をあて込んだ作。社頭群集《くんじゅ》の体をうがつ。原作の「狛犬も」を改め、狛犬を句の中心に据える。

◆前句を、祭りの人出の混雑の意にとり、神田明神社頭の賑わいを付ける。

584　弁天様の前では、さすがに非情の海の波までが、拍手《かしわで》を打ち合せて拝んでいるわい。

くたびれにけりくたびれにけり　　宝暦一二年・仁5

582
浪壱ツあだには打たぬ玉津島
敬ひにけり敬ひにけり　　宝暦一二年・義1

583
狛《こま》犬《いぬ》の顔を見合はぬ十五日
押し合ひにけり押し合ひにけり　　宝暦一二年・義1
狛犬も顔を見合はぬ十五日

584
弁天の前では波も手をあはせ

神田祭から江の島参詣へ。波の打ち寄せる弁天は江の島。打ち寄せる波の音立てて砕ける様の見立て。
◆前句を、人の押し合う意にとり、江の島弁財天の洞窟の景を付ける。

585 御大身の御婚礼では、お姫様のお輿《こし》入れに、蛙の声を土産になさるんだって。

弁天から姫君の御婚礼へ。「蛙の声」は貝合せの用具の蛤《はまぐり》のこと。芝居で貝殻を擦り合せて蛙の擬声を出すのに因《ちな》んで、婚礼調度の貝合せの貝桶を蛙の声の容器に見立てた、奇抜な謎仕立ての趣向が一句の眼目。
◆前句を、高貴に生れついた姫の幸せを寿ぐ意にとり、調度美々しいお輿入れを付ける。

586 遣唐使は唐の帝のお言葉を畏《かしこ》まって聞きながら、つい吹き出しそうになって困ったろう。

蛙の声（和歌）を土産にするから遣唐使へ。唐音の中国語は分らなかったろうと、国の使節を自分たち江戸っ子の水準に引きずりおろして、笑い草にする。
◆前句を、畏《おそ》れ敬う意にとり、遣唐使がおかしさをこらえて、唐帝のお言葉を拝聴する体を付ける。

587 舟宿へ、内で働く律義さを、普段着もろとも脱いで行く、粋《いき》な身なりの色男。これも当世。

渡海の遣唐使からアリンス国へ猪牙《ちょき》で来た客へ。商家の若旦那か番頭風情。舟宿で衣裳を換えて吉原へ。日頃の実直の裏返し。一句に一字の無駄なし。三五六参照。
◆前句を、山谷堀の舟宿の混み合う意にとり、派手な着物に着換えて、浮き浮きと出かける男を付ける。

押し合ひにけり押し合ひにけり　　宝暦一二年・義1

585 御婚礼蛙《かはづ》の声をみやげにし
果報なりけり果報なりけり　　宝暦一二年・義1

586 遣《けん》唐《たう》使《し》吹き出しさうな勅をうけ
敬ひにけり敬ひにけり　　宝暦一二年・義1

587 舟宿へ内の律《りち》義《ぎ》を脱《ぬ》いで行き
押し合ひにけり押し合ひにけり　　宝暦一二年・義1

588 蔵の戸が鳴ると盃《さかづき》大きくし
　　敬ひにけり敬ひにけり
宝暦一二年・義1

588　内蔵《うちくら》の戸ががらがらと快い音を立てると、大盃で内中《うちじゅう》が心祝いの酒盛りだ。

内の律義から商人の蔵へ。「蔵」は金銀を納める内蔵。「鳴る」は快い音。蔵の慶事。また一つ千両箱でも殖えた音。「店の繁昌はみんなの稼ぎのおかげ、さあ、祝っておくれ」と、大盃を廻すのは家の嘉例。

◆前句を、福神を敬う商家の意にとり、店の繁昌を内中で祝う酒盛りの体を付ける。

589 家内喜多留《やなぎだる》ちひさい恋は蹴散《けち》らかし
　　果報なりけり果報なりけり
宝暦一二年・義1

589　柳樽が納まると、ほかのちっぽけな色恋沙汰は、この樽が蹴散らしてしまう。

大盃から柳樽へ。柳樽は婚礼の結納に贈る酒樽。両手付きの柳の白木製。目録には「家内喜多留」と書く。結納が済むと、他の縁談も娘の浮いた話も、一切が影をひそめる。結納のもつ縁談決着の重み。

◆前句を、縁談がまとまって喜ぶ意にとり、結納の柳樽がおさまる体を付ける。

590 蠅《はへ》打《うち》でかき寄せて取る関手形
　　手柄次第に手柄次第に
宝暦一二年・義1

590　関守が女の差出す関手形を、蠅打で掻き寄せて手にとって改める。いかにも面倒くさそうに。

蹴散らかしからかき寄せてへ。「関手形」は関所通行用の身許証明書。特別の場合のほかは、関手形の吟味は女に限った。太平無事の関役人の勤めぶりのうがち。蠅打で蠅を叩いて日が暮れる。

◆前句を、出世は手柄次第の意にとり、手柄も立てられそうにない関役人の退屈の体を付ける。

591 やはやはと重みのかかる芥《あくた》川《がは》

591　後《のち》の二条后《きさき》を背負って芥川を渡った業平は、女の重みを柔々と肌に感じていたことだろう。

関を越す女から芥川を渡る女へ。芥川は淀川の支流。伊勢物語の戯画化。上十二文字の官能的表現の妙。
◆前句を、人の幸運を羨む意にとり、業平が女を盗み出し、背負って逃げる体を付ける。

592　縁先に吊した風鈴が気忙しく鳴るのは、乳母の仕業とすぐに分る。
やわやわと重みのかかるから乳児を抱く乳母へ。風のまにまに鳴る風鈴の音が、急に不自然な連続音に変る。「乳母が子をあやしているな」と。
◆前句を、人を敬愛する意にとり、風鈴の音に幼児にかしずく乳母の姿を思いやる体を付ける。

593　鳥刺が鳥黐竿《とりもちざお》を担いで帰り支度にかかると、もう七ツ過ぎ。雀も塒《ねぐら》に帰る頃。
忙《せわ》しないから暮れ六ツも近い七ツ過ぎへ。「七ツ」は午後四時頃。この「鳥刺」は小鳥笛で雀を呼び寄せ、鳥黐竿で刺して、幕府の鷹の餌鳥に納める稼業。腰に獲物の鳥籠。不気味な後ろ姿。日暮間近の江戸の町。
◆前句を、腕前次第だとの意とし、夕暮に鳥刺が獲物を腰に鳥黐竿を肩にして、帰って行く姿を付ける。

594　町家の内儀の挨拶には、きまって、まず二梳《ふたす》き櫛でかき上げて、鬢《びん》のほつれを整える。
竿を担ぐ鳥刺の帰り支度から櫛で鬢を梳く内儀の身繕いへ。「あいさつを櫛で二ツかき」は櫛で二つかく仕草も挨拶の一齣《ひとこま》との意。商家の内儀の挙措をうがつ。
◆前句を、相手に敬意を表する意にとり、町家の内儀に共通する挨拶姿を付ける。

果報なりけり果報なりけり　宝暦一二年・義2

592
風《ふう》鈴《りん》の忙《せは》しないのを乳母《うば》と知り
敬ひにけり敬ひにけり　宝暦一二年・義2

593
鳥《とり》刺《さし》がかつぐと七ツ過《すぎ》になり
手柄次第に手柄次第に　宝暦一二年・義2

594
あいさつを内儀は櫛《くし》で二ツかき
敬ひにけり敬ひにけり　宝暦一二年・義2

595　あの女房、亭主に深酒呑ませた奴を、とっちめに行ったのだと。きつい女だぜ。
商家の内儀から長屋の女房へ。付き合い酒で二日酔の男の気丈な女房。「宿六は仕事にも出られぬ。晩の米はどうしてくれる」と。言うだけ言えば気が晴れる。

596　夕立で駆け込んで来て傘を貸せと言う男。見ればこ奴、不義理のかぎり、言語道断の不届き者。
憎い人をにちに行く女房から傘借りに来る人へ。話にもならぬ不義理者。図々しいにも程があると腹立ちながらも、つい貸してやる人のよさ。

597　小降りの間雨宿りしていて、本降りになってから、諦めて雨の中へ出て行く。何と間の悪い。
傘借りに来る人から濡れて出て行く雨宿りの人へ。雨脚ははげしくなるばかり。「えいままよ」と裾《すそ》からげして一目散。気の毒にもおかしくも。三六参照。

598　肘を張って身構えたところは一人前だが、やっと「岡崎女郎衆はよい女郎衆」くらいだろう。
雨に袖をかざす人から三味線を構えた張肘姿へ。「よい女郎衆」は三味線稽古の初歩に習う小唄「岡崎」の歌詞。宿場女郎を軽侮した旅人の悪態。

599　切落しの人ごみの中、女がむずかる子に乳を含ませている。まわりに気兼ねしながら。
三味線弾きから芝居見物へ。見物のひしめく土間の大衆席。泣く子にまわりは迷惑顔。「気の毒さうな乳」は乳を含ませる女の姿に、気兼ねの様子が歴然たるさま。それでも芝居見は女の晴れ。四四参照。

595
女房は酔はせた人をにちに行き

596
傘借りに沙汰の限りの人が来る

597
本降《ぶ》りになつて出て行く雨宿り

598
張《はり》肘《ひぢ》をしてもやうやうよい女郎衆

599
切落し気の毒さうな乳《ち》を飲ませ

600 地《ぢ》紙《がみ》売り母に逢ふのも垣根ごし

暗い事かな暗い事かな

宝暦一〇年・天1

601 舞《まひ》留《とめ》を常にくゆらす草《ざう》履《り》取《とり》

暗い事かな暗い事かな

宝暦一〇年・天1

602 品川は木《も》綿《めん》のほかは箱へ入れ

暗い事かな暗い事かな

宝暦一〇年・天1

品川も木綿のほかは箱に入れ

600 勘当息子の地紙売り。母に逢うのも、こっそりと垣根ごしに、恐い親父の目を偸《ぬす》んで。

乳を含ませる女から垣根越しに母に甘える息子へ。勘当の身で地紙売りをする優男《やさおとこ》。恐る恐る立ち寄る我が家の垣根際。気配で母は庭先まで。今暫《しばら》くの辛抱と、目で諭すのが精一杯。母子の情をうがつ。四三〇参照。

◆前句を、後ろ暗い思いをする意とし、勘当息子の地紙売りがひそかに母に甘え寄る体を付ける。

601 草履取にしては分不相応な。あいつはいつも贅《ぜい》沢《たく》な舞留を吹かしている。

優男の地紙売りからおつに気取った草履取へ。「舞留」は高級煙草の銘。お殿様の微行にはいつもお供をするお気に入りの草履取。勿論口の堅さを見込まれて。口留めならぬ御褒美の舞留。あるじの秘事を暗示。

◆前句を、内心うしろめたい思いがする意とし、拝領の高級煙草を吸う、複雑な気持の草履取を付ける。

602 品川宿の岡場所は、見世先に出す木綿着の飯盛りのほかは、箱入りにして大事にしてある。

舞留をくゆらす草履取から品川岡場所へ。草履取風情の遊び場品川。品川の遊女は表向きは飯盛り女。定数は各戸二人。よって飯盛り然たる木綿着の女を見世に坐らせ、絹物の女は箱入り娘然と奥に引っ込めてあるとの意。原作の他の宿などを言外に籠めた「品川も」を改め、もっぱら品川のことを言う句とした。

◆前句を、違法のもぐり営業の意にとり、品川の岡場所風俗を付ける。

603　姑の旋毛《つむじ》が曲っているのが、尼になって髪をおろした時に、はじめて分ったよ。
箱入りにして見世に出さぬ品川の女郎から髪でかくす姑の旋毛曲りへ。嫁いびりの根性悪の訳が、舅《しゅうと》が死んで剃髪した時、ああやっぱりと。旋毛の曲った者は根性が悪いという俗説を踏まえた滑稽。
◆前句を、旋毛曲りの意とし、姑の旋毛曲りが尼になった時に確かめられたことを付ける。

604　欠落ちも手際よくやれば、かえって世間から惜しまれる。世の中って妙なものだ。
尼になるから惜しがられへ。「欠落」はここでは零落夜逃げの意。債権者や近隣から悪しざまに言われるのが普通だが、上手にやればと、人情の機微をうがつ。
◆前句を、零落して夜逃げする意にとり、夜逃げの仕方もいろいろだと評判する体を付ける。

605　富籤《とみくじ》の場で、懐《ふところ》から杓子を出して人に頂かせている奴がいる。みんな真剣な面つきだ。
零落欠落ちから富籤当りの幸運者へ。杓子を懐中して行くと、富籤など勝負事に勝つという俗信があった。幸運にも籤に当った男。得意気に杓子を懐から出して見せると、「あやかりたい、頂かせてくれ」と寄って来る。いつかは自分もと夢を追う衆愚の情をうがつ。
◆前句を、呪《まじな》いの杓子を有難くおし頂く意にとり、籤に当った男が杓子を見せびらかす得意の体を付ける。

606　売物の蔵を買うつもりで見に行ってはみたが、蔵を出る時は妙に湿っぽい気持で気が重い。

603
姑《しうとめ》のつむじは尼になつて知れ
まかりこそすれまかりこそすれ
宝暦一〇年・天1

604
欠《かけ》落《おち》も器用にすれば惜《を》しがられ
まかりこそすれまかりこそすれ
宝暦一〇年・天2

605
懐中《くわいちゅう》の杓子《しやくし》を出していただかせ
これはこれはとこれはこれはと
宝暦一〇年・天2

606
見に行つて湿つぽく出る払蔵《はらひぐら》

幸運の当り籤から非運の払蔵へ。「湿つぽく」は土蔵の中の陰湿に、沈鬱《ちんうつ》な気持をかける。栄枯は世の定めと、家屋敷を手放す人の悲境にほろりとさせられて。

◆前句を、蔵の中での嘆声とし、払蔵を見に行った人の体を付ける。

607　煤掃きは面白い。知らぬ人と見えても、顔を洗ったら知った人だったりするんだもの。

湿っぽい沈鬱の情からからっとしたおかしさへ。年末に一年中の煤を掃く大掃除。全身の埃《ほこり》まみれを誇張した滑稽。原作の平板な「煤掃きに」を「煤掃きの」に改め、「煤掃きや」に近い詠嘆の情が加わる。三四五参照。

◆前句を、知り人と分って大笑いする体と見て、煤掃きの日の人違いの滑稽を付ける。

608　火貰いはとんだしくじり。貰った火種を吹き吹き帰って来て、人に突き当っている。

煤掃きに人を見それる迂闊さから人に突き当る粗忽へ。「火貰ひ」は火種を貰って帰る人。「吹き吹き」は十能《じゅうのう》の中で、消炭に火種の火が移るように、息を吹きかけ吹きかけするさま。手許にばかり気をとられて人に突き当る滑稽。長屋の路地の冬の朝。

◆前句を、突き当って双方が驚きあう体と見て、火貰いのしくじりを付ける。

609　旅戻りの亭主。喜んで迎えに出た子供を高々とさし上げて、何はともあれ、まず隣へ挨拶。

隣から貰い火して帰る人から子をさし上げて隣へ行く人へ。喜びはしゃぐ子をさし上げて、隣へ留守中の世

暗い事かな暗い事かな　宝暦一〇年・天2

607
煤《すす》掃《は》きの顔を洗へば知つた人

これはこれはとこれはこれはと　宝暦一〇年・天2

煤掃きに顔を洗へば知つた人

608
火《ひ》貰《もら》ひの吹き吹き人に突き当り

これはこれはとこれはこれはと　宝暦一〇年・天2

609
旅戻り子をさし上げて隣まで

話の礼に。親子の愛情、隣人の情誼、二つながら叙し得て妙なり。五一一参照。

◆前句を、久しぶりの再会を喜ぶ意にとり、旅戻りの体を付ける。

610　あるじの本領安堵のおかげで、常世《つねよ》の痩馬も、鎌倉で甘露のような豆にありついたことだ。旅戻りを喜ぶ親子から主従出世の喜びへ。謡曲『鉢の木』の佐野源左衛門常世の馬。平生の粗食で好物の豆が甘露の味がしたとうがつ。「甘露」は諸天の不死の飲料。転じて美味を称える語に用いる。五八一参照。

◆前句を、久しぶりの美食を喜ぶ意にとり、『鉢の木』の常世の馬を付ける。

611　芝居見の留守に、取り散らして出た梛の葉が、掃き捨てられてしまっている。どうしよう。好物の豆を食う馬から好きな芝居見物の女へ。「梛の葉」は鏡の裏に入れて災難除けにする。化粧の間のあと片付けもせずに、早朝から顔見世興行に行った女。

◆前句を、女のだらしない振舞とし、化粧のあと始末もせずに芝居見に出かけた女の失態を付ける。

612　仕事師の飯を食っているのを見ると、まるで小言を菜にしている。一口ごとに悪態づくし。梛の葉を掃き捨てられて不機嫌な女から小言へ。「仕事師」は土木の雑役夫。作業場の昼飯時。仲間同士で雑言のやりとり。がさつさのうがち。

◆前句を、不躾《ぶしつけ》で乱雑な意にとり、仕事師の昼飯時の体を付ける。

久しぶりなり久しぶりなり　宝暦一〇年・満1

610 佐野の馬甘露《かんろ》のやうな豆を喰《く》ひ

久しぶりなり久しぶりなり　宝暦一〇年・満1

611 梛《なぎ》の葉を芝居の留守に掃《は》き出され

じだらくな事じだらくな事　宝暦一〇年・満1

612 仕事師の飯《めし》は小《こ》言《ごと》を菜《さい》にして

じだらくな事じだらくな事　宝暦一〇年・満1

613
催《さい》促《そく》も質屋のするはゆるがしい
急《せ》かぬ事かな急かぬ事かな
宝暦一三年・梅1

613 同じく催促するにしても、他の商人とは違い、質屋のは緩《ゆる》やかで、むやみにせき立てはしない。小言から催促へ。「ゆるがしい」は利息の支払いや立替金の返済を、性急に請求することがない意。質種《しちぐさ》を担保に押えてあるので、他の金融業者に比べて安全だからとのうがち。
◆前句を、性急に事をはこばぬ意にとり、質屋の利息や貸金返済の催促ぶりを付ける。

614
猿《さる》田《だ》彦《ひこ》いっぱし神の気で歩き
急かぬ事かな急かぬ事かな
宝暦一三年・梅1

614 祭礼の行列の先頭に立つ猿田彦は、一人前面《づら》をして神様気取りで歩いている。笑わせるよ。質屋の催促の悠長から猿田彦の歩きぶりの悠然たる構えへ。「いっぱし」は、いっかど、一人前にの意。得意然として振舞う様をいう。悠然と歩く姿は、天孫の先導をした神になったつもりだとの揶揄《やゆ》。
◆前句を、道を急がぬ意にとり、祭礼の行列の先頭を行く猿田彦の、悠然たる歩行ぶりを付ける。

615
御詠歌に預かりものの娘あり
気を付けにけり気を付けにけり
宝暦一三年・梅2

615 御詠歌を唱えて通る巡礼の一行の中に、よく見ると、訳あって頼まれ、預かって来たらしい年端のゆかぬ娘が一人交っている。どうしたのだろう。神社の祭礼の行列から観音信仰の札所巡礼へ。「御詠歌」は巡礼歌。観音札所巡りの巡礼が唱えて歩く霊場讃歌。大人に交って巡礼する小娘への思いやり。
◆前句を、気を付けてかばう意にとり、同行を頼まれた娘を労《いたわ》りつつ行く、巡礼の一行を付ける。

616
松が岡ちつとはじくが納《なっ》所《しょ》分《ぶん》

616 松が岡では、少しは算盤《そろばん》の置ける女が、寺の納《なっ》所格《しょかく》の役をやらされる。

気を付けにけり気を付けにけり　　宝暦一三年・梅2

617 蓮根《れんこん》はここらを折れと生れ付き

気を付けにけり気を付けにけり　　宝暦一三年・梅2

618 切《きり》見《み》世《せ》はたん瘤《こぶ》までを疑はれ

気を付けにけり気を付けにけり　　宝暦一三年・梅2

切見世はたん瘤までも疑はれ

619 母親はもったいないがだましよい

預かりものの娘から松が岡へ。「松が岡」は鎌倉の臨済宗松岡山東慶寺。俗称縁切り寺。駆け込んで三年辛抱すれば離縁が認められた。有髪の尼を大勢抱えた寺では、それぞれ応分の役を持たせたろうとのうがち。「納所」は禅寺で施物を納める所。またその役僧。「納所分」は納所相当の役で、庶務会計の係くらいの意。

◆前句を、台所のやりくりに気をつかう意とし、松が岡での納所分の女を付ける。

617　蓮根はうまい具合に出来ている。このあたりを折ってくれと言わんばかりの姿だ。

算盤の才能から蓮根の生れつきへ。蓮根はほどよいところに節があってくびれているので、折るのに好都合。そのありのままの姿が、ここを折ってくれと言わぬばかりだと、奇警な観察の妙。

◆前句を、料理する人の都合まで考えてくれていると感心する意とし、蓮根の節の面白さを付ける。

618　切見世の女郎は、どうかすると、たん瘤までを悪性の腫物《はれもの》でないかと、疑いの目で見られる。

蓮根のくびれた姿からたん瘤（瘤の俗称）へ。「切見世」は一切百文・五十文等、時間制売春の賤娼。悪性の病気持ちが多かった。客の警戒心のうがち。原作の一字を改めたが句意に変動なし。五四七参照。

◆前句を、用心深い意にとり、疑い深い目で見られる切見世の女郎を付ける。

619　勿体ない、申し訳ないとは思いつつも、母はだましやすいので、つい、いい気になって。

疑われる切見世の女郎から騙《だま》される母親へ。母親の甘さにつけ込んで遊興費を騙し取る道楽息子。不孝者だが、勿体ないと述懐するしおらしさ。まだ脈がある。
◆前句を、息子に用心している母親として、その母をまんまと騙して、勿体ないと思う体を付ける。

620 大きな蔵の鍵で肩の凝りを叩きつつ、母屋《おもや》へ戻って来る。やれ疲れたといった風。

母を騙すから蔵の鍵へ（騙すことを鍵にかけると言う）。「痃癖」は肩の凝り。土蔵の鍵は大型鉄製。肩叩きには手頃。この蔵は家具類収納の庭蔵。家事断片。
◆前句を、自分に言い聞かせる言葉とし、探し物か整理仕事に疲れて蔵を出て来た男を付ける。

621 なんぼ生ものの世話の責任があるからとて、婆《ばばあ》のあの無愛想な面ったら。

痃癖から婆へ。老人の肩凝り。「生もの」は傷みやすい生鮮食品。若い女の比喩。若い女の監督に責任を負う無愛想な婆は吉原の遣手。比喩と暗示が狙い。
◆前句を、遊女の監視を怠らぬ意にとり、遣手婆の無愛想な体を付ける。

622 銭湯の客もいろいろ。常連で懇意ぶった人は、番台のすぐそばへ着物を脱いで置くやつさ。

無人相の婆から懇《ねんご》ろぶりの銭湯の客へ。入口の脇の一段高い番台に坐って、脱衣場の板敷を見下ろしている番頭の、目の届きやすい所へ脱ぐ。盗難の用心を穿つ。
◆前句を、盗難の監視を怠らぬ意にとり、懇ろぶる銭湯客を付ける。

気を付けにけり気を付けにけり　宝暦一三年・梅2

620
痃《けん》癖《ぺき》を打ち打ち戻る蔵《くら》の鍵《かぎ》
急《せ》かぬ事かな急かぬ事かな　宝暦一三年・梅2

621
生《なま》ものを抱《かか》へた婆《ばば》ァ無《ぶ》人《にん》相《さう》
気を付けにけり気を付けにけり　宝暦一三年・梅2

622
湯屋へ来て念《ねん》頃《ごろ》ぶりは側《そば》へぬぎ
気を付けにけり気を付けにけり　宝暦一三年・梅2

623　餅は搗《つ》いた。あとは掛乞いどもに嘘をつくだけだ。心配するな女房。一夜明けりゃ正月だ。
懇ろぶりから夫婦の密談へ。「こうなったら恥も外聞もない。嘘を並べて言い逃れて、鬼どもを追い返すだけだ」と腹を据えた亭主。窮すれば通ず。年の暮の悪知恵。「餅はつく」「嘘をつく」の語調に洒落。

624　色男を饅頭《まんじゅう》の蒸籠《せいろう》に忍ばせて、大奥へ呼び入れたという絵島の悪知恵は、これはまさしく四角な知恵じゃ。
◆前句を、落着き払っている意とし、大晦日の掛乞いを嘘で逃れるのだと嘯《うそぶ》く男を付ける。
餅を搗くから饅頭の蒸籠へ。また、嘘つくから四角な知恵へ。「四角な智恵」は悪知恵の意で、蒸籠の方形に因む洒落。「奥」は大奥の諷喩。三七参照。

625　煤掃きの日の胴上げは迷惑だが、この日ばかりは腹立てたりすると、かえって不粋な事になる。
◆前句を、生島新五郎を大奥に呼び込んだ絵島を詈《ののし》る意とし、四角な蒸籠に忍ばせた悪知恵を付ける。
色男から野暮へ。「野暮」は不粋。世情に暗いこと。十二月十三日の煤掃きのあとの恒例の胴上げ。お祭り気分でやること。手荒にされても、腹立てたりすれば、かえって場がしらけて興ざめ。二九七参照。
◆前句を、確かにその通りだと相鎚を打つ意とし、煤掃きのあとの胴上げを噂する体を付ける。
626　押入の戸の修理やら、絹張の襖《ふすま》の張り替えやらで、人呼びの準備に大わらわだ。
623
餅《もち》はつくこれから嘘《うそ》をつくばかり
急《せ》かぬ事かな急かぬ事かな
宝暦一三年・梅3

624
色男四角な智恵で奥へよび
横《わう》着《ちやく》な事横着な事
宝暦一三年・桜1

625
腹立てば野《や》暮《ぼ》らしくなる十三日
確かなりけり確かなりけり
宝暦一三年・桜1

626
押入の戸や絹張で人を呼び

煤掃きの胴上げから招客準備の騒動へ。座敷の建具類の修理・化粧直し。慶事を控えた家と見える。原作の「客」を「人」とし、来客多数を匂わせるが、上十二文字舌足らずにして、句意明晰を欠く。

◆前句を、取り散らした座敷の意にとり、客迎えの準備に建具類の修理・化粧直しに慌しい体を付ける。

627　旅籠《はたご》の見世先。出女が諸肌《もろはだ》脱いでの厚化粧。その肩越しに、馬の面が鏡の中を覗《のぞ》き込む。

人を呼びから出女へ。「出女」は宿場の客引女。留女、おじゃれ、飯盛りの異称をもつ売女。馴染の馬子の早い戻りでもあろうか。見世先に繋《つな》いだ「馬の面」は女の面相を暗喩。鏡の中の出会絶妙。午下《ひるさが》りの宿場風景。

◆前句を、身の廻りを取り散らす意とし、出女が客引きの身支度にかかっている見世先の体を付ける。

628　「針ほどの事を棒ほどに言う」と諺にあるが、あれは母の二番生えのことだ。

鏡に映る大きな馬の面から針ほどを棒へ。「母の二番生え」は継母をひこばえに譬《たと》える。継子の些細な過失を大げさに言う、継母のためにある諺だとのうがち。

◆前句を、むごい人だと継母の噂をする意とし、それに同調する人の言葉を付ける。

629　新しく架け替えても、親仁橋はやっぱり親仁橋で、呼び替えるわけにはゆくまいて。

母の二番生えから親仁橋の架け替えへ。「親仁橋」は日本橋照降《てりふり》町から葭町へ渡る橋（『江戸砂子』）。若くても親仁と呼ぶおかしさ。

取り散らしけり取り散らしけり
押入の戸や絹張で客を呼び　　宝暦一三年・桜1

627
出女の鏡へうつる馬の面《つら》
取り散らしけり取り散らしけり　　宝暦一三年・桜1

628
針ほどを棒とは母の二番生《ば》え
けんどんな事けんどんな事　　宝暦一二年・宮2

629
新しくしてもやっぱり親《おや》仁《ぢ》橋《ばし》

630
戻る猪牙《ちょき》達磨《だるま》もあれば寝釈迦《ねじゃか》あり

630　吉原の朝帰りの猪牙の客には、達磨もあれば寝釈迦もある。隅田の川風身に沁む朝。

元吉原に通じる親仁橋から吉原帰りの猪牙へ。「達磨」は頭から物を被《かず》き蹲《うずくま》る姿。「寝釈迦」は涅槃《ねはん》像のような寝姿。川風を袖に厭いつつ、紅閨の夢未だ醒めぬ蕩児の姿を、大悟徹底の高僧や仏陀に見立てた滑稽。

631
江戸を出て姿の出来る抜参《ぬけまゐ》り

ととのへにけりととのへにけり

宝暦一二年・松4

631　江戸をはなれて品川宿をすぎてから、どうやらこうやら旅人らしい姿になる。抜参りは。

戻る猪牙から江戸を出る抜参りへ。「抜参り」は雇主や親に無断で伊勢参宮すること。旅用意の暇もなく飛び出して来る。江戸府内を出てしまえば、追手の心配も薄らぐので、菅笠草鞋《すげがさわらじ》がけの旅姿を整える。

◆前句を、旅装束を整える意とし、抜参りの旅立ち姿の尋常でない体を付ける。

632
花なればこそ稀人《まれびと》の坊主持ち

ととのへにけりととのへにけり

宝暦一二年・松4

632　花見なればこそですよね。お客様に坊主持ちをして戴きますのも。それ向うから坊さんが。

隠密の抜参りから賑やかな花見へ。「坊主持ち」は僧侶に行き会う度に荷物の持ち手が交替する、物見遊山の途上の戯れ。「花なればこそ稀人の」と、謡曲がかりに気取って見せて、「はい。どうぞ」と稀人（客人）に酒樽とか茶弁当を担がせる酔興。

◆前句を、酒肴や弁当など、花見の用意を整える意とし、主客打ち群れて花見に浮かれ行く体を付ける。

633
色事に紺屋《こんや》の娘うそをつき

633　娘も嘘をつくとは驚いた。しかも色恋沙汰で。

紺屋の親仁《おやじ》が約束を違えるのは分っているが、稀人の坊主持ちから娘の恋路の嘘へ。ともに異例。諺の「紺屋《こんや》の明後日《あさって》」を利かせた趣向。「色事」は紺屋の縁語。「その親にしてその子あり」との洒落。

◆前句を、真実だと評判する意とし、世間並の娘と違って、紺屋の娘は色事でも嘘をつくことを付ける。

634　天の岩戸が開いた時、よそと違って信濃へは、地響がして日が当ったんだ。大変だったろう。

嘘から戸隠伝説へ。手力雄命《たぢからおのみこと》が投げた岩戸が信濃の戸隠に落下したという、岩戸神話に附会された俗信。「信濃」「地響」「日が当り」の道具立ての謎趣向。

◆前句を、国中大騒ぎの意として、岩戸神話の昔、信濃に起ったという大椿事《ちんじ》を付ける。

635　小さな腕でも、大きな長刀ばかり二本もせしめたんだ。えらいものだ。牛若丸は。

手力雄命の怪腕から少年牛若丸の小腕へ。二本の長刀は、五条の橋の弁慶（謡曲『橋弁慶』）と青野が原の熊坂長範（謡曲『熊坂』）が牛若丸の小太刀に敗れた長刀。「小腕」と「長刀二本」での謎仕立て。

◆前句を、大立廻りの意にとり、五条の橋と青野が原で弁慶と長範を相手に、奮戦した牛若丸を付ける。

636　歯が抜けたという声に、どこに、見せて、見せてと、禿がみんな片隅に寄り集まって来る。

小腕から禿へ。乳歯の抜け替る年頃の禿たち。一人が抜けたと悲鳴を挙げると、家中の禿がその子を取り囲んで集まる。妓楼の片隅に見出した禿群像。可憐。

◆前句を、禿たちが大騒ぎする意とし、傍輩の抜けた味噌っ歯に物見高く寄り集まる体を付ける。

ほんの事なりほんの事なり　宝暦一二年・松4

634 信濃《しなの》へは地響《ぢひびき》がして日が当り

上を下へと上を下へと　宝暦一二年・仁1

635 小腕でも長刀《なぎなた》ばかり二本しめ

上を下へと上を下へと　宝暦一二年・仁1

636 抜けた歯に禿《かぶろ》のこぞる片ッ隅《すみ》

上を下へと上を下へと　宝暦一二年・仁1

637 貰ひ乳《ち》にかはる砧《きぬた》の力《ちから》過ぎ

くたびれにけりくたびれにけり

宝暦一二年・仁1

637　子に乳を飲ませてもらっている間、代って砧を打つ男。馴れぬ手についカが入りすぎる。

禿から貰い乳の赤子へ。「貰ひ乳」は乳を他人から貰うこと。寒夜空腹に泣く子を抱いて、夜なべに砧打つ女の家に、乳を貰いに行く男鰥《やもめ》。待つ間のお礼心に、女に代って砧を打つ。力むばかりで手加減がむつかしい。どん底の隣人愛。笑えぬ笑い。一六四参照。

◆前句を、馴れぬ仕事でくたびれる意とし、乳を貰う男が女に代って不器用に砧を打つ体を付ける。

638 碁《ご》敵《がたき》は憎さもにくしなつかしさ

睦《むつ》まじい事睦まじい事

碁敵は憎さもにくしなつかしく

宝暦一二年・仁1

638　碁敵というものは、憎らしいことも憎らしいが、さりとて、懐かしさも一入《ひとしお》。妙なものだ。貰い乳の苦労（亡妻追慕）から憎し懐かしへ。「碁敵」は力量互角の碁打ち仲間。一、二目の差で負けた時は夜も眠られぬほど口惜しく憎らしいが、翌日はいつもの刻限が近づくと、そわそわと落着かない。もう来そうなものだと。敵は敵でも、商売敵などとは訳が違う。原作の「なつかしく」は句調不整。「なつかしさ」と改めて、句調整い、余韻を生ず。

◆前句を、碁仲間の事とし、互いの心情を付ける。

639 若後家のこすいでみんな貸しなくし

くたびれにけりくたびれにけり

若後家がこすいでみんな貸しなくし

宝暦一二年・仁1

639　若後家のずるさに当てが外れて、甘い夢見た男どもは、みな金の貸し損で馬鹿を見たものだ。憎さも憎しからこすい若後家へ。若後家の色香に食指を動かした男ども。親切ごかしに用立てた金も戻らぬ口惜しさ。原作の「若後家が」は生硬。

◆前句を、当てが外れてくたびれ損の意にとり、ずるい若後家に無駄金を注ぎ込んだ男どもを付ける。

640 黒犬を挑灯《てうちん》にする雪の道
山のごとくに山のごとくに
宝暦一二年・仁1

640 雪の夜道を行く時は、黒犬を挑灯がわりにして道案内をさせる。これはよい思いつきだ。
こすいから黒犬を挑灯にする（うまく利用）へ。降り積んだ雪の夜道は挑灯はいらぬが、白一色で足許が危ない。犬について行けば安全だし、先を歩く黒犬は手に持った挑灯のゆれ動くのにも似ている。
◆前句を、大雪の降りつもった意とし、黒犬を先に立てて、雪の夜道を行く体を付ける。

641 一門のきなかと頼む能登守《のとのかみ》
上を下へと上を下へと
宝暦一二年・仁1

641 平家一門から、全軍の半ばほどにも頼りにされている、能登守の武者ぶりの何と見事な。
黒犬を挑灯にするから能登守を頼りにするへ。「能登守」は屋島・壇の浦の勇将平教経《のりつね》（『平家物語』、謡曲『八島』『碇潜《いかりかずき》』）。「きなか」は「寸半」と書き、銭一文の半分、半文の称。「一門のきなか」は「一文のきなか」の洒落。
◆前句を、乱戦の意とし、能登守の勇戦を付ける。

642 迷《まよ》ひ子が泣けば鉄棒ふつて見せ
くたびれにけりくたびれにけり
宝暦一二年・仁1

642 夜廻りの番太が迷い子を預かっている番小屋の夕暮。泣き出すと鉄棒を振って見せている。
能登守の勇戦から鉄棒を振る番太へ。番太が町内の見廻りに突き歩いた鉄棒の頭には、数箇の鉄輪がついていた。ほかに芸のない番太が、土間に突いた鉄棒を振って、鉄輪を鳴らして、泣く子の機嫌をとっている。
◆前句を、番太が預かった迷い子の守りにくたびれている意とし、子を慰めている番小屋の体を付ける。

643 産《さん》籠《かご》の内で亭主をはばに呼び

643 日頃は男にこき使われる女房も、一旦産籠に入ったら、亭主を無遠慮に呼びたてる。

睦まじい事睦まじい事　宝暦一二年・仁1

644 あだついた客ははしごでどう突かれ

睦まじい事睦まじい事　宝暦一二年・仁1

645 猿《さる》田《だ》彦《ひこ》角《つの》を生やして吸ひ付ける

くたびれにけりくたびれにけり

猿田彦角を生やしてたばこにし　宝暦一二年・仁1

646 撥《ばち》貸して見に行けば咽《のど》なでてゐる

子が泣くから産籠の女房へ。「産籠」は分娩時に産婦を中に坐らせる籠風の出産用具。産所籠。「はばに」は威勢を張って、横柄に、などの意。この時、亭主唯唯諾々。取揚婆を呼びに走り、湯を沸かし。

◆前句を、夫婦仲のよい意にとり、亭主を意のままに使う出産時の女房を付ける。

644　浮気めいたことを言ったりしたりした客は、階段の途中で強く叩かれたりする。危ないことよ。

亭主をはばに呼ぶ女から客をどう突く女へ。「どう突く」は強く突く、叩く意。「まあ憎らしい」と肘で小突いたりして見せる情。色里の女。茶屋または妓楼の二階の階段の下りぎわ。客を見送る後朝《きぬぎぬ》の景か。

◆前句を、遊里の女と客の仲のよい意にとり、別れぎわの痴戯を付ける。

645　猿田彦は奇妙なことをする奴だ。煙草を吸い付ける時には、頭に角を生やしたりして。

どう突くから角を生やしへ。祭礼の行列の先頭を行く猿田彦が、休んで煙草を吸う姿をうがつ。被っている赤い鼻高の面を額に押し上げると、頭頂に角が生えた形になる。原作の「たばこにし」を改めた「吸ひ付ける」は「角を生やして」を受けて、猿田彦の動作を精写し得て佳し。

◆前句を、くたびれて休む意とし、祭礼の途中での猿田彦が煙草を吸う姿を付ける。

646　貸してくれというので、三味線の撥《ばち》を貸してやったが、見に行くと、なんと咽を撫でている。

猿田彦の角から三味線の撥（象牙）へ。咽に刺さった魚の骨は、象牙で撫でるととれるという俗信があった。この俗信を踏まえた小咄《こばなし》風仕立て。軽くおどけた調子の笑いが狙い。
◆前句を、咽に骨を立てて大騒ぎする意とし、貸してやった撥で咽を撫でているのに驚く体を付ける。

647　汐くみ娘が桶を担いで汀《みぎわ》に立つと、お誂《あつら》え向きの浪が打ち寄せて来る。うまくやるなあ。
三味線の撥から舞台の汐くみの所作事へ。「汐くみ」は謡曲『松風』から出た舞踊。「所望」は汐くみが所望する意。踊り手と道具方の呼吸のよさをうがつ。
◆前句を、高浪の寄せる意とし、汐くみ娘の踊りの所作に息を合わせて、浪布の打ち寄せる体を付ける。

648　縁組先が遠方で、年始の礼に行くのも楽じゃない。股引がけで出かける始末だ。
所望の浪から縁組へ。縁は異なもの。所望されて思いがけぬ遠方へ娘を嫁にやった親。「股引のいる」は草鞋がけの旅支度が要る意。世の中よい事だけでない。
◆前句を、道が遠くてくたびれる意とし、一かどの旅ごしらえで、新しい親類へ年礼に行く体を付ける。

649　紫屋は看板はいらぬて。染色原料の紫草《むらさきそう》の根の煎《せん》じ殻を、表に投げ出して置けばよいのだ。
縁組から縁《ゆかり》の草の紫草へ。放り出した紫根《しこん》の煎じ殻の山が目立つことのうがち。三一参照。
◆前句を、いよいよ嵩高《かさだか》になる意とし、紫染屋の軒先に積み上げた、原料の紫根の煎じ殻の山を付ける。

上を下へと上を下へと　宝暦一二年・仁2

647　汐《しほ》くみに所《しよ》望《まう》の浪《なみ》が打つて来る

山のごとくに山のごとくに　宝暦一二年・仁2

648　年礼に股《もも》引《ひき》のいる縁を組み

くたびれにけりくたびれにけり　宝暦一二年・仁2

649　うつちやつて看板にする紫屋

いやが上にもいやが上にも　宝暦一三年・満1

650 抱《だ》き守《もり》のわりなき無心鮒《ふな》一ツ
はづみこそすれはづみこそすれ
宝暦一三年・満1

650　抱き守の小娘が子にせがまれて、たっての願いで、金魚売りに鮒を一つ無心している。
野草の紫草から川魚の鮒へ。「抱き守」は子守娘。「わりなき無心」は、くれと言える筋ではないが、仕方なく頼む意。その困りはてた抱き守のいじらしさ。
◆前句を、息はずませる意にとり、抱き守が思い切って金魚売りに鮒一つくれと頼む体を付ける。

651 車座へ紺《こん》の手の出る六《ろく》夜《や》待《まち》
いやが上にもいやが上にも
宝暦一三年・満2

651　車座になって浮かれている、六夜待の一団の、差し出す手は奇妙にどれも紺色だ。
わりなき無心から手の出る（取ろうとする）へ。「車座」は円形に坐ること。「六夜待」は二十六夜待。正月、七月の二十六日に夜半の月の出を待つ行事。この日は紺屋の信仰する愛染《あいぜん》明王の縁日。「紺の手」はこの一団が紺屋の同業仲間であることを暗示。
◆前句を、酒興がいよいよ盛り上がる意とし、紺屋の同業仲間の六夜待の体を付ける。

652 桜見に夫《をつと》は弐丁あとから出
遊びこそすれ遊びこそすれ
宝暦一三年・満2

652　夫婦で花見に出るにも、夫は人目を憚《はばか》って、女房が二丁も行った頃合いを見て家を出る。
六夜待の遊宴から花見へ。「弐丁あとから」は浮き立つ女房を先に出し、その姿が見え隠れするほどの距離を置いて出る。人前を憚る時代感覚。
◆前句を、物見遊山に出かける意にとり、花見に行く夫婦の出がけの体を付ける。

653 病《や》み上がり日本の人に慰《なぐさ》まれ
宝暦一三年・満2

653　長の患いで、伸び放題の髭面《ひげづら》の病み上がり男は、見舞の人たちから唐人《とうじん》扱いしてからかわれる。
桜見から日本の人の慰みへ。「日本の人」は病み上がりを唐人に見立てた裏返し。長髯《ちょうぜん》は唐人（外人）の特徴とされた。視点を変えた着想の奇。
◆前句を、伸び放題の髭のむさ苦しさと見て、快気見舞の人に異人だとからかわれる病み上がりを付ける。

654　小原の盃《さかずき》の雫《しずく》を十露盤の中へたらして、また十露盤を置く。飲みながらの商いの忙しいこと。
日本の人から戎講《えびすこう》の売買へ。「小原」は小形の平盃の名。商家で十月二十日の戎講に、戎を祭り、酒興に催した模擬の器物売買の遊戯「戎講の売買」のこと。
◆前句を、よい御機嫌の酒盛りの意にとり、戎講の売買に戯れる体を付ける。

655　中の町は灯籠見物で大賑わい。小さな禿がその人混みを潜り抜けて、小走りに出て行く。
戎講から玉菊灯籠へ（商家と吉原の年中行事）。遊山気分で灯籠見物にひしめく大人ども。小走りに使いに出る禿。「むぐつて」は可憐な幼女の所作を描き得て妙。寸言よく歓楽境の表裏をうがつ。八三参照。
◆前句を、灯籠見物の賑わいの体とし、そのかげに忙しく立ち働く幼い禿の姿を付ける。

656　子が出来てからは三日《さんじつ》に化粧するのがやっとだよ。以前は毎日身嗜《みだしな》みに気を遣ったが。
人をむぐって出る禿から三日をやっと塗る女房へ。「三日《さんじつ》」は毎月朔日・十五日・二十八日の三式日。諸大名・旗本以上直参の登城日。民間もこの日を祝う。
◆前句を、子に何かと世話がやける意にとり、日頃は身嗜みの化粧も忘れて、家事に働く女房を付ける。

うるさかりけりうるさかりけり　宝暦一三年・宮1

654　十《そ》露《ろ》盤《ばん》へしたむ小《を》原《はら》のせはしなさ

よい気色なりよい気色なり　宝暦一三年・宮1

655　灯《とう》籠《ろう》の人を禿《かぶろ》はむぐつて出

大《だい》分《ぶん》な事大分な事　宝暦一三年・宮1

656　子を持つてから三《さん》日《じつ》をやつと塗《ぬ》り

うるさかりけりうるさかりけり　宝暦一三年・宮1

657 居酒屋に馬と車の払ひもの
うるさかりけりうるさかりけり
宝暦一三年・宮1

657 居酒屋の店先に馬と荷車が売物に出ているよ。例の飲んだくれどもの飲代のかたらしい。

働き女房から飲兵衛《のんべえ》の馬子と車引きへ。居酒屋の常連は馬子や車引きども。店先に車を立てかけ、柱に馬を繋いで、昼日中から腰を据えて動かぬ手合も少なくない。飲代のかたに、馬や車をとられる仕儀にもなりかねぬとのうがち。仮想吟。四九参照。

◆前句を、厄介なものをかたに取ったと、不平面の居酒屋とし、馬と車を売物広告する体を付ける。

658 寒《かん》念《ね》仏《ぶつ》ころぶを見れば女なり
気の付かぬ事気の付かぬ事
宝暦一二年・梅2

658 転んだのを見て女だと分ったよ。寒念仏の道者は男だとばかり思っていたが。

街道沿いの居酒屋から夜道を行く寒念仏へ。寒中の夜更け、凍《い》てつく道の氷に滑ったりして、転んだ時の裾《すそ》さばきで女と知れたとのうがち。一三一・二三九参照。

◆前句を、女とは気が付かなかったという嘆声とし、寒念仏が転んだ時女と分って驚く体を付ける。

659 母親の或《あるい》はおどし手を合はせ
是非《ぜひ》に是非にと是非に是非にと
宝暦一二年・梅2

659 母親というものは苦労が絶えぬ。息子の放蕩に困って、脅してみたり、拝んでみたり。

女なりから息子を諭す母親へ。常に父親と息子の間に立たされる母親の因果な定め。脅すのも拝むのも、父親の怒りを身に背負って、息子を庇《かば》う母親の切なさ。

◆前句を、息子の放蕩をいさめる母親の言葉とし、さまざまに手を替えて諭す体を付ける。

660 鼻声で湯《たう》治《ぢ》の供を願ひ出し

660 湯治のお供をさせてくれと、願い出ている奴がある。聞き取りにくい鼻にかかった声で。

手を合わせから供を願い出しへ。「鼻声」は瘡毒《そうどく》持ちの諷喩。すでに鼻腐《はなくた》の重症。それに幼児の哀訴の体を利かす。湯治先は言わずもがなの草津。大屋と長屋の店子《たなこ》。また商家の旦那と出入り職人風情。五六一参照。
◆前句を、哀願する言葉として、湯治のお供を願い出る男の体を付ける。

661　両の手で子を高く差し上げて、格子造りの出窓から、内の人の名を呼ばせている。
鼻声から名を呼ぶ幼児へ。家に戻って来た父子。抱き上げられた幼児が、廻らぬ舌で格子越しに「母ちゃん今……」「おお早かったね」と。家庭喜色寸描。
◆前句を、素直に言われる通りにする可憐な幼児の意とし、抱き上げて母親を呼ばせる父親を付ける。

662　あの男、女房を国の雪に埋めておいて、自分は江戸へ出て来て炭の量り売りとは。
子を抱く男から女房と別居出稼ぎの男へ。炭売りは雪国の信濃や越後から出た冬季出稼人。「女房を雪に埋めて」自分は江戸で「炭を売」る矛盾を、強いられている男への同情。「雪」と「炭」は四二九と同工異曲。
◆前句を、女房をなつかしく思いやる意とし、雪国に妻子を残し、江戸に出て炭を売る男を付ける。

663　名を呼ばず「先生」と呼びつけて、煙草盆の吐《と》月峰《げっぽう》に溜った吹殻を捨てさせる。
炭売りから灰を捨てに行かされる食客へ。共に苦汁を嘗《な》める境涯。「灰吹」は煙管《きせる》の灰を叩き落す竹筒。吐月峰。「先生」は見識高く世才を欠く食客の蔑称。敬して軽んずる滑稽。原作の「捨てにやり」の重い調子

是非に是非にと是非に是非にと　宝暦一二年・梅2

661
出《で》格《がう》子《し》へ子をさし上げて名を呼ばせ
しをらしい事しをらしい事　宝暦一二年・梅3

662
女房を雪に埋《うづ》めて炭を売り
ゆかしかりけりゆかしかりけり　宝暦一二年・梅3

663
先生と呼んで灰《はひ》吹《ふき》捨てさせる
気の付かぬ事気の付かぬ事　宝暦一二年・梅3

先生と呼んで灰吹捨てにやり

を、「捨てさせる」とさりげない軽い句調に改める。
◆前句を、世知にうとい意にとり、気の利かぬ御仁だと不機嫌に指図して、食客を働かせる体を付ける。

664 はやり風《かぜ》十七屋からひきはじめ　宝暦一二年・梅3

気の付かぬ事気の付かぬ事

664　江戸にはやり風邪が流行《はや》る時、真先にかかるのは十七屋だ。
使われる食客から使い走りの飛脚へ。「十七屋」は江戸の三度飛脚屋の異名。立待月（忽ち着き）の十七夜（十七屋）の洒落。月に三度上方に往来するので、諸国のはやり風邪の運び屋もつとめる、とのうがち。
◆前句を、相手の話に、それは気が付かなかったと感心する意とし、相手のうがった話を付ける。

665 舞鶴に水をもらせる殿《との》造《づく》り　宝暦一二年・桜1

限りない事限りない事

665　西の丸から本丸へ舞った白鶴に水盛りさせて、お築きになったためでたいお城だ。このお城は。
ひきはじめから築城の水盛りへ。家康が城地見立ての時、瑞兆の白鶴が飛来して舞ったという伝説。「殿造り」はお城の造営。将軍家の弥栄《いやさか》を祝った句。
◆前句を、御代の長久を寿《ことほ》ぐ意にとり、めでたい江戸城の由来を付ける。

666 保《ほう》昌《しやう》は九条あたりへ迎ひに出　宝暦一二年・桜1

頼もしい事頼もしい事

666　羅生門の鬼神を見に行った渡辺綱の身を案じて、保昌は九条あたりへ迎えに出たんだって。
江戸城の舞鶴から平安京羅生門の鬼へ。保昌と口論の末、羅生門の鬼を見に行った渡辺綱は、鬼と争いその腕を打ち落す（謡曲『羅生門』）。さすがに保昌は、盟友の安否を気遣って、迎えに行ったろうとのうがち。
◆前句を、頼もしい両雄だとの意にとり、保昌が綱の身を案じて、迎えに行く体を付ける。

667 髭《ひげ》抜《ぬ》きの鏡に娘気をへらし
ほんの事なりほんの事なり
髭抜きを覗《のぞ》いて娘気をへらし

宝暦一二年・松2

668 雪打ちを御《お》物《も》師《し》ばかり額《ひたひ》で見
おとなしい事おとなしい事

宝暦一二年・松2

669 売上げは稲こきの歯にくはへさせ
ととのへにけりととのへにけり

宝暦一二年・松2

667 貸してやった鏡を、男が髭抜きに使っているのを見て、娘はただもう、やきもきしている。案じて迎えに出る保昌から気をへらす娘へ。「気をへらす」は心労する意。大切にしている娘の手鏡。それを借りて髭に毛抜きを使う男。不粋なだけでなく、鏡に疵《きず》でもと、気が気でない。原作は髭抜く男の姿を覗《のぞ》き見した娘の興ざめの体。「を覗いて」を「の鏡に」と改めて、景・情ともに一変。
◆前句を、その通りだとの意とし、髭抜く男の不粋なさまを覗き見して、がっかりしている娘を付ける。

668 お庭は雪合戦で賑やかだが、御物師だけは縫う手を休めず、時々額越しにそれを見ている。鏡を見る男から額で雪打ちを見る御物師へ。「御物師」は屋敷奉公の縫物女。「額で見」は俯《うつむ》いて手許を見つめる姿勢を崩さず、上目づかいで、額越しに前方を見る動作。年の瀬を控えて多忙の体。
◆前句を、物静かな挙動の意とし、針の手を休めずに、時折庭の雪打ちに目をやる御物師の体を付ける。

669 売上代金を、商品の稲こきの歯に銜《くわ》えさせるとは。なかなかよい思いつきだ。蓑市《みのいち》の商人は。雪打ちから年の暮の蓑市へ。三月、十二月の十九日には浅草寺門前に農器具を売る市が立ち、蓑市と称した。「稲こき」は稲穂をこき落す機械。斜め上向きに鉄櫛状の歯を具える。銭緡《ぜにさし》を掛けるのに都合がよい。
◆前句を、必要な品を買い調える意とし、蓑市で見付けた、見世先の寸景を付ける。

670
この石がそだかといへばもう真似る
ほんの事なりほんの事なり
宝暦一二年・松2

671
葭《よし》町《ちやう》で客札貰《もら》ふ後家の供
わけのよい事わけのよい事
宝暦一二年・松2

672
子のうちの支離《かたは》に譲る水車《みづぐるま》
ほんの事なりほんの事なり
宝暦一二年・松2

673
丸顔を味噌《みそ》にしてゐる軽井沢《かるゐざは》

670 「この石がものを言う鸚鵡《おうむ》石か」と言うと、もう早速に口真似する。奇妙な石だ、これは。歯に銜えさせから口真似へ。鸚鵡石は鸚鵡のように人語や音響をよく反響する石。伊勢国宮川上流の一の瀬村（度会《わたらい》町）にあった巨石が有名。「そだか」は「それか」の田舎言葉。参宮者の驚く体に擬す。

◆前句を、参宮のついでに見物の旅人が、話に聞いて来た通りだと感心する意とし、その実況を付ける。

671 葭町へ後家のお供で行った女中が、観覧券をもらって、待つ間の芝居見。まんざらでもない。物真似から芝居見へ。「客札」は観劇券。葭町の隣は市村座中村座などのある芝居の二丁町。葭町の陰間を買う後家の供は、多分芝居好きな女中。主従ともにうまくやってる、とのうがち。二八参照。

◆前句を、うまい具合に事が運ぶ意とし、葭町の陰間遊びの後家の供女の芝居見を付ける。

672 同じ子の中でも不具に生れついた子は不憫。遺産の分配にも気を遣って、水車はその子に。客札を貰うから水車を譲るへ。水車は精米・製粉をはじめ、農産加工の代表的機械設備。応用使途は広い。身体が不自由な子でも、これがあれば食うには事欠かぬだろうとの親の慮《おもんぱか》り。

◆前句を、それが親心というものだの意にとり、不具の子に水車を譲ることを遺言する親を付ける。

673 丸顔を鼻にかけて一かどの美人面だ。全く笑わせるよ。軽井沢の飯盛りは。

支離《かたわ》から丸顔へ。「味噌にして」は自慢にする意。「軽井沢」は中仙道の宿場。田舎臭い飯盛り女郎で有名。丸顔はこの頃すでに江戸人の好みではなかった。
◆前句を、軽井沢の宿場女郎の噂をする人に相鎚《あいづち》を打つ意にとり、その旅帰りの人の話を付ける。

674　指を切りいすからには、九本の指で、九品の浄土まで、わちきはあんさんを放しゃせんにえ。
軽井沢の飯盛り女郎から遊女の心中立てへ。「九品の浄土」は仏語、来世に生れ変る極楽世界。残り九本の指を利かせた洒落。男に真実を誓わせる手管《てくだ》。
◆前句を、心変りせぬと誓う男の言葉とし、女が男に真実を誓わせる、駄目押しの口説を付ける。

675　「娘に三国一の花聟を迎えためでたい祝いだ。村法度など構うものか」と、村の衆へ大盤振舞。
心中立てから聟取りの祝宴へ。「村法度」は村の定めた禁制。婚礼の贅沢を戒めた条々など、顧みてはいられない喜び。恐らくは庄屋の聟取祝いであろう。
◆前句を、祝宴の酒肴《しゅこう》などを調える意にとり、倹約令を無視した婚礼の祝宴を付ける。

676　越前三位《えちぜんのさんみ》平通盛の、一の谷合戦への出陣と言ったら。なんと寝巻の上に鎧を着た不様さだ。
婚礼の馳走から通盛小宰相《こざいしょう》の名残《なごり》の盃《さかずき》へ。弟の能登守《のとのかみ》に急き立てられ、睦言の床から出陣。謡曲『通盛』。法衣の下の鎧を重盛に諌《いさ》められた清盛とは逆との穿ち。
◆前句を、名残を惜しむ所を能登守が不粋に急き立てる意にとり、通盛の周章の出陣姿を付ける。

ほんの事なりほんの事なり　宝暦一二年・松2

674
指を切るからは九品《くほん》の浄土まで
ほんの事なりほんの事なり　宝暦一二年・松2

675
花《はな》聟《むこ》の馳走にやぶる村《むら》法度《はっと》
ととのへにけりととのへにけり　宝暦一二年・松3

676
通盛《みちもり》は寝巻の上へ鎧《よろひ》を着
うるさかりけりうるさかりけり　宝暦一三年・宮2

677　医者の玄関で大勢が待っているが、寝転んでいるのは、今日第一番にやって来た薬取りだ。寝巻から寝ている人へ。「薬取り」は医者の所に薬を貰いに行く人。「第一番」は先着第一番。長時間待たされて待ちくたびれた体。薬取りは待たされるのが例であったことのうがち。原作は「寝てゐるが」で順位を問題にしていたが、いろいろな姿勢をした人の中で、寝ている人を話題にした表現に改めた。

◆前句を、薬取りが、大分待ったが誰が一番だと聞く意とし、寝ているのがその人だと指す体を付ける。

678　中田圃に立ち「それ、あの屋根が吉原さ」と。国許から来た男の江戸案内は、先ず吉原から。第一番から江戸見物の第一番吉原へ。「屋根を教へる」は日本堤をたどりつつ吉原遠望の体。防火用の天水桶が目印。「中田圃」は吉原の西北、日本堤から箕輪《みのわ》方面にかけて広がる一帯の田圃。

◆前句を、中の町はよい眺めだと説明する意にとり、国許から出て来た男を、吉原に案内する体を付ける。

679　玄関番は、座頭の下駄の音を聞きつけるたびに、腹立たしく、気持がくさくさすることだ。吉原遠望から座頭の足音へ。「下駄の音」は座頭の足音。言外に杖突く音を暗示。下駄と杖は座頭のシンボル。貧乏旗本屋敷などの玄関番。いつもの足音で、主家を気遣う素朴な奉公人の心情をうがつ。

◆前句を、座頭の足音をうるさがる意とし、座頭金の返済に苦しむ武家屋敷に奉公する玄関番を付ける。

677
寝てゐるは第一番の薬取り
　大《だい》分《ぶん》な事大分な事
寝てゐるが第一番の薬取り
宝暦一三年・宮2

678
国《くに》者《もの》に屋根を教へる中《なか》田《たん》圃《ぼ》
　よい気色なりよい気色なり
宝暦一三年・宮2

679
玄関番くさくさとする下駄の音
　うるさかりけりうるさかりけり
宝暦一三年・宮2

680 岡場所は湯の花くさい禿《かぶろ》が出
うるさかりけりうるさかりけり
宝暦一三年・宮3

680 岡場所で出て来る禿は、禿は禿でも吉原のとは違い、湯の花の臭《にお》いのする、うす汚ないやつさ。三味線や按摩に縁のある座頭から岡場所へ。「湯の花」は湯《ゆ》垢《あか》。鉱泉の沈澱物で、特に硫黄は臭気が強い。湿疹などに効く硫黄泉の湯治や、硫黄剤の常用を匂わせて、その不潔さをうがつ。三八二参照。
◆前句を、不快がる意にとり、岡場所の禿（小職《こじょく》）の不潔さを付ける。

681 粉《こ》のふいた子を抱いて出る夕涼み
よい気色なりよい気色なり
宝暦一三年・宮3

681 真白に粉のふき出した子を抱いて出て来るよ。夕涼みの床へ。おかみさんは。
湯の花くさい禿から粉のふいた子へ。「粉のふいた」は湯上がりに幼児の肌に、汗疹《あせも》の予防や治療に天花粉を打ちかけた姿の比喩。隣人打ち交り和やかな夕涼みの床の爽快感。将棋や花火に昼間の暑気を払う一時《ひと》。
◆前句を、宵の町の夕涼み風景の意にとり、近隣の顔も出揃っている所へ、子を抱いて出る女を付ける。

682 新《しん》発《ぼ》意《ち》の寄ると輪《わ》袈《げ》裟《さ》で首ッ引き
うるさかりけりうるさかりけり
宝暦一三年・宮3

682 小僧さんたちは頑是ないものだ。仲間が寄ると、すぐに首っ引きだよ。しかも輪袈裟でさ。
粉のふいた子から新発意へ。「輪袈裟」は輪状の袈裟。幅約二寸。綾・錦襴《きんらん》などで製し、頸にかける。法身の象徴を遊具に弄《もてあそ》ぶ無邪気さをうがち、哀れを誘う。原作はただ騒がしく散文調。「新発意の」に余情漂う。
◆前句を、腕白な小僧どもの騒ぐのを煩わしく思う意とし、新発意たちが遊びふざける体を付ける。

683 辻番へ守《もり》が指図の柏《かしは》餅《もち》

683 端午の祝いに近親に配る柏餅を、辻番へも持って行く。子守がそうしてほしいと言うので。

大分な事大分な事　宝暦一三年・宮3

684 祝ひ日に疵《きず》のついたる涅《ね》槃《はん》像《ざう》

気を付けにけり気を付けにけり　宝暦一三年・梅1

685 持参金疱《はう》瘡《さう》除《よ》けの守りにし

ととのへにけりととのへにけり　宝暦一二年・松3

686 坪《つぼ》皿《ざら》へ紙とはよほど学がたけ

ととのへにけりととのへにけり　宝暦一二年・松3

いたずらっ子から子守へ。「辻番」は江戸の武家屋敷町の辻に置かれた自警の番所。「普段親切にしてくれますので」という、子守の進言に従う親心。

◆前句を、数量が多い意とし、子守の意見で、辻番の人数相応に大量の柏餅を配る体を付ける。

684　二月十五日は、折角の祝い日だのに、涅槃像を拝むのはちょっと気が悪いね。

端午から祝い日へ。「祝ひ日」は三日《さんじつ》（六五六参照）。二月十五日は涅槃会が重なる。釈迦入滅の供養の日とあって、ちょっと縁起がよくない気がするとのうがち。

◆前句を、よく気が付いたと感心する意とし、涅槃会が祝い日に重なっているのに気付いた体を付ける。

685　疱瘡を患った可哀そうな娘に、大分の持参金をつけて嫁にやる。疱瘡除けのお守り代りに。

疵のついたるからあばた面《づら》の嫁へ。「疱瘡除けの守り」は、あばた面に文句を言わせぬお守りの意にひねる。不幸な娘にしてやれる、せめてもの親の償《つぐな》い。

◆前句を、嫁入りの支度金を調達する意とし、疱瘡を患ったあばた娘に持参金をつけてやる体を付ける。

686　坪皿の中に紙を貼るとは賢くなったもんだよ。博奕《ばくち》の手も大分上がったものと見える。

持参金の配慮から坪皿へ紙貼る工夫へ。「坪皿」は博奕の賽を伏せる筒形の用具。壺笊《つぼざる》。籐製が普通。ここは素人の慰みで代用品。紙を貼るのは音を消す工夫。

◆前句を、準備を調える意とし、博奕の用具に工夫をこらす男の体を付ける。

687 岡場所の中でも、根津の客はどういう訳か、家の歪《ひず》みを見付けては口うるさく言う。

学がたけから建築に精しい根津の客へ。近くに本郷の棟梁《とうりよう》屋敷、下谷の大工屋敷などを控えた根津の客筋には、大工職が多かった。句は大工客を暗示。「家のひづみ」は建物の狂い。職業柄をうがつ。

◆前句を、指図通りに修理調整する意とし、建物の狂いを見付けては直させる、根津の大工客を付ける。

688 遣手は厳しいばかりが能ではない。女郎の秘事《ひめごと》も、時には見逃しにしてやれば損はないのだ。

口が過ぎる根津の客から見逃す遣手へ。「見逃しにする」は間夫《まぶ》との密事《みそかごと》など。見て見ぬふりをしてやれば、相応の見返りもある筈《はず》。弱味を握っていれば扱いも楽だ。遣手の打算をうがつ。原作の口語調を引き締め、不作為の見逃しを、作為の見逃しに改め、句境変ず。

◆前句を、うまい具合だという意とし、女郎の秘事をうっかり見逃し、結局得をした遣手を付ける。

689 狩人の子は狩人の子だ。めいめいに親の見真似で、雀罠を仕掛けているわい。

見逃しにするから罠にかけて雀を捕るへ。「雀罠」は雀を捕るために仕掛ける罠。箕《み》や笊《ざる》などを地上に伏せかけ、餌を撒《ま》くなどの簡単な仕掛。子供の遊び。原作が眼前の狩人の子らの仕業を描いていたのを、「狩人の子は」と観念化し、一般的な性癖をうがつ。

◆前句を、大人びたことをする意とし、親の見真似で雀罠を仕掛けている、狩人の子らを付ける。

687 根津の客家のひづみに口が過ぎ

とゝのへにけりとゝのへにけり

宝暦一二年・松3

688 見逃しにすれば遣手《やりて》も損はなし

わけのよい事わけのよい事

見逃しをすれば遣手も損はない

宝暦一二年・松3

689 狩《かり》人《うど》の子はそれぞれに雀《すずめ》罠《わな》

おとなしい事おとなしい事

狩人の子がそれぞれに雀罠

宝暦一二年・松3

690 山門を下から拝む気の古さ

おとなしい事おとなしい事

宝暦一二年・松3

690 みな山門に登るのに、下から拝むだけで済ますあの男。年寄りじみてるなあ、まだ若いのに。

雀罠を仕掛ける稚気から老成の若者へ。「山門」は正・七月の十五日、彼岸の中日に、一般の登楼が許された浅草寺・東海寺・増上寺などの山門。楼上の仏を拝み、眺望を楽しむ人で賑わう。「気の古さ」は若者らしくない気象。群衆の中の異色のものぐさ。三九参照。

◆前句を、大人びた人だと評する意にとり、山門に登らず下から拝むだけで立ち去る男を付ける。

691 初がつを踏込《ふんごみ》の衆あたま割り

わけのよい事わけのよい事

初がつを踏込の衆があたま割り

宝暦一二年・松4

691 旦那衆とは違って、踏込の衆は思い切ったことをする。初鰹も頭割りで買ってのけたり。

気の古さから初鰹を頭割りで買う気の若さへ。「踏込」は野袴《のばかま》の一種で踏込袴。裾《すそ》を細く裁《た》った袴で裾細《すそぼそ》袴とも。士民ともに火事装束に必ず野袴を穿《は》く。「踏込の衆」は火消組か火消人足連を暗示。血気の連中の意表の挙。割勘で景気付け。原作の一字を削り句調整う。

◆前句を、なるほどうまい考えだと感心する意とし、元気な火消連中が割勘で初鰹を買う体を付ける。

692 引《ひっ》越《こ》しの跡から娘猫を抱き

おとなしい事おとなしい事

宝暦一二年・松4

692 家財を積み上げて、引越しの荷車が町を行く。あとからは娘がしっかと猫を抱いて。

初鰹から猫へ。諺に「猫に鰹節」。可愛い猫を宿なしにしては可哀そうと、逃がさぬように抱きしめて。引越し車は江戸の町では日常の風景。猫を抱いた娘をその後ろに歩かせて、情あり。景また新。

◆前句を、猫がおとなしく抱かれている意とし、猫を抱いて引越し車に従う娘を付ける。

693 蠟《らふ》燭《そく》の灯《ひ》ですひ付けて足《た》袋《び》を脱ぎ

わけのよい事わけのよい事

宝暦一二年・松4

蠟燭の灯で吸いつけて、先ず煙草を一服。さて足袋を脱いで洗足だ。

引越しの人から帰宅の人へ。夜に入ってからの帰宅。上《あが》り框《かまち》に腰かけたまま蠟燭の灯で吸いつけて、「ああうまい」と安堵の体。それから汚れた足許の始末。

◆前句を、万事好都合の意にとり、夜に入って家に帰った人の安堵の体を付ける。

694 ちつとづつよい手へ渡る御《ご》菜《さい》が子

限りない事限りない事

ちつとづつよい手へ渡る御菜の子

宝暦一二年・桜1

格の低いお女中から、少しずつ位の高いお方の手に、順繰りに渡されて行くよ。御菜の子が。

足袋を脱ぐからよい手へ渡るへ。「よい手」は身分の上位の人の手の意。「御菜」は大奥で御殿女中の外廻りの雑用に使われる下僕。御宰。生れた子を見せよと言われて、連れて来た御菜。我も我もと抱いてみて愛撫する物見高さ。原作の一字を変えて句調やや硬し。

◆前句を、いつまでも続く意とし、御菜の子を大奥の女中が、順番に抱き取って愛撫する体を付ける。

695 新蕎《そ》麦《ば》に小判を崩す一《ひと》さかり

張り合ひにけり張り合ひにけり

宝暦一二年・桜1

若い者はいいなあ、大見栄を張って。新蕎麦の振舞に小判を崩して見せるとは。

ちっとずつから小判を崩すへ。「新蕎麦」はこの秋収穫した蕎麦の粉で打った蕎麦切り。食通気取りで、血気盛りの若者の見栄に、小判を崩して仲間に振舞って見せる。若者気質《かたぎ》のうがち。二一参照。

◆前句を、競って気前のよさを見せる意として、大《たい》枚《まい》一両小判で、新蕎麦代の支払いをする体を付ける。

696 羽子の子の命をすくふ左利き

さすがに左利きだ。羽子の子を、すんでに落ちるところを、うまく打ち返したよ。

新蕎麦から左利き（左党）へ。追羽根の妙技。「命をすくふ」は「羽子の子」の縁語仕立てで、一句の眼目。
◆前句を、追羽根に勝負を競う意にとり、左利きの娘の子の妙技を付ける。

697　女房と相談してみたばっかりに、不義理をする破目になった。初めから黙ってればよかった。

左利きの妙技から義理を欠く処世の拙《まず》さへ。「義理」は女房には分ってもらえぬ世渡りの付き合いの義理。台所第一の女房に相談したあと味の悪さ。結果は初めから分っていたのにと。亭主の悔恨をうがつ。
◆前句を、男の優柔不断さを評判する意にとり、女房の機嫌を伺って付き合いの義理を欠く男を付ける。

698　座についた談義僧は面白い。きまって先ず、顔を十《とお》しかめて見せる。説教はそれからだ。

女房と相談から談義僧の談義へ。「談義僧」は仏教の教義を砕いて話して聞かせる僧。始めに唱える十念称名の体を「顔を十しかめ」と揶揄《やゆ》をこめてうがつ。
◆前句を、見かけは頼もしげだの意とし、談義僧が説教を始める前の、おきまりの仕草を付ける。

699　傾城はおならを落しても、恩着せがましく言ったりする。いい気なもんだ。客をこけにして。

顔を十しかめからとっぱずしへ。「とっぱづし」は屁をひること。不躾《ぶしつけ》も、心おきない仲の証《あかし》などと、ぬけぬけと。傾城の鼻もちならぬ醜悪な反面のうがち。
◆前句を、下品なことと蔑《さげす》む意にとり、傾城の客を小馬鹿にした振舞を付ける。

張り合ひにけり張り合ひにけり　宝暦一二年・桜1

697
女房と相談をして義理をかき
いやらしい事いやらしい事　宝暦一二年・桜1

698
談《だん》義《ぎ》僧《そう》坐ると顔を十《とを》しかめ
頼もしい事頼もしい事　宝暦一二年・桜1

699
傾《けい》城《せい》はとつぱづしても恩にかけ
いやらしい事いやらしい事　宝暦一二年・桜1

700 どうかと思うよ。ふし見世の売子どもは。昼飯時には、誰もがみな客に尻を向けよって。
とり外す尻から尻を向けへ。「ふし見世」は楊枝《ようじ》店の異称。浅草寺境内の道沿いに仮設の床店を掛け、看板娘を売子におき、楊枝やお歯黒の材料の五倍子《ふし》の粉などを売る。狭い店先で売子が昼弁当をつかう時には、向う向きになって尻が並ぶというがち。原作の尻を突き出す体の、醜悪な表現を改め、艶色を添えた。
◆前句を、不躾な振舞の意とし、ふし見世の女が、通りに尻を突き出して、昼飯を食う不様さを付ける。

701 床几に腰かけず、立ったままで飲む。それが居酒屋での常連の飲み方だ。
後ろ向きの昼飯から立ち飲みへ。主人と世間話をしながら、ちょっと一杯の常連。狭い店に客が立て混んだ時などの、常連の気の利かしぶりをうがつ。原作の上五「居酒に」を訂し、句調を整える。六三参照。
◆前句を、居酒屋の主人が客を頼もしく思う意にとり、狭い店で気を利かせて立ち飲みする常連を付ける。

702 薬箱持ちを供に連れての初の往診。いかにも得意気だ。時々うしろを振り返ったりして。
立って飲む常連から初に供を連れた医者へ。共に得意のポーズ。「振りかへり」は、後ろからついて来る供を顧みる意。俺は供を連れているのだと言いたげな、したり顔の体。はた目にはきざで、いやらしく映る。
◆前句を、したり顔なさまを評判する意にとり、初めて供を連れて往診する藪医の得意の体を付ける。

700 ふし見世《みせ》は昼《ひる》食《めし》の時尻を向け

いやらしい事いやらしい事

ふし見世は昼食の時尻を出し

宝暦一二年・桜1

701 居酒屋で念《ねん》頃《ごろ》ぶりは立つてのみ

頼もしい事頼もしい事

居酒に念頃ぶりは立つてのみ

宝暦一二年・桜1

702 薬箱初《はつ》に持たせて振りかへり

いやらしい事いやらしい事

宝暦一二年・桜2

703　畠から戻って足を洗っているうちに、もう日がとっぷりと暮れて、手許が暗くなっている。

往診に行く医者から畠から戻る百姓へ。日没寸前まで働いて、「畠から洗足ほどの日をあまし」て帰る意。「日」は陽の差す日中の時間。洗足に要る時間だけ、日没前の明るさを残して、そのぎりぎりのところまで、仕事に精を出す百姓の姿を言い取った、下十二文字の措辞精妙。

◆前句を、百姓が忙しく働く意にとり、日没寸前まで畠仕事に精出して働く体を付ける。

704　律義者は、まじめ面で、その道など知らぬ風だが、そのくせちゃんと子が生れるのが妙だ。

働き者の百姓から律義者へ。「律義者」は実直な男。吉原などどこにあるかも知らぬげな、物堅い男。「まじりまじり」は原作の「まじまじ」に同じ。そしらぬ振りをする意。諺「律義者の子沢山」を利かすうがち。

◆前句を、上手に子を儲《もう》ける意にとり、その道は知らぬ振りでいて、子が出来る律義者を付ける。

705　何をしたのか、叱られた禿が、部屋の隅で、おいらんの簞笥に寄りかかって泣いている。

子供から禿へ。「簞笥へ寄りかかり」は、叱られてしょげ返った禿の、哀れさを叙し得て妙。その簞笥の高さにも及ばぬ背丈の禿が、寄りかかって泣く可憐な風情。景・情うがち尽して余す所なし。

◆前句を、禿を叱る遣手などの言葉とし、叱られた禿の哀れな姿を付ける。

703
畠《はたけ》から洗《せん》足《ぞく》ほどの日をあまし
忙《せわ》しない事忙しない事
宝暦一二年・智4

704
律義者まじりまじりと子が出来る
上手なりけり上手なりけり
律義者まじまじとして子が出来る
宝暦一二年・智4

705
叱られた禿《かぶろ》簞《たん》笥《す》へ寄りかかり
忙しない事忙しない事
宝暦一二年・智4

706 針《しん》明《みやう》の坐つた形《なり》に灯《ひ》がとぼり
忙しない事忙しない事
宝暦一二年・智4

706　物縫い続ける針明の坐った姿を、暗くなった部屋の中に浮び上がらせる。行燈《あんどん》に灯が入って。簞笥から針明へ。「針明」は針妙とも。一般に町家に雇われる物縫い女。「形に灯がとぼり」は姿を浮び上がらせて灯が入る意。措辞新奇。暗くなった手許を見つめて縫い続ける、女の背に哀愁漂う。

◆前句を、仕事に追われる人の意とし、灯が入っても手を休めず、縫い続ける針明の姿を付ける。

707 百姓は金でせかせるものでなし
次第次第に次第次第に
宝暦一二年・智4

707　商人とはちがって、百姓の仕事はお天道様次第。銭金で急かせても、どうにもならぬ。天気とは無関係の針明の仕事から晴耕雨息の百姓仕事へ。世の中万事が金で動く時代だが、百姓の仕事だけは、銭金をいくら積んでも、日限を切ってという訳にはゆかぬ。天候に依存度の高い百姓の仕事をうがつ。

◆前句を、農作物は季節に順応して成熟する意にとり、銭金ではままならぬ百姓仕事の理を付ける。

708 色男はしたにばかり産《さん》をさせ
引く手あまたに引く手あまたに
宝暦一三年・義2

708　色男という奴は罪なことをする。あれこれ手をつけては、どれもこれも堕《おろ》させるとは。銭金から色恋へ。「はした」は中途半端。「はしたに産をさせ」るとは、孕《はら》んだ子を堕させる意。気儘《きまま》な火遊びの跡始末。宝暦の昔も今の世も。

◆前句を、色男が女たちにもてる意にとり、孕ませては堕させる、不埒な男の不行跡を付ける。

709 神《か》楽《ぐら》堂逃げた翌《あした》は母が出る

709　神楽堂では、神楽巫子《みこ》が欠落ちをした翌日は、母が代りに出て舞うが、全く艶《つや》消しだ。色男から神楽巫子の欠落ちへ。「神楽堂」は神楽を奏する堂。神楽殿。「逃げた」の主語省略。当時社寺の出《で》開帳多く、美女の神楽巫子を舞わせて、参詣人を寄せることが流行。売女同然の所業にて風儀を乱す。句は巫子の艶色目当ての参詣人の失望をうがつ。

◆前句を、とんでもないと参詣人の失望する意にとり、逃げた巫子の代役をつとめる母の舞を付ける。

710 あの渡し舟は、瞽女ばっかりを乗せて、漕ぎ出して行く。渡し守も気苦労なことだ。

神楽巫子から三味線を弾く瞽女へ。瞽女の一団だけで他に乗合客のない渡し舟。上総《かずさ》国から江戸に出稼ぎに来た一団が、隅田川を越えて帰る際の景であろう。盲女ばかりを乗せて漕ぎ出す舟を見送る不安の情。

◆前句を、危なっかしく気掛りだという意にとり、盲女ばかりを乗せて、岸をはなれる渡し舟を付ける。

711 あの藪入娘はどうしたのだろう。殊勝なことに六阿弥陀詣でとは。何か気に入らぬ事でも。

渡し舟から六阿弥陀詣でへ。六阿弥陀の中には六番亀戸の常光寺など、江戸から渡し舟の要る所もある。久しぶりの藪入で、ほかに娘らしい楽しみのもくろみもあったろうにと。原作の「藪入は」は散文調。「藪入の」に改めて、詠嘆の情が加わる。

◆前句を、意外なことに驚く意にとり、藪入娘の六阿弥陀詣でをいぶかる体を付ける。

712 関所は越えてしまえばもう安心。おもしろおかしく、関守の口まねをしたりして。

すねた六阿弥陀詣でから陽気な旅へ。関所では咎《とが》めを

とんだ事かなとんだ事かな　宝暦一二年・信1

710 瞽《ご》女《ぜ》ばかり一《いっ》艘《さう》につむ渡し舟

とんだ事かなとんだ事かな　宝暦一二年・信1

711 藪《やぶ》入《いり》の何《なん》にすねたか六阿弥陀

とんだ事かなとんだ事かな
藪入は何にすねたか六阿弥陀　宝暦一二年・信1

712 関守の声を越えると真《ま》似《ね》て行き

恐れて神妙にかしこまっていた男も、越えたとなると一気にはしゃぎ出す。吟味の声色をしてみせたり。人のよい弥次郎兵衛・喜多八風情の小市民をうがつ。

◆前句を、関守の威張った吟味態度の噂とし、その声色をまねて行く、陽気な旅人の体を付ける。

713　墓越しに隣の隠し町の様子を、じっと見とれている男。手に墓参りの手桶を提げて。

関越えの旅人から墓地越しに見とれる人へ。「隠し町」は岡場所の異称。その多くが社寺の門前町界隈にあった。菩提を弔う身に、煩悩の火が燃え上がろうとする矛盾。煩悩即菩提をひねったおかしさ。原作は、さりげない傍観。これは心奪われた体。

◆前句を、驚き入った事だと呆れる意とし、墓桶を手に、隠し町を見ている男を付ける。

714　見越しの松の枝を伝い、塀を越えて女が逃げたが、女の腰帯は枝に残って垂れ下がっている。

隠し町から女郎の逃亡へ。「見越しの松」は外から見えるように塀際に植えた庭中の松。芝居がかりに趣向した句。人物の素姓は特定出来ぬが、編者呉陵軒は岡場所の女と見たらしい。見越しの松に垂れる腰帯に、必死の逃亡劇の名残を描く。嵐のあとの静寂。

◆前句を、女の逃亡に気づいて驚く意とし、逃亡の名残の景を付ける。

715　病い犬は厄介なものだ。すこし追っかけて来ては、遠くへ走って逃げる。

逃げ残る腰帯から追っては逃げる病い犬へ。「病ひ犬」

力《りき》みこそすれ力みこそすれ　　宝暦一二年・信1

713　墓《はか》桶《をけ》を下げて見とれる隠《かく》し町

とんだ事かなとんだ事かな

墓の桶下げて見てゐる隠し町　　宝暦一二年・信1

714　腰帯は見越しの松に逃げのこり

とんだ事かなとんだ事かな　　宝暦一二年・信1

715　病ひ犬ちつと追つてはたんと逃げ

は嚙みつく癖《くせ》のある犬。牙をむき出して吠えついて来るが、脅すと飛びしさる。その反復。巷間日常属目《しょくもく》の景。犬の習性をうがつ。

◆前句を、病い犬がどこまでもあとについて来る意とし、吠えついては逃げる病い犬の習性を付ける。

716　事納めを、人から気をつけてもらって、はじめて気付いたり。新世帯には無理もないこと。病い犬から気をつけられるへ。「事納め」は十二月八日、農事の終りを祝う行事。竿に目籠をつけて軒先に立てる。世馴れぬ若夫婦。よく気のつく隣人。

◆前句を、これはうっかりしていたと驚く意とし、隣人から事納めを教えられる新世帯の体を付ける。

717　祭り見物から戻って来ると、預かって行った子供達を、隣近所に配って歩く。今帰ったよと。隣人の新世帯に気をつけるから近隣の子供の世話へ。隣人の親切。親代りに何人かの子供を預かって祭り見物に行った世話好きの女房。大勢の手を引いて。

◆前句を、子供を家に送り届ける意とし、近隣の子供を預かっての祭り見物から帰った人の体を付ける。

718　女房の間男を見つけて、派手に騒ぎ立てた男。つまりは己の恥の上塗り。おろか者めが。祭りから間男へ。祭りは房事の異称に用いる。女房の姦通の現場を捕り押えた間抜け男。おまけに大声でわめき立てたり。恥は町中に知れ渡る仕儀。

◆前句を、いきまいて罵《のの》る体とし、女房の姦通現場を捕り押えた男を付ける。

送りこそすれ送りこそすれ　宝暦一二年・信1

716
事《こと》納《をさ》め気をつけられる新《あら》世《ぜ》帯《たい》

とんだ事かなとんだ事かな　宝暦一二年・信1

717
祭りから戻ると連れた子をくばり

送りこそすれ送りこそすれ　宝暦一二年・信1

718
間《ま》男《をとこ》を見出して恥を大きくし

力みこそすれ力みこそすれ　宝暦一二年・信2

719 団扇《うちは》では憎らしい程叩《たた》かれず
力みこそすれ力みこそすれ
宝暦一二年・信2

719 男の言い草が憎いので、力一杯団扇で叩いてはみたが、手応えがない。歯痒《はがゆ》いこと。
間男を見出しから憎らしい男へ。夏の宵、団扇片手の夕涼みの床の寸景。若い女の嬌態。相手は勿論憎くない男。元禄以来、類吟の多い中で、本句は下十二字に、団扇の本性と景情を尽して最も秀逸。
◆前句を、女が団扇で叩こうと力む意とし、思うように力の入らぬのを、歯痒がる体を付ける。

720 髪《かみ》結《ゆひ》が替《かは》つてかはるあたま形《なり》
力みこそすれ力みこそすれ
宝暦一二年・信2
髪結が替つて人のあたまなり

720 髪結職人が替ったら、髪形まで今までとは違った形になった。これはいい。気に入った。
叩かれずからあたま形へ。「あたま形」は髪を結った頭の形。髪形。職人が替り髪形が変って心機一転。原作の「人のあたまなり」は気に入らぬ意にもとれるのを避けて、「かはるあたま形」と、変った髪形に興ずる、平明な表現に改めた。
◆前句を、これ見よがしに気取る男とし、髪結職人が替って、自分の頭と思えぬと御機嫌の体を付ける。

721 大磯に弓《きゆう》箭《せん》筋《すぢ》の地蔵あり

721 地蔵の御利益もいろいろだ。大磯には弓箭筋の地蔵がある。道理で曾我兄弟が。
あたま形から地蔵へ。「弓箭筋」は手相の一。剣難の相。化けて人を誑《たぶら》かし、切られて切疵があると伝えられた大磯の化《ばけ》地蔵。擬人化して地蔵の手相をうがち、地蔵も切られる物騒な所だ。兄弟も無理はないと。

722 雛《ひな》棚《だな》の樋《ひ》合《あはひ》ふさぐ楊《やう》枝《じ》さし

722 雛飾りの棚づくり。棚の隙間を塞《ふさ》いで、ちょっと楊枝刺を挟んでみる。よい思いつきだ。
弓箭筋の殺伐から雛棚の優美へ。「樋合」は廂間《ひあわい》。棚と棚との隙間を、家と家の間の空隙に見立てる。「楊枝刺」は爪《つま》楊枝入れ。仮初《かりそめ》の小道具で「樋合」を塞ぐと見る目に、心の花やぎがある。

◆前句を、雛棚の隙間がうまく塞げたと喜ぶ意にとり、楊枝刺を使って工夫する体を付ける。

723 寒念仏の声には、信心の人でなくとも、つい無常心を誘われて、施しをする気になるもの。

雛祭から寒念仏へ。年中行事。「ざらの手」は信心とは無縁の一般の人の手。表を通る寒念仏に誘われて湧く無常心。信心をもたぬ身も、つい一握《ひとにぎ》りの米を摑《つか》んで出て、報謝の志を見せる。

◆前句を、浮世の無常を観ずる意とし、寒念仏の声に無常心を誘われ、施しをする人を付ける。

724 居酒屋をやめた訳はほかでもない。革羽織の連中がうるさくて、いや気がさしたのだ。

寒念仏から居酒屋へ（六六七・六六八参照）。「革羽織」はなめし革の羽織を着た者。革羽織はもと火消役旗本が着用したが、後に鳶《とび》の者や中間《ちゅうげん》の軽輩が着た。ここは後者で、居酒屋でのねだり・無銭飲食等の常習者。

◆前句を、革羽織のねだり者に愛想が尽きる意にとり、居酒屋が廃業に及んだ訳を噂する体を付ける。

725 検校の供は供とは言えぬ。旦那の検校の方が、ぶら下がって、手を引かれて歩いている。

革羽織から検校の供へ。「片荷ずり」は片方の荷物がずり下がって不均衡な形。旦那の検校と供とを担いだ荷に見立て、供が主人より隆《りゅう》としている矛盾に興ず。

届きこそすれ届きこそすれ　宝暦一二年・満1

723
寒《かん》念《ね》仏《ぶつ》ざらの手からも心ざし

浮世なりけり浮世なりけり　宝暦一二年・宮3

724
居酒屋を止《や》めた子《し》細《さい》は革《かは》羽《ば》織《おり》

あきはてにけりあきはてにけり　宝暦一二年・宮2

725
検《けん》校《げう》の供は旦那が片荷ずり

726　いいものだなあ、嫁の部屋は。這入ったとたんに、漆の匂いが漂って来る。
片荷ずりから嫁入りの荷へ。嫁の居間の嫁入り荷物の調度類には、簞笥・衣桁《いこう》・鏡台その他漆塗りの物が多い。「漆くさい」は漆の匂いが強い意で、悪臭の意ではない。艶冶《えんや》な花嫁の初々しさの象徴。編者後年の吟に「うるしくさく無い道具は二度め也」(柳多留九編)。
727　丸山の遊女に騙《だま》されて、現《うつつ》をぬかしたあの唐人は、髭で蠅を追ってるよ。気の毒に。
嫁の部屋の艶から丸山へ。「丸山」は長崎の遊廓。「髭で蠅を追ひ」は諺「顎で蠅を追う」を長髯《ちょうぜん》を蓄えた唐人に言い替えた洒落。房事過度憔悴の態。所柄唐人も廓に遊ぶとした趣向。原作は道理を言うのみ。二字を改めて句に生彩加わる。
◆前句を、遊女の色に溺れる愚かさを評する語とし、丸山で唐人が遊女に騙され色に溺れる体を付ける。
728　正月飾りの串柿はうまくこしらえてあるわい。二、三箇所で柿の間が飛んでいる。
遊女の手管から串柿作りの秘法へ。串柿の形を十露盤《そろばん》玉の並びに見立て、位取りを飛ばす意の「桁を飛ばす」にかけて、「飛桁のある」と言った縁語仕立て。間隔を二、三明けたのを、串柿作りのずるさとして興ず。
◆前句を、よく考えたものと感心する意とし、串柿が並びを飛び飛びにしてあることを付ける。
729　遣手の歯にあたるのは、食べ物だけとは限らない。時には小粒もあたることがある。

726
娵《よめ》の部屋這《は》入《ひ》ると漆《うるし》くさいなり

727
丸山へはまつて髭《ひげ》で蠅《はへ》を追ひ
　馬鹿な事かな馬鹿な事かな
丸山へはまると髭で蠅を追ひ
宝暦一一年・智1

728
二三間《げん》飛《とび》桁《げた》のある飾り柿
　よい思案なりよい思案なり
宝暦一二年・鶴1

729
折ふしは小粒もあたる遣《やり》手《て》の歯

二三間飛桁のあるから遣手の歯へ。「小粒」は小粒金で、一分金。小粒が歯にあたるとは、真贋《しんがん》を噛んで試される意。一分は、吉原で三会目の客が遣手に与える祝儀。原作の主語は遣手の歯。これは小粒。

◆前句を、疑い深い遣手の仕草とし、時折もらう祝儀の一分金を、噛んで調べてみる体を付ける。

730 方丈様のお手から直《じか》に、一歩の御祝儀が出たよ。包み紙に糊付けしたやつをはがしてね。

もらう小粒から与える一歩へ。「壱歩」は一分金。「方丈」は寺院の長老。ここは吉原の坊主客を揶揄《やゆ》追従した敬語。三会目の祝儀を遣手に出し際《ぎわ》に、一歩の出所露顕の図。お布施の金での遊興をうがつ。原作は「坊主の一歩はお布施の金だ」とあからさまで含蓄がない。

◆前句を、遊興費を調達する意とし、坊主がお布施の包み金を懐《ふところ》にして登楼遊興の体を付ける。

731 小謡を諷《うた》って門付《かどづけ》に立つ浪人。浪人稼業もいろいろだが、あれは元手いらずで割がよい。

一歩から元手へ。傘張り・易者・虚無僧・素読指南など、何をするにも多少の資本が要る。「小謡」は謡曲の妙所の短章節を抜粋したもの。祝儀や余興の用。世にある時に覚えた芸が身を助ける。でもこれはよくよくのこと。窮状をうがって非情。

◆前句を、物乞いが施しを受ける時の仕草と見て、小謡で門付に立つ浪人を評判する体を付ける。

732 投網で打たれた雑魚《ざこ》のように、一つ蚊帳で押し合って寝ている禿。可哀そうに蚊に食われて。

いやらしい事いやらしい事

折ふしは小粒もあてる遣手の歯

宝暦一二年・桜1

730

方丈の手から壱歩《いちぶ》がはがして出

ととのへにけりととのへにけり

方丈の手から壱分ははがして出

宝暦一二年・松3

731

小《こ》謡《うたひ》で来る浪人は元手《もとで》なし

敬ひにけり敬ひにけり

宝暦一二年・義3

732

一《ひと》網《あみ》に打たれた禿《かぶろ》蚊《か》にくはれ

小謡から遊里吉原へ。「一網に打たれ」は一つ蚊帳の中で雑魚寝する体の見立て。寝相の悪いは幼児の習い。蚊帳越しに刺されたり、蚊を帳中に誘い込んだり。

◆前句を、人の押し合うさまと見て、一つ蚊帳に雑魚寝して、蚊に食われた禿の体を付ける。

733　若殿がお召しになると、紺の足袋も、きりっと足許が引き緊って、見るからにいさぎよい。

一網に打たれた禿から若殿の勇姿へ。野掛けや旅行には士民ともに必ず紺足袋を着用した。旅立ちか遠乗りなどの勇姿。紺の足袋が秀麗の眉目に映える頼もしさ。

◆前句を、遠く国の空を望む意にとり、江戸から国許に帰る若殿の、旅立ちの姿を付ける。

734　市の雑踏の中を神馬牽が神馬を牽いて。あちらに突っかけ、こちらに突っ込み、大騒ぎだ。

乗馬の若殿から神馬牽へ。「市」は浅草寺境内の年の市。十二月十七・八日。「神馬」は浅草寺の白馬。雑踏に逸《はや》り立つ神馬に牽き廻される神馬牽の体。

◆前句を、浅草年の市の賑わいとし、人混みの中を牽いて通る神馬牽が、神馬を制しかねる体を付ける。

735　外科医が飼う豚は、いずれは殺される身で飼われている。可哀そうに。

大事にされる神馬から死身で飼われる豚へ。「死身」は死ぬべき身の意。医療用に飼われている豚。殺される運命を背負いながら、知らずにいる豚の命。哀切。

◆前句を、次第に死期が近づく意とし、いずれは殺される運命の、外科医に飼われる豚を付ける。

押し合ひにけり押し合ひにけり　宝暦一二年・義5

733
若殿が召せばりりしい紺の足袋《たび》

遠い事かな遠い事かな　宝暦一三年・満1

734
神《じん》馬《め》牽《ひき》市《いち》を突つつきつんまはし

にぎやかな事にぎやかな事　宝暦一三年・天1

735
外科殿の豚《ぶた》は死《しに》身《み》で飼はれてゐ

次第次第に次第次第に　宝暦一二年・智2

736 吉原の鰐《わに》が見入れて紙が散り
次第次第に次第次第に
宝暦一二年・智1

736 吉原の鰐鮫《わにざめ》に魅入られようなら、渡海で人身御供《ひとみごくう》にされるのと違い、紙花を散らさせられる。

死身から鰐が見入れへ。「鰐」は遣手の見立て。「紙」は祝儀の紙花。遣手の口車に乗せられた蕩児散財の体。鰐に人身御供を献《ささ》げて渡海の難を免れる奇談・俗説により、吉原では命の次の金をしゃぶられると穿つ。

◆前句を、次第に遊興の深みにはまる意とし、遣手の手管におちて、紙花を散らす客を付ける。

737 前髪へ白髪《しら》が《が》の交《まじ》る謡《うたひ》講《かう》
手柄次第に手柄次第に
宝暦一二年・義1

737 謡講の顔ぶれはなかなか多彩だ。前髪の少年たちに交って、白髪頭の年寄りもいる。

吉原の遊興から謡講へ。謡講を口実に吉原へ抜ける輩《やから》もいたらしい。「謡講」は謡曲同好者の会。老若仲よく膝を交えた、和やかな謡講風景。

◆前句を、技倆に応じた配役の意とし、前髪の少年たちに白髪の老人が交って諷《うた》う謡講の体を付ける。

738 血の道もてんねき見える長《なが》局《つぼね》
うるさかりけりうるさかりけり
宝暦一三年・宮1

738 男子禁制の長局にも、たまには血の道を患う女中もいる。妙なことだよ。

前髪に交る白髪の老爺《ろうや》から長局の血の道へ。「血の道」は婦人科疾患一般の称。ここは不行跡の結果の意。「てんねき」は稀にの意。空想に出た仮構の趣向。

◆前句を、傍輩の噂に悩む意とし、めったにないことに、奥女中が血の道を患っている体を付ける。

739 一《ひと》さかり身になる顔へ遠ざかり

739 血気に逸る若盛りには、身の為を思ってくれる人には寄り付かない。その顔がけむたくて。

血の道の女中から若盛りの道楽者へ。「身になる顔」は、己の為を思って意見してくれる人。いつの世も変らぬ若者気質。二二・六九五参照。
◆前句を、好意を無にする無愛想にあきれる意にとり、意見に耳を藉《か》さぬ若盛りの道楽者を付ける。

740　喧嘩両成敗で、結局二人とも長屋を追い出されることになったとは。馬鹿な奴らだよ。

一さかりの若者から喧嘩へ。「五分五分にして」は両成敗の裁きで。「店立」は大屋が借家人を追い立てること。いがみ合う二人をもてあました大屋の切札。

◆前句を、度々の喧嘩に飽き果てる意とし、五分五分の裁きで、二人とも借家を追放する体を付ける。

741　留守居を頼む人へ、枕と太平記とを出して置く。これは行き届いたお気遣い。

店立から留守頼むへ。退屈しのぎに太平記でも読んで、疲れたら昼寝でもとの心遣い。太平記は平家物語と並んで、最も愛読された軍記物。但し、読者は勿論長屋の住人たちではない。武家や知識層。

◆前句を、無理に留守居を頼む意とし、留守居の人へのこまかい心遣いを付ける。

742　お供の者に役者の墓を捜させている。ついでにお線香でも手向けたいと。御代参の奥女中。

留守頼むから外出の奥女中へ。「若党」は武家奉公の供侍。ここはお供の者の意。御代参の奥女中が、寺参りのついでに、贔屓《ひいき》にしていた役者の墓が、この寺にあるはずだと。「捜させる」に時・所・人を暗示。

◆前句を、是非とも墓参りしたいと願う意とし、御代参の機に贔屓役者の墓を捜す奥女中を付ける。

けんどんな事けんどんな事　宝暦一二年・宮2

740　五分五分にして店立《たなだて》が二人《ふたり》出来
あきはてにけりあきはてにけり　宝暦一二年・宮3

741　留守頼む人へ枕と太平記
是非に是非にと是非に是非にと　宝暦一二年・梅1

742　若《わか》党《たう》に役者の墓を捜させる
是非に是非にと是非に是非にと　宝暦一二年・梅1

743 綿帽子風を押へて長ばなし

ゆかしかりけりゆかしかりけり

綿帽子の風を押へて長ばなし

宝暦一二年・梅1

744 身《み》揚《あが》りが来て墨《すみ》壺《つぼ》をこぐらかし

是非に是非にと是非に是非にと

宝暦一二年・梅1

745 座頭の坊をかしな金《かね》の隠し所《どこ》

気の付かぬ事気の付かぬ事

宝暦一二年・梅1

743 路上で女の立ち話。積る話に時が移る。吹き煽る風を気にして、綿帽子を片手で押えながら。

御殿女中から綿帽子の女へ。久しぶりに出会った二人。いつまでも話は尽きそうにない。吹きつける風に綿帽子が持って行かれそうだが。「風を押へて」の措辞凡ならず。女の長話は世の常ながら、よくその風姿を描き得たり。原作の「綿帽子の風」の平板な叙法を斥け、「綿帽子」に余韻をもたせた添削も巧妙。

◆前句を、人を懐かしがる意とし、久しぶりに巡り会った女二人の路上の長話の体を付ける。

744 身揚り女郎がやって来て、墨壺の糸を縺《もつ》れさせてしまったよ。余計な悪戯《いたずら》をしてくれるわい。

女の長話から身揚り女郎の慰みへ。「身揚り」は揚代自弁で休みをとった女郎。「墨壺」は墨汁を浸ませた糸で直線を引く大工道具。吉原の昼下り、仕事に来ている大工相手に女郎の所在なさの慰み。大工は迷惑。

◆前句を、見せてくれと頼む意とし、身揚り女郎が大工の墨壺を手にとって、いじり廻す体を付ける。

745 金銭を大事にする座頭さんだけあるよ。妙な所に金を隠してござるわい。

ほぐせぬ縺れ糸からわからぬ金の隠し場所へ。座頭は検校《けんぎょう》の官位を得るために蓄財し、座頭金と呼ぶ高利貸しをする者も多かったとされる。よって、盗難防止の策にも細心とのうがち。

◆前句を、常人には気が付かぬ意とし、座頭の意外な金の隠し場所にあきれる体を付ける。

746 入れ智恵で亭主は野暮《やぼ》な腹を立て
気の付かぬ事気の付かぬ事
宝暦一二年・梅1

746 女房の不貞を聞かされて、腹立ちわめく迂闊な亭主。その愚かさの何と不粋な。

金の隠し所から女房の秘事へ。動顚の亭主無惨。己ののろま加減をさらけ出して、わめき罵《ののし》っては目もあてられぬ。所詮は離縁の成り行きなれば、荒立てて、恥の上塗りをせずともと。七六参照。

◆前句を、御存じないがと入れ知恵する体と見て、女房の不貞を知り、腹立つ亭主の愚かさを付ける。

747 鏡《かがみ》磨《とぎ》盗んだ女郎見出して来
気の付かぬ事気の付かぬ事
宝暦一二年・梅1

747 男が廓から盗み出して同棲している女を、鏡磨が見つけて来るとは。さもあろうよ。

密通の女房から欠落ちの女郎へ。「鏡磨」は銅鏡を磨いて廻る職人。加賀国から来た老人が多かったらしい。廓の女郎や、町家の婦人が顧客。よって、欠落ちの女郎の顔にも見覚えがあるとのうがち。

◆前句を、誰も気が付かなかったと驚く意とし、欠落ちした女郎を鏡磨が見つけて来た体を付ける。

748 歌かるた手ひどく乳《う》母《ば》はいぢめられ
是非に是非にと是非に是非にと
宝暦一二年・梅2

748 歌かるたで乳母は散々な目にあわされている。控えていればよいのに。のさばり出て。

見出された女郎から手ひどくいじめられる乳母へ。乳母は一般に田舎者で文盲とされた。正月の女達の遊びの歌かるたで、愚弄される乳母のみじめさ。

◆前句を、乳母が歌かるたに加えてくれと頼む意とし、全然札を取らしてもらえぬ乳母の体を付ける。

749 船の子へ蟹《かに》投げて遣《や》る蜆《しじみ》とり

749 舟で待つ子の慰みに、蜆取りの男が、捕えた蟹を投げてやっている。あれも人の子、人の親。

乳母から蟹を貰う幼児へ。子を舟に残し、浅瀬に下り立ち、川底の蜆を掘る。手許に這い出す蟹。水ぬるむ隅田川に、貧しい子連れの蜆取り。情あり、景あり。
◆前句を、幼児のこととし、蜆取りが舟でおとなしくしている子に、蟹を投げ与える体を付ける。

750　袂から数珠を出して見せ、「今日はこれのついでに寄ってみた」と、屈託がない。
隅田川の蜆取りから葬礼帰りの吉原行きへ。「これぢや」と出して見せる数珠で葬礼帰りを暗示。吉原周辺の山谷一帯には寺院が多く、葬式のついでに吉原に遊ぶ嫖客《ひようかく》も少なくなかったらしい。男の言動だけで、句の向うに、馴染客を迎えた女の挨拶姿をにじませる。
◆前句を、葬式で殊勝気にしている男の体とし、帰りに吉原に馴染女を訪うた体を付ける。

751　「精進日だから許してくれ」と嘘の逃げ口上を張る男を、引っ張って来る禿。これはお手柄。
馴染に会う客から逃げようとする男へ。「精進の嘘」は精進日だと嘘をつく男の意。吉原に足を踏み入れていながら、親の命日で精進潔斎しているからなどと、見え透いた嘘には、幼い禿でも騙《だま》されぬとのうがち。近頃足の遠退いた客。禿に摑《つか》まって、仕方なしに引かれて来る男のばつの悪さ。
◆前句を、人に強要する意にとり、禿が有無を言わさず馴染客を摑まえて連れて来る体を付ける。

752　亭主の帰ったのを知りつつ、女房は寝たふり。同じ悋気でも、これはきれいで品がよい。
吉原の嫖客から女房の悋気へ。亭主は馴染女のところ

しをらしい事しをらしい事　宝暦一二年・梅2

750
袂《たもと》から今日《けふ》はこれぢやと数珠《じゆず》を出し

しをらしい事しをらしい事　宝暦一二年・梅2

751
精《しやう》進《じん》の嘘《うそ》を禿《かぶろ》が引いて来る

是非に是非にと是非に是非にと　宝暦一二年・梅2

752
寝た形《なり》でゐるはきれいな悋気《りんき》なり

ゆかしかりけりゆかしかりけり　宝暦一二年・梅2

753
姑《しうとめ》の屁《へ》をひつたので気がほどけ
しをらしい事しをらしい事　宝暦一二年・梅2

754
生《き》娘《むすめ》と見えて薬師を朝にする
しをらしい事しをらしい事　宝暦一二年・梅2

755
勘当の訴訟のたしに髭《ひげ》がなり
是非に是非にと是非に是非にと　宝暦一二年・梅2

へ。燃える嫉妬に身を焦がし、狸寝入りをきめこむ女房。取り乱すまいと必死に堪《こら》える姿の哀れさ。

◆前句を、品のよい女房だと噂する意とし、狸寝入りの嫉妬姿の品のよさを付ける。

753　姑が屁をひったので、おかしさに、その場の空気も和らいで、嫁ほっとする。ひょんなこと。

悋気する女房から嫁姑の仲へ。百日の説法屁一つ。躾《しつけ》の喧《やかま》しい姑も形なし。照れ笑いに、つい嫁も誘われて。権威失墜の姑の屁は、嫁にとっては救いの屁。

◆前句を、姑の前で神妙にしている嫁と見て、姑のしくじりで救われた思いでいる場を付ける。

754　薬師参りは夕暮にするものだが、あの娘《こ》は朝参りだ。手入らずのおぼこ娘と見える。

嫁と姑から生娘へ。俗諺《ぞくげん》に「朝観音夕薬師」という。薬師は茅場町薬師が有名で、毎月八日と十二日の縁日には、黄昏《たそがれ》から参詣で賑わった。あだついた男女の出盛る雑踏を避けて朝参りする嗜みのよい娘のうがち。

◆前句を、小娘の控え目な可憐さとし、薬師の縁日に人出の多い夕方を避けて朝参りする体を付ける。

755　勘当の赦《ゆる》しを願うについては、当人の伸び放題の髭面も好都合。改心した証《あかし》に役立つ。

生娘から勘当息子へ。「勘当の訴訟」は一旦主従・親子・師弟の縁を断たれた者の復縁の嘆願。ここは息子を取りなす身内。今は放蕩者の俤《おもかげ》とどめぬ髭面。

◆前句を、勘当の赦しを愁訴嘆願する意とし、改悛の情の証の、息子の髭面を付ける。

756 壱人者《ひとりもの》内へ帰るとうなり出し

ゆかしかりけりゆかしかりけり

後編[一]

誹風柳樽

秀逸の句の下へ江戸取次[二]
所の組々を相印[三]をいたし
差出し申候

近日[四]より売出し申候

明和二乙酉七月吉日

板元　花屋久治郎
下谷竹町二丁目

輔[五]助　桜木庵

彫[六]工　朝倉啄梓

756 一人者が内へ帰ると、所在なさに、やがていつもの謡をうなり出す。いい奴だよ全く。

勘当者から一人者へ。孤独同士。「うなる」は謡曲。「内へ帰ると」は、それが日課になっている意。長屋暮しの独身者。仕事先から内へ戻ると、身と時をもてあますのが小人《しょうじん》の常。この男、謡を嗜むゆかしい男。独り陋屋《ろうおく》に閑居して乱れざる。善哉《よきかな》一人者。

六阿弥陀詣でに始まった『誹風柳多留』。一人者長屋に帰って一巻全し。善からずや。

◆前句を、人柄のゆかしさを褒める言葉とし、そのゆかしがられる人物の日常を付ける。

一　続編の出版予告。

二　川柳評万句合興行の際、投句を取次いだ所。明和二年八月五日初会には近江（芝宇田川町新道）、錦（飯田町中坂）、桜木（山下薩秀堂）、若松（浅草新堀）、初瀬（市谷田町）その他都合十七組。

三　当該句の取次組名を句脚に符牒で掲示することを予告したものだが、二編では実行されなかった。

四「近日」とあるが、二編の出版は明和四年七月。

五　出版補助者。上野山下の薩秀堂桜木庵。川柳評万句合興行の最も有力な取次所。

六　板木師。

解説

四里四方に咲く新興文学の先駆

宮田正信

はじめに

明和二年（一七六五）七月、小本体裁の一冊の瀟洒《しょうしゃ》な句集が江戸の文壇に現れた。題して「誹風柳多留　全」とある。書肆《しょし》は花屋久治郎。編者は呉陵軒可有《ごりょうけんあるべし》。奥付《おくづけ》によると、桜木庵なる者が補助として後見役をつとめ、板木師《はんぎし》は朝倉啄梓《たくし》である。いずれも当時の江戸の出版界には無名の新顔ばかり。序文によれば、呉陵軒可有が書肆の勧めにより、当時の江戸の前句付《まえくづけ》の勝句《かちく》の刷物から、佳句を抜粋して成ったものとあり、その刷物が点者川柳の選であることを匂わせた文飾を施してある。このわずか四十三丁の片々たる小冊子が、やがて川柳の主宰する前句付の万句合《まんくあわせ》の場を変質させ、川柳風狂句の流行を誘い出し、また一方では、江戸文学開花の引き金の役割をも担うことになる。その出版に関係した人たちも、恐らくそこまでは思い及ぶところでなかったと思われるが、「誹風柳多留　全」と題したこの句集は、そういう意味で、少し大袈裟に言えば、日本文学の伝統に一つのゆさぶりをかけた小面憎い本であった。

その巻頭の序文は、この句集が後に「誹風柳多留　初編」と衣更えした後も、もとのままに手を加えられることがなかったので、今までも、くりかえし多くの論者に引用され古したものではあるが、今また改めて「全」と誌した、単行の最初版本の序として読み直し、この句集の本領を考えてみよう。

風変りな句集

句集の原典
付、万句合は「すりもの」ではない

編者呉陵軒可有が「さみたれのつれ〳〵に」「机のうへに詠め」ていた「前句附のすりもの」とは一体どんなものであったのか。図版にその一例を掲げた。これは川柳が宝暦十一年（一七六一）十一月五日付で、その折の万句合の結果を披露した時に配布した、いう所の「前句附のすりもの」の一枚の前半だけである。今はこのような「すりもの」を勝句刷と呼ぶ。この読み方を説明しておこう。原本は美濃判紙型の用紙に印刷したもので、細字で「巳十一月五日開キ」と肩書したのは、いわゆる開巻日で、勝句披露の日付である。但し、この日付はあらかじめ定めた当年中の興行日程の日付で、実際にはずれて遅れることもあった。次に「万句合　惣句高六千四百五員」とある。この興行に集まった投句総数の表示である。因《ちな》みにこの会で三枚にわたって披露された勝句の総数は百八十二句。右下に大字で「三まひ板行」とあるのは、勝句が三枚にわたることを示したもの。大字で頭書した「禮壹」は、他のものとの混同を避けて「禮」の字を三枚共通の「合印《あいじるし》」とし、これが第一枚目であることを示す。川柳は勝句刷が二枚以上に及ぶ時はこの方法により、その合印は毎年「天満宮梅桜松仁義礼智

五四九

五一三

五一四

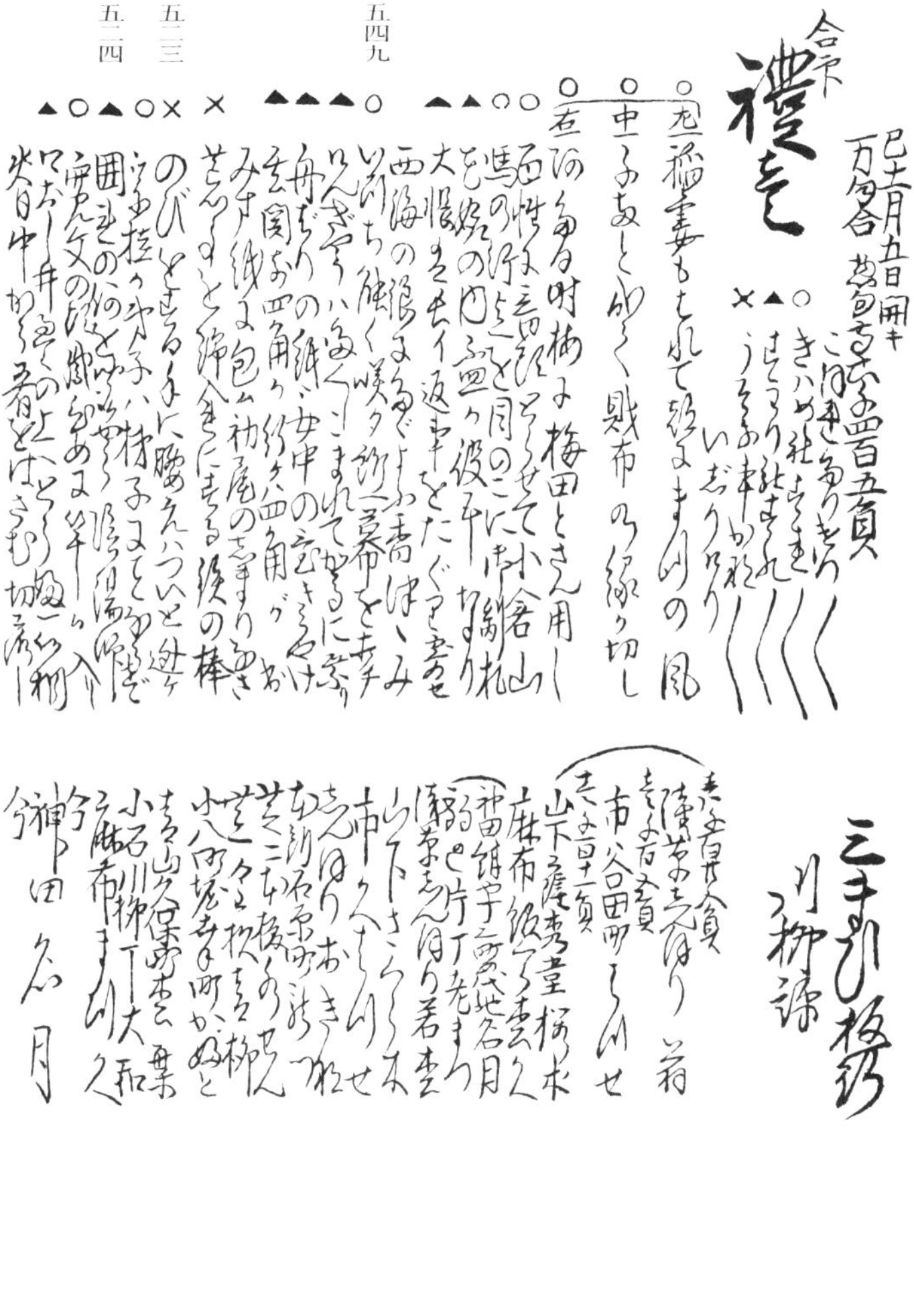

信鶴亀叶」の順によった。下の「川柳評」は川柳選の意。中段の五行は出題の前句四と冠《かむり》一で、前句の第二句以下には○▲×の印がある。これは本文に掲げた勝句の句頭の○▲×の印に対応することを示した合印である。冠の勝句は本文では五字分を下げて書いてある。雑俳点者《てんじゃ》の出題は、時代・地域・点者によって、それぞれに傾向と差異があるが、川柳の場合は、興行第二年目の宝暦八年以後は、この型に定着して変らない（立机初年度の宝暦七年は前句三冠二）。

以上はこの勝句刷の生れた興行の規模・輪郭を示す標記で、次が勝句掲出の本文である。上段に勝句を第一番勝句から順次に掲げ、下段にその句を取次いだ取次名を掲げる。取次は「組」と称し、そこに所属の作者集団を「組連《くみれん》」と呼ぶ。この場合巻頭の三句はともに第一番勝の同列扱いで、いずれも句頭の○印により、題の前句「きハめ社すれ〱」につけた付句であることを示す。このように、勝句に序列を定めて、筆頭の第一番勝から順次に掲載する方法は、前句付俳諧興行の場に行われて来た清書巻から、勝句だけを抜いた勝句刷が登場した、元禄初年以来変らぬ仕来たりである。従ってこの場合、三句同列第一番勝の扱いながら、点者川柳はなお三句に左・右・中の順位をつけることを忘れない。その規準は句脚の取次組名の右肩に書き込んだ、各組の取次句数である。「壱千百廿五員浅草しんほり翁」が左、「壱千百十一員山下薩秀堂桜木」が右、「壱千百五員市谷田町はつせ」が中という訳である。数で大衆作者を納得させるこの仕組みも、元禄初年の上方俳壇で定着を見て、江戸にも移入されて受け継がれて来たものである。なお、この勝句刷の上部欄外の数字は私に書き込んだもので、本書の本文所掲の句の番号である。すなわち、編者呉陵軒が「一句にて句意のわかり安き」句として『誹風柳多留』に収録した句を示す。それぞれの句の頭注・凡例を参照されたい。編者呉陵軒の編集作業のあとを具体的に理解するのに役立つであろう。

因みに、江戸の雑俳興行では、その勝句披露の用に供した刷物は、一、二の特別のものを除いては、上方でのように冊子《さっし》形態をとったもの（会所本とよぶ）は見られない。元禄の末に、上方同様雑俳興行が盛んになった当初から、その勝句の披露は一枚刷形式によって来たものと認められる。その紙型はいろいろであるが、川柳のように美濃判紙型を用いたものは、すでに享保以来収月《しゅうげつ》・苔翁《たいおう》・竹丈《ちくじょう》・筑丈《ちくじょう》らの先例があった。川柳はそれら江戸の先輩点者の例にならったのである。

付説

図版の勝句刷の肩書に「万句合」とある標示について、一言ふれておく。最もはやくこの勝句刷の存在に着目し、鋭意蒐集に努力されて、今日の資料の大半を整備し、この方面の研究の基礎をつくられた先覚三面子《さんめんし》こと故岡田朝太郎博士が、川柳の勝句刷の解説に「暦摺《こよみずり》の半紙形万句合」「川叟《せんそう》の万句合の創刊」などと、やや曖昧な表現を用いられた（『寛政改革と柳樽の改版』昭和二年刊）のが災いして、それ以来半世紀にわたって、「万句合」の語がこの勝句刷の名称と誤解されて、今日もなおそのような用い方をしている人が多い。もしそれが正しいのなら、二百余年も昔の明和二年当時、編者の身辺に山積していたこれらの勝句刷を、何も「前句附のすりもの」などと、もって廻った苦しい言い方をする必要はさらさら無かった。呉陵軒が「前句附のすりもの」と書いているのは、江戸では当時でもそう言うよりほかに言いようがなかったからである。しかしいつまでも「前句附のすりもの」では煩わしい。適当な名称がほしい。尤も上方では、早く元禄初年から「勝句付」の称が行われていた。しかし「勝句付」の称をそのまま冊子型の勝句付（会所本）の題名とした『誹諧勝句付』（伴自点、宝永七年刊）の如き例もあって紛らわしい。よってこれら一枚刷の勝句の刷物は「勝句刷」とよぶことにした。

では「万句合」とは何か。いうまでもなくそれは、元禄以来前句付を中心に行われて来た、江戸の雑俳興行乃至興行形態の名称である。江戸での雑俳の句会の催しを「万句合」と称したのである。その源ははやく元禄年中に「万句寄《よせ》」の称が起り、やがて享保年間には、すでに「万句合」と称する例が多くなって、川柳らの宝暦年間に及んだのである。図版の肩書の示すものは、「巳十一月五日開キ」の予定日限で催した「万句合」には、投句が総数六千四百五句に達したという意味の、雑俳興行の結果の報告である。「万句合」とは要するに万句（多数の句の意）を寄せて、その勝劣を競わせる会の意である。昔平安の代に堂上歌人の間には、歌合《うたあわせ》が盛んに行われた。中世の連歌では「連歌合」が、近世に入って俳諧では「発句合」（略して「句合」）がしばしば試みられて来た。「万句合」は当初「万句寄」と端的に、その句会の手続を以て、興行の呼び名としたりしたが、和歌・連歌・俳諧に伝承されて来た「歌合」「連歌合」「発句合」等の呼び名に思いついて、雑俳興行の称呼に採用されるようになったのである。しかし雑俳の「万句合」には「歌合」「連歌合」「発句合」等とは異質の側面がある。それは「歌合」などは、特定作者の作品を番《つが》えて、判者がその勝負を判定し、その結果のすべてを記録として残したものを、例えば『千五百番歌合』『梵燈連歌合十五番』『田舎句合』などと呼ばれて来た。内容に即した妥当な称呼である。しかし「万句合」は句の勝負を点者が判定する点は同じだが、結果を公表する刷物には競い合った句のすべてが記録されるのでなく、選ばれた勝句だけが掲げられる。「歌合」などとは全く性格を異にする。この勝句刷が「万句合」と呼ばれなかった理由も、おのずから明らかであろう。

前句付集の鬼子

付、『武玉川』も前句付の付句集か

編者呉陵軒は「一句にて句意のわかり安きを挙て一帖となしぬ」と述べている。「此儘《このまま》に反古《ほぐ》になさんも本意なし」という理由からである。どうせ反故としてすたれてしまう運命にあるからには、せめて今のうちに、一句だけで読みごたえのある句だけを抜き出して、読物向きの句集をつくり、大方の慰みに供しようという魂胆である。前句付を主とする雑俳の勝句刷を資料にして編まれた句集としては、随分奇抜な試みである。たしかに前句付の勝句刷は、そのままでは反故として消滅する運命にあった。江戸の町には元禄以来、莫大な量の勝句刷が生産されて来た筈《はず》である。しかしそのほとんどが残っていない。たまたま今に伝存したものは、これに特別の関心を寄せた好事家が、手許のものを綴じて保存しておいたものに限られている。それにしても雑俳の勝句刷から、前句付の付句のみを抜粋して句集を編むということは、前例のないことであった。前句付は元来俳諧の一体で、前句に対する付句の在り方が、関心の的である。従って当然のこととして、元禄以来の江戸の雑俳集も俳諧集と同様、付句の秀逸を挙げるに当っては、必ずその課題の前句と番えた付合《つけあい》の形を示すのが慣例になっていた。雑俳の前句付といえども、それが俳諧から出て付合文芸の一翼を担うものである以上、当然のこととして万人の疑を入れぬところであった。ここに至ってそれが、たとえ編者の一時の思いつきの戯れに出るものであっても、正に前代未聞の珍企画であった。これにはしかし訳があった。当時川柳らの前句付を取り巻く環境は、ちょっと異状な空気に支配されていた。ほかでもない。江戸俳壇を

掩うて、俳諧本来の付合に心を配るよりも、むしろ付句一句の趣向に手柄を競う風潮が漲《みなぎ》っていた。その反映が俳諧の高点付句集の企てである。其角《きかく》の俳諧に遊び、はやく江戸から京に帰った淡々《たんたん》が、いちはやく試みた『春秋関』（享保十一年刊）をはじめとする、淡々一派の類書にすでにその先例があったが、江戸でも、寛延三年（一七五〇）以来紀逸《きいつ》の『武玉川《むたまがわ》』が編を重ねて、宝暦十一年（一七六一）すでに十五編を数えていた。またそれに倣《なら》った江戸点者の類書が、続々と現れる風潮にあった。これらの付句集はまた、雑俳の前句付作者達にも広く読まれ、前句付の万句合への投句の虎の巻ともなっていた。いわば当時の江戸文壇に、特に俳諧や前句付に関心を寄せる読者に迎えられた『武玉川』の人気に便乗しようとしたのである。「当世誹風の余情《よせい》をむすへる秀吟等あれハ」というのは勿論、書名に「柳多留」と称することの理由づけではあるが、同時にまた、『武玉川』など高点付句集の作者達をも読者に迎えることを計算して、彼等に送った秋波でもあった。

　この企画にはもう一つの見逃せないことがあった。それは元禄の末から数多く出版されて来た江戸の雑俳集が、元文年間（一七三六〜四〇）に入ると、収月の『口よせ草』（元文元年刊）を最後に、新規の出版が跡を絶って、すでに三十年に及んでいた事実である。しかもこの間、江戸の雑俳興行は益々盛んになりつつあった。それはこの頃になって、各点者の万句合の勝句刷が、他の時期に比べて目立って多く伝存している事実からも察することができる。そのように万句合が盛んに行われていたのなら、従来にもまして雑俳集の刊行への期待が高まって当然だと思われるのに、その沈滞は何故であるか。それには恐らく、二つの理由があったと考えられる。その一つは、多数点者の万句合興行の盛況は、その結果として、勝句刷の氾濫を招いていた。作者たちは従来の如く雑俳集を範とするまでもなく、直《じか》にこれら勝句刷に目をさらすことによって、その目的は十分に適《かな》えられる状況にあった。従って、従来からも既刊本の再編や、旧版に小細工を施して読者を欺き、利を貪ることにのみ趨《はし》り勝ちであった書肆の手に成る句集を、もはや必要としなくなっていたのである。そのかわりに、点者の中には、それぞれの翼下の作者たちに直接指導の手を差し伸べ、その手段の一つとして、自家の入門指導書を編む者が現れていた。これがもう一つの理由である。『前句附初心抄』（宝暦十二年八月刊）を編んだ万化堂風丈や、『俳諧筆鸚鵡《ふでおうむ》』（宝暦十三年十一月序）を出した飛沈斎白亀《はつき》らがある。ともに自家蔵版の雑俳入門書である。白亀は「君此書を熟得（読）翫味せは、たゝ此世にて番外変して板行にのり、中番転して木綿をとらんこと、うたかひあるへからさるのミ」と誌す。また自選勝句刷を寄せ集めて再刊した、湖舟編『俳諧あづまからげ』（宝暦五年刊）の如きものもある。

このような時代に『誹風柳多留』は、三十年来の空白を経て、久し振りに一般読者向けに売り出された。しかも元禄以来の既成観念をかなぐり捨てて、人の意表に出た付句だけの裸の句集として。それは言わば前句付集の鬼子であった。『武玉川』以下の俳諧高点付句集になれた俳諧同好者群は勿論、久しく雑俳点者の勝句刷のみにたよって来た、前句付作者群の関心を集め、その渇を癒《いや》すに足るものであったことは想像に難くはない。

なおまた、この句集のもつ目新しさは、前句付集の常識を破って、付句だけを集めたことのみではなかった。例えば、役者の評判になぞらえたという『役者舞台笠』（宝永二年刊）の如く、特別な意図・趣向によって、特定の主題を掲げて、娯楽的読物として編まれる場合を除いて、従来の雑俳集は、点者が高点を与えた秀作を紹介することを旨とし、それらが踏襲して来た方法は、前句等の課題別に高点順に編集することを原則として来た。江戸の初期の雑俳集『あかゑぼし』（元禄十五年刊）にも、内題に「勝句揃《かちくぞろえ》」と標示するように、これは上方・江戸に共通した方法であった。この句集はその編集法の常識をも放棄した。それは、先人の所収句に関する出典調査の結果により明らかになったことであるが、この句集の編集は勝劣の順位に拘らず、まことに恣意《しい》奔放というほかのない、手当り次第にさえ見える無軌道振りである。

しかしこれには訳があった。宝暦時代に入っては、川柳らの江戸の雑俳の勝句刷には、お上に追従《ついしょう》する時代の風潮を反映して、高点句にはまず神仏・貴顕に関するめでたい句を主として、まじめな句を選び、これを「高番」と称し、次に「中番」と称して世態人事百般にわたる一般の句を配し、末尾を「末番」と称えて、卑俗卑猥にわたる句を置く仕来たりが生じていた。名主職という職掌柄にもよろうが、時勢に迎合して生きる姿勢の強かった川柳の場合、この傾向が一段と顕著であった。従って元文以前の雑俳集の伝統にならって、勝順に上位の句から採録すれば、おなじ調子のまじめな句ばかりを並べることになり、一向に面白くないものが出来上がってしまう。久しく江戸に雑俳集の刊行を見なかった理由の一つが、こんなところにもあったのかと考えられる。その殻を破って奔放自在な編集方法をとることによって、呉陵軒の『誹風柳多留』は、面白さと同時に新鮮味あふれる句集となり得たのであった。

のみならず、この句集の編集の奔放さは、同一興行の勝句刷の内部だけでのことではない。興行毎の枠を解き放って、宝暦七年（一七五七）八月川柳が万句合を始めてから、宝暦十三年中までの七年間にわたって、長期間に生産された勝句刷を、奔放に反覆翻転して、自由自在に句を拾い集めている。それがまたこの句集の編者の斬新な発想にもとづくものであった。この句集のもつ異色の一つはそこから生れた。この種の特定点者の選になる秀逸句集の編集は、その点者が高く評価した句を範示し、投句者の指針とするのが目的であった。読者の多くもそれを期待して、この種の句集を手にした。当然のことながら、編者は原作を忠実に紹介することにつとめた筈である。従って、不注意による魯魚《ろぎょ》の誤りはやむを得ぬとしても、編者のさかしらで句に添削を加えることは考えられない。ところが、この句集はそうではなかった。清濁や用字の相違までも含めると、全編七百五十六句中原作の知られるもの七百九句について見るに、そのうち編者呉陵軒の手によって全く改変されなかった句はわずかに三十八句である。この中には勿論、不注意によって出版作業中に生じた誤りと認められるものも少しはあり、異同とするに及ばぬものも多く含まれている。しかし、その多くには、編者の積極的な意志の働きが認められる。中には添削の結果、原作とは全く別個の句に改変された句も少なくはない。芭蕉《ばしょう》が常にやったように、自作の句ならばともかく、第三者の作品を寄せて集を成すに当って、原作者の知らぬところで、勝手気儘《きまま》に原作を作り変えて、句集を編むということは異例である。編者はそれを明らかに意図して企てている。勝句刷の句はすべて組名で、作者は匿名《とくめい》になっている。それぞれの組では手控により明らかになっているにしても、会が終ってしまえば誰も頓着しない。まして当初から数えれば七年にもなる。誰の句かはわからない。「所詮は反故だ。誰もとやかく言う者はなかろう。これで一つ変った句集をこしらえてやろう」というくらいの気安さであったろう。しかし、表面では一応勝句刷からの抜書《ぬきがき》だと断っているのは、原作者への挨拶で、その実はほとんどすべてに手を加え、原作から距たった、編者呉陵軒の半創作句集になっているのが『誹風柳多留』である。しかも、手の加わった句はどの句も、概して原作より独立の一句としてはよくなっている。ここにこの句集の前句付集の鬼子の性格が躍如としている。

付説

『誹風柳多留』は川柳評の前句付の付句を前句から引きはなして、付句だけを独立させた句集である。なお厳密に言えば、その付句の多くに、編者が更に添削を加えて成った、半創作の独立句集である。この『誹風柳多留』が範とした『武玉川』も紀逸俳諧の付句集である。そして『誹風柳多留』の編者が「当世誹風」と言うのは、明らかに『武玉川』などの句風を念頭においた言葉である。そして両者の句風の近似性は、すでに従来から具体例の比較によって論じ尽されている。『武玉川』が出て後は、江戸の前句付作者たちが競ってその句を参考に供したことを、当時の雑俳点者も認めていることに照らしても、それは当然のことである。

しかし、『武玉川』も付句集で、『誹風柳多留』の句と句風を同じくするからといって、『武玉川』も前句付の付句集だということにはならない。両者は確かに近似の句風をもつけれども、その間には越えがたい境界がある。それは『武玉川』は俳諧連句の付句集であるということである。『武玉川』の撰者紀逸が初編の序に、俳諧の由来を縷述《るじゅつ》した後に「日々愚判の巻々秀逸とする句々書留め置侍るを、此度書肆の需に応して梓に行侍る。右付合の句々その前句を添侍るへき所を、事繁けれハこれを略す。見る人心に斗りて知らるへきにや。又風情さのミ転せすして点位のわかち有事は、三句のわたり或ハ付合の倚所粉骨成を以て、その程々を分ち侍るのミ也」と述べるところを素直に聞くべきである。今『武玉川』の句の出所は一々これを明らかにすることが出来ない。しかし『武玉川』は、撰者紀逸が平生加点の俳諧の巻々から抄録した手控の類にもとづいて成ったと、考えるのに何の不都合もない。またそれを否定する積極的な証拠はどこからも出て来ない。『武玉川』の亜流に出た高点付句集で、後にはこの『誹風柳多留』の版元の花屋久治郎が編者となる『誹諧觿《はいかいけい》』（明和五年初編、天保二年三十編刊）の二、三の編には、若干の前句付形式の俳諧（これを前句付俳諧とよぶ）からの抄録と認むべきものをも含んでいる。また中には明らかに「前句附」と断ったものもあることは、すでに鈴木勝忠氏の紹介されたところである。しかしそれらが例外的なものであるからこそ、編者がわざわざ「前句附」と断り書きをつけたので、これらの事例を厖大《ぼうだい》な『誹諧觿』全編に及ぼして考えることは出来ない。まして、寛延・宝暦の『武玉川』までが、前句付から出た集だとするのは、いささか無茶であろう。でもこのような見方が世間に広がっているようである。高名な詩人が『武玉川』を新聞のコラムに紹介するに当って「江戸中期大流行の前句付けから秀逸な付句を集めて編んだ本」と書いた例もあった。それやこれやで『武玉川』とその亜流の江戸の高点付句集が、紀逸が述べるように、俳諧の巻々から抜き書きした付句の集であると、素直に認めた方が、二、三の例外的事例を全体に及ぼして判断を誤る危険を冒すよりは、はるかに安全で、真実に近い理解をもつことができるということの、傍証をあげておく。

㈠俳諧花紅葉　小本一冊

明和五年十一月、編者春潮亭旭麿が会頭となって催した江戸柳橋塘《つつみ》の雲阿観海旭門下百五十余人（勝人員は七十人ほど）の点取俳諧の集で、連衆の作になる百韻三巻と余興十二吟を、沾山《せんざん》・平砂・湖十ら江戸の宗匠三十七人に送って点を取り、点者毎に十点以上の句を掲げ、あとに海旭点の高点句を相撲番付風にして掲げ、海旭の発句を賛してある。ここには高点句だけでなく、点取に供した原典をあわせ見ることができる。また、附録に海旭評の十点以上の高点句を挙げ、それぞれ天・地・人の高点句の作者名も掲げてある。これは付句だけの抄録だが、雲阿の発句を立句とした脇起しの百韻五巻（四季の巻と恋の巻）からの抜書であることが明瞭である。しかもその高点句の中には「こそくつて早く請取遠目鏡」「道問へハ一所に動く田植笠」「緋の衣着るとうき世かおしく成」「むかふから女房の遺ふ硯筥」などの『誹風柳多留』からの剽窃《ひょうせつ》句がある。俳諧と前句付の区別は質の問題ではないことが知れよう。

㈡窓の明り　小本一冊

名古屋の俳諧師朝岡宇朝の自筆本。文政九年（一八二六）八月から天保七年（一八三六）八月まで、十一年間にわたる出点の控えである。巻首に「出点句数并秀逸抜書」と頭書し、次の一項から始まる。

戌八月

十八句　哥仙半折　深田先生獨吟

内糸竹一句

「糸竹」は秀逸の点印であろう。以下「六十句表六ツ」「四十二句発句」「三十六句カセン」「四十句ヲ四」「六十四句源氏行」等と見出しをし、秀逸句を書き留めてある。次に一例を挙げる。

十一月

一、六十句　ヲ六　楽遊連

発句十　弓弦切てふと見出しけり紅の梅

きり〳〵す我慶事を鳴かいかに

廿五　柚ミそ焚なる僧正か居間

同　昨日見し夢に逢たる人か来て

同　聞もなつかし文字摺の石

恋を仕習ふ《尽す　加筆》秋の夜の月

廿五　艶ぬけかしても桔梗ハ思ひ艸

前句直りて猶とり合せよくなりたる也

されとも前句を直して高点ハ出されす

もし此後高点不出ハ追而高点ニ直すへし

見出しの「ヲ」は「表」の意。第一句は発句。次は四句一連。最後は二句一連で、前句を添削したことについて断り書きをしたもの。

紀逸が「日々愚判の巻々秀逸とする句々書留め置侍る」と誌すのは、まさにこのような出点の控えに外ならぬと思われる。紀逸の手許にもこれに類するものが堆《うずたか》く積っていたことが十分推察できる。雑俳の前句付が一番・二番と勝順で評価するのと異なり、十点・十五点・二十点と点数による段階別評価が、点取俳諧のしきたりであることからも、『武玉川』を前句付の付句集とすることの不合理がわかる筈である。

更に『武玉川』など高点付句集と『誹風柳多留』との根本的な差異は、紀逸らがそこに収めた句を独立句にする意図がなかったが、呉陵軒は独立句の集として編んだということにある。付句は付句であるかぎり、俳諧であろうが、前句付であろうが、独立句にはならない。要はそれを志向する意志である。『武玉川』を独立句の集として読むか否かは読者側の問題で、当時の俳人たちはそういう目では読まなかった。その証拠に高点付句集がいくら積み重ねられても、そこからは独詠句は誕生しなかった。

「誹風」の意味

書名を「柳多留」と呼ぶ理由づけとして、「当世誹風の余情をむすへる秀吟等あれハ」と述べている。その言うところは、当代江戸の俳風と近似の句風をもつ佳句も少なからず含まれているので、これを読み味わうことは、とりもなおさず前句付の作者を、俳諧の作者に向上させることに、役立つ筈だというのである。由来前句付集の編者達の中には、元禄の昔から、前句付を俳諧入門の予備段階とする考えに立つ者があり、それらの手に成った雑俳集には、それを以て俳諧入門の方便たらしめるという主張が、一つの流れをなしている。これもそのような立場を踏襲している。前句付の作者を俳諧に進み入らせる仲立ちの役割をつとめるのだから、この句集を仲人役に見立てて、婚礼の結納に用いられる柳樽になぞらえて、書名とするというのである。「柳多留」を以て書名とする理由づけは一応尤も至極である。しかし、書名には「誹風」の二字が余分に冠せられていて、それについての説明はない。しかも普通に用いられる「俳諧」ではなく「誹風」である。この思わせぶりな「誹風」の二字の意味するものは、ここに収めた句に俳風の秀吟が多いばかりでなく、この句集そのものもまた「誹風」の句集であることを標示するのではないか。

由来俳書には、寛文・延宝の頃から書名に「俳諧」の角書《つのがき》を冠することが多くなった。もともと連歌との区別意識をもって使われるうちに、漫然と慣例化したもので、その書の内容に格別の意味をもたぬものがほとんどである。しかし「俳風」の語はもっぱら俳諧の作風乃至は流派の意に用いられ、書名に用いられたためしは皆無に近い。管見では唯一例『俳風弓』(元禄六年刊)があるだけである。この書名の意は、編者壺中が序に「俳魂の的を射んとして大弓をひくも、俳友いずれもその的を射ること能わざるを嘆く」意を述べ、書名の副題に「奇なる哉是俳魂」とあるのによれば、俳諧の真髄に迫り得ぬ、編者らの未熟の俳風を寓意したものである。すれば、この「俳風」の意味も世の常の用法と変るところがない。このような「俳風」の二字の使用になれて来た俳壇乃至文壇に登場した『誹風柳多留』の「誹風」の二字には、編者呉陵軒の積極的な意図が籠められていた筈であるが、それについては編者も黙して語らない。にんまりと微笑んで、読者諸子の賢察に委《まか》すと言わぬばかりである。しかしこの「誹風」の二字は「俳風」とも書かれて、この句集が「誹風柳多留 初編」と衣更えして後、編を重ねた続編は勿論、これにならって陸続と現れて来る川柳風狂句の集は、競うて書名に「誹風」または「俳風」の二字を冠するようになる。これら後続の川柳風狂句集の附和雷同の風潮は、一般俳書に見られる「誹諧」または「俳諧」の用例と同次元の現象で、とるに足らないが、そもそもその端を開いた『誹風柳多留』の編者の無言の意図こそは、まじめに問われてよい問題である。それはまず、本文を熟読することから始めねばなるまい。当時の読者も、この珍しく思わせぶりな「誹風」の二字に吸い寄せられて、この句集を手にしたことであろう。はじめは首をかしげながらも、読み進むうちに、ああそうかと思い当って、思わず膝をたたいたのではなかったか。

　かねてからの持論なのだが、『誹風柳多留』の初編には、一般の句集とは一味ちがった持ち味がある。それは巻首から巻尾まで、一句一句の句移りに、目に見えぬ蓮の糸のようなものでのつながりが感じられることである。一句を読み終ったあとに尾を引いて残る、句境の余意・余情・余趣といったものが、次に来る句の情景・事件・人物・心情として、新しい句境に形を顕《あらわ》して来る。前の句を読んでなお眼底に消えぬ残像が、落日の名残の残照のように、ようやく失せて行くと思うと、その中から新しい光景が、眼前に急に明るい別の映像となって出現して来る。そんな感じである。その変転には変幻自在の趣さえある。それは蕉風俳諧に見られるような、きめのこまかい付合《つけあい》の変転とは異なり、型にはまった付け方を全く無視したかに見える、宝暦期の江戸の俳諧の付合の呼吸にも似ている。たとえば、巻頭の「五番目ハ同し作ても江戸産レ」を読んで、「江戸産レ」という語の余意が、心の片隅に影を残してたゆたうているところへ、次の「かミなりをまねて腹かけやっとさせ」が現れる。心底に消えようとする「江戸産レ」の残像が、急にふくらんで、裸で跳び廻る幼児の姿となって像を結ぶ。その裸ん坊に手こずる女の姿は余韻を引いて、次の「上ルたびいつかどしめて来る女房」のたのもしい女房となって転生して来るという風にである。このようにして、一句一句読み進んで行くと、随所に難所もあるが、全編を通じてほぼ跡切れることはない。この句集のもつこの面白さを仕組むことは、未だ誰も思いつかなかったところである。これはまさしく編者呉陵軒の創意に出るものであった。創意と言えばすこし勿体ぶって褒め過ぎになるかもしれないが、要するに編者の凝った慰みで、俳諧数寄の御仁にして始めて試み得ることであった。この句集の面白さ、人気の秘密はここにあった。この句集を手にした当時の江戸の俳諧数寄どもは、この面白さにすぐ気付いたにちがいない。また、川柳の万句合に参加した付句の作者達も、また同じ思いに驚いたものが少なくなかったと思われる。自分の句らしいものを見出して、意外な役割をつとめているのを面白がった者もいたろう。書名に冠した「誹風」の角書のもつ意味は、この句集のもつ俳諧の付合にも似た句移りの面白さを読ませる標示であったと思われる。編者が川柳の過去七年間にわたる万句合の勝句刷の中から、奔放自在に句を採録した理由は、まさにそこにあった。

思うに『誹風柳多留』のとったこの編集方法はまことに斬新なものであった。日本の詩歌集の編集方法には伝統的な一つの基準がある。和歌において、万葉時代からの模索が『古今集』に至って完成した、勅撰集の部立《ぶだて》である。爾後《じご》公式の撰集はいずれもこれに準拠し、連歌集から俳諧集へと、久しく日本詩歌の歴史とともに生き続け、遠く現代にも及んでいる。いうまでもなく四季・恋・雑を軸にした分類法である。尤もこれと並んで後世には、和歌の『類題和歌集』や、それにならった俳諧の類題発句集も編まれている。しかしこれらも題材別に整頓しただけで、四季・恋・雑の骨組みは変らない。ところが俳諧ではこの伝統的編集方法の枠外に、一つの新しい試みがなされた。さきにもふれた淡々の高点付句集のそれである。その第一集『春秋関』ではまだ模索の域にとどまっていたが、第二集『萬國燕』（享保十三年刊）に於ては、各百韻毎に龍・必知・南風・雷沢・萬國・麟龍《りんりゅう》の点印別に、下位から順次上位へと、高点順の編集をはじめて試みた。爾後、京・大坂の淡々一派はすべてこの方法により、後に江戸の紀逸もこれにならった。『武玉川』は不騫不崩《ふけんふほう》廿五点、四時望楼廿点、冬嶺秀孤松十五点、秋月明輝十点、夏雲峯七点、春水五点、雁字三点、屯一点等の点譜を掲げ、十五点以上の句を、下位から順次点印別の部立編集をとり、江戸の点者またこれに倣うのが例となった。こうして、享保から明和・安永にかけて東西俳壇を風靡した点取俳諧の領域において、高点付句の階級別得点順の部立編集が流行を見た。これはしかし点数を分類の基準とする点、雑俳の勝句刷の編集と類を同じくし、功利的な匂いを払拭できず、新奇ではあるが、詩歌の世界には馴染みにくい違和感を伴うことも否定できない。この『武玉川』とその亜流句集の迎えられる時運のただ中にあって、この『誹風柳多留』の「誹風」編集の試みがなされたのである。それは高点付句集の流行の底にある、江戸文壇に漲《みなぎ》る俳諧趣味を土台に据えて、編み出された極めてユニークな俳風編集というべく、『誹風柳多留』は高点付句集とは明らかに次元を異にする句集である。この国の詩歌史上かつてない、編集法の斬新さが注目される。この句集が爆発的人気をよび洛陽の紙価を高めたのも当然といえる。

尤も、この『誹風柳多留』の企ては川柳の意を迎えたものであると説く向きもあるが、いささか「吾が仏尊し」の思いすごしの感がある。川柳にそれほどの器量があったとは思われない。川柳は所詮は律義な、愚直とも見える前句付点者であった。選句の才には恵まれていたが、積極的に独立句集を編ませるなどは考えられない。身近の有力な組の連中が競うて前句なしの独詠句に興ずるようになって、時の勢いに押されて、ずるずるとなし崩しに、己の前句付興行の場も、いつしか独詠句会と変らぬものにしてしまっただけである。一旦己が前句付点者として入勝させて、勝句刷に披露した人の句を、勝手気儘に作り変えて、独詠句集として売り出させるほどの策士であったなら、『誹風柳多留』の売れ行きがよいと見たら、前句付と二足の草鞋《わらじ》で、独詠句会の興行にも打って出た筈である。川柳が独詠句会の点者をつとめたらしい形跡の見える最初は、安永三年（一七七四）夏の「不忍奉納句合」（九編所収）である。これもまだ実際の句合の場は前句付であったかもしれないが、これが独詠句会のはじめであったとしても、『誹風柳多留』の出た明和二年から数えて九年も後のこと。独詠句会の句集の最初と認められる、牛込御納戸町の蓬莱《ほうらい》連の『川傍柳《かわぞいやなぎ》』の初編が出るのは、それから更に六年後の安永九年正月のことで、ずい分踏ん切りの悪いことである。

この句集の刊行当時の世評について伝える直接的な文献を知らない。しかしそれを窺《うかが》わせる傍証はある。五編の序に編者呉陵軒が自ら誌して「此集去丑とし四篇迄出板するに書肆判するにひまなし」という。二編（明和四年）三編（同五年）四編（同六年）と続刊した各編が増刷を重ねたことを言う。勿論初編の評判の波に乗ったのである。明和二年七月試みに市販に供した時には、その奥書には後編の予告を掲げて「近日ゟ売出し申候」とあった。しかしその「近日」は中一年置いて、丸二年後の明和四年七月になった。恐らく予想外の売れ行きで、増刷に追われていたのであろう。最初版の売出しはせいぜい百部か二百部。それが意外に売れて増刷に追われて、いつしか二年がたったというのが実状であろう。そうこうするうちに、題簽《だいせん》を「全」から「初編」に改める時が来た。二編が売り出された明和四年七月前後であろう。最初宣伝のつもりで予告した後編を、いよいよ二編として出すからには「全」では格好がつかぬ。嬉しい外題《げだい》の衣更えである。この衣更え当初の初編も今は伝本の所在を聞かない。岡田朝太郎博士が『寛政改革と柳樽の改版』に図版で紹介されたものは或はそれかと思われる。それには丁付があったらしいからである。架蔵の初編の一本は「全」の題簽をもつ最初版本のものと同じ奥付を完全に存し、本文の丁順にも狂いのない稀に見る善本だが、後刷本で、すでに最初版にあった丁付《ちょうづけ》が失われ、板木のくたびれが目立ち、版面の鮮明さは著しく損われている。これは恐らく安永五年頃の版と推定されるのだが、この後も増刷を重ね、寛政改革の際には一部の句の改削が行われ、版面はますます荒れ、丁付を失った後は乱丁を生じ、粗悪な後刷本が多くなって行く。これら後刷・異版の姿は、発刊当時のみならず、後世まで人気の衰えなかったことを窺わせる。

『誹風柳多留』発起人

呉陵軒可有

『誹風柳多留』の編者は呉陵軒可有。板元は花屋久治郎。この二人が発起人。この二人に積極的に協力を惜しまなかったのが、取次の桜木庵と彫工の朝倉啄梓の二人。「さみたれのつれ〳〵に」と『徒然草』もどきに、兼好気取りで序文に筆をとる編者呉陵軒可有については、その編著『誹風柳多留』の諸編の序跋などのほかには、その伝記資料はない。木綿《もめん》の号で桜木連をはじめ山水連・若菜連・八重垣連等に加わり、川柳の万句合に句を投じた句達者な常連で、俳諧の素養も素人放れしていたことは察しがつく。住居も川柳宅にほど近く、川柳のよき後援者の一人であったらしいことぐらいしか分らない。近来は呉服屋ではなかったかと言われるが、いかがであろうか。同じ頃、江戸には別に呉綾軒を名乗る者がいた。これを同一人視する向きもあるが疑わしい。この人は異色の洒落本『傾城《けいせい》異見《けん》之規矩《のかね》』(安永十年三月序)の著者で、堪忍庵《かんにんあん》・呉綾軒・四国散人と称し、五両・呉綾と号した。友人の筆に擬した自序に述べるところによると、人から無実の非を咎《とが》められても、ただ「かんにんかんにん」と腹立てぬところから、堪忍五両の諺により五両と号し、後呉綾と改め、呉綾軒と称するのは

「御料簡」の意だとある。ただ語路《ごろ》の洒落にすぎず、字面《じづら》はこの方が呉服屋にふさわしいが、どうも呉服屋とは縁がなさそうである。一方、呉陵軒可有の号の由来にも、よく似た所伝がある。二十編序(天明五年冬、雨譚《うたん》)に次の如く記してある。

　昔々三十年も昔より、開き毎に上名護屋をはづさず、おのづから名におひたる翁あり。連中いかつてことをいへバ、ごりやうけん〱とわびて笑ふ。そが年々組たてたる柳樽、はや二十といふに及ぶ。

はやく岡田博士も『寛政改革と柳樽の改版』に引用して「御了見々々々といへる口癖から、遂に呉陵軒アルベシ(可有)と号するに至つた好々爺であつたらしい」とし、「上名護屋」の下に「原文の儘」と断られた。その後、この四文字について述べた記述を目にしないので一言説明しておく。これは「上等の名古屋木綿」の意である。雨譚のいうところは、川柳評万句合の勝句披露の都度、上等の名古屋木綿の賞をせしめるので、はずれた連中が不平をもらすと、可有は御了簡々々々といって詫びたというので、呉陵軒可有の号の由来を説き尽している。同じ発想だがこの方が、前者より直截明晰である。浜田義一郎氏の『江戸川柳辞典』に附録された『燕斎叶《えんさいかのう》手記』に「元祖川柳暦摺ニ手柄ありし呉陵軒可有といへるハ、高番の木綿番のみ多く被留とて、可有とハ言ずして木綿といひ」とあるのも同趣旨である。ここには「木綿」の号が賞品の木綿に由来するとある。この両者を総合すれば、呉陵軒可有の号の意は明らかで、呉服屋説は穿鑿《せんさく》にすぎるきらいがある。

　川柳が元禄以来の雑俳興行の慣例に従って、当時の江戸点者と同じく、勝句に賞品を出していたことは、安永四年八月に川柳が配った「万句合 口演」なる興行の引札に、次の如く見える。

　各々様方御厚情を以年々前句繁昌仕忝仕合奉存候。又々当年も興行仕候。先達而神に誓ひ中上候

通り諸事偽かましき儀一切不仕、正道を専一と仕候。尤も景物等も随分入念差出候間、ひとへに
　御憐愍御贔屓を以御出情奉願候。

興行にあたって賞品に工夫をこらした様子が窺われる。宝暦九年十月廿五日開キの万句合勝句刷の奥書には次の如く見える。

　一、此度第壱番景物上膳椀十人前、湯桶食継附キにて二ヶ箱指出申候。

これは四谷新宿稲荷社奉納興行の特別賞である。同様の例は外にもある。普段はしかし、雨譚が言う如く、燕斎叶の所伝の如く、地厚く丈夫な尾張産の名古屋木綿が上位の賞品だったらしい。さきに引いた飛沈斎白亀の「中番転して木綿をとらんこと云々」に照らせば、それが宝暦の江戸の一般の風であったことが明らかである。

さて呉陵軒は雨譚の言の如く句達者であった。九編以下に見える、作者名の記された特別の句会だけでも木綿の句は五十五句にのぼる。万句合の勝句刷の句はほとんどが匿名《とくめい》だから、その数は莫大なものであろう。また「当世誹風の余情をむすへる秀吟等あれハいもせ川柳樽と題す」と誌した一かどの見識も見逃せない。二編序には「当世の前句ハ誹諧の足代ともならんや」と述べ、『誹諧童の的』（初編、宝暦二年刊）などに着想し、点者川柳の好みの景物（句の素材）を詠み込んだ独吟歌仙（三十六句の俳諧連句）を掲げるなど、まことに心憎い俳諧のしれ者ぶりである。更にはまた「今翫ふ前句は題にくつたくせず、一句の珍作を専らと評するも判者の発明なるべし」（五編序）と、点者川柳と作者群の両方をにらんだ采配ぶり。十六編巻頭には『誹諧觿』風に「前句にかゝはらす古事時代事趣向よろしけれハ高番の手柄有。すへて恋句世話事ばいしよく下女抔の句ニあたらしき趣向むすへは手柄多し。年々の勝句を味ひて考へし」と句作の指針を示し、取次所名を詠み込んだ長短の句を『武玉川』

などの高点付句風にして掲げて、各取次を鼓舞激励するなど、万句合の作者・取次の巧みな操縦ぶりである。この句集に仕組まれた「誹風」の新奇な趣向も偶然ではなかったのである。

この呉陵軒も天明六年九月には、老齢ようやく心身の衰えを感じたのか、二十一編のはじめに、自分より年若くして死んで行った若手の上手たちを追懐し、「二十一篇の御回向あれかしと願」って、二十人の遺吟を掲げ、その末に、「からす瓜垣根の外の命かな」としみじみ述懐する。永年付句を共に楽しみにして来た人たちが、一人減り二人減りして、いつの間にか自分だけが生き永らえているのに気がついた、老境のさみしさをにじませている。そして二年後、天明八年（一七八八）の春、二十二編を編み、その序に「花のあしたより月の最中雪の夕べまで、言のはくさのつきせぬたねの功なるゑらみを書キ写して、とし〱やなきたると題するも、此道のなかたちともなり、好士考士のむつましきをねがふ事」と述べたが、その出版の時をまたずして、此の年五月二十九日他界した。終始川柳と作者・取次の三者の仲を取り結んだ、世才と文才とを兼ね備えた器量はさすがである。川柳が名を成したのも、半ばはこの人の陰の支えによるところ。その編み遺した二十二編の末には、二代呉陵軒が辞世「雲晴れて誠の空や蟬の声」を披露している。また、呉陵軒の女婿《じょせい》らしいこの人、語涼軒如猩《じょせい》が編んだ二十三編の末には、故人木綿の門葉七人の追善に、その遺吟を掲げて「右七吟を思ひ出せハ其面影ニあふ心ちして」とある。何かと親切に門人たちの世話をした呉陵軒の人柄を偲ばせている。点者川柳をもり立てた一方で、後輩の指導にもなかなか面倒見のよい人だったと見える。その行年は知るすべもないが、この人が他界すると、その後を追うように、翌々年川柳も七十三歳で生涯を終える。ほぼ同じ年輩ではなかったか。呉陵軒に先立たれて急に気力が萎《な》えたようである。呉陵軒あっての川柳であった。

初　編　序

十一編内題

十九編巻末

それもその筈、この二人は住居も、同じ新堀沿いの近い所であったらしい。図版に示した呉陵軒の印によると、初編序の二顆《か》のうち櫛型《くしがた》の印文「柳順」は「柳は風に従い逆わず」の意であろう。人と争わぬ自戒ともとれ、好々翁の俤《おもかげ》に通じる。下の方形印の十二支にとり囲まれた中の印文は「水禽舎述」と読める。中心の印文は「木」で「木綿」の一字。十一編内題の方形印二顆の印文は、小は「水禽舎」大は「縁江之印」。十九編巻末の分銅型の印文は「下谷」、金袋型の印文は「木綿」とある。このほか初編序に「浅下の麓」四編序に「浅下境」と誌す。これらを総合すると、下谷も浅草寺にほど近く、門を排して表に立てば、つい目の前に浅草寺の甍《いらか》を仰ぎ（浅下の麓）、新堀の岸の柳は風に靡《なび》き（縁江・柳順）、日々水禽が戯れて目を楽しませてくれる、水鳥の小舎のような川沿いの風流な住居（縁江・水禽舎）。その家の主は木綿（木）と名乗る男。という風に読み解くことができる。恐らくは次頁図版「浅草上野界隈略図」に示すあたり、川柳の住居とは新堀をへだてた対岸。浅草寺に近い下谷側、堀沿いのさる寺院の門前町ということになろう。書肆の花屋久治郎や山下の桜木庵へは、ちょっと一っ走りというところであった。

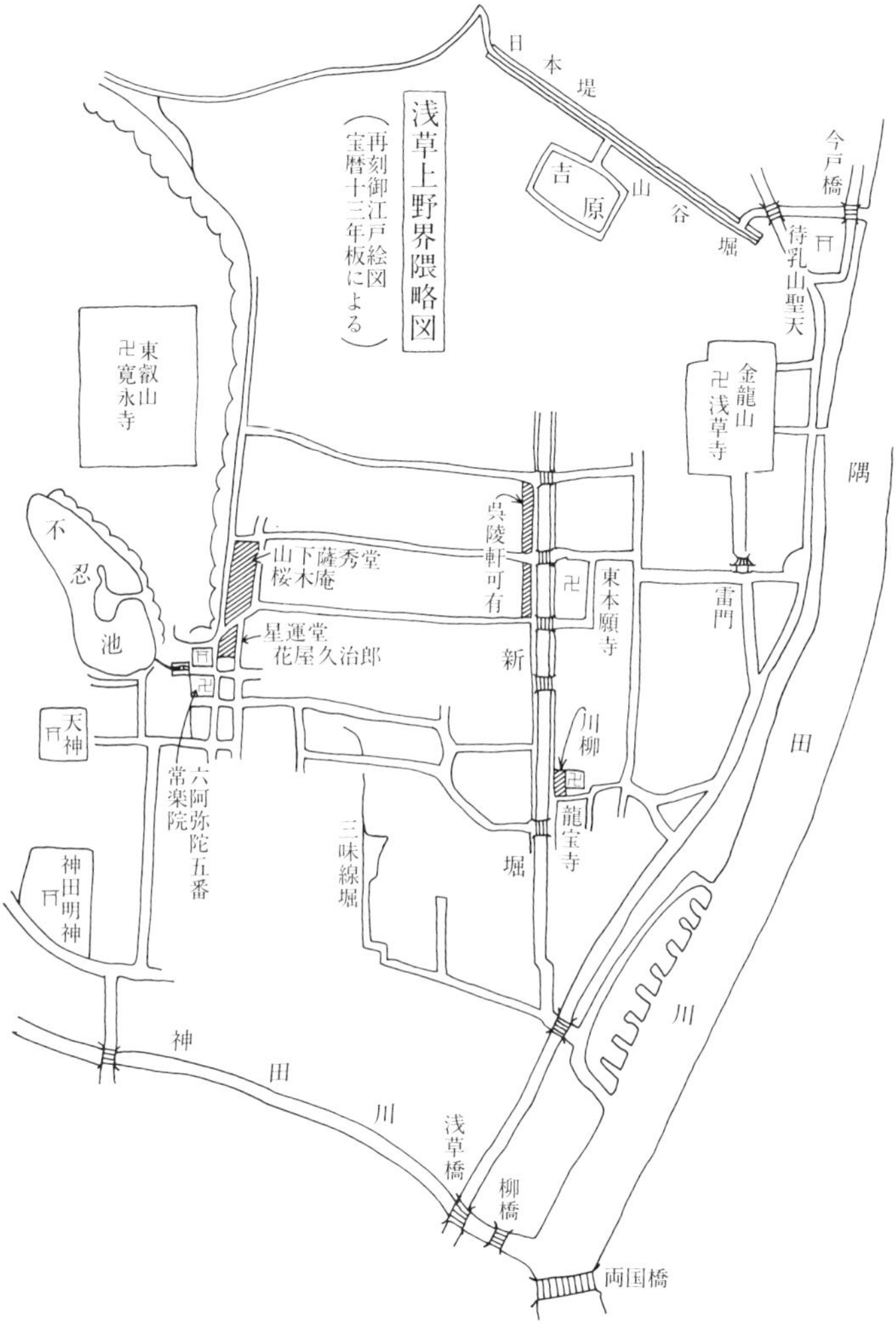
浅草上野界隈略図
（再刻御江戸絵図宝暦十三年板による）
日本堤
吉原
山谷堀
今戸橋
待乳山聖天
金龍山浅草寺
隅田川
雷門
東本願寺
呉陵軒可有
川柳
龍宝寺
新堀
三味線堀
山下薩秀堂
桜木庵
星運堂
花屋久治郎
東叡山寛永寺
不忍池
天神
六阿弥陀五番
常楽院
神田明神
神田川
浅草橋
柳橋
両国橋

花屋久治郎

「此儘に反古になさんも本意なし」と呉陵軒に勧めて『誹風柳多留』の編著を思い立たせたという人。江戸下谷竹町二丁目の書肆星運堂花屋の主人である。その住所と屋号から推して、もと寺院や墓所に供える花を商う花屋であったろうとされる。呉陵軒の没後は代って自ら『誹風柳多留』の編者となり、二十六編以後六十編までの大半はその手に成った。その間、菅裏と号して桜木連に所属し、川柳風狂句の会に名を列ね、四十七編では二世川柳庵定連十余輩の衆議判の判者にも加わっている。この人、はじめは再馬と号し、江戸座の俳席にも出入りしていたらしい。一説には一陽井素外門とも伝える。

『誹風柳多留』についで、明和五年（一七六八）以来露竹舎雪成編の『誹諧觽』を出していたが、安永二年（一七七三）再馬を改め、雪成の号を継ぎ、自ら『誹諧觽』三編以下を続刊した。露竹舎雪成は芙蓉散人・東叡山下人等と号し、「家在東叡山下」の印を用いている。花屋とは住居も近隣で、日頃親しくその門に出入りしていたと見える。久治郎はその後「雪成舎菅裏」とも称し、『誹風柳多留』諸編の序や詠句には「菅裏」の号を用いた。「家在五条天神裏」の意である。その詠句の初見は三十一編所収の、文化二年（一八〇五）丑六月朔日浅草新寺町西光寺で催された「川柳風」の桃井和笛追善句合である。因《ちな》みに、和笛は川柳旧知の長老の一人、川柳の没後推されて二十五編から二十九編までの選者となり、一派の中心になって活動した人。二十九編所収の句を選して後、間もなく（寛政十二年か）他界したらしい。

かつて『関西川柳学会々報』（昭和十六年十月号）に、木村捨三氏が「柳多留版元花久の墓所発見」と題して、その菩提寺が浅草の曹洞宗南昌山東岳寺であることを報じ、その過去帳の記事を詳しく紹介された。それによると、久治郎は花屋市兵衛の子。文化十四年（一八一七）正月晦日《みそか》没。法名は黙翁二旧信士。二代目は同じく花屋久治郎を名乗り、文政元年（一八一八）五月五日没。法名は夏嶽青雲信士。ともに享年は不詳。なお、一族の墓の所在位置を示す記事中には「久治郎」「久次郎」の二通りの書き方がされているが、「久治郎」が本名、「久次郎」は花屋及び本屋としての通称とするのがよさそうである。二代目久治郎は初代が他界した翌年跡を追って死去している。四十七編序に、菅裏ら十余輩の衆議判の句合の紹介に筆を執った菅裡なる者がある。この人、六十一編からは菅裏に代って専従編者となり、菅裏の没した年の秋六十九編を編み、その序に「一字改菅籬《かんり》」と断り、七十編の文化寅（四月改元、文政元年）春の序を最後に消息を絶つ。この菅裡改め菅籬が二代目久治郎にちがいない。なお、七十二編からは菅子が登場する。これが花屋廃業時の三代目で、旧次郎を称した人ではないかと思われる。過去帳に「花屋久次郎子分」とのみしるされた天保元年十二月十一日没、法名普明禅定門がそれらしい。初代久治郎の後妻の連れ子と見える。

星運堂の初代久治郎が家業の花屋を廃して、書肆開業に踏み切った経緯は明らかではない。恐らく俳諧数寄が昂じての結果であろうが、管見では明和二年以前に花屋版と目すべきものを知らぬ。花屋が出版業者として、正式に江戸の本屋に仲間入りをするのは、『誹風柳多留』を出してから十五年も経ってからである。江戸書物問屋組合の『割印帳』によると、安永八年（一七七九）三月二十四日付の分に「仲ヶ間入被致候ニ付手板物帳面ニ印呉候様願ニ付斯如。花屋久治郎」として「俳諧觿　初篇全一冊」「同柳樽　初篇より十三篇迄全十三冊」など、高点付句集を中心に、雑書を交えて四十三品目の花屋版既刊本を列記し、奥に「花屋久次郎」とある。中には刊年の確かめ得ぬものもあるが、ほとんどが明和以後のもので、明和二年以前の刊と認むべきものは見当らぬ。すると、呉陵軒が「書肆何某」というのはどういう意味だろうか。思うに、久治郎はこの時、出版界進出を『誹風柳多留』の出版に賭けようとしたのではなかったか。呉陵軒の言葉はそれに声援を送る意を含めた宣伝と見える。勿論それには下地があった筈である。それは啄梓の項に譲る。

桜木庵と啄梓

桜木庵は薩秀堂と称し、延享年中（一七四四～四七）すでに圭女《けいじょ》点を取次いで居り、宝暦に入っては川柳のほか南華坊・如露《じょろ》・黛山《たいさん》ら点の万句合の取次ぎをも引き受け、川柳が万句合を始めた当初からの最有力取次所の一で、川柳のよき協力者であった。花屋とは目と鼻の上野山下の住人。いずれ万句合興行の取次所を買って出て、人並みすぐれて積極的に世話を惜しまぬからには、言わずと知れた俳諧数寄。明和四年（一七六七）には桜木連の単独の前句付秀吟集『さくらの實』を啄梓の協力を得て花屋から出版した。これはこの年閏九月十五日開きの川柳評万句合が、二万千四百十九句と、はじめて二万句を超えたのを記念して、桜木庵が取次いだ三千五百三句のうちの勝句九十六句に、選外佳作二百五十四句を、川柳が加点して返して来た桜木連の詠草から抜粋して加え、都合三百五十句を一冊の句集としたものである。当時桜木連は錦木（飯田町中坂）初瀬（市谷田町）の二組には一歩を譲るとしても、第三位の有力句団として勢力を誇示するに足るもので、やがて蓬萊連（牛込御納戸町）の『川傍柳』（初編、安永九年刊）、梅連（麹町）の『藐《は》姑柳《こやなぎ》』（天明五年刊）、流水連（麻布）の『柳筥《やないばこ》』（初編、天明三年刊）などを誘い出すことになる。

　この桜木庵が『誹風柳多留』刊行の「輔助」として、奥付に名を列ねている。呉陵軒は桜木連の主力作者の一人。花屋久治郎はつい近隣で、普段からの俳諧数寄者仲間で親しい間柄であったことを示している。

　啄梓は『誹風柳多留』の彫工。姓は朝倉、啄梓と号する。勿論その本業にもとづく号であるが、本名その他は明らかでない。安永八・九年には下谷広徳寺前の山水連に所属して句をのこしている。安永九年（一七八〇）六月「庚子年前句地取八会句合」では、桜木連の木綿が催主となり、山水連の啄梓が差添役をつとめて、勝句刷の二枚目に「勝負付ヶ（勝句刷のこと）ねつから女房本ッにせず」の一句がとられている。腕前は女房に見くびられる程度のものだったのかもしれぬが、根っからの俳諧数寄は人後におちぬ御仁であったらしい。呉陵軒とは特に親しい間柄だったと見えて、あまり振わぬ啄梓の山水連に、一時木綿が加勢している。当の啄梓は山水連の主力だったらしく、天明に入って山水が浅草寺町に移ってからも所属を変えず、山水連から句を出している。住所のほどは不明だが、山水連の一人であるからには、いずれ下谷・浅草界隈の住人にちがいない。七十編序に菅籬が「明和のはじめ啄梓桜木の両子古翁選の桜の實と言ふを著し給ふ」とある。ただに板木師《はんぎし》としての交際だけでなく、風流の道にも桜木庵主とは親しい間柄であったことを窺わせる。

　板木師啄梓の名が江戸の出版物に登場するのは『誹風柳多留』が最初らしい。尤も書物は一般に板木師の名までは記さないのが普通だから何とも言えないが、管見では明和八年刊『芭蕉庵再興記』（雪中庵蓼太編）あたりが古い方である。呉陵軒が「書肆何某」と言うのはたしかに宣伝臭が強い。

「書肆」とはほかでもない。川柳評万句合の勝句刷を過去八年間にわたって引き受けて、散らし同然の刷物ながら、ともかく印刷業の修業を一通りは積んで来た経験をいうのであろう。その花屋久治郎と息をあわせて、勝句刷の板木師をつとめて来たのが啄梓であったにちがいない。呉陵軒のいう「書肆何某」には、これから啄梓の協力で、ささやかながら本の形をしたものを出そうという、花屋久治郎の意気込みをも代弁するものと考えてよかろう。

従来『誹風柳多留』の初編には、既述の如く後刷・異版が多く、また乱丁本も多く、その最初の姿を存するものは稀で、ことに丁付《ちょうづけ》のあるものは皆無とされている。最近の三省堂版『誹風柳多留全集』でも、編者はそのよしを断り、岡田三面子校訂本を底本として仮丁扱いをしている。しかし、本書の底本とした架蔵の最初版本は、明らかに丁付を存する。けれど完全無欠ではない。付録に翻刻した通りである。一・十一・廿四・廿七・四ノ三の五丁に丁記を欠いている。しかしこのことがはしなくも、彫工啄梓が半玄人の勝句刷の板木師から、本格的な書物の板木師へと踏み切った、初仕事であったことを裏付けている。書物の板木に未経験な啄梓には、丁記を彫る勘がなかったらしい。架蔵本の丁記の文字は、本文とは全く別の一見稚拙な書体で、しかもその位置が丁毎に少しずつ、上下左右にずれている。丁付欠落の数丁は、恐らく製本の過程で截断《せつだん》されてしまったものと思われる。しかも不完全ながらも、丁付を啄梓が残してくれたからこそ、岡田校訂本の丁付が正しいことを確認することができた。それがまた本書の注解に、新たに句移りの注を試みることを可能にしたことも、付記しておかねばならない。

川柳の立机から『誹風柳多留』の企画へ

九世川柳が『柳風狂句栞』（明治三十年刊）に誌すところによれば、川柳の曾祖父柄井《からい》将曹が寛文十年（一六七〇）頃、東叡山寛永寺へ東下された一品《いっぽん》入道天真親王（後西院天皇第五皇子）の御用掛として随従して来たのが、柄井家江戸移住のはじめである。その子図書の代に寛永寺の末寺にあたる浅草新堀端の龍宝寺の寺侍となり、一時出家の志を抱いたこともあったが、後、龍宝寺門前町の名主となる。その子八右衛門またその職を継いだ。川柳は享保三年（一七一八）十月、八右衛門の子として出生。幼名を勇之助と言い、宝暦五年（一七五五）三十八歳の時、父の隠居のあとを受けて名主の職についたという。川柳はまた談林派の宗匠であったとか、蓼太の風にあきたらずその門を去ったとか伝えられるが、その証とすべきものはない。しかしはやくより俳諧に指を染めていたらしく、別に緑亭・無名庵などと号した。宝暦七年（一七五七）四十歳の秋、はじめて「川柳」の号をもって前句付の点者となった（実は冠付《かむりづけ》・五文字・もじり・段々などの点もした雑俳点者であるが、『誹風柳多留』を生み出した万句合興行は、冠付と二本立の興行であって前句付を主とするので、前句付の点者と呼ぶ）。名主職について二年目のことである。以後、寛政二年（一七九〇）九月二十三日、七十三歳で没するまで、その生涯を前句付点者として生きた。しかしその間、『誹風柳多留』の発刊を機として、川柳の前句付は次第に前句を無視する方向に進み、万句合の場がいつとなく独詠の狂句の会へと変質を遂げ、川柳はなし崩しに狂句の点者に変貌して行った。没後は川柳の余風を汲んだ門流を中心に、川柳風狂句の流行をよび、『誹風柳多留』は代々の川柳一派の句会の集と成って編を重ね、その流行は江戸のみならず東西の諸国に及び、やがて明治の「新川柳」を呼び起すことになる。

ついでに一言すれば、その間、当初は「川柳風」とか、単に「ざれ句」「狂句」などと称したが、文政の四世川柳はその独自性の主張をこめて「俳風狂句」と称し、天保の五世川柳はこれを「柳風狂句」と呼び改めて、その流れは昭和の現代にまで及んだ。世間では一般に、明治二十年代の「新川柳」運動以来の現代の「川柳」も、古典としての「柳風狂句」以前のものも、ひっくるめて「川柳」の称が用いられている。しかし、この称呼は古典文学の種目の学術的用語としては不適当である。点者川柳との使い分けにしばしば気を配らねばならぬし、現代の「川柳」にも配慮しなければならぬ煩わしさがある。「俳句」では「発句」の本質が理解し難いのと同様に、古典文学の名目としては「川柳風狂句」の称が妥当である。本稿での「川柳風狂句」の用語はその主旨である。

川柳が前句付点者として立机《りつき》(点者開業)の事情は明らかではない。しかし点者稼業をはじめるには、それ相応に周囲の協力態勢も整ったからにちがいない。前句付点者として名乗り出るには、付句募集のための宣伝用の引札や、勝句披露用の勝句刷の板木師や版元との特約をはじめ、万句合の宣伝と投句の取りまとめ、更には勝句刷や賞品の分配等の雑務を委託する取次所を、あらかじめ特約して置くことが最小限に必要である。龍宝寺門前町の名主職を継いで二年目の川柳柄井八右衛門が心の中で、己が俳諧数寄と、いささか自負する選句眼を活かして、今流行の前句付に点者として打って出ようと考えた時、最初に話をもちかけたのが、近所に住んで気心の知れた呉陵軒可有。面倒見のよい呉陵軒は早速、俳諧仲間で親しい山下の花屋久治郎に相談をかける。かねて家業の花屋ではあきたらず、これまた生来の俳諧数寄から、ゆくゆくは気の利いた俳書でも出して、本屋をやってみたいと洩らしていたのを思い出して。渡りに舟の久治郎は一も二もなく大乗気。町名主の宗匠なら押出しもよい。

そんじょそこらの点者とは訳がちがう。世間も信用してくれると、早速彫工の啄梓に声を掛けてくれる。また近所の桜木庵は取次所仲間にも顔が利くからと、頼んでくれることになる。みな俳諧と来ては三度の飯より好きな連中、話はとんとん拍子に進んだという訳ではなかろうか。少なくともこういった膳立てが整った上での、川柳の立机であったと思われる。ここに思い合わされるのが、西鶴が『西鶴名残の友』に書き残した、元禄浪花の風俗譚「さりとては後悔坊」。軽薄仲間におだてられて宗匠になったはよいが、それっきり見捨てられて途方にくれる男の話。友人呉陵軒はさすがに誠実な好人物。すでにふれたように、川柳と取次所や作者達をとり結ぶのに、いろいろと親切に気をつかった。正直だけが売物の川柳を盛り立てて、連衆をとりもった日頃を垣間《かいま》見させる。

諸般の準備が整った上で、いよいよ川柳評万句合の初会は宝暦七年（一七五七）八月二十五日。蓋を開けて見ると、さすがに句の寄りは思わしくない。初瀬（市谷）・若菜（浅草新堀）・都（浅草阿部川町）・春日野（御蔵前）・桜木（山下薩秀堂）・尾上（四谷塩町）のほか、やや遠方では芝金杉の青柳など、すべて十二取次所の協力があったが、集まったのはわずか二百七句。ともかくそこから十三句を抜いて勝句刷にして披露して、その奥に「先達而御断申上候通、私儀神を祈り正直を元ト仕候故、見苦敷開御覧入申候。此上次第に句高も相増し候様、偏ニ御憐愍御贔屓奉願候。後会御句来晦日迄取次方へ被遣可被下候。以上」と書き添えた。「先達而御断申上候通」とあるのは、川柳が立机にあたり取次所を通じて、前句題・冠題・出句日限・点料・褒賞その他所要事項を記して配布した引札に書き添えた文言で、「神を祈り正直を元ト」することを強調したことを示している。ここにまたそれを繰り返して誠実を誓っている。万句合興行に伴いがちな依怙《えこ》贔屓《ひいき》の風潮を背負った言葉である。また「偏ニ御憐愍御贔屓奉願候」は随分不見識で卑屈な態度にも映るが、これはおもに武家方の投句者向けの挨拶で、この初会で最も多くの句を寄せたのは市谷の初瀬らしいことからも、市谷・四谷方面に顔を向けた言葉と受け取ってよいと思う。この年の納会（十二月十五日）の勝句刷の奥にも「私儀当年拙キ点を相はしめ申候処、御憐愍を以相応に繁昌仕候仕合奉存候」と言葉を尽して御礼言上に及ぶ。この姿勢はその後も変らない。さきに引いた安永四年八月の引札の「口演」の文言も同じであった。最晩年の天明八年十二月二十五日開きの勝句刷の奥にも「御連中様方御厚情をもつて万句相応はんしやう仕忝仕合奉存候。（中略）又々来酉年中秋ゟ興行仕候。其節相かわらす御ひいき御れんみんを以御出情奉願候」と誌している。この「御贔屓御憐愍」を年毎に繰り返し続けて、川柳は前句付点者として生涯を終る。この何とも情けない姿勢は上方の点者は勿論、地方の群小点者たちが残した会所本や一枚刷の勝句刷にも、ついぞ見かけぬところである。これは江戸点者なるが故に強いられた姿勢としか考えようがない。この事についてては次章に改めて述べることにする。

こうして始められた川柳の万句合興行は、呉陵軒らの支えによって年毎に人気が高まり、順調な興行成績の伸びを見せた。宝暦十二年十月十五日開きでは遂に寄句高一万句の大台を超えた。呉陵軒・花屋・桜木庵らも世話の仕甲斐があったと喜んだことであろう。『誹風柳多留』の刊行は、それから三年後、明和二年、八月五日の初会を目前にしてのことであった。恐らくはその前年の五月雨の頃、当年の手筈の打合せの用件をも兼ねて、花屋が呉陵軒を訪ねた折、手文庫から一冊の草稿を出して見せた呉陵軒が「こんなものを退屈しのぎにこさえてみたが、どうだお前の店から出してみないか。若しうまく当れば、かねての念願通り、本格的に本屋に乗り出す踏台にはなる。いつまでも摺物すりでもあるまい」と勧めたのが実を結んだのではなかったか。呉陵軒は前年に引き続いて順調な川柳の万句合興行を見定めた、宝暦十三年の秋頃から、自分だけの慰みに句を拾い集めていたものと思われる。

みんなで支えて来た川柳の万句合も、もう大丈夫だと思った時、いつしか七年目を迎えていた。足かけ七年間の勝句刷も、まとめてみると相当な量になる。どうせこのまま反故になるものならと思った時、ふと人知れぬいたずら心が働いて、ぼつぼつ句を拾い集めているうちに、いつの間にやら我ながら、ちょっと小積《こしやく》なものが出来上がっていた。これで今まで慣れぬ商売に苦労をして来た花屋久治郎に、一儲けさせてやろうと、呉陵軒が思ったといえば思いすごしであろうか。そんな風に思われてならない。少なくとも『誹風柳多留』の企画には、川柳は関与していない。「新堀の先生」と立てられて、前句付の点に専念しておればよかったのである。また、ただ「御憐愍、御贔屓」と平身低頭して、正直を繰り返している川柳に、それだけの才幹があったとは思われない。『誹風柳多留』の船出はもっぱら船頭呉陵軒の舵《かじ》取りであったにちがいない。

武家の町の新文学

川柳の万句合興行は、毎年七月または八月に始まって、おそくとも十二月に終り、毎月五の日の三回定期興行を建前としている。これには昔からの仕来たりがあった。江戸ではその昔、調和の『洗《あらい》朱《しゅ》』（元禄十一年刊、調和点五句付勝句集）にその先例が見られるように、貞享・元禄のまだ雑俳化していない頃の前句付俳諧の時代から、月並《つきなみ》定期興行の慣例が出来ていた。調和の場合、そこに参加している連衆は『洗朱』の時代から山形・米沢・会津・白川・宇都宮・甲府・駿府・越後・加賀・摂州・土州・備中・肥州など諸国にわたる作者を交えて多彩である。元禄十一年の『三評風姿十の指』からは、興行毎の連衆の顔ぶれがわかるようになるが、例えば、『相鎚《あいづち》』所収の元禄十四年十月二十日の会では、薩摩・伊勢津・甲州・松本・米沢・山形の作者が勝句の座に並ぶ。月々二回興行で、南は薩摩から東北の山形にわたって、作者が登場するのである。それぞれの諸国在住の作者を対象にしては出来ることではない。これは恐らく、諸藩の江戸屋敷詰《づめ》の面々であろう。調和・不角らの前句付俳諧の月並興行には、一般の江戸作者に交って、江戸在住の地方諸国の武辺が、その大きな部分を占めていたことを示している。いやむしろ、その人達が主体であったと見てよかろう。下って宝永五年（一七〇八）の梅伽撰『仲人口』は、おおむね毎回、前句一・冠一の出題で、事実上前句付俳諧から雑俳の世界に大きく踏み出したものであるが、毎月十日・二十五日の定期興行に加わる作者は、江戸近傍からの五組を除いて、他はすべて江戸の町々の組単位で、作者はすでに匿名である。その中に飯田町御屋舗時雨組、牛込御屋舗若竹組など、武家屋敷の句団と認むべきもの、その数二十四にも達している。これらの事実に川柳らの江戸の雑俳興行の源流を想察することができる。

一方、宝暦の頃の江戸の雑俳興行には、大別して二通りの型があった。江戸周辺の諸国を含めた広域通年興行と、江戸府内に募句範囲を限定した毎年下半期興行とである。中には三代二徳亭収月の如く、前者を「田舎会」と称し、後者の「江戸会」とでも称すべきものと、二本立興行をした例もあるが、川柳は後者の方式をとった。川柳の如く江戸府内に募句範囲をかぎった多くの点者が、興行の時期を毎年下半期に限定しているのは何故であろうか。さきに見た貞享・元禄の調和や宝永の梅伽の事例から窺われるように、その流れを汲む宝暦の江戸の万句合の顧客には、その大きな部分を武家筋が占めていたことは想像に難くない。してみれば、川柳ら江戸点者の下半期興行の理由は、一にかかって武辺の生活上の都合への配慮から出たものでなければなるまい。即ち、毎年、年の前半は参覲交代で武家の生活は慌しい。そのどさくさの納まり切るのはやっと六月も末である。その辺への遠慮から出た毎年の下半期興行であったにちがいない。事実、宝暦の川柳らの万句合には武家の参加が元禄・宝永の昔と比ぶべくもなく、多かった筈である。武士の町人化が一段と進行していた時代であるから。岡田甫氏の報告によれば、明和元年（一七六四）十一月十五日開きの川柳評の勝句刷には、田安宗武が飯田町中坂の取次所錦から投じた「けいさんが袋に入るとかんが出来（前句、よいかげんなり〳〵）」の一句が、番勝の座に坐っている。

このように川柳らの万句合に武家の参加を気安くさせたのは、享保時代から江戸の万句合は梅伽の『仲人口』に見たように、組単位の投句形式を普通とするに至り、個々の作者は組名のかげに隠れて匿名同然になったことにもよる。体面を顧慮する作者にとって組名はかくれ蓑《みの》になって都合がよかった。川柳の万句合の場合、その立机の当初から市谷初瀬・四谷塩町尾上をはじめ、小石川・牛込・麹《こうじ》町《まち》あたりの組が、山下薩秀堂桜木・浅草新堀若菜などと並んで、盛んに活動しているのは、武家筋の占める比重の大きさを物語るものである。やがて川柳評万句合の取次所は、川柳の評判の高まりにつれて広がり、北は千住から南は品川をかぎり、江戸府内全域に及ぶ。かくして川柳の万句合の場は、江戸府内四里四方の武家・町人入り交って、付句に興じ競う場となった。

江戸の町は武家の拓《ひら》いた武家の町。参観交代という大袈裟な武家の大移動が、寄せては返す大波のように、毎年毎年繰り返されて、誰もがそれに気を遣いながら、年が去り年が来る町。諸国と江戸とを往来する武家集団に附随して、多くの人間が諸国から雲集して、武蔵野に出来上がった新しい町。武家を中心に士農工商入り交って生きる、ごった煮のような町。それが江戸。京・大坂とはその成り立ちがちがう。江戸の文化は武家の存在を、その役割を考慮に入れずには語れない。この土地柄は江戸が東京に衣更えした明治以後も、本質的には変っていない。かつての諸大名に永田町の先生族がとって代っただけ。それはともかく、江戸の文化は武家をはずしては考えられない文化。京・大坂の文化を見るのと同じ物尺《ものさし》で計っては狂いが出る。京は公家《くげ》の町、大坂は町人の町。それぞれに持味がある。江戸は武家中心に競い立つ新興寄合いの町である。寄合いの町に育った独特の味、それが江戸文学の味である。いわば関東煮のような。でもそれが煮つまって独特の持味が出て来るまでには、長い年月を要した。無からの出発だったのだから。よく煮込まれて独特の持味が出て来るのは享保以後のこと。川柳の前句付は丁度その頃の江戸前の仕出し。正真正銘四里四方江戸の文学。これに一味工夫をこらして出来たのが、瓢箪《ひょうたん》から駒の『誹風柳多留』。その仕掛人が呉陵軒可有。

杜氏《とうじ》呉陵軒の仕込みは上々。その言いぐさによれば、『誹風柳多留』は言わば反故から生れ変った変生男子《へんじようなんし》の反故文学。これが思いもかけぬ反響と効果を呼んだ。花屋の『誹風柳多留』が増刷に追われているうちに、いつしか二年の月日が流れる。明和四年、二編を続撰して後数年は、なお川柳の前句付を「俳諧の足代《あししろ》」と説く立場を崩さなかったが、やがて「一句にて句意のわかり安き句」集に刺戟された時の勢いは、川柳の前句付万句合の場をなしくずしに変質させ、「川柳風狂句」の新生を呼ぶ。呉陵軒の『誹風柳多留』はその意味で、川柳風狂句の成立と、その全国的流行の端を開いた句集であった。しかも呉陵軒はその巻頭に「五番目ハ同し作ても江戸産レ」を据え、この句集が生粋の江戸の句集であることを、暗々裡に宣伝した。それは幕初以来の江戸が、ようやく新興の武家都市にふさわしい、文学をもつ地均《じなら》しを整えて、いよいよ自前の新文学開花の時が来たことを告げるものであった。この句集が出て間もなく、同じく「うがち」「洒落《しやれ》」を本領とし、文学精神を共有する江戸の新文学洒落本・黄表紙の、興隆の時を迎えるのも偶然ではなかった。多田爺《たたのじじい》の『遊子方言』は五年後の明和七年（一七七〇）、恋川春町《はるまち》の『金々先生栄花夢』は十年後の安永四年（一七七五）。『誹風柳多留』はその露払いの役目を担ったといえる。呉陵軒可有はそう見れば、ただに川柳風狂句の生みの親であるばかりでなく、江戸文学開花の仕掛人でもあったとも言えようか。

付録

原作対照 誹風柳多留

一、『誹風柳多留』（初編）の句を、その出典たる川柳評万句合の勝句刷に、現在確かめ得る限りの原作と対照し、各句について編者の営為を子細に検し得るようにした。

一、『誹風柳多留』は底本に「誹風柳多留　初編」と題簽を改める以前の、「誹風柳多留　全」と題した最初版の単行本を用いた。

一、原作の前句付は川柳評万句合の勝句刷の原本について確かめ得たもののほかは、すべて古川柳研究会の影印版により、一部は近世庶民文芸研究会の謄写版によった。また架蔵写本をも参照し、正確を期したが、なお遺漏なきやを恐れる。

一、下段に『誹風柳多留』の本文を掲げ、毎頁に原本の一丁分をあてた。中央行間の数字は、原本各丁末尾の丁記である。但し、摺り損じで生じた丁記の欠落は（　）で補った。

一、上、中段には、現在出典の判明しているものについて、前句付の原作を掲げた。上段が前句、中段が付句である。但し、出典は本文の脚注に譲って省略した。

一、用字は原本通りを原則とした。

序

さみたれのつれ〳〵にあそこの
隅こゝの棚よりふるとしの
前句附のすりものをさかし
出し机のうへに詠る折ふし
書肆何某來りて此儘に反
古になさんも本意なしといへるに
まかせ一句にて句意のわかり

（一）

安きを擧て一帖となしぬなかん
つく當世誹風の余情をむす
へる秀吟等あれハいもせ
川柳樽と題す于時明和二
酉仲夏淺下の麓呉陵軒可有述

1	にきやかな事〳〵	五番目ハ同シ作ても江戸生レ	五番目ハ同し作ても江戸產レ
2	こハい事かな〳〵	かみなりをにせてはら掛やつとさせ	かミなりをまねて腹かけやつとさせ
3	けつこふな事〳〵	上ル度いつかと〆て來る女房	上ルたびいつかどしめて來る女房
4			古郷トへ廻る六部ハ氣のよわり
5	わつかなりけり〳〵	ひよ〳〵の內ハ亭主にねたりよい	ひよ〳〵の內ハていしゆにねたりよい
6	たまし社すれ〳〵	番頭ハ內の羽白をしめたがり	件頭ハ內の羽白をしめたがり
7			鍋いかけすてつへんからたはこにし
8	そんさいな事〳〵	人をみなめくらにごぜの行水し	人をミなめくらにごぜの行水し
9	しやまな事かな〳〵	米つきハ道をきかれて汗をふき	米つきに所を聞ケは汗をふき
			ニ
10	とふよくな事〳〵	すつほんにおかまれた夜のあたゝかさ	すつぽんに拜マれた夜のあたゝかさ
11	いさみ社すれ〳〵	齋日の連レハ大方湯屋で出來	齋日の連レハ大かた湯屋て出來
12	心つよさよ〳〵	入れ髪でいけしやあ〳〵と中の町	入髪ていけしやあ〳〵と中の丁
13			百兩をほどけは人をしさらせる
14	おしみ社すれ〳〵	じれつたくしわすを遊ふ針とがめ	じれつたく師走を遊ふ針とかめ
15	まんかちな事〳〵	黒助へ代句だらけの絵馬を上ケ	九郎介へ代句たらけの絵馬を上
16	そろり〳〵と〳〵	使者まづ《（マヽ）》馬から下リて鼻をかみ	使者ハまづ馬からおりて鼻をかミ
17	尤な事〳〵	梅若の地代ハ宵に定まらす	梅若の地代ハ宵に定マらす
18	尤な事〳〵	投ケ入レの干からびて居ル間の宿ク	なげ入の干からびて居る間イの宿

19	すわり社すれ〳〵	まり場からりつはな形リてひたるがり	鞠場からりつはな形リてひだるかり
20	きハめ社すれ〳〵	はつ物か來ルと持仏かちやんと鳴リ	初ものが來ると持仏がちんと鳴
21	こほれたりけり〳〵	こハそうにどじやうの舛を持ッ女	こわそうに鮓の舛を持ッ女
22	わかまゝな事〳〵	唐紙へ母の異見を立テ附ケル	唐紙へ母の異見をたてつける
23	ほしい事かな〳〵	すてる藝始メるけいにうらやまれ	すてる藝はしめる藝にうらやまれ
24	むこひ事かな〳〵	新發意ハたれにも帯をして貰ひ	新發意ハたれにも帯をして貰ひ
25	つらひ事かな〳〵	内にかといへばきのふの手を合セ	内にかと言へはきのふの手を合セ
26	にほひ社すれ〳〵	美しひ上ヘにも欲をたしなみて	美しひ上にも欲をたしなミて
27	はやり社すれ〳〵	四五人の親とハ見へぬ舞の袖	四五人の親とハ見えぬ舞の袖
			三
28	ひくゐ事かな〳〵	天人も裸にされて地者なり	天人もはたかにされて地もの也
29	揃ひ社すれ〳〵	いつとても木遣リの声ハ如在なし	いつとても木遣リの声ハ如才なし
30	揃ひ社すれ〳〵	身の伊達に下女か髪迄結て遣リ	身の伊達に下女か髪迄結て遣リ
31	うろたへにけり〳〵	菅笠の邪广に成ル迄遊ひ過キ	菅笠の邪广に成まて遊ひ過
32	われも〳〵と〳〵	片袖を足ス振リ袖は人のもの	片袖を足スふり袖ハ人のもの
33			お初にと斗姑メたてにとり
34			銅杓子かしてのろまにして返シ
35			七種をむすめハ一ツ打て迯
36			赤とんほ空を流るゝ龍田川

37 かくし祉すれ〳〵　まんちうに成ハ作者もしらぬちへ　まんちうに成ルハ作者も知らぬ智恵
38 尋ね祉すれ〳〵　取揚ばゞ屛風を出ると取まかれ　取揚婆ゝ屛風を出ると取まかれ
39 かくし祉すれ〳〵　呵ッてもあつたら禿ロ炭を喰イ　しかつてもあつたら禿炭を喰ヒ
40 もしや〳〵と〳〵　水茶屋へ來テハ輪を吹キ日を暮シ　水茶屋へ來てハ輪を吹日をくらし
41 もしや〳〵と〳〵　ふんとしに棒付キの入ル佐渡の山　ふんとしに棒つきのいる佐渡の山
42 仕合なこと〳〵　主の縁ン一世へらして相續し　主の縁一世へらして相續し
43 こいしかりけり〳〵　親ゆへにまやうてハ出ぬ物くるい　親ゆへにまよふてハ出ぬ物狂ひ
44 ふとい事かな〳〵　能イ事をいへは二タ度よりつかす　能事を言へは二度ヒ寄付す
45 ゆるり〳〵と〳〵　初會にハ道草を喰上ハそうり　初會にハ道草を喰ふ上艸履

四

46 ねんの入レけり〳〵　喰つふすやつにかきつてはを磨キ　喰つぶすやつに限ッて齒をミがき
47 はなれ祉すれ〳〵　子か出來て川の字形リに寐ル夫婦　子が出來て川の字形リに寐る夫婦
48 めいわくな事〳〵　取次に出ル㒵の無ひすゝはらい　取次に出る㒵の無イすゝはらひ
49 こみ合にけり〳〵　に賣やの柱ハ馬にかじられて　煮うり屋の柱ハ馬に喰れけり
50 めいわくな事〳〵　りやう治場て聞ハ此頃已レに化ケ　りやう治場で聞ケは此頃おれに化
51 こみ合にけり〳〵　足洗ふ湯も水になる旅もとり　足洗ふ湯も水に成ル旅戻リ
52 めいわくな事〳〵　まゝことの世帯くつしかあまへてき　まゝ事の世帯くつしがあまへて來
53 めいわくな事〳〵　朝めしを母のうしろへ喰に出る　朝めしを母の後ロへ喰ひに出ル
54 色〳〵か有〳〵　弁天の貝とハしやれたミやけ物　弁天の貝とハしやれたミやけもの

55 りつは成けり〱
56 とふよくな事〱
57 とふよくな事〱
58 とふよくな事〱
59 おかしかりけり〱
60 おかしかりけり〱
61 とふよくな事〱
62 たしなみにけり〱
63 たしなみにけり〱
64 かさり社すれ〱
65 より合にけり〱
66 より合にけり〱
67 かさり社すれ〱
68 たひ〱な事〱
69 そんさいな事〱
70 よろこひにけり〱
71 よろこひにけり〱
72 たひ〱な事〱

三神は蹘と讀ミし御すかた
いたゝいて請クへき菓《クハシ》を手妻にし
緋の衣きれハらきよかおしく成リ
太神樂斗リを入れて門をメ
附ケ木突キ腰におとけたひやうし有
馬かたか居ぬと子供ハけいをさせ
水かねてむねのくもりをといておく
はかま着にや鼻の下迄さつはりし
習よりすてる姿に骨か折れ

無ひやつかくせに備へをてつかくし
國はなしつきれハ猫ののみを取
藪入の綿着る時の手の多さ
むさし坊とかく仕度に手間がとれ
勘當も初手ハ手代におくられる
五六寸かきたてゝ行寐すのはん
新田を手に入レて立つ馬喰町
とこそてハあふなき娘夕部遣リ
仕切リ場へあつい寒イの御あいさつ

三神ハなふるとよみし御すかた
いたゝいて受ケへき菓子を手妻にし
緋の衣着れハ浮世かおしくなり
太神樂斗を入レて門をメ
附木突腰におどけた拍子有
馬かたか居ぬと子供か藝をさせ
水かねてむねのくもりをといで置
袴着にや鼻の下迄さつぱりし
習ふよりすてる姿に骨を折

五

無イやつのくせにそなへをてつかくし
国はなしつきれハ猫の蚤をとり
藪入の綿着る時の手の多さ
武さし坊とかく支度に手間がとれ
勘當も初手ハ手代に送られる
五六寸かきたてゝ行ねずの番
新田を手に入レて立馬喰丁
どこぞてハあふなき娘ゆふべ遣リ
仕切場へ暑イ寒イの御挨拶

73 重ネ祉すれ〳〵
74 たひ〳〵な事〳〵
75 たひ〳〵な事〳〵
76 うんのよい事〳〵
77 長ひ事かな〳〵
78 うんのよい事〳〵
79 長ひ事かな〳〵
80 長ひ事かな〳〵
81 やさしかりけり〳〵

82 あんまりな事〳〵
83 こハい事かな〳〵
84 あんまりな事〳〵
85 やさしかりけり〳〵
86 やさしかりけり〳〵
87 あんまりな事〳〵
88 めつたやたらに〳〵
89 めつたやたらに〳〵
90 けつこふな事〳〵

紅葉見ハおにゝならねば歸られぬ
御内儀の手を見覺ルぬいはくや
泣キかけも尊氏已後ハもふ喰ハす
しハらくの声なかりせハ非業のし
いせしまのうちハゑんまを尊トかり
役人の子ハにき〳〵をよく覺へ
女房か得手ハまをさすひたぢ《（マヽ）》きハ
鑓リ持ハむねのあたりをさし通シ
白うをも子にまよふ時角田川

帯ときハこい白粉のぬり初メ
とうろうてはなはたくらい言訳し
逆馬をもらいに出たるりやうり人ン
花もりの生レ替りか奥家老
あかつきの枕にたらぬかるたばこ
出てうせう汝元ン來みかんかこ
二ヶ國にたまつた用の渡リ初メ
はな紙て手をふく内儀酒もなり
病ミ上リいたゝく事かくせに成

紅葉見の鬼にならねはかへられす
お内義の手を見覺るぬいはく屋
泣がけも尊氏已後ハ寂くハず
しばらくの声なかりせば非業の死
いせ嶋の内ハゑんまを尊トかり
役人の子ハにぎ〳〵を能覺
女房か有ルで魔をさす肥立ぎわ
鑓持ハむねのあたりをさし通シ
白魚の子にまよふ頃角田川

六

帯解ハ濃おしろひのぬりはしめ
灯籠に甚タくらひ言訳し
逆ヵ王を貰ひに出たる料理人
花守の生レかハりか奥家老
あかつきの枕にたらぬかるた箱
出てうしやうなんじ元來ミかん籠
二ヶ国にたまつた用の渡リそめ
鼻紙て手をふく内義酒もなり
病上リいたゝく事かくせになり

91 目立社すれ〳〵
92 氣味の能事〳〵
93 氣味の能事〳〵
94 いさみ社すれ〳〵
95 氣味の能事〳〵
96 氣味の能事〳〵
97 いさみ社すれ〳〵
98 目立社すれ〳〵
99 目立社すれ〳〵
100 めつそうな事〳〵
101 手傳にけり〳〵
102 こまり社すれ〳〵
103 こまり社すれ〳〵
104 こまり社すれ〳〵
105 こまり社すれ〳〵
106 定メ社すれ〳〵
107 こまり社すれ〳〵
108 定メ社すれ〳〵

橙ハ年神様のせんきどこ
合羽箱どろ〳〵〳〵とかしこまり
常宿を名乗てひとひ場をのがれ
井戸替に大屋と見へて高足駄
竪テ臼ハ天狗の家を切リたをし
禪寺ハひがんの錢にふりむかず
たそかれに出て行男尻しらず
となりから戸をたゝかれる新世帯
うり物と書て木工馬の面へ張リ

むかしから湯殿ハちへの出ぬ所
神代にもだます工面ハ酒か入り
盃にほこりの溜ルふ得しん
跡ト月をやらねばろじもたゝかれず
ゆびの無イあまをなぶれハ笑ふのミ
鉢巻キも頭痛の時ハあわれ成リ
ほた餅もしやうしん落チをいのこにし
穴くらてもの言ウやうなわたほうし
急度して出ル八朔は寒く見へ

橙ハ年神さまの疝氣所
合羽箱どろ〳〵〳〵とかしこまり
定宿を名乗てひとい場をのがれ
井戸かへに大屋と見へて高足駄
立臼に天狗の家をきりたをし
禪寺ハひがんの錢にふりむかず
たそかれに出て行男尻知らず
隣から戸をたゝかれる新世帯
うりものと書て木馬の面ラへ張

七

むかしから湯殿ハ智恵の出ぬ所
神代にもたます工面ハ酒が入
盃にほこりのたまる不得心
跡ト月をやらねは路次もたゝかれす
指ヒの無イ尼を笑へは笑ふのミ
鉢巻も頭痛の時ハ哀なり
ぼた餅の精進落ハいのこ也
穴ぐらで物いふやうな綿ほうし
急度して出る八朔は寒く見へ

109 なくさみにけり／＼
110 つくり社すれ／＼
111 つくり社すれ／＼
112 したらくな事／＼
113 自由成りけり／＼
114 きのとくな事／＼
115 きのとくな事／＼
116 きのとくな事／＼
117 きのとくな事／＼

118 定メ社すれ／＼
119 定メ社すれ／＼
120 いさみ社すれ／＼
121 目立社すれ／＼
122 氣味の能事／＼
123 目立社すれ／＼
124 いさみ社すれ／＼
125 氣味の能事／＼
126 いさみ社すれ／＼

くわいらいし十里程來タ立姿タ
鶏ハ何かいゝたい足つかひ
手拭にきんたま出來ル一トさかり
杖突キの酔ハれた場所ハ早ク洩リ
こんれいを笑て延ス使者か立チ
すつほんをりやうれハ母ハ舞ひを舞
むく鳥か來てハ格子をあつがらせ
ふり袖はいゝそこないの蓋に成リ
せめて色なれハ訴詔（マヽ）も仕よけれど

よし町江羽織を着てハ派が利《キ》カす
壁の苆《スサ》むしりながらの實咄し
國の母生れたふみを抱キ歩行キ
塩引の切リのこされてのどか成リ
江戸者で無ケりやお玉がいたからす
お袋をおどす道具ハ遠ひ國
菅笠で犬にも旅の暇乞イ
食たきにばゝあを置て鼻明カせ
後ロから追ハれるよふな榊持チ

くわいらいし十里程來た立すかた
鶏の何か言ひたい足つかい
手拭にきんたま出來る一トさかり
杖つきの酔ハれた所ハ盛直し
婚礼を笑ッて延ハす使者を立
すつほんをりやうれは母は舞をまい
むく鳥か來てハ格子をあつからせ
ふり袖ハ言ひそこないの蓋に成
せめて色なれハ訴詔（マヽ）もしよけれと

八

よし町へ羽織を着てハ派か利す
壁のすさむしりなからの實はなし
国の母生れた文を抱あるき
塩引の切残されて長閑なり
江戸者てなけりやお玉がいたからす
お袋をおどす道具ハ遠ィ國
菅笠て犬にも旅のいとまこい
めし焚に婆ァを置て鼻あかせ
うしろから追ハれるやうな榊かき

127 いさみ社すれ〳〵　上下で歸ル大工ハとりまかれ　上下て歸る大工ハとりまかれ
128 氣味の能事〳〵　前だれで手をふく下女の取リ廻シ　前たれて手をふく下女の取廻し
129 まゝならぬ事〳〵　跡ト乘リの馬ハ尾斗リふつて居　跡乘の馬ハ尾斗ふつて居ル
130 まゝならぬ事〳〵　せんきをも風にして置ク女かた　疝氣をも風にして置女形
131 さま〳〵な事〳〵　ぬり桶ケハいつち化ケ能姿なり　ぬり桶ハいつち化よい姿なり
132 さま〳〵な事〳〵　寒念佛ミリゝ〳〵と歩行ミけり　寒念仏ミりゝ〳〵とあるくなり
133 さま〳〵な事〳〵　衣るいまてまめでいるかと母の文　衣類迄まめて居るかと母の文
134 まゝならぬ事〳〵　向ふから硯を遣ふ掛リ人　向ふから硯を遣ふ懸リ人
135 まゝならぬ事〳〵　まよひ子の己が太鞁（マヽ）で尋ねられ　まよい子のおのが太鼓て尋られ

九

136 はつめいな事〳〵　脉所を見せて立テ板流スよふ　脉所を見せてたて板中よふ
137 おしみ社すれ〳〵　上下を着てもんもうな酒を呑ミ　上下を着て文盲な酒をのミ
138 ぞんぶんな事〳〵　半兵衞ハ雛の頃からこゝろがけ　半兵衞雛の頃から心がけ
139 はつめいな事〳〵　喰つみがこしやくに出來て壹分めき　喰つミがこしやくに出來て壹分めき
140 おしみ社すれ〳〵　捨テ子じやと坊主禿を笑ひけり　捨子じやと坊主禿をなで廻し
141 ぞんぶんな事〳〵　宿ト入リをなま物知リにしてかへし　藪入をなまものじりにしてかへし
142 はつめいな事〳〵　流星の內に座頭ハめしにする　流星の內に座頭ハめしにする
143 はつめいな事〳〵　禿能くあぶない事をいわぬなり　禿よくあぶない事を言ハぬなり
144 らくな事かな〳〵　客分シといわるゝ女たちのまゝ　客分といハるゝ女立のまゝ

145 まゝならぬ事〳〵　正直にすりや橙ハ乳母へ行キ　正直にすりや橙ハ乳母へ行

146 心つよさよ〳〵　ごこく寺を素通リにする風車　護国寺を素通にする風車

147 雪見とハあまり利口の沙汰てなし

148 寒念仏千住のふミをことづかる

149 松原の茶屋ハいぶるか景になり

150 ほた餅を氣の毒そうに替て喰ヒ

151 はらませたせんきハ是て山をとめ

152 落て行二人が二人帯かなし

153 親分ンと見へてへつつい惣かな具

十

154 實な事かな〳〵　日傘さして夫トの内へ行キ　日傘さして夫トの内へ行

155 むまひ事かな〳〵　縫紋を乳をのみ〳〵むしる成リ　縫紋を乳をのミ〳〵むしるなり

156 むまひ事かな〳〵　宿下りにうすく一ト切ふるまわれ　藪入にうすく一トきれ振廻れ

157 いそき社すれ〳〵　根ぞろいの横にねぢれて口をきゝ　根そろへの横にねちれて口をきゝ

158 實な事かな〳〵　庵の戸に尋ねましたと書て置　庵の戸へ尋ねましたと書て置

159 のけて置キけり〳〵　角ッこへ來てハ禿のはらを立テ　隅ッこへ來てハ禿の腹を立

160 のけて置キけり〳〵　小座頭の三みせんぐるみじやまかられ　小座頭の三味せんぐるミ邪广かられ

161 むまひ事かな〳〵　舌打てふるまひ水の礼ハすみ　舌打で振廻水の礼ハすミ

162 ぞんぶんな事〳〵　義貞の勢ハあさりをふみつふし　義貞の勢ハあさりをふミつぶし

163 いぢのわるさよ〳〵　闕寺で勅使も見るに犬がほへ
164 あかぬ事かな〳〵　乳もらひの袖に突ッ張鰹ぶし
165 あかぬ事かな〳〵　是小判只ッたひとばん居てくれろ
166 こまか成リけり〳〵　琴止メてまきの大くべ引キ給ふ
167 あかぬ事かな〳〵　牀箱か來れハ呼ハれる大夫坊
168 いぢのわるさよ〳〵　飯焚に百程頼む豆腐の湯
169 いそ〳〵とする〳〵　めいわくな顔は祭リの牛斗リ
170 いそ〳〵とする〳〵　桶伏セをはぢいて通ル日和下駄
171 いそ〳〵とする〳〵　親るいか來ルと赤子の蓋を取リ
172 今か盛リしや〳〵　江の嶋を見て來タ娘旅しまん
173 はれな事かな〳〵　明星か茶屋を限リの柄カ袋ロ
174 そんの無イ事〳〵　御自分ンも拙者も迯た人數成リ
175 うかれ社すれ〳〵　げんぞくをしても半分ン殊勝なり
176 いぢのわるさよ〳〵　細見の鬼門へ直ヲる遣リ手の名
177 こまか成リけり〳〵　袖口を二ツならして娵をよび
178 あかぬ事かな〳〵　ゆう灵に成てもやはり鵜を遣イ
179 うかれ社すれ〳〵　羽織着て居ル御内義に皆かたれ
180 いぢのわるさよ〳〵　けんへひになげ出シて行質の足シ

闕寺て勅使を見ると犬がほへ
乳貰ひの袖につつはる鰹節
是小判たつた一ト晩居てくれろ
琴やめて薪の大くべ引給ふ
牀箱か來レハよハれる太夫坊
飯焚に百ほどたのむとうふの湯
めいわくな白ハ祭で牛斗
桶ふせをはじいて通ル日より下駄
親類が來ると赤子のふたを取

（十一）

江の嶋を見て來たむすめしまんをし
明星が茶屋を限リの柄ふくろ
御自分も拙者も迯た人數也
げんぞくをしても半分しゆしやう也
細見の鬼門へなをる遣リ手の名
袖口を二ツならして娵をよび
ゆうれいに成てもやはり鵜を遣ひ
羽織着て居るお內義にミなかたれ
けんぺいに投出して行質の足シ

181 尤な事／＼　御びんつる地蔵のたん氣笑て居　おびんづる地蔵の短氣笑ッて居
182 ぐちなことかな／＼　貳三分か買とうるさい程はなし　貳三歩が買とうるさい程はなし
183 ぐちなことかな／＼　御袋ハぶきな姿に鴈リを書キ　お袋ハぶきな姿に厂を書
184 ぐちなことかな／＼　あんまりの事に壹人リて伏セて見る　あんまりな事に一人てふせて見る
185 今か盛リしや／＼　御一門見ぬいた様な錢つかい　御一門見ぬいたやうな錢遣ひ
186 はれな事かな／＼　このしろも初午ぎりの臺に乘り　このしろハ初午ぎりの臺に乗
187 はれな事かな／＼　まつり前あらい粉持て連て行キ　祭前洗ひ粉持ッて連レて行
188 そんの無イ事／＼　となりへも梯子の礼に菖蒲ふき　隣へも階子の礼にあやめ葺
189 そんの無イ事／＼　天人に舞ひとハ堅イゆすりよふ　天人へ舞とハかたひゆすりやう

十二

190 ひどひ事なり／＼　御后のわる尻をいふ陰陽師　御后のわる尻をいふ陰陽師
191 わらひ社すれ／＼　歩ト香車座頭の方ハ付木てし　歩と香車座頭の方ハ付木でし
192 わらひ社すれ／＼　御勝手ハ皆かつ命におよんて居　御勝手ハミなかつ命イにおよんで居
193 わたし社すれ／＼　黒もじをかぎ／＼禿持て來ル　くろもじをかぎ／＼禿持て來ル
194 尤な事／＼　源左衞門鎧を着ルと犬かほえ　源左衞門鎧を着ルと犬がほへ
195 尤な事／＼　仲人へ四五日延スひくい声　仲人へ四五日のばすひくい声
196 ぐちなことかな／＼　傾城も淋し成《(マヽ)》ルと名をかへて　けいせいも淋しくなると名を替る
197 尤な事／＼　深川て土弓射習ふ草りとり　深川の土弓射習ふ草履取
198 尤な事／＼　黒木うり大事にあとを振リ歸リ　黒木賣大事に跡をふりかへり

199	ぞんぶんな事〳〵	かごちんを遣つて女房ハつんとする	かごちんをやつて女房ハつんとする
200	ぞんぶんな事〳〵	すゝはきの下知に田中の局が出	すゝ掃の下知に田中の局が出
201	ぞんぶんな事〳〵	棟上ヶを名代の乳母の尻へあて	棟上を名代の乳母の尻へ投
202	まんかちな事〳〵	柏もち壹人リの乳母ハ手つだわず	柏餅妹の乳母ハ手つだハず
203	まんかちな事〳〵	箱王が兩のたもとに蟬の声	箱王か兩の袂に蟬の声
204	なかめこそすれ〳〵	よこ町に壹つ宛有ル芝の海	横丁に一ツ宛ある芝の海
205	はこび社すれ〳〵	茸がりハ紅葉がりかせたいじミ	茸狩ハ紅葉狩より世帯じミ
206	なかめこそすれ〳〵	蚊を燒た跡トを用ひていやからせ	蚊を焼ィた跡を女房にいやがらせ
207	まんかちな事〳〵	長屋中手込ミに斗ル田舎芋	長屋中手ごミにはかる田舎芋
			十三
208	いやしかりけり〳〵	岡場所ハくらわせるのかいとまこひ	岡場所ハくらハせるのがいとま乞
209	いやしかりけり〳〵	花娵メのあました平へ札を入レ	花娵のあました平へ札を入
210	立留りけり〳〵	太神樂ぐるりハミんな油むし	太神樂ぐるりハミんな油むし
211	いやしかりけり〳〵	冠リをふみちがへたる見たおしや	冠をふミちがへたるミたをし屋
212	はけミ社すれ〳〵	壹人リ者のまぬ替リに貳朱かつき	壹人者のまぬかハりに貳朱がつき
213	ひどひ事なり〳〵	降參か濟ムと一チ度にひたるかり	降參が濟むと一度にひだるがり
214	しわい事かな〳〵	御さらはをしやうじの内でたんといゝ	おさらばを障子の内てたんと言ひ
215	せつ〳〵な事〳〵	秋かわき先ッ七夕にかわきそめ	秋かわき先七夕にかわきそめ
216	せつ〳〵な事〳〵	中川ハ同しあいさつして通し	中川ハ同しあいさつして通し

217 こゝろよハさよ〳〵　踊リ子も隠シげい迄して歸り
218
219
220 のかれ社すれ〳〵　小ぢからが有ルで若後家じやれに成リ
221 用に立チけり〳〵　日本の狸ハ死ンで風おこし
222 すゝみ社すれ〳〵　芝居見の證據ハ女中先キに立
223 すゝみ社すれ〳〵　銭なしのくせにいつでもざいをふり
224 用に立チけり〳〵　あら世帯何を遣ツても嬉シがり
225 いやしかりけり〳〵　はつ雪に雀メ罠とハはぢしらす
226 なかめこそすれ〳〵　にわか雨かくの文字をよく覺へ
227 まんかちな事〳〵　あら打を遠くへよつて目出度がり
228 なかめこそすれ〳〵　江戸へ出る日にハ手作の髱を出し
229 なかめこそすれ〳〵　齋日にやあふなくほめる海表テ
230 改メにけり〳〵　屋敷替白ひ狐のいゝおくり
231 ふんな物なり〳〵　あり程に千疊しきのたゝみさし
232 ふんな物なり〳〵　見知リ能天窓ハ御所の五郎丸
233 ふんな物なり〳〵　こし帯を〆ルとこしも生キて來ル
234 さつはりとする〳〵　ぬか袋持て夜伽の礼に寄り

おとり子のかくし藝迄してかへり
忍ひごまなんぞいゝたい姿なり
四日から年玉ぐるミ丸くなり
小ちからか有ルて若後家じやれに成
日本の狸ハしんて風おこし
芝居見の證據ハ女中先に立
銭なしのくせにいつでもざいをふり
あら世帯何をやつても嬉しがり
はつ雪に雀罠とハはじ知らず

十四

雨やとり額の文字を能おほへ
あら打を遠くへ寄て目出たかり
江戸へ出る日にハ手作の髱を出シ
齋日にあぶなくほめる海おもて
屋敷替白イ狐の言ひおくり
蟻ほどに千疊敷の疊さし
見知リよいあたまハ御所の五郎丸
腰帯を〆ルと腰ハ生キて來ル
ぬか袋持ツて夜伽の礼に寄

235 めくり社すれ〳〵　四ッ辻へ來ルと追手の氣かふへる　四辻へ來ると追人の氣がふえる
236 降参の顔をなくさむ白拍子
237 山のいもうなぎに化る法事をし
238 五ッ月を越スと近所へぎりをかき
239 白いのに其後あハぬ寒念仏
240 返事書ク筆のじくにて王を迯
241 嬉しひ日母ハたすきでかしこまり
242 袂から口ばしを出す拂もの
243 醫者の門ほと〳〵打ッハたゞの用

十五

244 稲（マヽ）書の崩レよふにも出來不出來
245 張ものを上手にくゞる高カ足駄
246 夜か明ケて狩場〳〵へ外科を呼
247 かわり〳〵に〳〵　恐悦を水としきみて申上ケ　恐悦を水としきミで申上
248 とゝきこそすれ〳〵　こそぐつてはやく請取遠めかね　こそぐつてはやくうけとる遠目がね
249 だてな事かな〳〵　大黒の好キハ大根のふん廻ハし　大黒の好キハ大根のぶん廻し
250 おごり社すれ〳〵　江の嶋て一チ日雇ふ大職くわん　江の嶋て一日雇ふ大職冠
251 すゝめ社すれ〳〵　上ケ輿を當テにして置ク地主の子　上ケ輿の當テにして置地主の子
252 ひくゐ事かな〳〵　よしなあの声かそろ〳〵出來かゝり　よしなあのひくいハ少シ出來かゝり

253 たいそうな事〳〵　闘とりの後ロにくらひあんま取リ　闘とりのうしろにくらいあんまとり
254 たいそうな事〳〵　大門をそつとのそいてしやばを見る　大門をそつと覗イてしやばを見る
255 たいそうな事〳〵　すゝはきに装束過キて笑られる　煤掃に褻(マヽ)束過て笑れる
256 正直な事〳〵　兩替やのつ引キの無イ音トをさせ　兩替屋のつひきの無イ音をさせ
257 見へわかぬ事〳〵　寢こかしハとちらの恥チと思召ス　寐ごかしハどちらの恥と思し召
258 正直な事〳〵　竈はらひ額て鈴をふり納メ　かまはらひひたいて鈴をふり納
259 見へわかぬ事〳〵　眞嶋ての近カ付キならハうろ覺　馬嶋での近づきならはうろ覺
260 正直な事〳〵　乳の黒ミ夫トに見世(マヽ)て旅立タせ　乳の黒ミ夫トに見せて旅立タせ
261 きひしかりけり〳〵　盗人にあへハとなりてけなるかり　盗人にあへばとなりでけなるがり

十六

262 あさましゐ事〳〵　哥一首有ルて噺シかけつまづく　哥一首有ルてはなしにけつまつき
263 たいそうな事〳〵　駿河町疊の上への人通り　駿河丁疊のうへの人通リ
264 たいそうな事〳〵　八まんハかんにんならぬ時の神　八まんハかんにんならぬ時の神
265 あさましゐ事〳〵　岡場所ハ遣リ手と女房どんぐるみ　岡場所ハ遣リ手と女房どんぐるミ
266 むさい事かな〳〵　手拭ではたいてぜげんこしをかけ　手拭てはたいてぜげんこしをかけ
267 うちばなりけり〳〵　うら門と家中の乳母ハ首ッ引キ　裏門と家中の乳母ハ首ッ引
268 あさましゐ事〳〵　聞イてくれ命が有ルといふ斗リ　聞イてくりや命か有ルといふ斗
269 はつめいな事〳〵　清盛の醫者ハはだかで脉を取り　清盛の医者ハはだかで脉をとり
270 たいそうな事〳〵　才藏ハのみかねまじき面ッつき　才藏ハのミかねまじきつらつつき

271 馬鹿な事かな〱
272 なさけふかさよ〱
273 ねらい社すれ〱
274 おごり社すれ〱
275 おごり社すれ〱
276 おごり社すれ〱
277 ねらい社すれ〱
278 馬鹿な事かな〱
279 馬鹿な事かな〱
280 すわり社すれ〱
281 こほれたりけり〱
282 すわり社すれ〱
283 うそな事かな〱
284 馬鹿な事かな〱
285 おごり社すれ〱
286 馬鹿な事かな〱
287 おごり社すれ〱
288 馬鹿な事かな〱

金の番とろ〱としてうなさるゝ
おはくろを俄に付てとがゞしれ
よみの場へ筆添て出ス奉加帳
小間物や箱と壹所に年がより
太神樂赤ィ姿に見つくされ
鼻紙を口に預ヶて手をあらひ
どつち風少シハすねた道具なり
物領ハ尺八を吹クつらに出來
翌日ハ店をおわるゝ年わすれ
今暮ル日をけいせいに落チつかれ
あつさ弓下女の泪ハ土間へ落チ
たいこ持宗旨斗リハまけて居ず
若後家の剃リたいなとゝむこからせ
能笛はわすれたよふな勤メ方
一チ門ハどふり〱と奏聞ンし
能小紋着て紺屋迄引キつられ
病み抜タよふに覺へる四十三
年男うまひ噺を淋しがり

金の番とろ〱としてうなされる
おはぐろを俄につけてとがゝ知レ
よミの場へ筆添て出す奉加帳
小間物屋箱と一所に年が寄
太神樂赤ィ姿に見つくされ
鼻紙を口に預ヶて手を洗ひ
どつち風少シハすねた道具也
物領ハ尺八をふく面ラに出來
翌日は店を追ハるゝ年わすれ

十七

今暮る日をけいせいにおちつかれ
あつさ弓下女の泪は土間へ落
たいこもち宗旨斗ハまけて居ず
若後家の剃たいなどゝむごからせ
能ゥ笛ハわすれたやうな勤かた
一門ハどふり〱とそうもんし
能小紋着て紺屋迄引づられ
病ミぬいたやうに覺る四十三
年男うまい咄を淋しがり

289 ていねいな事〳〵　道問へば一チ度にうごく田植へ笠　道問へハ一度にうごく田植笠

290 かしこかりけり〳〵　羽子板て茶を出しなから迯ヶ支度　羽子板て茶を出しながら迯支度

291 かしこかりけり〳〵　逆落しまでハ判官ぬけめなし　さかおとしまでハ判官ぬけ目なし

292 ていねいな事〳〵　髪ゆひも百に三ツハ骨か折レ　髪ゆひも百に三ツハほねを折

293 ていねいな事〳〵　掛リ人寐言にいふか本の事　掛人寐言にいふが本の事

294 かしこかりけり〳〵　ひそ〳〵と玉藻の前をふしんがり　ひそ〳〵と玉藻の前をふしんがり

295 ていねいな事〳〵　母の氣に入ル友達ハ小紋を着　母の氣に入ル友だちハ小紋を着

296 かしこかりけり〳〵　大勢の火鉢をくゞるかぶろの手　大勢の火鉢をくゞる禿の手

297 うちばなりけり〳〵　御局ハそつと〳〵の十三日　御局ハそつと〳〵の十三日

十八

298 ねらい社すれ〳〵　知盛リハけんくわ過キての棒をふり　知盛ハけんくわ過ての棒をふり

299 ねらい社すれ〳〵　四郎兵衛をおそろしがるがおそろしい　四郎兵衛をおそろしがるがおそろしい

300 なさけふかさよ〳〵　ほうばいを寐しづまらせてくけて遣リ　ほうばいを寐しづまらせてくけて遣リ

301 なさけふかさよ〳〵　普賢ンともならふ四五日前に買イ　ふげんともなろふ四五日前に買

302 おごり社すれ〳〵　乳母に出て少シ夫トをひづんて見　乳母に出て少シ夫トをひづんて見

303 馬鹿な事かな〳〵　引ん抜た大根で道をおしへられ　ひんぬいた大根て道をおしへられ

304 馬鹿な事かな〳〵　花娵のぶすいで無イのにくらしさ　花娵のぶすいで無イのにくらしさ

305 ありかたひ事〳〵　妙薬を明れハ中は小判なり　妙薬をあけれは中ハ小判也

306 かしこかりけり〳〵　留主の事唖はまくらを二ツ出し　留守の事唖ハ枕を二ツ出し

307 色〱か有〱　能娘年貢濟して旅へ立チ　能イむすめ年貢すまして旅へ立
308 色〱か有〱　藥の苦せない親父ハけんくわの苦　藥の苦せない親仁ハ喧嘩の苦
309 おもひ社すれ〱　屋かたから猪牙へ戀路をはしけ物　屋かたから猪牙へ戀路のはしけもの
310 おそろしい事〱　岩茸はそんさいに喰ゥ物てなし　岩茸ハそんさいに喰ふものてなし
311 いそかしいこと〱　紫や是も同しくうそつつき　紫屋是も同しくうそつつき
312 いそかしいこと〱　春迄ハふみこんて置ク女ナふり　春迄ハふミこんて置女ぶり
313 おもひ事かな〱　吉次が荷おろせば馬かかいて見る　吉治か荷おろせは馬ハかいて見ル
314 かたい事かな〱　万才ハ口程鞁（マヽ）はたらかす　万歳の口ほどつゞミはたらかす
315 むりなことかな〱　ことく成ル刀をぬいてせめるこい　ごとくなる刀をぬいてせめる戀

十九

316 むりなことかな〱　小便におきて夜なへをねめ廻し　小便に起て夜なへをねめ廻し
317 むりなことかな〱　姑とちかひしうとのいしりやう　姑メと違ひ舅のいじりやう
318 うつくしい事〱　あいほれハ㒵にかうしの跡トかつき　あいほれハ顔へ格子の跡か付
319 尋ね社すれ〱　辻地藏山師仲間へたきこまれ　辻地藏山師仲間へ抱こまれ
320 かたい事かな〱　目合見てそつといふ程高くうけ　目合イ見てそつといふ程高く請
321 あまり社すれ〱　供舩へお玉のるいがゑり出され　供舩へお玉の類はゑり出され
322 ふへる事かな〱　はつかしさ知つて女の苦の初メ　恥しさ知ッて女の苦のはしめ
323 おもひ出しけり〱　男しやといわれた疵か雪を知り　男じやといハれた疵が雪を知リ
324 かるい事かな〱　川留メの間ハ太夫もむきをつき　川止メの間大夫も麥をつき

325 高ひ事かな〳〵　清水ハついへな銭にたとへられ　清水ハついへな銭にたとへられ
326 高ひ事かな〳〵　おはくろをしやうゆのやうにあてかはれ　おはぐろをしやうゆのやうにあてかハれ
327 かさはりにけり〳〵　木戸〳〵て角をもかれて行やたい　木戸〳〵て角をもかれて行屋たい
328 よハひ事かな〳〵　しんそうへ砂のふつたる物かたり　新造に砂のふつたる物かたり
329 かくれこそすれ〳〵　角兵衛ハ笛ふき斗人トて行キ　角兵衛獅子笛吹斗人らしい
330 祝ひ社すれ〳〵　かい陳（マヽ）の日にハ生酔五百余騎　かいぢんの日には生酔五百余騎
331 にきやかなこと〳〵　摺鉢をおさへる者か五六人　すり鉢をおさへるものか五六人
332 にけて行けり〳〵　引ッ張ッた茶臺ハ客に持せ置キ　引はつた茶臺ハ客にもたせけり
333 にけて行けり〳〵　吉日か爰にもいるとこそくられ　吉日がこゝにも居るとこそくられ

廿

334 はこひ社すれ〳〵　寐タふりて一チ度ハ埒チを明けて遣リ　寐たふりて一度ハ埒を明て遣リ
335 とふそ〳〵と〳〵　かけの有ル家へてうちん紋盡し　借リの有ル家へ挑灯紋盡し
336 はたらきにけり〳〵　灵棚の牛ハ畑の鼻まがり　灵棚の牛ハはたけの鼻まがり
337 とふそ〳〵と〳〵　人じんに親の秤のよくかはね　人参に親の秤の欲がはね
338 情イを出しけり〳〵　喰ふ程ハおしへて天狗つゝはなし　喰ふほどハおしへて天狗おつぱなし
339 ひまな事かな〳〵　山寺ハ祖師に頭巾をぬぐ斗リ　山寺ハ祖師に頭巾をぬく斗
340 すさましい事〳〵　関取の乳のあたりに人だかり　關とりの乳のあたりに人たかり
341 ひまな事かな〳〵　前帯て來てハ朝からてきになり　前帯て來てハ朝から敵になり
342 しんしつな事〳〵　紙雛ハころふ時にも夫婦つれ　紙ひなハころぶ時にも夫婦連

343	さいわいな事〳〵	はかされた天窓て直クに奉加帳	化カされたあたまて直クに奉加帳
344	いとしかりけり〳〵	大門を出る病人ハ百壹ツ	大門を出ル病人ハ百一ツ
345	そんな事かな〳〵	手のかうへ餅を請取すゝはらい	手の甲へもちをうけ取ルすゝ拂
346	はんじやうな事〳〵	新見世といへハわづかのよくをかい	新見世といへはわづかな欲を買
347	はんじやうな事〳〵	樽かいにむた足させぬよふに明キ	樽買にむだ足させぬやうに明ケ
348	そんな事かな〳〵	銅佛ハ拜ンた跡トてたゝかれる	銅佛ハ拜ンた跡てたゝかれる
349	だてな事かな〳〵	立テ臼に芽の出タよふな杰かさり	立臼に芽の出だ（マヽ）やうな松かさり
350	てうと能事〳〵	畫過キの娘ハ琴の弟子を取り	畫過の娘ハ琴の弟子も取
351	ほめられにけり〳〵	髪置て乳母もごふ氣な髱を出シ	髪置に乳母も強氣な髱を出し
			廿一
352	ほめられにけり〳〵	棟上ケの餅によごれぬそだてよふ	棟上の餅によごれぬそだてやう
353	てうと能事〳〵	藪入リをかすみに見初メきりに出來	藪入を霞に見そめ霧に出來
354	てうと能事〳〵	持チなさひ女ハ後にふけるもの	持なさい女ハ後にふけるもの
355	ほめられにけり〳〵	こぶ巻キを喰ハせて置て傳授をし	こぶ巻をくわせて置ててんじゆをし
356	だてな事かな〳〵	米さしハ舟宿にでも置ケはよい	米さしハ舟宿にでも置ばよい
357	ほめられにけり〳〵	かんにんのいつちしまひに肌を入レ	かんにんのいつちしまいに肌を入
358	たのしみな事〳〵	はつ午ハ世帯の鍵のさけ初メ	初午ハ世帯の鍵の下ケはしめ
359	たのしみな事〳〵	鉋丁を淋しく遣ふくすり喰イ	庖丁を淋しく遣ふ藥喰
360	たのしみな事〳〵	言イ名付ケたかいちかいに風を引キ	言ひなづけたがいちがいに風を引

361 めつたやたらに〱　めつらしい神の名を賣ル宮すゝめ　珍らしひ神の名を賣ル宮すゝめ
362 めつたやたらに〱　御亭主か留主て鰹を手おいにし　御てい主の留主て鰹を手負にし
363 めつたやたらに〱　りやうり人客に成ル日ハ口チかすき　料理人客に成日ハ口かすぎ
364 めつたやたらに〱　請狀か濟と買ひたい物ばかり　請狀か濟と買たいものはかり
365 めつたやたらに〱　あらうちに左官斗リかほんのかほ　荒打に左官斗ハ本の㒵
366 あわれなりけり〱　掛ケひまハいとまもくれす目もかけす　掛ケひまハいとまもくれす目もかけず
367 めつたやたらに〱　大屋をハ尻にはさみしろんこよみ　大屋をは尻にはさミしろんごよミ
368 沢山な事〱　大名ハ一年置キに角をもき　大名ハ一年置に角をもぎ
369 沢山な事〱　別當ハ馬や狐て茶をわかし　別當ハ馬や狐て茶をわかし

廿二

370 かそへ社すれ〱　なり初の柹ハ木に有ル内くばり　生リ初メの柹ハ木に有ルうち配リ
371 かそへ社すれ〱　藪入リの二日ハ㒵をよそに置キ　藪入の二日ハ顔を余所に置
372 かそへ社すれ〱　御年貢を御臺所でなしくつし　御年貢を大部屋へ來てなし崩シ
373 よくはりにけり〱　哥かるたにも美しい意地か有リ　哥かるたにも美しひ意地か有
374 　　匕てもるものとハ見えぬ薬種舩
375 さいわいな事〱　初鰹家内殘らす見た斗リ　初かつほ家内殘らす見た斗
376 沢山な事〱　弁天をのけると跡ハかたハなり　弁天をのけると跡ハかたわ也
377 よくはりにけり〱　大ハ小かねると笑ふつほねたち　大ハ小かねると笑ふ長つほね
378 さいわいな事〱　かな川の文は鰹の片たより　神奈川の文ハ鰹の片便リ

379　おし合にけり／＼　枕本持ッてこたつを追出され　枕絵を持ッて巨燵を追ひ出され
380　とんた事かな／＼　母の手をにきつて火燵しまわれる　母の手をにぎつて巨燵しまわれる
381　あきらかな事／＼　祐經ハ椿キの花のさかりなり　祐つねハ椿の花のさかりなり
382　きたなかりけり／＼　岡場所て禿といへばにげて行キ　岡場所で禿といへは迯て行
383　しけ／＼な事／＼　雀形タたゝいて雪のちうしんし　雀形たゝいて雪のちうしんし
384　てうほふな事／＼　日本勢イ壹人ハ伽羅の目利キもし　日本勢一人リハ伽羅の目利もし
385　てうほふな事／＼　脇指シをもどせハ茶屋ハかのを出し　脇差をもとせば茶屋ハかのを出し
386　しけ／＼な事／＼　寒念佛鬼て目をつく切リゑこう　寒念仏鬼で目をつく切リ回向
387　てうほふな事／＼　大つゝみ茶めしのどうをぶつ潰フし　大つゞミ茶食の胴をぶつ潰し

廿三

388　てうほふな事／＼　町内の佛とらへてさるたひこ　町内の佛とらへて猿田彦
389　てうほふな事／＼　はねむしる鴨に手の込ム長つほね　はねむしる鴨に手の込ム長局
390　てうほふな事／＼　つまむ程道陸神に箔を置キ　つまむ程道陸神に箔を置
391　きたなかりけり／＼　おはくろを付ケ／＼禿にらみ付ケ　おはぐろをつけ／＼禿にらミつけ
392　きたなかりけり／＼　今以て根津の燒物すめかねる　今以根津の燒物すめかねる
393　あきらかな事／＼　四郎兵衞もひやうひやくまじり暇乞　四郎兵衞もひやうひやくまじりいとま乞
394　きたなかりけり／＼　何ンの手かしれぬ夜ふけの硯ぶた　なんの手か知れぬ夜更の硯ぶた
395　あきらかな事／＼　佐渡の山けんしの前でふらつかせ　佐渡の山けんしの前でぶらつかせ
396　てうほふな事／＼　紙花もしばしの內の金まわし　紙花もしはしの內の金まわし

397 おし合にけり〳〵　きの字やかはしこの口を人はらひ
398 うやまひにけり〳〵　法リの声請ケ狀までに行キ屆キ
399 うやまひにけり〳〵　黒札の礼にハばかな顔て來ル
400 うやまひにけり〳〵　藪入リが來て母親ハ遣リ手めき
401 くわほふ成リけり〳〵　家もちの次キにならふかろんごよみ
402 おし合にけり〳〵　霜月の朔日丸を茶やてのみ
403 おし合にけり〳〵　しんぞうのやつかいにする鼠の子
404 おし合にけり〳〵　桟敷から人をきたないものに見ル
405 おし合にけり〳〵　藪入のうちはゝおやハ盆て喰ひ
406 手から次第に〳〵　厄拂出しなに一ツ遣ッて見る
407 うやまひにけり〳〵　丸藥をもらう座頭ハちゝこまり
408 おし合にけり〳〵　くわくらんもどふか祭リのばち當リ
409 うやまひにけり〳〵　伊豆ぶしも八代迄ハたしかきゝ
410 おし合にけり〳〵　半分ハ仕着せておかむゐんま堂
411 おし合にけり〳〵　金山(マヽ)ハかち(マヽ)落らしい人ばかり
412 うやまひにけり〳〵　江ノ嶋へいわうのにほふはけついて
413 おし合にけり〳〵　桟敷から出ルと男を先へたて
414 手から次第に〳〵　人にものたゝ遣ルにさへ上手下手

きのし屋ハ階子の口て人はらひ
法の声受狀迄に行とゝき
黒札の礼には馬鹿な顔て來ル
藪入か來て母おやハ遣リ手めき
家持の次に並ぶが論語よミ
霜月の朔日丸ハ茶屋でのミ
新造のやつかいにする鼠の子
桟敷から人をきたないものに見る
藪入の內母おやハ盆で喰ひ

（廿四）

やく拂出しなに壹ツやつて見る
丸藥を貰ふ座頭ハちゞこまり
くわくらんもどふか祭のばちあたり
伊豆ぶしも八代迄ハだしがきゝ
半分ハしきせで拜むゐんま堂
盆山ハ欠落らしい人はかり
江の嶋へ硫黄の匂ふはけついで
桟敷から出ると男を先へたて
人の物たゞ遣ルにさへ上手下手

415 むつましひ事〳〵　下駄下ヶて通ル大屋のまくら元ト　下駄さげて通る大屋の枕元
416 むつましひ事〳〵　その手代その下女書ハ物いわず　その手代その下女書ハ物言ハず
417 くたひれにけり〳〵　釜注連の内ハめし焚かしこまり　竈〆の内ハめし焚かしこまり
418 うへを下タへと〳〵　藪入リハ出かけに物をかくされる　藪入の出がけにものをかくされる
419 むつましひ事〳〵　死ニきつてうれしそう成ル顔二ツ　死ニ切ッて嬉しそうなる顔二ツ
420 くたひれにけり〳〵　土こねハ手水を遣イ幣をたて　土こねハ手水を遣ひ幣を立テ
421 くたひれにけり〳〵　三めくりのあたりいら(マヽ)もぶ(マヽ)ふちのめし　三めぐりのあたりから寂ゥぶちのめし
422 くたひれにけり〳〵　大いそハ欠落するにわるひ所　大いそハ欠落するにわるい所
423 うへを下タへと〳〵　てんかくをおもしろく喰ふ座頭の坊　田楽を面白く喰ふ座頭の坊

廿五

424 くたひれにけり〳〵　二かいから落たさいごハにぎやかさ　二かいから落たさいごのにぎやかさ
425 くたひれにけり〳〵　百合若の弓ハつふしにふんて買　ゆり若の弓ハつぶしにふんで買
426 くたひれにけり〳〵　辻切を見ておわします地藏尊　辻切を見ておハします地藏尊
427 くたひれにけり〳〵　はつ旅へばんハ是じやと貳本出し　初旅へ晩ハ是じやと二本出し
428 むつましひ事〳〵　雪の夜ルのりて付たる顔ふたつ　雪の夜ハ糊て付たる顔二ツ
429 うへを下タへと〳〵　商賣も國と江戸とハ雪と炭　商賣も国と江戸とハ雪と炭
430 うへを下タへと〳〵　地紙うり目に付までハ指ヒをなめ　地帋うり目につく迄ハ指をなめ
431 くたひれにけり〳〵　そろばんをひかへたよふなたんご茶や　そろばんをひかへたやうなだんご茶屋
432 むつましひ事〳〵　そこかいてとハいやらしい夫婦中カ　そこかいてとハいやらしひ夫婦中

433 りきみ社すれ〳〵　下戸の礼者に消シ炭をぶんまける　下戸の礼者に消炭をぶんまける

434 春めきにけり〳〵　樽ひろい目合を見てハ爪を上ケ　樽拾ひ目合イを見てハ爪を上ケ

435 りきみ社すれ〳〵　あの中て意地のわるいか遣リ人の子　あの中で意地のわるいが遣リ手の子

436 りきみ社すれ〳〵　御傳馬て行ケハやたらに腹か立チ　御傳馬で行ケハやたらに腹を立

437 とんた事かな〳〵　生酔ハ琴をけなしてとう〳〵寐　生酔の琴をけなしてとふ〳〵寐

438 とんた事かな〳〵　ふちまけた跡ハ駕籠かき湯けか立　ぶちまけた跡ハ駕舁ゆげが立

439 とんた事かな〳〵　中宿てまつ初手のから封を切リ　中宿て先初手のから封を切

440 りきみ社すれ〳〵　四里四方見て來たやうな新茶賣　四里四方見て來たやうな新茶賣

441 つきぬ事かな〳〵　癆咳に母ハおどけてしかられる　労痎に母ハおどけてしかられる

廿六

442 片タ付ケにけり〳〵　ちつほけな桶て鑄掛ハ手を洗　ちつほけな桶で鑄かけハ手を洗ヒ

443 片タ付ケにけり〳〵　ぬひ物を少シよせるも礼義なり　ぬひものを少よせるも礼義なり

444 ならひ社すれ〳〵　樽ひろひとある小陰ケてはごをしよい　樽拾ひとある小かげではごをしよひ

445 はしめ社すれ〳〵　そうばんのひしげた所で御十念　そうばんのひしけた所て御十念

446 にきやかな事〳〵　草市ハひたるひ腹の人だかり　草市ハひだるい腹の人だかり

447 いやか上にも〳〵　淺草のかゞみに千ンのすかた有リ　淺草の鏡に千のすがた有り

448 あそひ社すれ〳〵　かい靏ハはかま着て居ル人へ行キ　飼靏ハ袴着て居る人へ行

449 あそひ社すれ〳〵　やくそくをちがへぬこんやあわれなり　約束をちがへぬ紺屋哀なり

450 遠ひ事かな〳〵　和藤内一ッ家のぎりハかけどうし　和藤内一ッ家の義理ハかきどうし

451 あきらかな事〳〵　日か暮レて高名輪の戸ハおしく立　日のくれに高縄の戸ハおしくたて
452 次第〳〵に〳〵　大瀧ハ一チ言もない所なり　大瀧ハ一言ンも無イところなり
453 せわしない事〳〵　そこら中蓋タを明ケ〳〵ていしゆふり　そこら中蓋を明ケ〳〵ていしゆぶり
454 せわしない事〳〵　行燈で喰ふは大工もしまいの日　行燈て喰ふハ大工も仕廻の日
455 次第〳〵に〳〵　京町へ來ル鬼灯ハ撰リ残り　京町へ來る鬼灯ハゑりのこり
456 せわしない事〳〵　張リ物に娵メハむすばぬほふかむり　張ものに娵ハむすはぬほうかぶり
457 せわしない事〳〵　ひる買た螢をすミへ持て行キ　晝買た螢を隅ミへ持てゆき
458 せわしない事〳〵　あい〳〵といふ度ヒメルかゝへ帯　あい〳〵といふたびメるかゝへ帯
459 上手なりけり〳〵　小まくらのしまりかげんに目をふさぎ　小まくらのしまりかげんに目をふさぎ

（廿七）

460 上手なりけり〳〵　仲人を地ものとおもやたいこもち　仲人を地ものとおもやたいこ持
461 次第〳〵に〳〵　半人で仕舞ふ大工にこもを遣り　半人で仕廻ふ大工に菰を遣リ
462 次第〳〵に〳〵　車ひき女を見るといきみ出し　車引女を見るといきミ出し
463 氣のはれた事〳〵　扇子箱ならして見てハのしを附　扇箱鳴らして見てハのしを付ケ
464 上手なりけり〳〵　いろは茶や客をねたつて富を付ケ　いろは茶屋客をねだつて富を付ケ
465 せわしない事〳〵　藪入リの供へハはゝか呑ンでさし　藪入の供へハ母がのんでさし
466 せわしない事〳〵　手代ともねふとさかりてあんしられ　手代共ねぶと盛リてあんしられ
467 氣のはれた事〳〵　飯時と言へはぬしやハによつと出ル　めし時といへばぬし屋ハによつと出ル
468 次第〳〵に〳〵　しんるひの持あまされか麥を喰ヒ　親類イのもちあまされハ麥を喰ヒ

469 かわり〳〵に〳〵　夜そは切リふるへた声の人たかり　夜そは切ふるへた声の人たかり
470 とゝきこそすれ〳〵　あく筆としまひの方へちハを書　惡筆と仕廻の方へ千話を書
471 ほしゐ事かな〳〵　飛鳥山毛虫に成て見かきられ　飛鳥山毛虫に成て見かきられ
472 かわり〳〵に〳〵　片タ棒をかつく夕への鰒仲カ間　片棒をかつぐゆふべの鰒仲間
473 とゝきこそすれ〳〵　はつ鰹藥のよふにもりさばき　初鰹藥のやうにもりさばき
474 とゝきこそすれ〳〵　連レに礼言イ〳〵なまなふうを切リ　連に礼言ひ〳〵なまな封を切
475 かわり〳〵に〳〵　口近イ化物て先壹ツけし　口近ひ化物て先一ツけし
476 けんとんな事〳〵　線香か消へてしまへハ壹人酒　せん香か消てしまへは壹人酒
477 うき世なりけり〳〵　つき合て行く深川ハ箸やすめ　つき合て行深川は箸やすめ

廿八

478 まわりこそすれ〳〵　のびの手につかんではなす削リかけ　のびの手でつかんではなす削リかけ
479 あきはてにけり〳〵　入リ王ト聞て火を引くりやうり人　入王と聞て火を引りやうり人
480 うき世なりけり〳〵　通リもの羽織ほうるかくせに成リ　通リもの羽織ほうるかくせに成
481 まわりこそすれ〳〵　油上ケをさげた斗リて夜をあかし　油揚をさげた斗で夜をあかし
482 けんとんな事〳〵　ぬり桶へ書てくどけハゆびて消し　ぬり桶へ書てくどけは指て消シ
483 けんとんな事〳〵　座頭の坊せくと淺きに目を開キ　座頭の坊せくと淺黄に目をひらき
484 けんとんな事〳〵　醫心の有女房て事にせず　医心の有て女房事にせす
485 あきはてにけり〳〵　桶ふせかあるて家内かせん足し　桶ぶせの有て家内がせんそくし
486 あきはてにけり〳〵　金谷から臼ひきうたを覺へて來　金谷から臼ひき唄を覺て來

487 しけ〳〵な事〳〵　夜そは切リ立キ聞キ(マヽ)をして三声呼び
488 てうほふな事〳〵　草り取リ名残リの裏を聞キかじり
489 しけ〳〵な事〳〵　兩助ハ第一食からうまく喰へ
490 きたなかりけり〳〵　仲條ハ手はかり出して水をうち
491 てうほふな事〳〵　壹軒の口上てすむくはり餅
492 あきらかな事〳〵　景清ハ御たつね者に能イ男
493 しけ〳〵な事〳〵　綿つみハみかんの筋もかたへ付ケ
494 きたなかりけり〳〵　生酔ハおとかすやうなおくびをし
495 きたなかりけり〳〵　ゑり元トのうつとしそふ(マヽ)在郷馬

496 しけ〳〵な事〳〵　褌をするか湯治のいとまこひ
497 きたなかりけり〳〵　まつ黒な小刀遣ふ野老うり
498 てうほふな事〳〵　らうそくを消に男のいきをかり
499 きたなかりけり〳〵　太皷の直出來てから出す火打箱
500 てうほふな事〳〵　舟頭の女房能日にせんたくし
501 きたなかりけり〳〵　猿太彦坂きわへ來て嗅廻ハし
502 しけ〳〵な事〳〵　おひたされましたと母へそつといゝ
503 てうほふな事〳〵　夕立の戸ハいろ〳〵に立て見る
504 しけ〳〵な事〳〵　金持のくせに小粒に事をかき

夜そば切立聞をして三声よび
草履取名残の裏と聞かじり
兩介ハ第一めしからうまく喰へ
仲條ハ手斗出して水を打
壹軒の口上で濟くばり餅
景清ハお尋ものに能イ男
綿つミハみかんの筋も肩へかけ
生酔ハおとかすやうなおくびをし
ゑり元トのうつとしそうな田舎馬

廿九

ふんどしをするが湯治のいとま乞
眞ッ黒な小刀遣ふ野老うり
蠟燭を消スに男の息キをかり
太皷の直出來てから出す火打筥
舩頭の女房能イ日にせんたくし
猿田彦坂際へ來てかぎ廻し
追イ出されましたと母へそつと言ヒ
夕だちの戸ハいろ〳〵にたてゝ見ル
金持のくせに小粒にことをかき

505 たのしミな事〳〵　鰒かつて余所の流ｼへ持て行ｷ　鰒買て余所のながしへ持てゆき
506 たのしミな事〳〵　女房ハ蚊やをかきりの殺生し　女房ハ蚊屋を限ﾘの殺生し
507 わつかなりけり〳〵　針仕事手のかるく成ﾙほとゝきす　針仕事手のかるく成ほとゝきす
508 てからなりけり〳〵　物中といわれ(マヽ)るゝ迄に成あがり　物もふといハるゝ迄に成あふせ
509 たのしミな事〳〵　樽ひろいあやうい恋のしやまおする　樽ひろひあやうい戀の邪广をする
510 おしわけにけり〳〵　御悋氣のもふ一ﾄ足て玄關まて　御りんきのもふ一ﾄ足て玄關迄
511 かたい事かな〳〵　若後家にずいきの泪こぼさせる　若後家にずいきの泪こぼさせる
512 かたい事かな〳〵　きめ所をきめて貳百ハしやちこばり　きめ所ｺをきめた貳百ハしやちこばり
513 かたい事かな〳〵　言ｨ出して大事の娘よりつかす　言ひ出して大事の娘寄つかず

三十

514 家老とハ火をする顔の美しさ
515 見世さきへきつかけの有ﾙうたが來ﾙ
516 藪入ハたつた三日が口につき
517 かミさまと取揚婆が言ひはしめ
518 奥さまの加勢立臼なべのふた
519 腰縄の氣て母おやハ苧をあづけ
520 ふがいない魂二ツ番がつき
521 月ふけて下戸の哀はひだるがり
522 笑ふにも座頭の妻ハ向ｷを見て

523 うそな事かな〳〵 のびをする手に腰元ハついと迯ヶ
524 すわり社すれ〳〵 囲れの何を聞クやら陰陽師
525 うそな事かな〳〵 ゆび切ルも實ハ苦肉の斗りこと
526 きハめ社すれ〳〵 十分一取ルにおろかな舌ハなし
527 すわり社すれ〳〵 ふらつくを竿でまねいた渡シ守
528 すわり社すれ〳〵 棒の中めんほくも無イ酔かさめ
529 きハめ社すれ〳〵 手附ヶにてもふ神木と敬れ
530 すわり社すれ〳〵 上下ハ我まゝに着ル物てなし
531 すわり社すれ〳〵 勘當をゆるすと菜を喰たかり
532 こほれたりけり〳〵 奥家老顔をしかめる物をふミ
533 すわり社すれ〳〵 寐テ居ても團のうこく親心
534 きハめ社すれ〳〵 すゝはきに孔明ハ子をだいて居
535 きハめ社すれ〳〵 㚑の内七ツの星をよく覺
536 こほれたりけり〳〵 見附からわさひおろしが出てしかり
537 すわり社すれ〳〵 大礒の落馬ハすぐにたはこにし
538 うそな事かな〳〵 唐人を入レ込みにせぬ地こくの繪
539 きハめ社すれ〳〵 日和見のミそけてかさを下ヶて出ル
540 こほれたりけり〳〵 丸山てかゝとの無イもまれにうみ

のびをする手にこし元ハついと迯
囲レの何を聞クやら陰陽師
ゆび切ルも實ハ苦肉のはかりこと
十分一取におろかな舌ハなし
ぶらつくを棹てまねいた渡し守
棒の中めんぼくもなく酔ハ醒
手付にて冣ゥ神木とうやまハれ
上下ハ我儘に着るものでなし
勘當をゆるすと菜を喰トたがり

三ノ一

奥家老顔をしかめるものをふミ
寐て居ても團扇のうごく親心
すゝ掃の孔明ハ子を抱イて居ル
㚑の内七ツの星を能おぼへ
見附からわさひおろしが出て呵リ
大礒の落馬ハすぐにたばこにし
唐人を入リ込にせぬ地ごくの絵
日和見のミそけで傘を下て出ル
丸山でかゝとの無イもまれに産ミ

541 十ふんな事〳〵　杢右衛門二言トいわず酒をうけ　松右衛門二言ントいハず酒をうけ
542 能くめんなり〳〵　抱た子にたゝかせて見るほれた人　だいた子にたゝかせて見るほれた人
543 いそ〳〵とする〳〵　是切リの小袖着て寐ルたいこもち　是切の小袖着て寐るたいこ持
544 はれ〳〵とする〳〵　網の目をくゝってあるく娵の礼　網の目をくゞってあるく娵の礼
545 能くめんなり〳〵　鬮取リて遣リ手か灸をすへて遣リ　くじ取て遣リ手が灸をすへて遣リ
546 はれ〳〵とする〳〵　剃た夜ハ夕への枕きたながり　剃た夜ハゆふべの枕きたながり
547 能くめんなり〳〵　行燈ハ百と百とのむすひ玉　あんどんハ百と百との結ひ玉
548 能くめんなり〳〵　いそがしく成ルと鹿嶋ハ衿へさし　いそがしく成ルと鹿嶋ハ襟へさし
549 きハめ社すれ〳〵　いつち能く咲タ所へ幕を打チ　いつちよく咲た所へ幕を打

三ノ二

550 いそ〳〵とする〳〵　病み上リ母を遣ふかくせになり　病上リ母を遣ふかくせに成
551 能くめんなり〳〵　五六町銭やをたゝく戻リ駕　五六町銭屋をたゝく戻リ駕
552 いそ〳〵とする〳〵　是からハ行ク斗リじやと櫛はらひ　是からハ行斗じやと櫛はらひ
553 いそ〳〵とする〳〵　三人て三分なくなるちへを出し　三人で三分なくなる智恵を出シ
554 はれ〳〵とする〳〵　にけたときや男の中て夜ヲ明シ　迯たときや男の中で夜を明シ
555 いそ〳〵とする〳〵　腰元トハ寐に行前に茶を運ヒ　腰元ハ寐に行前に茶をはこひ
556 いそ〳〵とする〳〵　三廻リを溜メ小便の揚ケ場にし　三めぐりを溜メ小べんの揚場にし
557 はれ〳〵とする〳〵　猿廻し内へ戻てあごを出し　猿廻し内へ戻てあごを出し
558 能くめんなり〳〵　雪隠の屋根ハ大方屁の字形リ　雪隠の屋根ハ大かた屁の字形リ

559 とゝのへにけり〳〵　よけの歌大屋の内儀持チあるき　よけの哥大屋の内義持歩行キ
560 とゝのへにけり〳〵　子を抱ケハ男に物かいゝやすし　子を抱ケば男にものが言ひ安し
561 ほんの事なり〳〵　草津にはめうもんらしひ人はなし　草津の湯めうもんらしい人ハなし
562 わけのよい事〳〵　笑ひ止ムまて待て居ル灸のてん　笑ひ止ム迄灸てんを待て居る
563 おとなしい事〳〵　櫻花兄ハつほみのあるをとり　櫻花兄ハ莟の有をとり
564 わけのよい事〳〵　江の嶋てかまくら武士ハ片タはたこ　江の嶋て鎌倉武士ハ片はたご
565 わけのよい事〳〵　首取たその日を急度しやうじんし　首取ッた其日を急度精進し
566 わけのよい事〳〵　かまたりへまつ裸カでのいとまこひ　かまたりへ眞ッ裸でのいとま乞
567 ほんの事なり〳〵　若後家ハふしやう〴〵に子にまよひ　若後家のふしやう〴〵に子にまよひ

三ノ三

568 いやらしひ事〳〵　はこ板を預ケて帯をメ直し　羽子板を預ケて帯をメなをし
569 はり合にけり〳〵　御身様の聞あきをする祭前　おミさまの聞あきをする祭前
570 はり合にけり〳〵　外料を祭リの形リて呼に行　外イ科（マヽ）を祭の形リて呼ひに行
571 たのもしゐ事〳〵　尻持チに和尚を持て地帋うり　尻持に和尚を持て地紙うり
572 たのもしゐ事〳〵　そふとくに衣を着せる長屋中　そうどくに衣を着せる長屋中
573 いやらしひ事〳〵　隙入と書て來たのハ女房の手　ひま入と書て來たのは女房の手
574 いやらしひ事〳〵　男なら直にくもふに水かゝみ　男ならすぐに汲ふに水かゝミ
575 たのもしゐ事〳〵　犬たでの心よく這う無常門　犬蓼の心よく這ふ無常門
576 ほんの事なり〳〵　眞崎てされハくらひハ化カされる　眞先でされハぐらいハ化カされる

577 くたひれにけり〳〵
長はなしとんほのとまる鑓リの先キ

578 うへを下タへと〳〵
ぬかみそにもしかも瓜の百壹ツ

579 くたひれにけり〳〵
舟きらい壹人ハ川のへりを行

580 うへを下タへと〳〵
太夫しよく百て四文もくらからす

581 くたひれにけり〳〵
佐野ゝ馬さて首をたれ屁をすかし

582 うやまひにけり〳〵
浪壹ツあだにハ打タぬ玉津嶋

583 おし合にけり〳〵
こま狗も顔を見合ぬ十五日

584 おし合にけり〳〵
弁天の前へてハ浪も手を合せ

585 くわほふ成リけり〳〵
御こんれい蛙の声をみやけにし

586 うやまひにけり〳〵
けんとうし吹キ出しそふな勅を受ケ

587 おし合にけり〳〵
舟宿へ内のりちぎをを（マヽ）ぬいで行

588 うやまひにけり〳〵
藏の戸かなると盃大キくし

589 くわほふ成リけり〳〵
家内喜多留ちいさい恋ハけちらかし

590 手から次第に〳〵
蠅打てかきよせて取ル関キ手形

591 くわほふ成リけり〳〵
やわ〳〵とおもみのかゝる芥川

592 うやまひにけり〳〵
風鈴のせわしないのを乳母と知リ

593 手から次第に〳〵
鳥さしかかつぐと七ツ過キになり

594 うやまひにけり〳〵
あいさつを内義ハくして二ツかき

長噺とんぼのとまる鑓の先キ
ぬかミそにもしかも瓜の百一ツ
舟嫌ひ壹人リハ川のへりを行
太夫職百で四文もくらからず
佐野ゝ馬扨首をたれ屁をすかし
浪一ツあだにハ打タぬ玉津嶌
こま犬の㒵を見合ぬ十五日
弁天の前でハ波も手をあハせ
御婚礼蛙の声をミやげにし

三ノ四

けんとうし吹出しそうな勅をうけ
舟宿へ内のりちぎをぬいで行
藏の戸が鳴と盃大きくし
家内喜多留ちいさい戀ハけちらかし
蠅打てかき寄て取ル鬭手形
やわ〳〵とおもミのかゝる芥川
風鈴のせわしないのを乳母と知リ
鳥さしがかつぐと七ツ過に成
あいさつを内義ハ櫛て二ツかき

595			女房ハ酔ハせた人をにちに行
596			傘かりに沙汰のかぎりの人が來ル
597			本ぶりに成て出て行雨やとり
598			張ひぢをしてもやう〳〵能ィ女郎衆
599			切落し氣の毒そうな乳をのませ
600	くらひ事かな〳〵	地紙うり母にあふのもかきね越し	地紙うり母に逢ふのも垣根ごし
601	くらひ事かな〳〵	舞留を常にくゆらす草り取リ	舞留を常にくゆらす草履取
602	くらひ事かな〳〵	品川も木めんの外ハ箱に入レ	品川ハ木綿の外ハ箱へ入レ
603	まかり社すれ〳〵	姑メのつむじハあまに成てしれ	姑メのつむじハ尼に成て知れ
			三ノ五
604	まかり社すれ〳〵	欠落もきよふにすれハおしかられ	欠落もきよふにすれハおしかられ
605	是ハ〳〵と〳〵	くわい中の杓子を出シていたゞかせ	くわい中の杓子を出していたゞかせ
606	くらひ事かな〳〵	見にいつてしめつほく出る拂藏	見に行てしめつほく出る拂藏
607	是ハ〳〵と〳〵	すゝはきに皃を洗へハ知た人	すゝはきの顔を洗へば知た人
608	是ハ〳〵と〳〵	火もらひのふき〳〵人に突キ當リ	火もらいのふき〳〵人に突當リ
609	久しふりなり〳〵	旅戻リ子をさし上ケて隣リ迄	旅戻リ子をさし上ケて隣まで
610	久しふりなり〳〵	佐のゝ馬かんろのよふな豆を喰	佐野の馬かんろのやうな豆を喰ヒ
611	したらくな事〳〵	なぎの葉を芝居の留主に掃キ出され	なぎの葉を芝居の留主に掃出され
612	したらくな事〳〵	しごとしの食ハ小言を菜にして	仕事しの飯ハ小言を菜にして

613 せかぬ事かな〳〵　さいそくもしちやのするハゆるかしひ　さいそくも質屋のするハゆるかしい

614 せかぬ事かな〳〵　さるた彦いつはし神の氣であるき　猿田彦いつはし神の氣であるき

615 氣を付にけり〳〵　御詠哥に預リもの丶娘メあり　御詠哥に預リもの丶娘あり

616 氣を付にけり〳〵　まつか岡ちつとはじくか納所ぶん　松か岡ちつとはじくか納所分

617 氣を付にけり〳〵　蓮根ハこ丶らを折レと生れつき　れんこんハこ丶らを折レと生レ付

618 氣を付にけり〳〵　切リ見世ハたんこぶ迄もうたかわれ　切見世ハたんこぶ迄をうたがハれ

619 氣を付にけり〳〵　母親はもつたい無イがたまし能イ　母おやハもつたいないがだましよい

620 せかぬ事かな〳〵　けんへきを打ち〳〵戻ル藏のかぎ　けんへきを打〳〵戻ル藏のかぎ

621 氣を付にけり〳〵　なまものをか丶へたばゞあぶにんそう　生マものをか丶へた婆アぶにんそう

三ノ六

622 氣を付にけり〳〵　ゆやへ來て念頃ふりハそばへぬぎ　湯屋へ來て念頃ぶりハ側へぬぎ

623 せかぬ事かな〳〵　餅ハつく是からうそをつく斗リ　餅ハつく是からうそをつく斗

624 おふちやくな事〳〵　色おとこ四角な智恵で奥江よび　色男四角な智恵で奥へよび

625 たしか也けり〳〵　はらたてばやほらしく成ル十三日　腹立テばやぼらしく成ル十三日

626 取リちらしけり〳〵　をし入レの戸やきぬ張て客を呼ヒ　押入の戸やきぬ張て人をよび

627 取リちらしけり〳〵　出女のか丶みへうつる馬のつら　出女の鏡へうつる馬の面ラ

628 けんとんな事〳〵　針程を棒とハ母の貳ばんばへ　針ほとを棒とハ母の二ばんばへ

629 あたらしくしてもやつはり親仁橋

630 戻ル猪牙だるまもあれハねじやか有

631 とゝのへにけり／＼　江戸を出てすかたの出來るぬけ参り　江戸を出て姿の出來るぬけ參
632 とゝのへにけり／＼　花なれハこそまれ人の坊主持　花なれハ社稀人の坊主持
633 ほんの事なり／＼　色事にこんやの娘うそをつき　色事に紺屋のむすめうそをつき
634 うへを下タへと／＼　信濃へハ地ひゞきかして日か當り　信濃へハ地ひゞきがして日か當リ
635 うへを下タへと／＼　小腕ても長刀はかり貳本しめ　小腕でも長刀斗二本しめ
636 うへを下タへと／＼　ぬけた歯に禿のこそる片ッ角ミ　ぬけた歯に禿のこぞる片ッすミ
637 くたひれにけり／＼　もらひ乳に替ルきぬたの力過キ　貰ひ乳にかハるきぬたのちから過
638 むつましひ事／＼　碁かたきハにくさもにくしなつかしく　碁敵ハ憎さもにくしなつかしさ
639 くたひれにけり／＼　若後家かこすいてみんなかしなくし　若後家のこすいでミんな貸なくし

三ノ七

640 山のことくに／＼　くろ犬をてうちんにする雪の道　黒犬を挑灯にする雪のミち
641 うへを下タへと／＼　一門のきなかと頼ム能登の守　一門のきなかと頼む能登守
642 くたひれにけり／＼　まよひ子か泣ケハ鉄棒ふつて見せ　迷ひ子か泣ケば鉄棒ふつて見せ
643 むつましひ事／＼　産ンかごの中でていしゆをはゞに呼ヒ　産ン籠の内でていしゆをはゞに呼ヒ
644 むつましひ事／＼　あだついた客ハはしごでどうつかれ　あだついた客ハはしごでどうつかれ
645 くたひれにけり／＼　さるた彦角ノをはやしてたはこにし　さるだ彦角をはやして吸付る
646 うへを下タへと／＼　ばちかして見に行ケハのどなでゝ居　撥貸て見に行ケば咽なでゝ居ル
647 山のことくに／＼　汐くみに所望の波か打て來ル　汐くミに所望の浪が打て來ル
648 くたひれにけり／＼　年礼にもゝ引キの入ル縁をくみ　年礼にもゝ引のいる縁を組

649 いやか上にも〳〵　うつちやつてかんばんにするむらさきや　うつちやつて看板にするむらさき屋

650 はつミ社すれ〳〵　だき守リのわりなき無心鮒ナ壹ツ　だきもりのわりなき無心鮒一ツ

651 いやか上にも〳〵　車座へ紺の手の出る六夜まち　車座へ紺の手の出ル六夜待

652 あそひ社すれ〳〵　さくら見に夫トハ貳丁あとから出　櫻見に夫トハ貳丁跡から出

653 うるさかりけり〳〵　病み上り日本の人になぐさまれ　病ミ上リ日本の人になぐさまれ

654 能ひ氣色なり〳〵　そろばんへしたむ小原のせわしなさ　十露盤へしたむ小原のせわしなさ

655 大ふんな事〳〵　とう籠の人を禿ハむくつて出　灯籠の人を禿ハむぐつて出

656 うるさかりけり〳〵　子を持てから三ン日をやつとぬり　子を持ッてから三ン日をやつとぬり

657 うるさかりけり〳〵　居酒やに馬と車のはらひもの　居酒屋に馬と車の拂もの

三ノ八

658 氣の付カぬ事〳〵　寒念佛ころふをみれハ女なり　寒念仏ころぶを見れハ女也

659 せひに〳〵と〳〵　母おやの或ハおどし手を合セ　母親の或はおどし手をあハせ

660 せひに〳〵と〳〵　鼻声て湯治の供を願イ出し　鼻声で湯治の供を願出し

661 しほらしゐ事〳〵　出格子へ子を指上て名を呼ハセ　出格子へ子をさし上て名をよばせ

662 ゆかしかりけり〳〵　女房を雪にうつめて炭を賣り　女房を雪にうづめて炭をうり

663 氣の付カぬ事〳〵　先生とよんで灰ふきすてに遣リ　先生と呼ンて灰ふき捨させる

664 氣の付カぬ事〳〵　はやり風十七やから引キはしめ　はやり風十七屋からひきはじめ

665 かきり無イ事〳〵　まひ鶴に水をもらせる殿造り　舞靏に水をもらせる殿つくり

666 たのもしゐ事〳〵　保昌ハ九條あたりへむかひに出　保昌ハ九條あたりへ迎ひに出

667 ほんの事なり〳〵　ひけぬきをのそいて娘氣をへらし　髭ぬきの鏡に娘氣をへらし
668 おとなしい事〳〵　雪うちを御物師斗リひたひて見　雪打をおもの師斗ひたいで見
669 とゝのへにけり〳〵　賣上ケハ稲こきの歯にくわへさせ　賣上ハ稲こきの歯にくわへさせ
670 ほんの事なり〳〵　此石かそだかといへはもふまねる　此石がそだかといへハ冣ゥ眞似る
671 わけのよい事〳〵　よし町て客札もらふ後家の供　よし町で客札貰ふ後家の供
672 ほんの事なり〳〵　子の内のかたわにゆづる水車　子の内の支離に譲る水車
673 ほんの事なり〳〵　丸顔をみそにして居ルかるひ沢　丸顔をミそにして居るかるひ沢
674 ほんの事なり〳〵　指を切からハ九品の淨土まて　指ヒを切ルからハ九品ンの淨土まで
675 とゝのへにけり〳〵　はなむこのちそうに破ル村法度　花聟の馳走にやぶる村法度

三ノ九

676 うるさかりけり〳〵　道盛リハ寐巻の上へよろいを着　道盛ハ寐まきのうへゝ鎧を着
677 大ふんな事〳〵　ねて居ルか第一番の藥リとり　寐て居るハ第一番の藥取
678 能ひ氣色なり〳〵　國者に屋根をおしへる中たんほ　国者に屋根をおしへる中たんぼ
679 うるさかりけり〳〵　玄關番くさ〳〵とする下駄の音ト　玄關番くさ〳〵とする下駄の音
680 うるさかりけり〳〵　岡場所ハ湯の花くさい禿が出　岡場所ハ湯の花くさい禿が出
681 能ひ氣色なり〳〵　粉のふゐた子を抱て出ル夕涼み　粉のふいた子を抱イて出る夕涼
682 うるさかりけり〳〵　新ンほちか寄ルと輪げさで首引キし　しんぼちの寄ルと輪袈裟で首ッ引
683 大ふんな事〳〵　辻番へもりが差圖のかしわ餅　辻番へもりが差圖のかしわもち
684 氣を付にけり〳〵　祝ひ日にきずの付イたるねはんぞう　祝ひ日に疵のついたるねはん像

685 とゝのへにけり〱　持参金ほうさうよけの守リにし　持参金疱瘡よけの守リにし

686 とゝのへにけり〱　坪皿へ紙とハよほとかくかたけ　坪皿へ紙とハよほど學がたけ

687 とゝのへにけり〱　根津の客家のひすみに口か過キ　根津の客家のひづミに口が過

688 わけのよい事〱　見のかしをすれハ遣リ手もそんハ無イ　見のがしにすれハ遣リ手も損ハなし

689 おとなしい事〱　狩人の子かそれ〱に雀わな　狩人の子ハそれ〱に雀罠

690 おとなしい事〱　山門を下タからおかむ氣のふるさ　山門を下から拝む氣の古さ

691 わけのよい事〱　はつかつほふん込の衆かあたま割　初かつほふん込ミの衆天窓わり

692 おとなしい事〱　引越しの跡からむすめねこを抱　引越の跡から娘猫を抱キ

693 わけのよい事〱　らうそくの火て吸付てたひをぬき　らうそくの灯てすい付て足袋をぬぎ

四十

694 かきり無イ事〱　ちつとつゝ能イ手へ渡ル御菜の子　ちつとツヽ能手へ渡る御菜が子

695 はり合にけり〱　しんそばに小判をくづす一トさかり　新そばに小判を崩す一トさかり

696 はり合にけり〱　羽子の子の命をすくふ左リきゝ　はごの子の命をすくふ左リ利キ

697 いやらしひ事〱　女房と相談をしてぎりをかき　女房と相談をして義理をかき

698 たのもしゐ事〱　だんき僧すハると㒵を十ヲしかめ　だんぎ僧すハると顔を十ゥしかめ

699 いやらしひ事〱　けいせいハとつはつしてもおんにかけ　けいせいハとつはすしても恩にかけ

700 いやらしひ事〱　ふし見せハひるめしの時尻リを出し　ふし見世ハ晝食の時尻をむけ

701 たのもしゐ事〱　居酒《（マヽ）》にねんごろふりハ立てのみ　居酒屋て念頃ぶりハ立てのミ

702 いやらしひ事〱　藥箱はつに持タせてふり歸り　藥箱初にもたせてふりかへり

703 せわしない事〳〵　はたけから洗足ほとの日をあまし　はたけからせんそく程の日をあまし
704 上手なりけり〳〵　りち義者まち〳〵として子か出來ル　りちぎものまじり〳〵と子が出來る
705 せわしない事〳〵　しかられた禿たんすへ寄かゝり　しかられた禿たんすへ寄かゝり
706 せわしない事〳〵　針明の居ッたなりに火かとほり　針明のすわつた形リに灯かとぼり
707 次第〳〵に〳〵　百性ハ金てせかせるものてなし　百性ハ金でせかせるものでなし
708 引く手あまたに〳〵　色男はしたに斗リ產ンをさせ　色男はしたに斗產ンをさせ
709 とんた事かな〳〵　神樂堂迯ケた明日ハ母か出る　神樂堂迯た翌タハ母が出ル
710 とんた事かな〳〵　ごぜ斗リ一ッそうにつむ渡し船　ごぜ斗一ッ艘につむ渡し舟
711 とんた事かな〳〵　藪入リハなんにすねたか六阿弥陀　藪入の何ンにすねたか六あミだ

四ノ一

712 りきみ社すれ〳〵　鬪守リの声を越へるとまねて行　鬪守の声を越るとまねて行
713 とんた事かな〳〵　墓の桶さけて見て居隠シ町　墓桶を下ケて見とれるかくし町
714 とんた事かな〳〵　腰帯ハ見越シの松ににげ残り　腰帯ハ見越シの枩に迯のこり
715 おくりこそすれ〳〵　病ひ犬ちつと追てハたんとにけ　病イ犬ちつと追ッてハたんと迯
716 とんた事かな〳〵　こと納メ氣を付ケられる新世帯　事納氣をつけられるあら世帯
717 おくりこそすれ〳〵　祭リから戻ルと連レた子をくばり　祭から戻ルと連レた子をくはり
718 りきみ社すれ〳〵　間夫を見出シて恥チを大キくし　まおとこを見出して恥を大キくし
719 りきみ社すれ〳〵　うちわてハにくらしひ程扣タかれす　うちわでハにくらしい程たゝかれず
720 りきみ社すれ〳〵　髪ゆひか替て人の天窓なり　髪結が替てかわるあたま形リ

721
722 とゝきこそすれ〳〵　ひな棚の樋合ふさくやうじ差シ
723 うき世なりけり〳〵　寒念佛さらの手からも心ざし
724 あきはてにけり〳〵　居酒やを止メた子細ハかわ羽おり
725
726
727 馬鹿な事かな〳〵　丸山へはまると髭で蠅を追ひ
728 よいしあんなり〳〵　貳三間ンとび桁の有ルかさり柹キ
729 いやらしひ事〳〵　折ふしハ小粒もあてる遣リ手の歯
730 とゝのへにけり〳〵　方丈の手から壹分ハはかして出
731 うやまひにけり〳〵　小諷て來ル浪人ハもと手なし
732 おし合にけり〳〵　一ト網にうたれた禿蚊にくわれ
733 遠ひ事かな〳〵　若殿かめせハりゝしひこんのたび
734 にきやかな事〳〵　神馬引市をつつつきつん廻ハし
735 次第〳〵に〳〵　外科殿のぶたハ死ニ身でかわれて居
736 次第〳〵に〳〵　吉原の鰐か見入て紙かちり
737 手から次第に〳〵　前髪へ白毛のまじるうたひこう
738 うるさかりけり〳〵　血の道もてんねき見える長つほね

大儀にきうせん筋の地蔵あり
ひな棚の樋合ふさぐ揚枝さし
寒念仏ざらの手からも心ざし
居酒屋を止メた子細は革羽織
檢校の供ハ旦那が片荷づり
娵の部屋這入ルと漆くさい也
丸山へはまつて髭で蠅を追ひ
二三間飛げたの有ルかざり柹
折ふしハ小粒もあたる遣リ手の歯

四ノ二

方丈の手から壹歩がはがして出
小謠で來る浪人ハ元手なし
一ト網に打タれた禿蚊にくわれ
若殿がめせばりゝしい紺の足袋
神馬牽市をつつつきつんまわし
外科殿のぶたハ死ニ身で飼ハれて居
吉原の鰐が見入レて紙が散リ
前髪へ白髪の交るうたい講
血の道もてんねき見える長局

739	けんとんな事〳〵	一ト盛リ身に成ル顔へ遠さかり	一さかり身になる皃へ遠さかり
740	あきはてにけり〳〵	五分〳〵にして店たてか二人出來	五分〳〵にして店たてが二人リ出來
741	せひに〳〵と〳〵	留守頼む人へまくらと太平記	留守たのむ人へ枕と太平記
742	せひに〳〵と〳〵	若とうに役者の墓をさかさせる	若とうに役者の墓をさがさせる
743	ゆかしかりけり〳〵	綿ほうしの風をおさへて長はなし	綿ほうし風をおさへて長はなし
744	せひに〳〵と〳〵	身揚リか來て墨つぼをこぐらかし	身揚が來て墨壺をこぐらかし
745	氣の付カぬ事〳〵	座頭坊おかしな金の隠し所	座頭の坊おかしな金のかくし所
746	氣の付カぬ事〳〵	入智恵て亭主ハやほな腹を立テ	入レ智恵てていしゆハやぼなはらを立
747	氣の付カぬ事〳〵	鏡とき盜ンた女郎見出して來	鏡とぎぬすんだ女郎見出して來
			(四ノ三)
748	せひに〳〵と〳〵	歌かるた手ひとくうばハいぢめられ	哥かるた手ひとく乳母ハいじめられ
749	しほらしゐ事〳〵	ふねの子へかになけて遣ル蜆とり	舩の子へ蟹なげて遣ル蜆とり
750	しほらしゐ事〳〵	たもとから今日ハ是しやとじゆすを出	袂からけふハ是じやと珠數(マヽ)を出し
751	せひに〳〵と〳〵	しやうじんのうそを禿か引て來ル	しやうじんのうそを禿が引て來ル
752	ゆかしかりけり〳〵	寐た形リて居ルハきれいなりん氣也	寐た形リて居ルハきれいなりん氣也
753	しほらしゐ事〳〵	姑の屁をひつたのて氣かほとけ	姑メの屁をひつたのて氣かほとけ
754	しほらしゐ事〳〵	生娘と見へて藥師を朝にする	生娘と見へて藥師を朝にする
755	せひに〳〵と〳〵	勘當の訴訟のたしにひげかなり	勘當の訴詔(マヽ)のたしに髭がなり
756	ゆかしかりけり〳〵	壹人もの内へ歸ルとうなり出し	壹人者内へ歸るとうなり出し

初句索引

一、『誹風柳多留』初編の句（本書の本文）の初句を、表音式五十音順に配列し、検索の便をはかった。平体漢数字は作品番号である。

一、初句を同じくするものが二句以上ある場合は、第二句まで掲げて区別した。

さ

し

新潮日本古典集成〈新装版〉

誹《はい》風《ふう》柳《やなぎ》多《だ》留《る》

令和元年九月二十五日　発行

校注者　宮《みや》田《た》正《まさ》信《のぶ》
発行者　佐藤隆信
発行所　株式会社新潮社
〒一六二-八七一一　東京都新宿区矢来町七一
電話　〇三-三二六六-五四一一（編集部）
〇三-三二六六-五一一一（読者係）
https://www.shinchosha.co.jp
印刷所　大日本印刷株式会社
製本所　加藤製本株式会社
装画　佐多芳郎／装幀　新潮社装幀室
組版　株式会社ＤＮＰメディア・アート

ISBN978-4-10-620879-9 C0392

古今和歌集　奥村恆哉 校注

息をのむ趣向、目をみはる技巧、選びぬかれた言葉のひびき……力の限り生きた証しを三十一文字に刻んだ人間の誇りゆえに、千年の歳月を、古今集は生きた！

新古今和歌集（上・下）　久保田　淳 校注

美しく響きあう言葉のなかに人生への深い観照が流露する、藤原定家・式子内親王・後鳥羽院などによる和歌の精華二千首。作者略伝をはじめ充実した付録。

土佐日記 貫之集　木村正中 校注

女人に仮託して綴り、仮名日記の先駆をなした土佐日記。屏風歌を中心に、華麗で雅びな王朝世界を詠出して、大和歌の真髄を示す貫之集。豊穣な文学の世界への誘い！

山家集　後藤重郎 校注

月と花を友としてひとり山河をさすらう人生詩人、西行——深い内省にささえられたその歌は祈りにも似た魂の表白。千五百首に平明な訳注を付した待望の書。

和漢朗詠集　大曽根章介　堀内秀晃 校注

漢詩と和歌の織りなす典雅な交響楽——藤原文化最盛期の平安京で編まれ、物語や軍記をはじめとする日本文学の発想の泉として生き続けた珠玉のアンソロジー。

金槐和歌集　樋口芳麻呂 校注

血煙の中に産声をあげ、政権争覇の余震が続く鎌倉で、修羅の中をひたむきに疾走した青年将軍、源実朝。『金槐和歌集』は、不吉なまでに澄みきった詩魂の書。

伊勢物語　渡辺　実　校注

引きさかれた恋の絶唱、流浪の空の望郷の思い――奔放な愛に生きた在原業平をめぐる珠玉の歌物語。磨きぬかれた表現に託された「みやび」の美意識を読み解く注釈。

謡曲集（全三冊）　伊藤正義　校注

謡曲は、能楽堂での陶酔に留まらず、自ら読んで謡う文学。あでやかな言葉の錦を頭注で味わい、舞台の動きを傍注で追う立体的に楽しむ謡いの本。

連歌集　島津忠夫　校注

心と心が通い合う愉しさ……五七五と七七の句による連鎖発展の妙を詳細な注釈が解明する。漂泊の詩人宗祇を中心とした「水無瀬三吟」「湯山三吟」など十巻を収録。

竹馬狂吟集・新撰犬筑波集　木村三四吾・井口　壽　校注

苦々しいつまで嵐ふきのたう――言葉遊びと洒落の宝庫である俳諧連歌は、明るく開放的な笑いに満ちた庶民の文学。室町ごころを生き生きと伝える初の本格的注釈！

閑吟集　宗安小歌集　北川忠彦　校注

恋の焦り、労働の喜び、死への嘆き――時代を問わぬ人の世の喜怒哀楽を歌いあげた室町時代の歌謡集。なめらかな口語訳を仲立ちに、民衆の息吹きを現代に再現。

梁塵秘抄　榎　克朗　校注

遊びをせんとや生まれけん、戯れせんとや生まれけん……源平の争乱に明け暮れた平安後期の民衆の息吹きが聞こえてくる流行歌謡集。編者後白河院の「口伝」も収録。

芭蕉句集　今栄蔵 校注

旅路の果てに辿りついた枯淡風雅の芸境。俳諧を通して人生を極めた芭蕉の発句の全容を、なめらかな口語訳を介して紹介。ファン必携の「俳書一覧」をも付す。

芭蕉文集　富山奏 校注

松尾芭蕉が描いた、ひたぶるな、凛冽な生の軌跡。全紀行文をはじめ、日記、書簡などを年代順に配列し、精緻明快な注釈を付して、孤絶の大詩人の肉声を聞く！

好色一代女　村田穆 校注

天成の美貌と才覚をもちながら、生来の多情さゆえに流転の生涯を送った女の来し方を、嵯峨の奥深く侘び住む老女が告白。愛欲に耽溺する人間の哀歓を描く。

好色一代男　松田修 校注

七歳、恋に目覚めた世之介は、六十歳にしてなお見果てぬ夢を追いつつ、女護ケ島へ船出する。愛欲一筋に生きて悔いなき一代記。めくるめく五十四編の万華鏡！

日本永代蔵　村田穆 校注

致富の道は始末と才覚、財を遣い果すもこれ人生。金銭をめぐって展開する人間悲喜劇のさまざまを、町人社会を舞台に描き、金儲けとは人間にとって何であるかを問う。

世間胸算用　金井寅之助・松原秀江 校注

大晦日に繰り広げられる奇想天外な借金取りの攻防。一銭を求めて必死にやりくりする元禄庶民の泣き笑いの姿を軽妙に描き、鋭い人間洞察を展開する西鶴晩年の傑作。

与謝蕪村集　清水孝之 校注

美酒に宝玉をひたしたような、蕪村の詩の世界を味わい楽しむ――『蕪村句集』の全評釈、『春風馬堤ノ曲』『新花つみ』・洒脱な俳文等の、個性あふれる清新な解釈。

近松門左衛門集　信多純一 校注

義理人情の柵を、美しい詞章と巧妙な作劇で織り上げ、人間の愛憎をより深い処で捉えて感動を呼ぶ「曾根崎心中」「国性爺合戦」「心中天の網島」等、代表作五編を収録。

浮世床四十八癖　本田康雄 校注

九尺二間の裏長屋、壁をへだてた隣の話もつつ抜けの江戸下町の世態風俗。太平楽で、ちょっぴりペーソスただようその暮しを活写した、式亭三馬の滑稽本。

東海道四谷怪談　郡司正勝 校注

江戸は四谷を舞台に起った、愛と憎しみの怨霊劇。人の心の怪をのぞく傑作戯曲に、正統迫真の演出注を加えて刊行、哀しいお岩が、夜ごと軒先に立ちつくす。

春雨物語 書初機嫌海　美山 靖 校注

薬子の血ぬれぬれと几帳を染める「血かたびら」大盗悪行のはてに悟りを開く「樊噲」――。死を目前に秋成が執念を結晶させた短編集。初校注『書初機嫌海』を併録。

雨月物語 癇癖談《くせものがたり》　浅野三平 校注

帝の亡霊、愛欲の蛇……四次元小説の先駆『雨月物語』。当るをさいわい世相人情に癇癪をたたきつけた風俗時評『癇癖談』は初の詳細注釈。孤高の人上田秋成の二大傑作！

新潮日本古典集成

- 古事記　西宮一民
- 萬葉集　一〜五　青木生子　井手至　伊藤博　清水克彦　橋本四郎
- 日本霊異記　小泉道
- 竹取物語　野口元大
- 伊勢物語　渡辺実
- 古今和歌集　奥村恆哉
- 土佐日記　貫之集　木村正中
- 蜻蛉日記　犬養廉
- 落窪物語　稲賀敬二
- 枕草子　上・下　萩谷朴
- 和泉式部日記　和泉式部集　野村精一
- 紫式部日記　紫式部集　山本利達
- 源氏物語　一〜八　石田穣二　清水好子
- 和漢朗詠集　大曽根章介　堀内秀晃
- 更級日記　秋山虔
- 狭衣物語　上・下　鈴木一雄
- 堤中納言物語　塚原鉄雄
- 大鏡　石川徹

- 今昔物語集　本朝世俗部　一〜四　阪倉篤義　本田義憲　川端善明
- 梁塵秘抄　榎克朗
- 山家集　後藤重郎
- 無名草子　桑原博史
- 宇治拾遺物語　大島建彦
- 新古今和歌集　上・下　久保田淳
- 方丈記　発心集　三木紀人
- 平家物語　上・中・下　水原一
- 金槐和歌集　樋口芳麻呂
- 建礼門院右京大夫集　糸賀きみ江
- 古今著聞集　上・下　西尾光一　小林保治
- 歎異抄　三帖和讃　伊藤博之
- とはずがたり　福田秀一
- 徒然草　木藤才蔵
- 太平記　一〜五　山下宏明
- 謡曲集　上・中・下　伊藤正義
- 世阿弥芸術論集　田中裕
- 連歌集　島津忠夫
- 竹馬狂吟集　新撰犬筑波集　木村三四吾　井口壽

- 閑吟集　宗安小歌集　北川忠彦
- 御伽草子集　松本隆信
- 説経集　室木弥太郎
- 好色一代男　松田修
- 好色一代女　村田穆
- 日本永代蔵　村田穆
- 世間胸算用　金井寅之助　松原秀江
- 芭蕉句集　今栄蔵
- 芭蕉文集　富山奏
- 近松門左衛門集　信多純一
- 浄瑠璃集　土田衞
- 雨月物語　癇癖談　浅野三平
- 春雨物語　書初機嫌海　美山靖
- 與謝蕪村集　清水孝之
- 本居宣長集　日野龍夫
- 誹風柳多留　宮田正信
- 浮世床　四十八癖　本田康雄
- 東海道四谷怪談　郡司正勝
- 三人吉三廓初買　今尾哲也